U0028330

布魯克林孤兒

MOTHERLESS BROOKLYN

JONATHAN LETHEM

強納森・列瑟——————著　嚴韻——————譯

媒體名人盛讚

找出『誰是真兇』已經夠有趣了，但看著列瑟逐一解開他的妥瑞症男主角的各項謎團，更加令人心情暢快！這樣的小說，必須要靠文筆銳利的作家才能洞悉主角內心。

——《時代》雜誌

本年度最佳小說……百分百的原創性與感動度！

——《君子》雜誌

除了強納森．列瑟之外，還會有誰會靠著患有妥瑞症的業餘偵探作為主述者、企圖在純文學與殘忍犯罪小說之間寫出半諷的混合體作品？……對話充滿了譏刺趣味……強納森．列瑟是詮釋口語表演的藝術大師！

——《波士頓環球報》

精準描繪布魯克林面貌的偵探小說，《孤雛淚》的再現版，而且主述者聲線華麗（書中英雄患有妥瑞症），就連菲力普．馬羅也會自嘆弗如！

——《新聞周刊》

一部在天才邊緣顫巍巍行走的作品……腔調、階級差異、高速公路、社區、雜貨店、各種氣味，還有，對，布魯克林某一區汽車保養中心的模樣都躍然紙上，字裡行間之中，彷彿處處夾雜了刮擦釋香的小卡片，它們隨時會從書中飄升而起。

——《聖荷西水星報》

快節奏、層次豐富的小說，機鋒處處，感人肺腑……行文力道直透紙背，每一個字都承載了豐富能量，隨時準備爆發！

——《奧勒岡人報》

《布魯克林孤兒》是一部尋查真兇的嚴肅小說……列瑟有幾分史丹利·庫柏利克的氣質……在平淡的類型小說裡玩出多層次的樣態，還徹底顛覆了它們的古老傳統。

——《紐約觀察家報》

列瑟寫出了一部貌似偵探小說，實則更加深刻動人的作品，揭露出我們的心靈如何靠著複雜的『輪中之輪』，發揮不斷驅策向前的力量。

——《紐約時報書評》

故事鋪陳詭譎，十分過癮！……趣味橫生，目不暇給，卻也令人黯然心碎。

——路克·桑特，《村聲》雜誌文學副刊

驚世傑作……強納森・列瑟以豐富想像力所塑造的獨特主角，將類型小說拉到前所未有的新層次。這不是一般的推升力道，根本就是急猛飛踢！

——《丹佛郵報》

針對男主角萊諾，強納森・列瑟塑造出一種可愛詭奇的孩童式大人性格，而且讓他的錯位心靈充滿了精采絕倫、自我指涉的內心獨白，既莞爾又暖心，也是成就傑出小說的一大元素。

——《華盛頓郵報》

本書揉合了偵探小說與幻想文學，在優美文筆與可怖情節之間成功取得平衡點。

——《華爾街日報》

強納森・列瑟不只是全球最有創意的作家之一，而且搞笑功力也是世界一流！

——《舊金山紀事報》

列瑟是真正的冒險家……以某種大家熟悉的類型作為背景，凸顯出他的獨特藝術炫技。

——《哈特福德新聞報》

想像力無極限……《布魯克林孤兒》表現傑出，是孤兒的寓言、城市裡的禪味諷刺劇，也是兇案懸疑小說。

——明尼蘇達州《城市報》

充滿精采想像力，帶有些許荒謬主義的特質……這是一部有趣、詭詐、慧黠、緊湊又可愛的小說。

——《美國今日報》

令人大呼過癮！

——《紐約觀察家報》

充滿無邊無際的想像力！

——明尼蘇達州《星辰論壇報》

有趣、歡樂、詭譎、創意無限，難以精確定調的作品。

——《巴爾的摩太陽報》

讓人愛不釋手……娛樂性十足……好笑程度破表……列瑟將宛若納博科夫與伍迪·艾倫言詞交鋒的狂亂風格發揮得淋漓盡致。

——《Bookforum》雜誌

《布魯克林孤兒》是列瑟迄今為止最精緻的作品，而且驚心動魄、詭奇、創意十足、好笑，充滿人性，發人深省。

——《紐約客》雜誌

想像一下，這可是探索妥瑞症主角敘事語言的大好機會……令人難以忘懷。

——《洛杉磯時報》

獻給我父親

走進

環境脈絡最重要。把我打扮起來就知道。我是嘉年華會上大聲招徠顧客的人，是鬧區的表演藝術家，是能操多種方言的人，是沉迷於以發言阻撓議事的參議員。我患有妥瑞症候群[1]。我的嘴巴停不下來，儘管我大多是低語或像在誦讀書本般地壓低聲音，我的喉結上下動，臉頰的下顎肌肉像顆迷你心臟跳動，字詞無聲地逸出，只是字詞本身的幻影，是缺乏發音和語調的空殼。（如果我是《狄克．崔西[2]》裡的壞蛋，一定非「嘟囔」莫屬。）這些縮了水的字詞從我腦中源源不絕地湧出，流淌在世界的表面，拂掠過現實就像手指彈觸琴鍵。撫弄著，輕推著。這些字詞是無形的維和部隊，是一群生性和平的烏合之眾。它們沒有惡意。它們安撫、詮釋、按摩。它們在每個地方撫平不完美之處，把頭髮梳好，把鴨子趕整齊，更換草皮，點數並擦亮銀器。在老太太的臀部上輕拍一下，讓她們格格笑起來。只有——麻煩在於——當它們發現了太多完美，當表面已經被磨拭光滑，鴨子整整齊齊，老太太心滿意足，這時候我的軍隊便會叛變，闖進商店裡去。現實不時需要被戳個幾下，地毯需要有缺點。我的字詞開始緊張地拉扯著線頭，找地方下手，尋找弱點或好揪的耳朵。這時候那股衝動就出現了，想在教堂裡、育嬰室裡、擁擠的電影院裡大吼。一開始是隱隱發癢的感覺。微不足道。但那感覺很快就變成了即將衝破水壩的洪流。諾亞的大洪水。那種發癢感就是我的整個人生。現在它出現了。把你的耳朵摀起來。去建造一座方舟。

「吃我！」我放聲大叫。

「嘴有東。」這是吉伯特．康尼對我爆出的那句話所作的回答，他連頭都沒回。我勉強聽得出他說的是——「我嘴裡有東西」——既是事實也是個沒勁的笑話。他對我的言語痙攣❸習以為常，通常都不會加以回應。此刻他把車內座椅上的那包「白城堡❹」朝我推來，袋子窸窣作響。

「塞你嘴裡。」

康尼不是我會特別顧念的人。「吃我吃我。」我再次尖叫，釋放出更多我腦中的壓力。然後我能夠專心了。我動手拿了其中一個超小漢堡來吃。我打開包裝紙，把圓麵包上層掀起來檢視肉餅上的網狀孔紋，還有油亮黏軟的洋蔥丁。這是另一個強迫症式的行為。我總是非要看看白城堡漢堡裡面的樣子不可，欣賞那機器製肉餅和奇形怪狀又黏答答的油炸物所形成的對比。混亂與控制。然後我多少遵從了吉伯特的建議——把它整個塞進我嘴裡。那句古老的口號小小漢堡整袋買在我腦海深處嗡嗡作響，我下巴動作著把在嘴裡翻來攪去的東西咬成吞得下去的一塊塊，轉回頭去盯著車窗外的那棟房子。

食物真的很能讓我溫和下來。

---

❶ 以法國醫生Georges Gilles de Tourette（1857-1904）為名，主要症狀為協調功能失調、言語障礙、抽搐等。

❷ Dick Tracy，切斯特．古爾德創作的同名連載漫畫。描寫警探崔西與各種歹徒鬥智鬥勇的傳奇故事，「嘟囔」是故事中的惡棍之一。

❸ 妥瑞症病患不由自主的舉止稱為tic，主要包括言語性和動作性兩種，本書內譯為「痙攣」。

❹ White Castle，美國連鎖快餐店，主要賣漢堡、薯條及奶昔等。

我們正在監視東八十四街一〇九號，這棟兩三層樓的住家房子孤伶伶地夾在有門房的高大公寓建築中間，那些公寓的門廳有騎腳踏車的外送人員帶著一包包熱騰騰的中國菜匆匆來去，像疲倦的飛蛾般消失在十一月漸暗的天色中。現在正是約克城的晚餐時間。吉伯特・康尼和我已經有了大餐，半路繞到西班牙哈林區去買了那些漢堡。曼哈頓只剩下一家白城堡了，在東一〇三街上。這家不像有些郊區的店那麼好。現在已經沒辦法親眼看著他們準備你點的餐了，老實說我已經開始懷疑他們的圓麵包是用微波加熱而不是烤的。唉。我們帶著這一大包如此偷工減料的小漢堡和薯條回到市區，在目標地址前並排停車，直到有停車位空出來。不過是兩三分鐘的時間，但兩邊公寓的門房已經注意到我們了——至少是注意到我們看來格格不入又鬼鬼祟祟。我們開的那輛林肯沒有T系列❺的牌照或其他東西可以顯示出它是車行的車，而我和吉伯特又都是大個子的男人。他們八成以為我們是條子。無所謂。我們邊咀嚼邊監視。

倒不是說我們知道自己在那裡幹什麼。敏納派我們來這裡並沒有解釋原因，這點很尋常，雖然這個地址不尋常。敏納徵信社的工作範圍多半都不出布魯克林，事實上鮮少遠離法院街。卡洛爾園和圓石丘組成了法蘭克・敏納敵我交錯的遊戲盤，我、吉伯特・康尼和徵信社的其他人則是標示物——就像「大富翁」裡的棋子，我有時候會想，像錫製的小車或小狗（當然不是大禮帽）——被人在那遊戲盤上移來移去。上東城這裡不是我們慣常出沒的地區，小車和小狗來到了糖果園——或許是跟莫斯塔上校一起在書房裡。

「那個牌子上寫什麼？」康尼說，油亮亮的下巴朝那房子的門口一抬。我仔細看看。

「『約克維爾禪堂』。」我把門上青銅牌子上的字唸出來，我激動的大腦處理這些字，將興趣集中在奇怪的那部分。「吃我禪堂！」我咬著牙含糊地冒出一句。

吉伯特正確地將這視為表示我對那陌生字詞感到不解。「是啊，那個禪堂是什麼？啥意思？」

「也許跟禪有關係。」我說。

「我也不知道那是什麼。」

「就是佛教的禪，」我說。「禪師什麼的，你知道。」

「禪師？」

「你知道嘛，功夫大師什麼的。」

「唔。」康尼說。

短促地進行了這麼一下調查工作之後，我們繼續滿足地咀嚼。當然，經過任何交談之後我的大腦都會忙著進行最起碼是低度的模仿言語症❻大雜燴：不知道禪堂是什麼，禪夫什麼的功，風水大師，飛球瘋子，禪大癡呆，吃我！但現在不需要把字詞說出來，現在我有白城堡漢堡要打開、檢查、吞吃。這是我的第三個。我把它塞進嘴裡，然後猛然扭頭瞥向一〇九號門口，彷彿那屋子偷偷從我背後靠近。康尼和敏納徵信社的其他人員都很喜歡跟我一起盯梢監視，因為我強迫症式的行為使我每三十秒左右就一定要瞄瞄目標地或目標物，所以他們就省了轉頭的麻煩。類似的邏輯也解釋了我何以很受監聽行動的歡迎——只消列出一張需要注意的重點字詞單子給我，我

❺ 紐約T字頭車牌是計程車。
❻ echolalia，指不自覺地模仿他人言語。

腦袋裡就完全裝不進其他事物，連聽到一丁點稍有類似的字都會讓我幾乎蹦個半天高，而同樣的工作總是會讓其他人沉入黑甜鄉。

我一面嚼著第三個漢堡、監看著平靜無事的約克維爾禪堂門口，雙手一面忙著探進白城堡的紙袋、數算確定我還有三個。我們買了一袋十二個，康尼不只知道我得吃六個，也知道這會讓我高興，因為兩人吃的數目相同成對，搔到了我妥瑞症那種本能強迫症的癢處。吉伯特・康尼這個大笨頭心地很好吧，我猜。又或許他只是孺子可教。我的痙攣和種種偏執讓其他的敏納幫覺得很有趣，但也會滲透進他們，使他們很怪地順著我、配合我。

人行道上一個女人轉進那房子的門前台階，向門口走去。深色短髮，接近方形的眼鏡，在她轉身背對我們之前我只看到這麼多。她穿著一件厚呢短外套，在男孩子氣的髮型下頸際有一綹綹黑髮。可能是二十五歲，又或許是十八。

「她要進去了。」康尼說。

「看，她有鑰匙。」我說。

「法蘭克要我們做什麼？」

「只要看著。做筆記。現在幾點？」

康尼把又一個漢堡包裝紙揉成一團，指指置物箱。「你來記。現在六點四十五。」

我啪地把置物箱打開——塑膠扣喀啦打開的聲音空洞悅耳，我知道我想重複那種聲音，至少要有些近似——小筆記本在裡面。**女孩**，我寫道，然後把它塗掉。**女人，頭髮，眼鏡，鑰匙。六點四十五**。這是記給我自己看的，因為我只要向敏納做口頭報告就可以了。如果要報告的話。我們一無所知，他要我們來這裡或許是想嚇嚇某人，或者等什麼東西送來。我把筆記本放在我們兩人之間的座椅上、漢堡旁邊，啪地把置物箱關上，然後在原處多敲了六下，複製我喜歡的那個空洞聲，以釋放我腦中的壓力。六是今晚的幸運數字，六個漢堡，六點四十五。所以要敲六下。

對我來說，數數、碰觸東西、重複字詞，都是同樣一種活動。妥瑞症其實就是一整輩子的捉鬼遊戲。這個世界（或者我的大腦——兩者是同一回事）一而再、再而三地指著我要我當鬼。所以我就碰回去[7]。

當鬼有別的方法嗎？要是你當過鬼，你就知道答案。

從車子靠街的那一側傳來一聲「小子們」，把我和康尼都嚇了一跳。

「法蘭克。」我說。

是敏納。他的風衣領子豎起來擋住微風，沒有完全遮去他沒刮鬍子的臉上那副羅伯·萊恩在《日落黃沙》片中的怪表情。他低下身體與我這側的車窗同高，好像不想被約克維爾禪堂裡的人看見。計程車從他身後街道上的坑洞上駛過，搖搖晃晃地發出吱嘎聲。我降下車窗，然後強迫症式地伸出手去碰他的左肩，他沒費事回應這個我必做的手勢——有多久了？差不多十五年了吧，我十三歲時第一次表現出這種衝動伸手去碰他肩膀，當時二十五歲的他是個街頭混混，穿著腰部

[7] 這種遊戲的規則是，當鬼的人必須伸手碰到別人才能使對方變成負責捉人的鬼而自己恢復自由。

和袖口收緊的短夾克。十五年的輕點碰觸——要是法蘭克．敏納是座雕像而非血肉之軀，那個地方一定已被我摩挲得光可鑑人，就像大票觀光客磨亮了義大利教堂裡那些殉道烈士銅像的鼻子和腳趾。

「你來這裡做什麼？」康尼說。他知道一定有重要的事，因為敏納不僅到了這裡，而且還是自己來的，沒有叫我們繞到什麼地方去載他一程。有某件複雜的事情正在進行，而——意外吧！——我們這些傀儡手下又一次被排除在狀況外。

我抿住嘴，在唇縫間用聽不見的低聲說道：監視，千視，突襲禪堂。千襲之王。

「給我根菸。」敏納說。康尼傾身越過我遞出一包莫爾斯，把其中一根菸敲出一吋左右讓老闆拿。敏納把菸放進唇間，自己點了火，專心得皺起了眉頭，用衣領護著打火機。他吸了一口，然後往我們這裡噴出一陣煙。「OK，你們聽好。」他說，好像我們沒有已經全神貫注地聽他每一字每一句似的。

徹頭徹尾的敏納幫。

「我要進去了。」他說，朝禪堂瞇起眼睛。「他們會按對講機讓我進去。我會把門拉得大開。我要你，」——他朝康尼點點頭——「把門抓住進屋去，只要進去就好，然後在那裡等，樓梯口。」

「要是他們下來給你開門呢？」康尼說。

「等事情發生了再擔心不遲。」敏納簡短冷淡地說。

「好吧，但要是——」

他話還沒說完，敏納就揮手打發他走開。康尼其實是想摸索了解他扮演什麼角色，但沒有頭緒。

「萊諾——」敏納開口。

萊諾。我的名字。法蘭克和徵信社的人把它唸成萊尼爾。萊諾．艾斯洛。來喏。

來嘍古斯寇。

飛螺艾斯摳。

艾螺屁斯砍。

等等。

我的名字就像一塊字詞太妃糖，早已被拉扯成細絲，在我回音室般的腦袋裡滿地都是。鬆垮垮的，所有的滋味都被嚼光了。

「拿著。」敏納把一具無線電監聽器和一副耳機丟在我腿上，然後拍拍他胸口的口袋。「我身上裝了竊聽器。現場立即轉播。要是我說，呃，『就算要我的命也不行』，你就下車去敲門，吉伯特開門讓你進去，你們兩個趕快衝上樓來找我，OK？」

亢奮的我差點冒出一句吃我，你這雜毛，但我狠狠吸了一口氣把話吞回去，什麼都沒說。

「我們沒帶。」康尼說。

「帶什麼？」敏納說。

「傢伙，我身上沒傢伙。」

「傢伙是個啥？說槍，吉伯特。」

「身上沒槍，法蘭克。」

「我靠的就是這個。你們沒槍，這樣我夜裡才睡得著，你要知道。你們這些呆子從我後面上樓來的時候就算拿的是髮夾、是口琴我都不願意，更別提拿槍了。我有槍。你們只要人來就行了。」

「抱歉，法蘭克。」

「拿根沒點的雪茄，拿隻他媽的烤雞翅。」

「抱歉，法蘭克。」

「只要聽就好。要是你聽到我說，呃，『我得先上個廁所』，這就表示我們要出來了。你去把吉伯特叫回車上，準備好跟蹤。懂嗎？」

東，東，東，懂！我的大腦說。鴨，鴨，鴨，鵝！

「要命，就衝禪堂。」這是我說出來的。「上廁所，就發動車。」

「天才，你這大怪胎。」他捏捏我臉頰，然後把香菸拋在身後街上，香菸彈滾兩下，火星四散。他的眼神很遙遠。

康尼下車，我連忙挪進駕駛座。敏納捶了一下車蓋，彷彿是下令要狗待在原地之後拍拍牠的頭，然後繞過前保險桿，豎起一根手指要康尼慢點，橫越人行道走向一〇九號門口，按了禪堂那塊牌子下方的門鈴。康尼靠著車等待。我戴上耳機，敏納鞋底刮擦人行道的聲音聽來很清晰，所以我知道竊聽器運作正常。我抬起頭來，看見右邊那棟大公寓的門房正注視著我們，但除了注視之外他也沒做別的。

我聽見對講機的聲音，直接傳來還有透過竊聽器傳來。敏納走進去，門被甩得大開。康尼竄過去，拉住門，然後也消失在屋裡。

上樓的腳步聲，還沒有人聲。現在我突然處在兩個世界裡，眼睛和顫抖的身體是在林肯的駕駛座上，從停車位這裡看著上東城井然有序的街景，有遛狗的人，有送外賣的人，有像大人一樣穿著西裝套裝的男孩女孩打著寒噤走進花俏的酒吧，夜生活此時正在開始；我的耳朵則從屋內敏納上樓動作的回音中建立起一幅聲音的景象，還是沒有人來迎接他，但他似乎知道自己身在何處，皮鞋擦過木地板，樓梯吱嘎作響，然後略一遲疑，一陣或許是衣物窸窣聲，然後兩聲木頭的咚咚，接著腳步比較安靜地繼續前進。敏納脫了鞋。

先按門鈴，然後偷偷溜進去？這不合理啊。但在這一段裡有什麼是合理的？我從紙袋裡拿出又一個漢堡——六個漢堡，在沒道理的世界中重建起秩序。

「法蘭克。」竊聽器傳來一個人聲。

「我來了。」敏納疲倦地說。「但我應該不需要來才對。你應該自己把爛攤子收乾淨。」

「這一點我明白，」對方說。「但事情變得複雜了。」

「他們知道了那棟建築的合約的事。」敏納說。

「不，我想他們不知道。」對方的聲音平靜得很怪，安撫著。我認不認得這個聲音？或許不像敏納答話的節奏那麼熟悉——這是一個他很熟的人，但是誰呢？

「進來吧，我們談談。」那聲音說。

「談什麼？」敏納說。「我們有什麼要談的？」

「聽聽你說的，法蘭克。」

「我是來這裡聽我自己說話的？我在家裡就可以這麼做了。」

「但你真的有聽你自己說的話嗎？」我可以聽見那聲音裡的笑意。「我猜不夠常聽、或者聽得不夠深入。」

「奧爾曼呢？」敏納說。「你把他找來了？」

「奧爾曼在市區。你要去找他。」

「幹。」

「要有耐心。」

「你說要有耐心，我說幹。」

「我想很符合我們的典型吧。」

「是啊。那我們打消這整件事吧。」

更多悶悶的腳步聲，一扇門關上。喀噹一聲，可能是酒瓶觸及酒杯，倒了一杯酒。葡萄酒。

我也不介意來上一杯。我嚼著漢堡朝擋風玻璃外看，腦子裡響著典型自閉神秘我的痙攣油尺雜毛，然後我想到要再記一筆，翻開筆記本，在**女人**、**頭髮**、**眼鏡**底下寫下**奧爾曼在市區**，想著「乏味人出城去[8]」。我吞下漢堡時感到下巴和喉頭一緊，於是準備迎接一聲無法避免的穢語痙攣[9]——大聲說出，雖然旁邊沒人會聽到。「吃屎吧，貝里！」

貝里這個名字深印在我的妥瑞症大腦中，但我說不上來為什麼。我從沒認識過叫貝里的人。也許貝里代表每個人，就像《風雲人物》片中的喬治・貝里。他是我想像中的聽者，得承受我獨自咒罵出的大多數話——顯然某部分的我需要有個靶子。如果有個妥瑞症患者在樹林裡咒罵，沒有人在場聽見，那麼他是否發出了聲音？[10]貝里似乎是我對這道難題的解答。

「你的臉洩了你的底，法蘭克。你恨不得宰了什麼人。」

「從你開始宰就挺好的。」

「你不該怪我，法蘭克，是你沒法繼續控制住她的。」

「要是她想念她的拉嘛喇嘛叮噹，那也是你的錯。是你餵給她那一大堆屁話的。」

「來吧，試試這個。」（拿酒給他？）

「空腹不能喝。」

「唉呀呀。我忘記你有多受苦受難了，法蘭克。」

「哎，去死吧你。」

「吃屎，貝里！」我緊張的時候總是痙攣得最嚴重，壓力給我的妥瑞症火上加油。這個場景

---

⑧ Ullman奧爾曼音近dull man乏味的人。

⑨ 穢語症亦為妥瑞症常見的症狀之一，患者會不由自主口出穢言。

⑩ 此指一個有名的哲學思辨問題——若一棵樹在森林裡倒下無人聽見，那它是否發出了聲音？

裡有某種東西令我緊張。我聽到的對話有太多不為外人道的內情，談到的東西是說話者極熟悉而隱晦的，彷彿每一個字底下都有著多年的交易背景。

還有，那個深色短髮的女孩在哪裡？沉默不語地跟敏納以及口氣很跩的對方在同一間房裡嗎？還是根本在別的地方？無法想像出一〇九號屋內的景象，讓我坐立難安。那女孩就是他們討論到的「她」嗎？似乎不太可能。

還有她的拉嘛喇嘛叮噹又是什麼？我沒時間擔心這一點。我努力止住一大串痙攣，試著不要去多想我不了解的東西。

我朝門瞥了一眼。想來康尼還等在門裡。我想聽到就算要我的命也不行，這樣我們就可以衝上樓去了。

有人敲敲駕駛座這側的車窗，把我嚇了一跳。是那個一直在看我們的門房。他比手勢要我降下車窗。我搖頭，他點頭。最後我照做了，把一邊的耳機拉開好聽見他說什麼。

「幹嘛？」我說著，這下又多了第三樣東西分我的心——動力車窗吸引了我那喜歡收集零碎東西的大腦，它此刻要求我毫無目的地將車窗開開關關。我試著做得不引人注目。

「你朋友要你過去。」門房說著朝他那棟建築比了個手勢。

「什麼？」這太令人摸不著頭緒了。我伸長脖子看向他身後，但沒看見他那棟建築門口有人。同時，敏納在竊聽器的那一端說著什麼。但沒有廁所或者要命。

「你朋友，」門房用他那不靈光的東歐口音又說一遍，或許是波蘭或捷克人。「要你過去。」他咧嘴一笑，我大惑不解的樣子令他很愉快。我感覺自己的眉頭誇張地皺成一團，感覺到一股痙攣，很想叫他再也笑不出來：此刻他看到的情景並非全都是他的功勞。

「什麼朋友？」我說。敏納和康尼都在屋裡——要是禪堂的門動過，我會注意到的。

「他說如果你在等，他準備好了。」門房說，點點頭又做了個手勢。「他想跟你談。」

現在敏納在說什麼：「……把大理石地板弄得髒兮兮……」

「我想你找錯人了。」我對門房說。「雜毛！」我臉部肌肉一陣抽搐，揮手要他走開，試著專注在耳機裡傳來的聲音上。

「嘿，喂，」門房說著抬起雙手。「我只是傳個口信給你罷了，朋友。」

我再一次按鈕把動力車窗降下來，終於費勁地把自己的手指移開。「沒問題。」我說著，把又一句雜毛壓抑下去變成一聲高音的、像吉娃娃吠的聲音，類似嗚嗎！「但我不能離開車子。告訴我那位朋友，如果他要跟我談，就出來到這裡談。可以嗎，朋友？」我似乎突然間有了太多朋友，而且我不知道他們任何一人的姓名。我的手衝動地重複揮打著，順勢結合了痙攣和手勢，試著把這個蠢蛋趕回他門口。

「不，不。他說要你進去。」

「……斷一條手臂……」我想我聽到敏納這麼說。

「那你去問他叫什麼名字。」我說，焦急萬分。「再回來告訴我他叫什麼。」

「他要跟你談。」

「好啦，吃我門房，告訴他我馬上過去。」我升起車窗擋住他的臉。他又敲了敲窗子，我不理他。

「……我先借用一下你的廁所……」

我打開車門把門房推開，跑到禪堂門前用力敲了六下。「康尼，」我嘶嘶地說著。「出來。」

我從耳機裡聽到敏納關上他身後的浴室門，打開水龍頭。「希望你聽見那句了，大怪胎。」

他朝身上的麥克風耳語，直接對我講話。「我們要開車出去。別跟丟了。穩著點。」

康尼跑出門來。

「他要出來了。」我說著把耳機拉到脖子上。

「好。」康尼說，眼睛睜得大大的。我們難得有這種直接參與行動的刺激。

「你來開車。」我說著指尖碰碰他鼻子。他縮身閃開，好像我是蒼蠅一樣。我們匆匆上車，康尼發動引擎。我把那一袋冷掉的漢堡和紙團扔到後座。白癡門房已經消失在他那棟建築裡了。我暫時把他拋在腦後。

我們面朝前坐著，車子籠罩在自己冒出來的煙霧中，等待著，震動著。我腦袋裡轉著跟蹤那輛車！棕色就沒轍！射到一隻大白鵝！我的下巴動個不停，把這些字句咬嚼著吞回去，保持沉默。吉伯特雙手緊握方向盤，我的手則安靜地敲著腿，蜂鳥般的小動作。

在這裡，這就算得上是穩著點了。

「我沒看到他。」康尼說。

「等就是了。他會出來的，八成會跟其他人一起。」八成，花生。我把一邊的耳機拉到右耳旁。沒有人聲，只有喀喀響，也許是下樓梯的聲音。

「要是他們坐上一輛在我們後面的車怎麼辦？」康尼說。

「這條街是單行道，」我煩躁地說著，但這提醒了我瞥向後面停著的那些車。「讓他們開到前面去就好了。」

「嘿。」康尼說。

他們出現了，我轉回頭來看見他們閃出門外，匆匆走到我們前方的人行道上：敏納和另一個男人，一個穿著黑色外套的巨人。那人絕對有七呎高，肩膀看起來像是有橄欖球肩墊或者天使翅膀藏在外套下面似的。或者也許是那個嬌小的短髮女孩蜷在那裡，像個人形背包緊抓著那高個子男人的肩膀。這巨人就是那個話中有話的人嗎？敏納匆匆地走在巨人前面，彷彿想讓我們出紕漏跟丟，而不是慢吞吞地好讓我們加入戰局。為什麼？有槍抵著他後背嗎？巨人的手藏在口袋裡。不知為什麼，我想像他雙手握著幾條麵包或大塊大塊的臘腸，藏在外套裡的零食給巨人冬天填填嘴，帶來點安慰。

又或許這個幻想只是我自己在安慰自己：一條麵包不可能是槍，這樣敏納就是這場景裡唯一有帶槍的人了。

我們呆呆看著他們從兩輛停著的車子中間穿過，坐進一輛從我們後方街上駛來的黑色小車⓫後座，然後揚長而去。康尼和我雖然緊張過度蓄勢待發，但我們多少都預期他們會發動一輛停著的車，所以等我們反應過來的時候他們已經愈離愈遠了。「快走！」我說。

康尼打方向盤，要把我們這輛林肯開出去，撞到了保險桿，力道足以造成凹陷。我們當然是

⓫ 原文 K-car 指汽缸容量不超過 660c.c. 的小車。

被前後車夾得動彈不得。他倒車，這次車尾比較輕地頂了一下，然後車頭劃出的弧度足以讓我們脫身，但已經有一輛計程車呼嘯而過擋在我們前面。小黑車在前面的轉角轉了彎，開上第二大道。「快走！」

「你看，」康尼說著指向那輛計程車。「我已經在快了。你眼睛放高一點。」

「眼睛放高？」我說。「眼睛放亮。下巴才抬高。」糾正他是我對壓力不由自主的反應。

「對啦，那也要。」

「眼睛放亮，眼睛盯著馬路，耳朵緊黏著收音機──」我突然非得把每個可能的組合都列出來不可。這就是眼睛放高讓我煩躁的程度。

「對啦，還有嘴巴閉上。」康尼說。他已經把我們的車開到緊跟在計程車後面，算是聊勝於無，因為計程車前進得很快。「你何不順便把耳朵緊黏著法蘭克？」

我拿起耳機。耳機擋住了車流聲，但取而代之的也是車流聲。康尼跟在計程車後面開上第二大道，小黑車正乖乖地夾在一堆計程車之間跟其他車輛一起等紅綠燈。我們重回戰局了，想到這點很令人振奮，不過本身就夠可悲的，因為先前我們跟丟了他們一個路口的距離。

我們向左切超過我們前面那輛計程車，然後待在另一輛計程車後面，跟敏納和巨人坐的那輛車同一車道。我看著前方半哩設定好時間的號誌燈變成紅色，心想，這工作可是最適合有偏執強迫症的人──管理交通。然後我們的燈號變綠了，眾車一同搖搖擺擺開過路口，黑色和暗褐色的私家車還有鮮橘色的計程車組成一條浮在地面上的百衲拼被。

「靠近一點。」我說，再次拿下耳機。然後一陣強烈的痙攣狠狠衝口而出：「吃我雜毛先生！」

連吉伯特都難得地沒有聽而不聞。「雜毛先生？」我們前方的燈號依序變綠，計程車勇猛地來回穿梭要搶在前頭，但事實上燈號的時間是依照車流時速二十五英里來設定的，所以再搶也快不了。我們仍然看不見小黑車的駕駛，他跟計程車司機一樣沒耐性，開到了車陣的最前面去，但設定好時間的燈號讓我們全都奉公守法，至少直到轉彎之前。我們仍然卡在一車之隔的地方。目前為止，這場追逐康尼還能應付得來。

我就大不相同了。

「雜毛生猛新鮮。」我說，試圖找出能緩解這強迫症式的字詞。我的大腦彷彿被啟發了靈感，試著發展出真正創新的新痙攣。妥瑞症的繆思正與我同在。來得太不是時候了。壓力通常會使痙攣惡化，但當我專心進行某事的時候就能保持不痙攣。應該讓我來開車的，現在我想到了。這場追逐充滿壓力，我卻無處發洩。

「雜誌夢見毛躁。貓早。」

「是啊，我也開始有點貓早了。」康尼心不在焉地說著，奮力要擠進右側車道的一處空間。

「先省──」我嘰哩咕嚕地說。

「饒了我吧。」康尼邊抱怨邊終於把我們弄到了緊接著小黑車的位置。我傾身向前，努力想看清車裡。三個頭。敏納和巨人在後座，還有一個駕駛。敏納面朝正前方，巨人也是。我拿起耳機確認，但我猜得沒錯：沒交談。有人知道他們在幹嘛、要去哪裡，但我們絕對不是那個人。

到了五十九街，這一輪的綠燈結束了，我們來到了慣常令人不快的皇后區大橋入口處。車陣慢了下來，認命地挨過又一段等待紅燈的時間。康尼緩一緩，以免我們停在他們後面等的時候太明顯。一輛計程車插到我們前面，然後小黑車飛快闖過剛變綠的紅燈，差一點點就撞上橫向湧來穿越五十八街的車流。

「狗屎！」

「狗屎！」

康尼和我都急得跳腳。我們被卡住了，就算想試也沒辦法有樣學樣地勇闖橫向的車流。感覺像是被困在緊身衣[12]裡。感覺像是命運超了我們的車，我們這兩個敏納的窩囊廢手下又一次辜負所託。蠢材把事情搞砸了，因為搞砸事情就是蠢材的專長。但小黑車碰上了堵在下一個紅燈前的車陣，停在一個路口外，還在視線範圍內。我們走了一分鐘的運，但也只有一分鐘而已。

我狂亂地看著。他們的紅燈，我們的紅燈，我的眼睛來回望。我聽見康尼的呼吸聲和我自己的，就像柵門前的賽馬——我們腎上腺素激增的身體想像自己可以趕上一個路口的距離。要是不小心，燈號一換我們兩個就會一頭朝擋風玻璃撞出去。

我們的紅燈變綠了，但他們的亦然，而令人憤怒的是他們的車陣蜂擁向前，我們的車陣卻慢得像在爬。那堆車子是我們的希望——他們在車陣的最後面，如果那些車保持得夠密集，他們就不會開出太遠去。我們幾乎是在這邊車陣的最前面。我捶了置物箱的門六下。康尼衝動地加速，擦撞到我們前面那輛計程車，但不是很大力。我們擠向一側，我看見計程車的黃色保險桿上有一道銀色刮痕。「管他去死，繼續往前開。」我說。反正那計程車司機似乎也是這麼想。我們全都尖聲呼嘯著穿過五十九街，私家車和計程車像一群魯莽的牛被趕在一起，死趕活趕想違抗設定好時間的號誌燈之不可變更的法則。我們這一批散開來趕上了正在散開的他們那一批，兩組車陣合而為一，像是某種古怪銀幕上播映的太空船。小黑車兇猛地換了車道。我們跟在後面，現在毫不掩飾這場追逐了。一條條街從我們旁邊掠過。

「轉彎！」我大喊。「往那邊！」我緊抓住車門把手，如今完全融入情勢的康尼則挑戰拓撲學的可能性、硬生生橫過三條擁擠的車道，引起一連串光禿禿橡膠輪胎的尖叫和鉻鋼車身的避縮。現在我的痙攣平靜下來了——壓力是一回事，動物性的恐懼又是另外一回事。就像飛機顫巍巍地降落時，機上所有人會用每一分每一毫的意志力希望能穩住機身，我想像自己控制著我並未控制的東西（在這個情況下包括車輪、交通、康尼、重力、摩擦力等等），用我整個人的存在去想像——這就足以佔據我目前的心思。妥瑞症被壓下去了。

「三十六街。」我們沿側街直駛下去的時候康尼說。

「這代表什麼意思？」

「不知道。總有個意思。」

「中城隧道。皇后區。」

這有點令人安慰的感覺。那巨人和他的駕駛多少算是朝我們的地盤前進。那幾區。不完全是布魯克林，但也可以了。我們在愈來愈稠密的車流中走走停停，進入隧道擁擠的兩條車道，小黑車很安全地被卡在我們前面兩輛車的地方，此刻它黑亮的車窗反映出隧道髒兮兮的磁磚內壁一路

⑫用來限制狂暴精神病患或犯人的緊身衣，穿上後長袖在背後交叉打結，使穿者雙臂動彈不得。

綿延下來的一道道燈光。我放鬆了一點，不再屏住呼吸，然後從齒縫中齜牙咧嘴地迸出一句吃我，只因為想講。

「收費站。」康尼說。

「什麼？」

「有一個收費站。在皇后區那一邊。」

我開始翻口袋。「多少？」

「三塊五吧，我想。」

奇蹟般地，我及時剛好湊出這麼多，三張鈔票，一個兩毛五、一個一毛錢，還有三個五分錢硬幣，這時隧道已到了盡頭，兩條車道分散開來接上六、七個收費亭。我把錢握成一團，整個拳頭遞向康尼。「別卡在他們後面。」我說。「找一條快一點的車道。插到哪輛車前面去。」

「嗯。」康尼瞇起眼睛朝擋風玻璃外瞄，試著找出一個角度。他正努力擠進右邊的時候，小黑車突然從車陣中岔出去，開到了最左邊。

一時間我們兩個都傻了眼。

「啥？」康尼說。

「快速通行券。」我說。「他們有快速通行券。」

小黑車滑進空無一車的快速通行道，馬上就通過了收費亭。這時康尼把我們的車開進了**不找零或代幣**車道的第三位。

「跟上他們！」我說。

「我正在努力。」康尼說，顯然被這突然的轉變弄得一愣一愣的。

「到左邊去！」我說。「過去那邊！」

「我們沒有快速通行券。」康尼痛苦地咧嘴一笑，展現出他能迅速回歸幼童般狀態的特殊天分。

「我不管！」

「可是我們——」

我開始去搶康尼手中的方向盤，試著把我們往左邊推，但這時已經太遲了。我們前面的位置空了出來，康尼輕輕把車開進去，然後降下車窗。我把錢放在他攤開的手掌上，然後他把錢交出去。

我們從右側出了隧道，突然間置身皇后區，面對著一片漠然的街道：維農大街，傑克遜大道，五十二大道。等等等等。

小黑車已經不見了。

「停車。」我說。

懊惱的康尼把車停在傑克遜大道上。現在天已經完全黑了，雖然才七點。帝國大廈和克萊斯勒大廈的燈光高高聳立在河對岸。從隧道出來的車輛咻地經過我們旁邊開向長島快速道路的入口，它們那麼輕鬆就知道自己的目的地，像是在譏笑我們。跟丟了敏納，我們就誰也不是、哪也去不了。

「吃我通行券！」我說。

「他們可能只是要甩掉我們。」康尼說。

「可不是嘛。」

「不是，你聽我說嘛。」他有氣無力地說。「也許他們掉個頭又回曼哈頓去了。也許我們可以趕上他們——」

「噓。」我聽著耳機。「要是法蘭克看到我們跟丟了，也許會說些什麼。」

但沒有什麼可聽的。開車的聲音。敏納和巨人一言不發地坐著。我實在不能相信禪堂裡的男人就是那個巨人——我覺得先前聽到的那個饒舌、做作的聲音絕對不可能閉嘴這麼久。敏納沒有在閒聊、取笑什麼東西、指出地標，就已經夠令人意外了。他是不是很害怕？怕被發現他身上有裝竊聽器？他是不是以為我們還跟著他？他要我們跟他來又到底是為什麼？

我什麼都不知道。

我發出六聲豬哼。

我們坐著等。

繼續等。

「我猜大個子波蘭笨頭做事就是這樣。」敏納說。「總是要待在聞得到波蘭餃子[13]的地方。」

然後：「嗚呃。」像是巨人揍了他肚子一拳。

「哪裡是波蘭區？」我掀起一邊耳機問康尼。

「啥？」

「這附近哪裡是波蘭區？吃我波蘭餃子笨頭！」

「不知道。在我看這裡都是波蘭區。」

「桑尼賽？伍德賽？快點，吉伯特。跟我一起想。他在某個波蘭區的地方。」

「教宗來的時候是去了哪裡？」康尼尋思。這聽來像是個笑話的開頭，但我了解康尼。他記不住笑話的。「那是波蘭區，對吧？是哪裡來著，呃，綠角？」

「綠角在布魯克林，吉伯特。」我不假思索地回答。「我們在皇后區。」然後我們兩個都轉過頭去，像卡通裡老鼠發現有貓時的樣子。普拉斯基橋。距我們幾碼之遙的地方，就是分隔皇后區和布魯克林、特別是綠角的小河。

反正也沒別的事可做了。「走吧。」我說。

「你繼續聽。」康尼說。「我們不能光是在綠角到處繞。」

我們衝過那座小橋，進入布魯克林。

「往哪走，萊諾？」康尼說，彷彿他以為敏納正不停地對我傳達指示。我聳聳肩，雙手攤掌朝向車頂。這個手勢馬上就被痙攣化，我重複動作，聳肩、攤開雙掌、擠眉弄眼。康尼不理我，望向街頭尋找小黑車的蹤跡，盡可能慢速開下普拉斯基橋在布魯克林這一側的斜坡。

然後我聽到了什麼。車門打開、關上，腳步刮擦聲。敏納和巨人抵達了目的地。我的痙攣動作猛然打住，專心聽。

「哈利．布雷能二世。」敏納用他最具譏笑意味的語調說。「我猜我們是要在這裡稍停一

⑬ 一種類似餃子的波蘭食品，麵皮內包菜肉或起司，先蒸後煎。

下，讓你快快裝個腦⑭，嗯？」

巨人什麼也沒說。更多腳步聲。

哈利．布雷能二世是誰？

此時我們開下了燈光照耀的橋，原本以為前面會出現某個區讓我們可以有點概念，這想法讓人高興但馬上就破滅了。往下去是麥金尼斯大街，街旁就是黑暗的工業建築，毫無特徵、令人卻步。布魯克林是個大地方，這一頭我們不熟。

「你知道——嬴不過，就打爛他們的頭⑮，對吧？」敏納繼續用他那刺人的聲音說。我聽見背景有一聲汽車喇叭——他們還沒進屋。就站在某處的街上，近在令人發狂的咫尺。

然後我聽見砰的一聲，再一聲悶哼。敏納又挨了一下。

然後又是敏納的聲音：「哎，哎——」某種我聽不清的掙扎聲。

「操你——」敏納說，然後我聽見他又挨揍了，沒說出口的話變成一聲長長的呻吟。

那個巨人可怕的地方在於他沒說話，甚至連呼吸都沒沉重到讓我聽得見的地步。

「哈利．布雷能二世，」我對康尼說。然後，為了怕他以為這句話只是抽搐，我又補充說：「這名字會讓你想到什麼嗎，吉伯特？」

「再說一次？」他慢慢地說。

「哈利．布雷能二世。」我重複，不耐煩得快氣炸了。有時候我感覺自己像一道靜電流，跟一些泡在糖蜜大海中緩緩移動的人為伍。

「當然。」他大拇指朝他那側車窗外一指。「我們剛剛才經過。」

「什麼？經過什麼？」

「一間工具工廠之類的。招牌很大。」

我為之屏息。敏納是在對我們發話，給我們帶路。「掉頭往回開。」

「什麼，回皇后區？」

「不是，開回你看到布雷能的地方。」我說著，恨不得掐死他。或至少找到他的「快轉向前」鍵按下去。「他們下車了。快迴轉。」

「只有一兩個路口的距離。」

「哎，那就快點。扁我，二世！」

康尼迴轉，我們馬上就到了。**哈利・布雷能二世鋼板公司**用馬戲團海報那種字體斗大地寫在一棟兩層樓工廠的磚牆上，這工廠佔了麥金尼斯大街整整一個街區，就在剛下橋的地方。

看見牆上的**布雷能**觸發了一系列小丑遊行式的聯想。我記得小時候把鈴格鈴兄弟巴能與貝里馬戲團給聽錯了。巴納門・貝里。就像錢、小豆蔻、裝腦處、巴納門[16]、什麼什麼：元素週期表，重金屬。巴納門・貝里也可能是喬治吃我・貝里的哥哥。還是這些全都是同一個人？不要現

---

[14] 布雷能 Brainum 類似大腦 brain 與表示某專門場所的字尾 -um 組合，因此敏納用以譏嘲對方肌肉發達卻無腦。

[15] brain 作動詞用又有「打破某人的頭」之意，而 Brainum 與 brain'em 音近，敏納將俗語 If you can't beat'em, join'em「贏不過，就加入對方」改了一個字，再次以此譏嘲對方四肢發達。

[16] 以上幾個字的英文字尾相似。

在想，我求我這個妥瑞症的自己。等有空再想。

「繞著這個街區開，」我對康尼說。「他在這裡的某個地方。」

「用不著大吼大叫，」他說。「我聽得見你說什麼。」

「閉嘴，我聽不到了。」我說。

「我就是這麼說的。」

「什麼？」我拉起一邊的耳機。

「我就是這麼說的。閉嘴。」

「好啦！閉嘴！開車！吃我！」

「他媽的怪胎。」

布雷能後面的街區很暗，似乎是空蕩一片。寥寥幾輛車停在那裡，其中沒有小黑車。沒有窗戶的磚造倉庫上點綴著火災逃生口，那些熟鐵的籠子沿著二樓而下，末端是一架皺扁扁的、看起來不甚安全的梯子。小巷裡有一輛不太大的垃圾車，上面滿是塗鴉，半遮住一處雙扇門。車後的門扇從外面用長長的門栓拴住，像裝肉的冷藏櫃。垃圾車的蓋子一邊是蓋著的，另一邊打開，豎著幾根日光燈管。車輪旁邊滿是街道上的垃圾，我想這車好一陣子沒移動過了，所以就不去管它後面的那扇門。另一個出入口是一扇捲門，門外是貨車大小的卸貨區，就在燈火通明的大街旁。我想要是這扇門有被捲起來的話，我先前應該會聽到聲音才對。

新鎮溪下水道整治廠的四根大煙囪矗立在街道的盡頭，半明半暗地像電影裡古羅馬競技場上的塔門。只消在上方空飄一隻充氣豬，就成了平克．佛洛伊德合唱團《動物》那張專輯的封面。我們在廠房的陰影中開著林肯悄悄緩緩繞過街區的四個角，什麼都沒看到。

「該死。」我說。

「沒聽到他的聲音？」

「只有街上的聲音。喂，按一下喇叭。」

「為什麼？」

「你按就是了。」

我專心聽耳機。康尼按了林肯的喇叭。果不其然，聲音從耳機裡傳來。

「停車。」這下子我慌了。我下車站在人行道上，砰地關上車門。「慢慢繞圈開，」我說。「幫我注意著。」

「怎麼回事，萊諾？」

「他在這裡。」

我慢慢走在人行道上，試著感覺這棟烏漆抹黑建築的脈搏，拿捏這荒蕪街區的斤兩。這地方的建材是大塊大塊剩餘的失望、失業與悔憾。我不想待在這裡，不想讓敏納待在這裡。康尼開著林肯跟著我，呆呆地從駕駛座朝窗外看。我聽著耳機裡的聲音，直到聽見自己的腳步聲接近。我自己的心跳聲形成了一段多旋律，幾乎跟腳步聲一樣響。然後我找到了。敏納的竊聽器被從襯衫上扯了下來，揉成一團丟在小巷的人行道邊緣。我把它撿起來塞進褲子口袋，然後把耳機從脖子上拉下來。我感覺街道的陰森感朝我包圍而來，開始在人行道上半跑著朝垃圾車前進，不過半途還必須停下來再模仿一次自己撿起竊聽器的動作：匆匆地蹲跪在人行道邊，伸手一抓，往口袋塞，拿下已經不存在的耳機，再次對這番發現感到激動，然後重新小跑起來。現在變得很冷。風迎面襲來，冷得我流鼻水。我用袖子擦擦鼻子，跑到垃圾車旁。

「你們這些混蛋。」敏納在裡面呻吟。

我一摸垃圾車的邊緣，沾了一手的血。我推開蓋著的那邊蓋子，把它靠頂住門。敏納以胎兒姿勢蜷縮在垃圾堆中，雙臂抱著肚子，袖子被染紅了。

「老天，法蘭克。」

「把我弄出去好吧？」他又咳又冒著血沫，朝我翻了翻眼睛。「拉我一把好吧？我是說，如果你有這個靈感的話。或者也許你該拿出畫筆和畫布。我從來沒當過油畫的主角。」

「對不起，法蘭克。」我伸手進去，這時康尼也從我身後走來往裡看。

「哦，狗屎。」他說。

「幫我一下。」我對康尼說。我們一起把敏納從垃圾車底拉上來。敏納還是縮著身體，摀住他受傷的肚腹處。我們把他拉過車緣，一起抬著他走上黑暗空蕩的人行道，用很荒謬的姿勢護著他，我們的膝蓋朝對方彎、肩膀往前拱，彷彿他是穿著血跡斑斑風衣的巨型聖嬰，而我們分別是聖母的溫柔左右臂。我們把敏納移進林肯後座，他又呻吟又吃吃笑，眼睛閉得緊緊的。他的血讓我伸出去拉車門的手指變得黏黏的。

「到最近的醫院去。」我們坐進前座時我低聲說。

「這一帶我不熟。」康尼也小小聲回答。

「布魯克林醫院。」敏納在後座說，聲音響亮得令人意外。「直走麥金尼斯，上布皇快速道。布魯克林醫院就在迪卡伯大道上。你們這兩顆煮熟的高麗菜⓱。」

我們大氣不敢出地直視前方，直到康尼朝正確方向開去之後，我才轉身朝後座看。敏納半睜著眼，沒刮鬍子的下巴皺著，像是在苦苦思索、或是在不高興、或是在忍住不哭出來。他看見我在看他，對我眨了眨眼。我吠了兩聲——「汪，汪」——也朝他不由自主地眨了眨眼。

「發生了什麼事，法蘭克？」康尼說話時仍繼續看路。我們在布魯克林—皇后區快速道路上顛簸前進，這條路的路面是紐約各區中最爛的。布皇快速道就像G號列車有自尊心過低的毛病，永遠走不進要塞曼哈頓，永遠沾不到光。而且這裡日夜都跑滿了四、五十輪的大卡車。

「我要把我的皮夾和手錶留在車上，」敏納不回答他的問題逕自說。「還有我的呼叫器。不想被醫院的人偷去。你們別忘了我東西在這裡。」

「好，但是到底發生了什麼事，法蘭克？」

「想把槍留給你們，但槍沒了。」敏納說。我看著他脫下手錶，銀色的金屬沾了紅色血跡。

「他們拿走了你的槍？法蘭克，發生了什麼事？」

「刀。」敏納說。「不是什麼大傢伙。」

「你會沒事吧？」康尼既是在問也是在祈求。

「哦，是啊。棒極了。」

⓱ 敏納似乎總是用可以吃的東西來罵人，後文還有更多例子。

「對不起，法蘭克。」

「是誰？」我說。「誰幹的？」

敏納微笑。「你知道我想要你做什麼嗎，大怪胎？講個笑話給我聽。你一定存了什麼好笑話。」

從我十三歲起，敏納和我就一直在比賽說笑話，主要是他喜歡看我試著從頭到尾說完而不痙攣。我很少辦得到。

「我想想。」我說。

「要是他笑了，傷口會痛。」康尼對我說。「說個他已經聽過的笑話。或者說個不好笑的。」

「我什麼時候聽他的笑話會笑了？」敏納說。「讓他講。反正也不會比你開車顛得更痛。」

「好吧。」我說。「有個人走進一家酒吧。」我緊盯著後座上的那灘血，同時又要試著不讓敏納發現我在看哪裡。

「就是這樣。」敏納啞著嗓子說。「最好笑的笑話開頭總是他媽的一樣，不是嗎，吉伯特？某個人，某家酒吧。」

「我猜是吧。」康尼說。

「已經很好笑了，」敏納說。「好的開始是成功的一半。」

「總之這個人走進一家酒吧，」我又說一遍。「帶著一隻章魚。他對酒保說：『我賭一百塊，這隻章魚能彈這裡所有的樂器。』」

「某人帶著一隻章魚。你喜歡嗎，吉伯特？」

「噯。」

「酒保就指著角落的鋼琴說：『請便。』那人把章魚放在鋼琴椅上——鋼魚！鋼魚能貝里！——章魚掀開琴蓋，彈了幾個音階，然後演奏了一段鋼琴練習曲。」

「愈來愈花俏了，」敏納說。「秀上那麼一下。」

我沒問他指的是誰，因為要是我問了，他一定會說既是指章魚也是指我，那句鋼琴練習曲⑱的關係。

「然後那人說『付錢吧』，酒保說『等一下』，拿出了一把吉他。那人把吉他遞給章魚，章魚調緊了E弦，閉上眼睛，用吉他彈出了一段美麗的方丹戈舞曲。」我壓力愈來愈大，輕敲了康尼肩膀六下。他沒理我，努力駕駛，飛速超過卡車。「那人說『付錢吧』，酒保說『等等，我想我這裡還有別的樂器』，然後從後面房間裡拿出一支單簧管。章魚把它翻來覆去看了看，調緊了簧舌。」

「他在努力搾牠。」敏納說，又是同時指章魚和我。

「嗯，章魚吹得不太好，但還是用單簧管勉強吹出了幾小段旋律。沒有吹得好到可以得獎的地步，但還是會吹。單簧管擠！吃我！那人說『付錢吧』，酒保說『再等一下』，跑到後面去翻了半天，終於翻出一支風笛，啪地丟在吧檯上。那人把章魚帶過來，啪地丟在風笛旁邊。章笛！」我暫停一下衡量自己的狀況，不想讓關鍵笑點衝口而出。然後我繼續說下去，怕斷了線，怕失去

⑱ 練習曲étude原為法文字，因此萊諸以為敏納會說他愛現。

敏納。他的眼睛一直睜睜閉閉的，我希望他不要閉上眼。「章魚仔細打量風笛，伸手舉起一根風管然後放下。舉起另一根風管又放下。然後退後，瞇起眼睛看著風笛。那人緊張了，走到吧檯旁邊對章魚說——髒雨！緊張魚！——對章魚說，操它，說，要操它——說：『怎麼了？你不會吹嗎？』章魚說：『吹？要是我能搞清楚怎麼脫下它的睡衣，我要操它！』」

我講最後這段的時候敏納的眼睛一直閉著，現在也沒張開。「講完了？」他說。

我沒說話。我們沿坡道繞下布皇快速道，開上迪卡伯大道。

「醫院在哪？」敏納說，眼睛仍然閉著。

「馬上就到了。」康尼說。

「我需要幫助。」敏納說。「我快死在這後座了。」

「你不會死的。」

「在我們到急診室之前，你要不要告訴我們是誰傷了你，法蘭克？」康尼說。

敏納什麼也沒說。

「他們捅了你肚子一刀，把你丟在他媽的垃圾堆裡耶，法蘭克。你要不要告訴我們是誰幹的？」

「你開救護車走的那個出入口。」敏納說。「我需要幫助。我不想等在哪個他媽的走進去就可以的急診室。我馬上就需要幫助。」

「我們不能走救護車走的出入口，法蘭克。」

「怎麼，你以為還要快速通行券嗎，你這塊陳年老肉？照我說的做。」

我咬緊牙關，腦袋裡想著：有個人走進救護車出入口捅了你該死的急診肚子說我馬上就需要捅垃圾堆裡他媽的走進去就可以的救護車等一下到後面去找說我想我這裡有捅一刀在該死的走進去就可以的馬上救護老肉救護入口章魚肉繞口張。

「繞口張！」我放聲大叫，眼淚湧了上來。

「是啊，」敏納說，這下他笑了，然後又痛得呻吟。「有一大批哪。」

「應該有人來結果了你們，省得你們這副慘相。」康尼咕噥著衝上布魯克林醫院後面的救護車出入坡道，朝著**禁止進入**的牌子開過去，輪胎發出尖叫聲一轉彎來到雙扇推拉門外，門上的黃字寫著**只限緊急**。康尼停車，一個穿著私人保全公司警衛制服的拉斯特里法教徒⑲馬上就過來敲著康尼那側的車窗。他大把又長又亂的髮辮從兩側冒出帽簷，該配槍的地方插了根棍子，胸前繡著他的名字艾伯特。這身制服看起來像管理員或修理工。他骨瘦如柴，夾克穿在身上顯得太大。

康尼沒有降下車窗，而是直接開了車門。

「把車開走！」艾伯特說。

「你看看後座。」康尼說。

「我才不管，老兄。這裡只有救護車才能走。你回車上去。」

「今天晚上我們就是救護車，艾伯特。」我說。「給我朋友拿個擔架來。」

敏納看起來非常糟糕。他是名符其實地濕透了，而當我們把他弄下車時，可以清楚看見濕透

⑲源自牙買加的黑人教派，信徒典型的打扮是滿頭長而糾結的髮辮。

他全身的是什麼東西。血的味道聞起來像是一場暴風雨即將來臨，像是臭氧的氣味。我們一進門，就有兩個穿著醫生綠色服裝橡皮筋袖的大學生把他接過去，放在一張鋼製推床上。敏納的襯衫七零八落，肚腹部位像是一片融雪泥濘，他也不成人樣。康尼出去把車開走，好擺脫掉一直扯著他手臂的警衛，我則跟著敏納的推床往裡面去，不管大學生的微弱抗議。我一邊走一邊緊盯著他的臉、不時輕敲他肩膀，彷彿我們正站著交談，也許是在徵信社的辦公室裡，或者是拿著兩片披薩沿著法院街閒晃。大學生把敏納停在急診室裡一個半私人的角落，不再管我，專心把管子接到他手臂上給他輸血。

他睜開眼睛。「康尼呢？」他的聲音像是扁掉的氣球。要是你不知道它充滿氣的時候是什麼形狀，就根本聽不出來它是什麼樣子。

「他們可能不會讓他回來這裡。」我說。「我自己也不應該在這裡。」

「唔嗯。」

「康尼——吃我，汪！——康尼說的不無道理，」我說。「你或許可以告訴我們是誰幹的，反正我們，你知道，正在這裡等。」

大學生忙著處理他肚腹部位，用長剪刀除去布料。我轉開視線。敏納再度微笑。「我有個笑話要講給你聽。」他說。我傾身向前好聽見他的聲音。「在車裡想到的。章魚和緊張魚坐在長凳上，籬笆上。章魚掉下去了，還剩下誰？」

「緊張魚。」我輕輕地說。「法蘭克，這是誰幹的？」

「你知道你講給我聽的那個猶太笑話？說有個猶太女士到西藏去想見高僧喇嘛的那個？」

「當然。」

「那個笑話不錯。那喇嘛叫什麼名字？你知道，最後那句笑點。」

「你是說爾文？」

「對，沒錯，爾文。」我幾乎聽不見他的聲音了。「就是他。」他閉上眼睛。

「你是說是一個叫做——雜！毛！——爾文的人殺傷你的？車裡那個大個子是不是就叫這個名字？爾文？」

敏納低聲說了什麼，聽來像是「記住」。房間裡其他人在製造噪音，喊叫著他們那沾沾自喜的專門術語向彼此下達指示。

「記住什麼？」

沒回答。

「記住爾文這個名字？還是別的什麼？」

敏納沒聽到我的話。一名護士把他的嘴扳開，他沒有抗議，連動都沒動。

「抱歉。」

說話的是一名醫生，矮個子，橄欖色皮膚，臉上有鬍碴，我猜是印度裔或巴基斯坦裔。他直視我的雙眼。「你必須離開了。」

「我不能走。」我說著伸手輕點他肩膀。

他沒有閃躲。「你叫什麼名字？」他溫和地問。此刻我在他疲憊的神情裡看見了幾千個像這樣的夜晚。

「萊諾。」我嚥下把我的姓尖叫出來的衝動。

「妥瑞症？」

「是的艾斯洛。」

「萊諾，現在我們要在這裡進行一些緊急手術。你必須到外面去等。」他迅速點個頭表示我該去的方向。「他們會需要你幫你朋友處理一些表格文件。」

一名護士正在把一根有接頭的塑膠管插進敏納嘴裡，那東西看來像巨大的戒菸薄荷糖管[20]。

我沿著進來的原路出去，找到了掛號護士。我邊想著起床號、冒號，邊告訴她我是跟敏納一起來的。她說她已經跟康尼說過話了，需要的時候她會叫我們的，現在先請坐。

康尼雙腿交叉、雙臂抱胸坐在那裡，下巴狠狠緊繃著，燈心絨外套的釦子還扣著，坐在類似雙人座的椅子的半邊，旁邊連著一個窄架，攤放著幾本髒兮兮的雜誌。我走過去坐進另外半邊。候診區充滿了只有真正苦難才能提供的、眾生平等的人口切面：有西班牙裔有黑人有俄裔，還有許多面目模糊、紅著眼睛的十幾歲女孩帶著小孩，你祈禱那些只是她們的弟妹；歷史悠久的毒蟲討著沒人會給他們的止痛藥；一名疲倦的家庭主婦安慰著她的兄弟，後者沒完沒了地抱怨著自己的便秘，說他好幾個星期不曾享受過排便的樂趣；一名驚恐的情人像我先前一樣被請出急救現場，正瞪著那名八風吹不動的掛號護士和她身後沉默的門；其他人戒備、抗拒，挑戰你去猜測他們的困擾是什麼，猜他們是為了自己還是為了別人，才會在本來完好、純淨、強健的生活中與你共享這麼一段慘澹的時間。

我安靜不動地坐了大約一分半鐘，腦袋裡閃著我們一路追逐以及布雷能建築以及敏納傷口的畫面，痙攣在喉頭蠢蠢欲動。

「走進。」我大喊。

有幾個人抬起頭來看，被我的腹語術表演弄得困惑。是不是護士說了什麼？是不是叫到了誰的名字？或許就是他們的名字，只是發音錯誤？

「別現在發作呀。」康尼壓低聲音說。

「有人走，走進，有人走進。」我無助地回答他。

「啥，你現在要講笑話？」

我盡力控制自己，把這幾個字變成一句低聲咆哮，類似「咿吱嘰嗚」——但這番努力造成了附加的痙攣：快速眨眼。

「也許你應該站到外面去，你知道，去抽根菸什麼的？」可憐的笨康尼顯然跟我一樣焦躁不安。

「走走！」

有些人盯著我看，其他人覺得無聊，轉開視線。眾人已經辨識出我是某種病人：被靈魂或動物附身，語言癲癇發作，或隨便什麼。想來醫生會給我開藥然後叫我回家。我沒有嚴重的傷勢或疾病足以在此引起別人的興趣，只是惹人分心，還有些許不應該，因為我讓他們對自己的問題感

⑳ PEZ是一種五〇年代由德國科學家發明的戒菸用薄荷糖，但後來發現它亦會使人成癮；其容器一般為約莫打火機大小的管狀，可重複裝填，日後逐漸發展出許多不同的設計並在其頂端飾以卡通人物或名人的頭像，如今已成為一種收藏品。

覺好一點，所以我的古怪很快就輕易地融入了環境裡。

只有一個人例外：艾伯特從我們衝上救護車出入口之後就看我們不順眼，現在他站進屋裡來取暖，或許也是為了用他那雙充滿血絲的眼睛盯著我們。我了解他看這件事自有另一個角度，因為他跟候診室裡的其他人不同，知道我不是我這群人裡的病患。他本來老大不高興地站在門口呵著手，現在走過來指著我。「喂，老兄，」他說。「在這裡不能那樣。」

「哪樣？」我說，緊接著一扭脖子喊出「然後那人說！」，音調拉得很高很尖，就像得不到觀眾注意的喜劇演員。

「不能這副鬼樣子。」他說。「要就到別的地方去。」他為自己的口齒清晰咧嘴一笑，顯然很高興能與我的缺乏控制成鮮明對比。

「你少管閒事。」康尼說。

「一！根！細繩！」我說，想起另一個我沒跟敏納說過的笑話，也是發生在酒吧裡。我的心直往下沉。我真想衝進去對著他的醫生、對著他插著管的蒼白臉孔開始把這個笑話照本宣科。「細繩！走！進！」

「你有什麼問題，老兄？」

「**我們不賣酒給繩子！**」

這下子我有麻煩了。我的妥瑞症大腦把自己銬進了那個繩子的笑話，就像生態保育的恐怖份子把自己銬在剷倒樹木的推土機上。要是我找不出解決方法，我可能會或悶哼或尖聲地把整個故事一個字一個字迸出來。為了尋找逃生門，我開始數天花板上的磚，一邊數還一邊在膝蓋上打拍子。我看到我也重新吸引了一屋子人的注意。這傢伙搞不好畢竟還是有點意思的。免費的真人怪胎秀。

「他有病，」康尼對警衛說。「所以你少管。」

「嗯，告訴這位老兄他最好站起來，帶著他的毛病走出去。」警衛說。「否則我就把大軍給叫進來，懂不懂？」

「你一定是搞錯了。」我說，現在我的聲音很平靜。「我不是一根細繩。」大勢已定，超乎我的控制範圍。這個笑話必須被說出來。我只是用來說它的裝置而已。

「我們站起來就會給你的屁股造成毛病，艾伯特。」康尼說。「懂不懂？」

艾伯特沒說話。一屋子的人都鎖定了這布魯克林頻道的節目。

「你有沒有菸可以借我們抽抽，艾伯特？」康尼說。

「這裡不能抽菸，老兄。」艾伯特輕聲說。

「對啦，這就是條有道理的好規定。」康尼說。「因為這裡大家都很關心自己的健康。」

有時候康尼很能以不相干的話把人嚇住。現在他確實是堵住艾伯特的嘴了。

「我是個舊繩結㉑。」我低聲說。我開始想要去抓艾伯特皮套裡的那根警棍——這是股多年的、熟悉的衝動，想要去搆掛在皮帶下的東西，例如聖文森少年之家裡那些老師身上帶的大串鑰匙。這念頭現在似乎特別不適合。

㉑ 這句話與「恐怕你搞錯了」音近，顯然是這個繩子笑話的笑點，也造成底下艾伯特的誤解。

「恐怕什麼？」艾伯特困惑地說，儘管約略聽懂了一點那笑話的雙關語。

「舊繩結！」我乖乖地重複，然後又說：「吃我繩子笑話！」艾伯特怒目而視，不確定我罵了他什麼、或者他受到了多大的侮辱。

「康尼先生。」掛號護士叫道，打破了僵局。康尼和我立刻站起來，仍然在可悲地過度補償我們跟丟了敏納的遲緩。那名矮個子醫生從那間私人病房走出來，站在掛號護士身後，點頭示意我們過去。我們與艾伯特擦身而過之際，我放縱自己很快地、偷偷地摸了他的警棍一下。

半個娘娘腔，敏納以前常這樣叫我。

「啊，你們兩位有誰是敏納先生的親戚嗎？」醫生的口音把敏納先生說得像是輕罪[22]。

「是也不是。」康尼在我之前開口。「可以說我們就是他最親近的人了。」

「啊，我明白了。」醫生說，雖然他當然不明白。「請你們跟我到這邊來——」他帶我們走出候診區，走進另一個半遮蔽隔離的房間，就像他們把敏納推進去的那一間。

「我是舊[23]。」我壓低聲音說。

「很抱歉。」醫生說，他站得離我們近得奇怪，仔細看著我們的眼睛。「我們能做的很少。」

「沒關係啦，」康尼沒搞懂。「我相信不管你們能做什麼都很好，反正法蘭克本來也不需要太多——」

「我是個舊繩結。」我感覺自己幾乎哽塞，這次哽住我的難得不是沒有說出的字詞，而是一股陡然湧上的、味道像白城堡漢堡的苦膽汁。我用力把它嚥下去，用力之猛讓耳膜都為之一脹。

我感覺整張臉像是被噴灑了一陣酸液水霧。

「咳。我們沒有能救回輕罪。」

「等一下。」康尼說。「你是說沒能救回來？」

「是的，沒錯。失血過多。很抱歉。」

「沒能救回來！」康尼大吼。「我們把他帶來這裡的時候他就救回來了！這是什麼鬼地方啊？他不需要被救回來，只要縫個幾針——」

我開始需要碰觸那個醫生，在他雙肩各輕敲幾下，絕對對稱的模式。他站著任我點觸，沒有推開我。我把他的領子拉直，比對著他底下的鮭魚色T恤，好讓他脖子兩邊露出的邊緣一樣多。

現在康尼洩了氣，沉默地站著，吸收痛楚。我們全都站在那裡等，直到我終於把醫生的領子拉扯出最適合的位置。

「有時候我們也無能為力。」醫生說，現在他的眼神飄向地面。

「讓我看看他。」康尼說。

「這是不可能的——」

「這地方真是滿嘴狗屁。」康尼說。「讓我看看他。」

「這牽涉到採證問題。」醫生疲倦地說。「我相信你們一定了解。調查人員也會想跟你們談談。」

㉒ 兩者音近。

㉓ 音同「我害怕」。

我已經看見警察穿過醫院的咖啡廳，走進急診室的某處。不管這批警察是不是來這裡逮捕我們的，顯然執法人員都要不了多久就會趕到。

「我們該走了，吉伯特。」我告訴康尼。「很可能我們現在就該走了。」

康尼動也不動。

「很可能真的該走了。」我半強迫症式地說，悲傷之情中逐漸泛起慌張。

「你誤會了。」醫生說。「我們要請你們稍等一下。這個人會替你們帶路——」他朝我們身後某物點點頭。我陡然轉身，我那蜥蜴般的本能很震驚於自己居然沒發現有人偷偷從我後面走來。

那人是艾伯特。是擋住我們去路的一條拉斯特里法細線。他的出現似乎讓康尼的腦筋轉了過來：警衛是卡通版，提醒了他真正警察的存在。

「閃開。」康尼說。

「我們不賣酒給繩子。」我解釋。

艾伯特看來並不比我們對他的公務身分更有信心。在這種時候我就會想起我們這些敏納幫給人的印象：身材粗壯，教育程度低落，就連在我們滿是橫肉的臉上爬滿淚痕的時候都渾身散發著敵意。還有我會說些奇怪的話，突然出手，點觸別人，這些都是敏納幫非常喜歡用來嚇唬人的額外特點。

法蘭克．敏納，回天乏術，失血過多，躺在隔壁房間裡。

艾伯特攤開手掌，肢體語言差不多是在請求我們，同時說：「你們最好等一等，老兄。」

「不啦，」康尼說。「也許改天吧。」康尼和我都朝艾伯特的方向傾身過去，其實只是轉移重心而已，他卻馬上往後一跳，手朝他空出來的位置伸，彷彿是在說剛剛站在這裡的是別人，不是我。

「但我們必須堅持這一點。」醫生說。

「你真的不會想要堅持的。」康尼說著憤怒地轉向他。「你沒有堅持的必要，你懂我意思嗎？」

「我不太確定。」醫生靜靜地說。

「嗯，慢慢想就行了。」康尼說。「不用著急。走吧，萊諾。」

布魯克林孤兒

我在聖文森少年之家的圖書館裡長大，布魯克林的那一區還沒有建商想去改建成入時的新社區；還不到布魯克林高地，也不是圓石丘，甚至也不是貝倫丘。少年之家基本上是設在布魯克林大橋的匝道上，但看不到曼哈頓或大橋本身，那是一條交通繁忙的八線道，兩旁是沒有特色、龐大的民事法院，那些灰色的建築雖然看來遙遠，但我們少年之家的男孩當中有些人也進去過，然後旁邊有布魯克林郵局的分撿中心，那棟建築整夜忙碌、閃著燈光，大門吱吱嘎嘎打開讓卡車進去，卡車上裝滿了堆積如山的那種叫做信件的神秘物品，然後旁邊是伯頓汽車技工職業學校，試著想讓自己人生走上呆板的正道的學生在那裡接受磨練，一天兩次湧出校門吃三明治配啤酒度過休息時間，令隔壁那間狹窄的酒館應接不暇，他們那種陰鬱惡棍的好樣兒嚇到來往的行人、讓我們這些男孩興奮激動，然後旁邊是一小塊窄長形的荒地，幾張公園長凳放在拉法葉的花崗岩胸像下，標示出他在布魯克林之役中是從哪裡進入的，然後旁邊是一片停車場，四周圍著高牆，上面有捲成一大圈一大圈的有刺鐵絲網、還有被風啪啪吹動的螢光色小旗子，然後旁邊是一棟紅磚蓋的教友派禮拜堂，想必從四周都還是農田的時候就已經在這裡了。簡言之，擠在這古老破舊的一區入口處的這一堆亂七八糟，正式來說就是「哪裡也不是」，只是在前往某個別處的路上經過的、被特別努力視而不見的地方。被法蘭克・敏納救出去之前我是住在圖書館裡，就像我先前說過的。

我開始讀起那座墳墓般的圖書館裡的每一本書，每一本被捐贈、被編目，然後被遺忘在那裡的僵死可憐東西——這顯示我在聖文森有多麼恐懼和無聊，也很早就顯現出我妥瑞症的強迫性行為，一定要數算、處理，並檢查。我縮在窗台上，翻著乾燥的書頁、看著塵埃在陽光中翻騰，在西奧多・德萊瑟、肯尼斯・羅伯茲、J・B・普利斯里等人的書中，以及過期的《大眾力學》雜誌中尋找我正在萌芽的古怪自己，但是找不到，找不到我自己的語言，就像我也無法在電視節目中找到，那些沒完沒了重播的《神仙家庭》和《太空仙女戀》和《我愛露西》和《吉利根》❶和《布萊迪家庭》，我們這些非運動健將型的書呆子就是靠它們度過無數個下午，貼近螢光幕去研究那些女人滑稽古怪的動作——女人！她們是那麼陌異，就像信件、電話、森林，像我們這些孤兒無緣得到的一切——還有她們丈夫是如何應付的，但我在那裡面沒有找到自己，德西・阿納茲和迪克・約克和賴瑞・哈格曼，那些待在地面上飽受侵擾的太空人沒有讓我看到我需要看到的東西，沒有幫助我找到我的語言。星期六上午的節目比較有點希望，尤其是達菲鴨給了我一些什麼，如果我能忍受想像自己長大變成一隻被炸藥炸過、鳥喙七零八落的鴨子的話。《蜜月佳偶》裡的亞特・卡尼也給了我一些東西，他一扭脖子的那種樣子，如果我們沒被趕上床去睡覺、能夠待到那個節目播出的時間的話。但是帶給我語言的是敏納，是敏納和法院街讓我說話的。

❶顯然是指《吉利根島》；此處所列的都是六、七〇年代在美國紅極一時的電視影集。

那天我們四個被選中，因為我們是聖文森之家僅有的五個白種男孩中的四個，而剩下的那個是史蒂芬・葛羅斯曼，人如其名的肥子❷。要是史蒂芬瘦一點，卡塞爾先生就會把我給刷下來。我是滯銷貨，是個抽搐、挖鼻孔的傢伙，從圖書館而非學校操場被翻出來，八成還有點智障，拿出來見人絕對是不得已、不像樣的。卡塞爾先生是聖文森的教師，認識住在附近的法蘭克・敏納，他建議敏納把我們借去一個下午，這事只是開頭的一個小例子，敏納渾身散發著受人偏袒、到處吃得開的光環──「認識什麼什麼人」是生活條件。敏納跟我們正好完全相反，我們誰也不認識，就算認識了什麼人也沒辦法從中得到任何好處。

敏納要求找白種男孩，是為了符合他客戶想來會有的偏見──還有他自己確實有的偏見。或許那時敏納也已經有了感化再造我們的幻想。如今我無從得知。他第一天對待我們的態度倒是完全沒顯示出這一點，那是悶熱八月的一天，放學之後的下午時分，街道像黑色的口香糖，緩緩爬過的車輛像自然課上模糊的幻燈片，他把他那輛滿是凹痕和塗鴉的有蓋小貨車的後門打開，那車大小跟那些半夜來去的郵車差不多，他叫我們進裡面去，然後砰地關上門、鎖上掛鎖，沒做解釋也沒問我們叫什麼名字。我們四個面面相覷，這局面脫離了我們煩悶的日常生活，令我們驚詫又暈眩，我們不知道這意味著什麼，也不真的需要知道。其他三個人是東尼、吉伯特、丹尼，他們願意跟我湊在一起、願意假裝我跟他們是同一夥的，只要這樣能讓我們被拉到外在世界，坐在骯髒的鋼鐵車床上，一路震顫顛簸地去到某個聖文森以外的地方。當然我也在震顫，在敏納把我們關起來之前就在震顫了，我的內在永遠在震顫同時竭力不讓它外顯。我沒有親其他那三個男孩，但我很想。我改發出一種親吻、啾叫的聲音，像鳥的叫聲，一遍又一遍：「啾，啾，啾。」

東尼叫我他媽的閉上嘴，但他的語氣不是非常認真，因為這一天是個大日子，生命的神秘正在開展。尤其是對東尼而言，他命中注定的事終於發生了。一開始他就從敏納身上看到比較多的東西，因為他已經準備好要看見這些東西。東尼．維蒙提在聖文森以充滿自信聞名，他很有把握地相信自己被送進少年之家是個錯誤，相信自己並不屬於那裡。他是義大利裔，比我們其他人都要好，我們根本不知道自己是個啥（艾斯洛又是哪的姓？）。他父親要不是黑道就是條子——東尼不認為這兩者有何矛盾之處，所以我們也就不認為。義大利人會回來領他的，不管是黑道白道，而他就把敏納當成了這個人。

東尼出名的不只是這一點。他十五歲，是我們這些在敏納車上的人當中最大的，我和吉伯特是十三，丹尼．范托十四（聖文森之家裡年紀比較大的男孩很少見，因為他們到別的地方去上高中，但東尼設法留了下來），這歲數讓他無比瀟灑又世故，更何況他還曾經在少年之家外住過一段時間，然後才回來。東尼是我們的經驗之神，包括抽菸和其他各種相關的事物。兩年前，一個在對街做禮拜的教友派家庭收容了東尼，打算給他一個永久的家。儘管他照樣打包衣服，但他還是宣布很看不起他們。他們不是義大利人。但他仍和他們住了幾個月，或許還過得很快樂，但就算是他也不會說的。他們安排他去上「布魯克林之友」，那是一所離這裡只有幾條街的私校，他下午放學回家的路上多半會來聖文森的圍牆外晃晃，說那些他摸過、有時還插入過的私校女孩的

❷ 葛羅斯曼Grossman有「臃腫肥胖之人」的意思。

故事，還有那些很娘的私校男孩，他們會游泳會踢足球，但上了籃球場就遜得要命，儘管東尼自己並非特別會打籃球。然後有一天，他的養父母發現高大黑髮的東尼跟一個千不該萬不該的女孩上了床：他們自己的十六歲女兒。或者至少他是這麼說的；故事的來源只有一個。總之，他隔天就被送回了聖文森，他很輕鬆就回到了往日的例行公事，每隔一天輪流痛打我和史蒂芬·葛羅斯曼然後又向我們示好，這樣我們兩個永遠不會同時跟他為友，也無法彼此信任，就像我們不信任東尼一樣。

東尼是我們的蔑笑之星，也是我們當中最早引起敏納注意的一個，激發了我們未來老闆的想像力，讓他看見我們身上有著未來的敏納幫的模樣，渴望被培養出來。或許一心想著會有義大利人來救他的東尼，甚至也一同合作產生了那個日後將變成敏納徵信社的幻影，他的渴望是如此之強，引發了敏納的某些抱負，讓他第一次想到要有人供他指揮。

當然，敏納自己當時也很年輕，儘管在我們看來他已經是個大男人了。那年夏天他二十五歲，除了有點小肚子之外算是身材瘦長，仍然一心一意把頭髮全往後梳得平滑水亮，這種卡洛爾園的髮型完全跟當時的一九七九年不相干，而是來自某個沼氣般的法蘭克·辛納屈[3]時刻，像一塊琥珀或電影攝影技師的濾光鏡，把法蘭克·敏納和所有對他來說重要的東西都包在裡面。

坐在敏納小貨車後面的除了我和東尼之外，還有吉伯特·康尼和丹尼·范托。吉伯特當時是東尼的心腹，這個矮壯、慍怒的男孩勉強稱得上兇狠——要是你說他是個惡棍，他一定會很高興。吉伯特對史蒂芬・葛羅斯曼非常兇狠，我猜是因為後者的肥胖讓他不安地看見自己，但他對我還算容忍。我們甚至有兩三個古怪的秘密。兩年前，少年之家到曼哈頓去參觀自然歷史博物館時，吉伯特和我都脫隊、而且不約而同地回到同一間展覽室，那裡有一隻巨大的塑膠藍鯨掛在天花板上，是這趟參觀行程的焦點。但在鯨魚身下有著渾濁、神秘的海底生物透視畫，其照明和陳設的方式讓你必須緊貼著玻璃面才能看到深藏在角落的種種神奇。其中一幅畫面是抹香鯨大戰巨型烏賊。另一幅是殺人鯨穿透冰面。吉伯特和我著迷地從一個櫥窗走到另一個櫥窗。當一班三、四年級的小學生被帶開之後，我們發現這整個巨大的展覽廳全都歸我們所有，而就連我們說話的聲音都被悶在博物館那種詭異的寂靜之下。吉伯特帶我去看他的發現：那幅企鵝透視畫旁邊有一扇小矮人尺寸的黃銅門沒鎖。他把門打開，我們發現它同時通往企鵝場景的後面和裡面。

「進去，艾斯洛。」吉伯特說。

要是我不想進去，這就會是惡霸在欺負人，但我想進去想得要命。這展覽廳繼續保持空無一人的每一分鐘都很珍貴。門的下緣與膝蓋同高。我手腳並用地爬進去，打開透視畫側壁漆成藍色的板子，然後鑽進圖畫裡。海床是漆上色彩的石膏，又長又滑、呈碗狀，我彎著膝蓋快步走下斜坡，看著玻璃另一側目瞪口呆的吉伯特。游泳的企鵝是架在從對牆直接伸出的長棍上，其他的企鵝則掛在海面的塑膠波浪上，現在那海面在我頭頂不遠處。我輕撫離我最近的那隻企鵝，牠被架得低低的，擺出正潛水追捕一條可口的魚的姿勢，我拍拍牠的頭，摸摸牠的咽喉，彷彿要助牠嚥

❸ Frank Sinatra（1915-1998），美國老牌影星、歌星。

下一顆乾巴巴的藥丸。吉伯特哈哈大笑，以為我在搞笑給他看，但事實上我是對那隻僵硬悲哀的企鵝感到了一股強大的、溫柔又躁動的衝動。這下子我必須每隻企鵝都摸，至少是我能摸到範圍之內的企鵝——有些我無法接近，在海面障礙的另一邊，站在浮冰上。我跪著四處移動，友愛地碰碰每隻游泳的企鵝，然後再從黃銅門溜出來。吉伯特對我另眼相看了，我看得出來。現在我成了一個什麼事都會做、什麼瘋狂事都做得出來的小孩。當然，他這麼想既是對的也是錯的——只要摸了第一隻企鵝，就沒有我選擇的餘地了。

不知怎麼地，之後他開始向我吐露秘密。我瘋狂但也溫順，很容易被嚇住，這使得我成為吉伯特眼中的安全人選，可以把他自認為瘋狂的感覺告訴我。吉伯特很早就開始自慰，想在他自己的試驗和學校流傳的一般說法之間做些測量。我會不會這麼做？有多常？用一隻手還是兩隻手，是這樣握還是那樣握？我會不會閉上眼睛？有沒有想過要貼著床墊蹭？我很認真對待他的問題，但我其實並沒有他需要的資訊，還沒有。我的愚笨一開始讓吉伯特很不高興，於是他會有一兩個星期的時間假裝他沒開過口，甚至根本不認識我，並且對我怒目以視，讓我知道要是我把他說的話洩漏出去下場會很慘。然後他會突然回來，態度更加急切。你試試，他會說。沒有那麼難。我會幫你看你有沒有弄錯。我聽了他的話，就像在博物館那次一樣，但這回的結果沒有那麼好。我還無法用我對企鵝的那股溫柔來對待自己，至少在吉伯特面前不行（儘管事實上他已經引發我自己私下的探索，這檔事不久就佔據了我大量的心力和時間）。吉伯特又不高興了，而且兇得令人生畏，如此經過兩三次循環之後，這個話題就再也沒被提起了。但那種吐露秘密的影響力仍然存在，若有似無地把我們連結在一起。

敏納小貨車上的最後一個男孩丹尼・范托是個魚目混珠的傢伙。他只是看起來像白人。丹尼跟聖文森的絕大多數人融合得很快樂、很輕鬆、很徹底。他自有辦法獲得跟東尼一樣多的尊重（而且確實也受到東尼的尊重），不用吹牛或裝模作樣，常常甚至不用開口。他真正的語言是籃球，他是個那麼具有高度張力和流暢度的運動好手，因此在屋內、在教室裡難免顯得有點龍困淺灘。如果他開口，則是在嘲笑我們熱中的事物、我們顯得不酷的樣子，但態度是遙遠的，彷彿他的心思實際上是在別的地方，計畫著交叉走位、動作步法。他聽「放克迷幻」、「客串演出」和「札啪」等樂團，跟少年之家裡的任何一個男孩一樣迅速擁抱饒舌樂，但當他深深喜愛的音樂真正放出來的時候，他卻不隨之起舞，而是雙臂抱胸、和著拍子皺眉噘嘴，他那極富表現力的屁股一動也不動。丹尼的存在是不上不下的，既不黑也不白，既不扁人也不被扁，漂亮但不受關於女生的念頭困擾，功課很爛但每堂課都能混過去，而且時常不受地心引力的牽制，飄浮在地面和聖文森球場籃框那糾纏的籃網之間。東尼受到他那失落的義大利家庭的折磨，固執地認為他們會回來；丹尼則像是在七、八歲的某一天很酷地離開了他的父母，加入一場一直延續到他十四歲的街頭球賽，直到敏納開車來的那一天。

妥瑞症把人們會忽略和忘記的東西教給你，教你看見編織現實的機制，人們用這機制把不能忍受的、前後不一致的、具有擾亂性的東西塞到看不見的地方——它教給你這些，因為就是你把不能忍受的、前後不一致的、具有擾亂性的東西像高吊球一樣朝他們打過去的。有一次我坐在一輛大西洋大道的公車上，後面隔了幾排有一個打嗝式痙攣的男人——那長聲呻吟聽來幾乎像是在嘔吐，就像五年級小孩學會用吞進一肚子空氣的方式發出的聲音，然後到高中時就忘了，因為那時候重要的是要迷住女生而非把她們嚇跑。我這位病友的強迫行為非常非常特定：他坐在公車後排，只有在每個人都面朝前的時候他才會發出那技術高超的、仿效消化系統的聲音。我們震驚地回頭——車上有十幾二十個其他乘客——他則左顧右盼。然後，每隔六、七次，他會加進一聲髒兮兮的屁聲。他是個形容憔悴的六十幾歲黑人，是個遊手好閒的酒鬼。儘管他這種躲貓貓式的時機拿捏得很準，但每個人都很清楚聲音是他發出來的，因此其他乘客自顧自地哼歌或者發出責備意味的咳嗽聲，不再讓他享有被看的滿意感，也迴避彼此的視線。這樣更制不住他，因為不回頭看他反而讓他能自由地、不被打斷地發出長串長串最純熟的噪音。除了我之外，所有的人一定都覺得他是個幼稚的廢物，是個想要被人注意的可悲醉鬼（也許他也是這樣以為自己——如果他的病沒有被診斷出來的話，而他八成確實沒得到診斷）。但這毫無疑問地是種強迫行為，是種痙攣——妥瑞症。而它不斷持續下去，直到我到站下車，我確定之後它也仍在繼續。

重點是，我知道其他那些乘客到達目的地下車之後，不到幾分鐘就不會再想起這件事。不管那瘋狂的、蛙鳴般的呻吟聲是如何充斥在公車的禮堂中，這些聽眾負責的任務顯然是要忘記那音樂。交感現實既脆弱又有彈性，像泡沫的表層一樣會癒合。那個打嗝男人那麼快速、那麼完全地把它戳破，我可以看見那傷口立即被封住。

妥瑞症患也可以是隱形人。

同樣地，我懷疑其他少年之家的男孩，甚至是那三個跟我一起變成敏納幫的，都不太可能會直接記得我那一陣陣發作的親吻。我大概可以強迫他們記起來，但他們會很心不甘情不願。那種痙攣不是當時聖文森的我們所能接納了解的，就算現在也是一樣，無論是在何時何地。此外，隨著我妥瑞症的大肆發展，我很快地把親吻的動作包裹在幾百種其他的行為裡，而透過敏納那種粗豪情感的稜鏡來看，其中有些行為變成了我的註冊商標，我的怪胎秀。因此親吻的事就令人感激地被遺忘了。

到我十二歲的時候，大約在摸過企鵝的九個月之後，我開始被大量的衝動淹沒，想伸手去搆、去點觸、去抓握、去親吻——這些強迫行為先出現，當時我的語言仍像被困在平穩浮冰層下的翻騰海洋，就像我在那企鵝展示窗裡被困在水底的那一半，啞口不能言，在玻璃之下。我開始伸手碰門框，跪下身去抓鬆開飛掠的球鞋鞋帶（對我而言不幸的是，這是聖文森最強悍的那些男孩近來的流行），不停敲點課桌椅的金屬管狀腿以尋找某些迴響的音調，最糟的是抓著其他男孩親。當時我被自己嚇壞了，更加往圖書館深處躲，但上課或吃飯或睡覺的時候不得不出來。然後事情就會發生。我會撲向某個人，一把將他抱住，親他的臉頰或脖子或前額，視我碰到哪裡而定。然後，在強迫行為的衝動消散之後，我就得解釋、自衛，或者逃跑。我親了葛雷格．圖恩和艾德溫．托雷斯，他們兩個我從來連正眼都不敢看一眼。我親了勒蕭．蒙羅斯，他曾經用椅子打斷佛卡羅先生的手臂。我親了東尼．維蒙提和吉伯特．康尼，還試過要親丹尼．范托。我親了史蒂芬．葛羅斯曼，可悲地為他當時剛好經過而感到感激。我親了跟我同病相憐的男孩們，聖文森其他那些悲哀、隱形、勉強活下去的邊緣人，我不知道他們的名字。「這是一種遊戲！」我會懇求地說。「這是一種遊戲。」這是我唯一的辯解，而既然我們生活中最難以解釋的東西就是遊戲，那些包含古老儀式的遊戲——「英國牛頭犬❹」、「逃犯捉迷藏❺」、「史卡利與掃把星」——是傳給我們這些知道怎麼玩的孤兒的神話，因此我似乎或許可能說服他們這是另一個遊戲：親吻遊戲。同樣重要的是，我或許也可能說服我自己——這難道不是我曾經在某本書上讀到過的、興奮過頭的青少年玩的遊戲嗎？也許是莎蒂．霍金斯．戴的書？管他這裡沒有女生，難道我們這些少年之家的男生就不值得有同樣的東西嗎？是了，就是這樣，我決定了——我是在獨力將低下階層的人拉進青少年時期。我知道某樣他們不知道的事。「這是一種遊戲。」我會絕望地說，有時候伴隨著流下我臉龐的痛苦眼淚。「這是一種遊戲。」勒蕭．蒙羅斯抓我的頭去撞瓷製的飲水器。葛雷格．圖恩和艾德溫．托雷斯寬宏大量地只把我甩開推倒在地。東尼．維蒙提把我的手臂扭到背後，把我壓在牆上。「這是一種遊戲。」我喘著說。他放開我，充滿憐憫地搖搖頭。古怪的是，結果是我有幾個月的時間免於他的毆打——我太可悲、太娘娘腔了，所以不該碰我，或許最好避開我。丹尼．范托料到我要做什麼，用假動作把我騙了過去，彷彿我是腳步鈍重的防守球員，然後他就跑下樓梯不見蹤影。吉伯特站著瞪我，由於我們之間秘密的過去而大感緊張不安。「一種遊戲。」我向他確保。「這是一種遊戲。」可憐的史蒂芬．葛羅斯曼信了我的話，直到他試著去親折磨我們兩個的東尼，或許他希望這是個能扭轉目前秩序的關鍵。他照樣被毆打。

與此同時，在那封凍的外殼下一片語言之海正瀕臨全面沸騰。我愈來愈難不去注意到，當電視廣告說終生堅固耐用時我的大腦會冒出見骨眾生奶永，以及當我聽到「艾弗瑞．希區考克」的時候我會無聲地回答「愛福好西區烤肉」或者「衣服唏哩嘩啦」，以及如今當我坐在圖書館裡讀布司・塔金頓的時候，我的喉嚨和下顎會在緊閉的嘴唇後面動作，拚命想把他文章中的音節湊上「饒舌樂手的喜悅」的旋律（當時每隔十五、二十分鐘它就會在外面的操場響起），以及有一個叫做比利或貝里的隱形同伴在哀求我辱罵他，我覺得愈來愈難忍住不罵他。

我亂親別人的循環為時很短，謝天謝地。我找到了其他的發洩管道，其他的執迷。卡塞爾先生從圖書館裡拉出來交給敏納的那個十三歲的蒼白男孩特別喜歡敲地板、吹口哨、咂舌頭、眨眼睛、快速轉頭，還有摸牆壁，什麼都有，就是沒有我這特別的妥瑞症大腦最渴望的直接說出話來。如今語言在我體內沸騰冒泡，冰凍的海洋融化了，但任它流瀉出來感覺太危險了。語言就是意圖，我不能讓任何別人或我自己知道我的瘋狂感覺起來是多麼具有意圖。摔個四腳朝天、動作滑稽古怪——這些是意外的精神失常，多少還可原諒。從實際的角度來說，撫摸勒蕭・蒙羅斯的手臂甚至親他是一回事，但走到他面前叫他拉哮蒙古枝、或起肖滿頭蝨、或幹你娘囉唆死可就完全是另一回事了。因此，儘管我收集字詞，像流口水的虐待狂獵捕者一樣珍藏它們、扭曲它們、融化它們、磨去它們的稜角、把它們疊成搖搖欲墜的一堆堆，但在釋出它們之前我會將之轉譯成

❹ 這種遊戲的玩法是設一塊空地，當「牛頭犬」的人站在中央，其餘人從一端跑到另一端並設法不被牛頭犬抓住或撲倒，否則就必須一起留在空地中央當牛頭犬，直到最後一個沒被抓到的人就是贏家。

❺ 玩者分為兩隊，一隊負責躲藏、另一隊負責找出躲的人並將之抓回己方的「監獄」。

肢體表演，狂亂的舞蹈。

而且我也保持低調，我想。我每做出一個痙攣動作就壓抑掉其他十幾個，至少感覺起來是如此——我的身體是根上得太緊的手錶彈簧，毫不費力地用兩倍的速度推動一組長短針，同時覺得可以同樣不費力地讓一整棟大宅裡停擺的鐘全都走起來，或者驅動一間大工廠的全套機器，就像《摩登時代》裡的生產線，那部電影我們是前一年在第四大道的布魯克林公共圖書館的地下室裡看的，這個版本還配上了賣弄學問的旁白，告訴我們卓別林有多天才。我把卓別林和巴斯特．基頓——他的《將軍號》也遭到同樣的破壞——當作模範：顯然充滿了侵略性的熱力，具擾亂性的精力幾乎難以控制，但他們做到了閉上嘴巴這一點，因此總是不斷能化險為夷並被視為可愛。我不需要太吃力就能找到寓意：沉默是金，懂嗎？懂了。你要練好掌握時機，打磨這些例行的肢體動作，你那些摸牆壁、做鬼臉、追鞋帶的白癡動作，直到它們變得像影像跳動的黑白電影一樣好笑，直到你的敵人戴上警察或南部聯盟的帽子、開始自己絆倒自己，直到有著母鹿般眼睛的女人迷得昏過去。因此我咬住舌頭，忽視我臉頰的顫動、咽喉的鼓動，堅持不斷地把語言嚥回去，就像嚥回嘔吐物一樣。那感覺也像嚥回嘔吐物一樣灼熱。

一兩哩路之後敏納的小貨車停了下來，引擎逐漸熄火。然後過了幾分鐘，他打開後門讓我們下車，我們發現自己置身在一處倉庫的柵門內，在布魯克林—皇后區快速道路下一片毀敗的工業區。後來我知道那裡叫紅勾。他帶我們走向一輛大卡車，十二輪的拖車部分，車頭則不見蹤影。拖車後半部放著一大堆一模一樣封好的紙箱，一兩百個，可能更多。我感到一股興奮貫穿全身：

我要偷偷數一數它們。

「你們哪兩個進裡面去。」敏納心不在焉地說。東尼和丹尼夠狡猾，知道馬上跳上卡車，這樣工作的時候就不會曬到太陽。「你們只要把這些東西弄進去就行了。把這些鬼玩意兒搬下來，移到卡車前面，弄進去。就這麼一回事，懂了嗎？」他指向倉庫。我們全都點頭，我輕輕吱叫一聲。沒人注意到。

敏納打開倉庫巨大的門扇，告訴我們把紙箱放哪裡。我們很快就開始動手，但暑熱讓我們沒了精神。等東尼和丹尼把紙箱全堆在卡車口，吉伯特和我才跑了十幾趟，然後兩個年紀比較大的男孩也承認他們比較輕鬆，開始幫我們把箱子拉過熾熱的空地。敏納連碰都沒碰那些箱子一下；他從頭到尾都待在倉庫的辦公室裡，那間凌亂的房間裡滿是辦公桌、檔案櫃、用圖釘釘住的紙條、色情月曆，還有疊成一座塔的橘色路障圓錐筒，我們可以從一扇室內的窗戶看見他，又是抽菸又是對著電話罵，顯然不聽對方的回答——我每次瞥向窗戶都看見他的嘴在動。辦公室門關著，隔著玻璃聽不見他的聲音。不曉得什麼時候出現了另一個男人，我不確定是從哪裡冒出來的，他站在空地上擦著額頭，彷彿辛苦勞動的是他。敏納走出來，兩人進入辦公室，另一個男人消失。我們把最後一批箱子搬進倉庫。敏納關上卡車門，鎖上倉庫，指著他的車要我們回去，但在把我們關在後面之前稍停了一下。

「天真熱，嗯？」他說，那可能是他第一次正眼瞧我們。

滿身大汗的我們點點頭，不敢講話。

「你們這些猴崽子渴不渴？我是快渴死在這裡了。」

敏納開車載我們到離聖文森幾個路口的史密斯街，停在一家酒館門口，然後買了啤酒給我們，易開罐的美樂啤酒，跟我們一起坐在小貨車後面喝。那是我第一次喝啤酒。

「報上名來。」敏納說著指向東尼，他顯然是我們的頭頭。從東尼開始，我們都說了自己的名字，不包括姓。敏納沒說他叫什麼，只點點頭喝光他的啤酒。我開始輕點著我身旁的車身。耗費體力的活動結束，對我們從聖文森脫身的驚詫感漸消，我的各種症狀又開始了。

「大概應該讓你知道，萊諾是個怪胎。」東尼的聲音充滿了自尊。

「是啊，嗯，你們全都是怪胎，如果不介意我指出這一點的話。」敏納說。「沒有父母——或者是我搞錯了？」

沉默。

「把啤酒喝完。」敏納說著把他那罐一扔，越過我們丟向車後。

我們第一樁替法蘭克．敏納幹的差事就到此為止。

但隔週敏納又把我們找了來，同樣帶到那片荒涼的空地，這一次他比較友善些。工作內容完全相同，連箱子的數目都幾乎一樣（從兩百四十二個到兩百六十個），我們也在同樣不安的靜默中做完了工作。我感覺東尼身上有股暴烈的恨意朝我和吉伯特的方向燒來，彷彿他認為我們正在毀了他被義大利人救走的希望。丹尼當然是置身事外、渾然不覺的。但我們仍開始發揮了團隊的功效——費勁的體力工作自有其真理，而我們探索了那些真理，儘管並無此念頭。

喝啤酒時敏納說：「你們喜歡這工作嗎？」

我們其中一個人說當然。

「你們知道你們做的是什麼嗎？」敏納咧嘴朝我們笑，等著。這問題令人迷惑。「你們知道這種是什麼工作嗎？」

「什麼，搬箱子嗎？」東尼說。

「對，搬東西。搬東西的工作。為我工作的人就是這麼說。你們看。」他站起來伸手進口袋，掏出一捲二十元鈔票和一小疊白色名片。他盯著那捲錢看了一分鐘，然後抽出四張二十元給我們一人一張。那是我的第一筆二十元。然後他遞給我們一人一張名片。上面寫著：**L&L搬家公司。不嫌差事小，只愁有些差事太大。傑拉與法蘭克．敏納。**還有一個電話號碼。

「你是傑拉還是法蘭克？」東尼問。

「敏納，法蘭克。」就像說龐德，詹姆士一樣。他一隻手耙梳過頭髮。「所以你們是搬家公司，懂嗎？做搬東西的工作。」這似乎是很重要的一點：我們要稱之為搬東西。我想像不出還能稱之為什麼。

「傑拉是誰？」東尼說。吉伯特和我，甚至連丹尼，都仔細注視著敏納。東尼是在替我們所有人問他問題。

「我兄弟。」

「哥哥還是弟弟？」

「哥哥。」

東尼想了一分鐘。「L與L是誰？」

「只是個名字，L與L。兩個L。公司的名字。」

「是啊，但這是什麼意思？」

「你要它有什麼意思，呆瓜——活得很大聲（Living Loud）？愛女士（Loving Ladies）？笑你們這些窩囊廢（Laughing at you Losers）？」

「什麼，它什麼意思也沒有？」東尼說。

「我沒那麼說，不是嗎？」

「最不寂寞（Least Lonely）。」我提議。[6]

「這就對了，」敏納說著把他那罐啤酒朝我揮了揮。「L與L搬家公司，最不寂寞。」

東尼、丹尼和吉伯特都盯著我，不確定我怎麼會得到這麼一大波讚許。

「喜歡萊諾。」我聽見自己說。

「敏納是義大利姓嗎？」東尼說。這顯然是替他自己問的。到了切入正題的時候了。管我們其他人去死。

「你幹嘛，人口普查啊？」敏納說。「還是菜鳥記者？你全名叫什麼，吉米・歐森[7]嗎？」

「洛伊絲・藍[8]。」我說。我跟所有人一樣都看過超人漫畫。

「東尼・維蒙提。」東尼說，不理我。

「維蒙——提。」敏納重複了一遍。「那是啥，像新英格蘭之類的東西，對吧？你是支持紅襪隊的嗎？[9]」

「洋基隊。」東尼說，態度迷惑而防備。洋基隊如今是冠軍，紅襪隊是他們不幸的、永遠的手下敗將，最近一次是被巴基・鄧特有名的全壘打給擊潰的。我們全都在電視上看到了。

「拉基楞特，」我說著想起來了。「瞪基搬特。」

敏納爆笑出聲。「是啊，他媽的瞪基搬特！說得好。別看，瞪基搬特來了。」

「列司盧塞，」我說著伸出手去碰敏納的肩膀。他只是盯著我的手看，沒有躲開。「爛其路普，拉飛拉克，路皮力普——」

「好了，你這個瘋癲路皮，」敏納說。「夠了。」

「拉基塔夫——」我拚命想辦法停下來。我的手繼續輕敲敏納的肩膀。

「可以了。」敏納說著回敲了我肩膀一下，很用力。「別拉船。」

拉船的意思是考驗敏納的耐性。只要你心存僥倖，說得太多，待得太久，或太高估了某種方式或做法的用處，你就犯了拉船的毛病。拉船尤其是指說笑和講故事的功能發生障礙，是放諸四海皆準的：任何自認風趣的人都可能不時會拉拉船。知道某個笑話或俏皮話已經到達極限，在拉船之前打住，這可是一門藝術（前提自然是你想要把笑話盡可能推到極限——錯失引起笑聲的機會是非常遜的事，這種舉動不配有什麼特殊名稱）。

---

❻ 以下萊諾所說的字句縮寫幾乎全都是L&L。
❼《超人》漫畫中的記者。
❽ 超人女友的名字。
❾ 東尼的姓音近新英格蘭的佛蒙特州。

在我們任何一人熟悉妥瑞症這個詞的許多年以前，敏納就已經給我做出了診斷：病入膏肓的拉船者。

只消分發八十元和那四張名片，敏納就永遠——或至少是隨他高興的那段期間——把我們四個變成了L&L搬家公司的少年工。我們通常的薪資仍是二十元加一罐啤酒。敏納偶爾會把我們找去，前一天通知或根本沒有通知——後者的可能性變成了我們上高中後一放學就直接回聖文森的動機，心懷期待地在操場上或育樂室裡閒晃，假裝沒有側耳聽尋他小貨車引擎那種特殊的嘈雜聲。每次的工作內容差異非常大。我們把貨物，就像那卡車裡的箱子，搬進搬出法院街上上下下的店面通地下室柵門，這些邊緣、可疑的行動似乎應該是由批發商自己處理，這些交易是在店後面分抽一根雪茄敲定的。或者我們把家具搬進搬出沒電梯的赤褐色砂石建築裡的一間間公寓，這些在我看來似乎是正當的搬家工作，緊張兮兮的夫婦在旁邊擔心我們年紀不夠大、或者技術不夠純熟，不適合處理他們的家當——敏納會要他們安靜，提醒他們讓工人分心是會多花錢的：「計時收費的錶正在跑呢。」（這按小時計算的費率當然沒有反映在我們的薪資上。不管我們匆匆做還是慢慢來都是二十元；我們匆匆做。）我們用克難的捆帶和滑輪組把沙發搬進三樓的窗子，東尼和敏納在屋頂上，吉伯特和丹尼在窗口接應，我自己在樓底下拉著導引的繩子。曼哈頓大橋靠布魯克林這頭有棟巨大的工廠建築，業主是敏納一位重要但不見其人的朋友，這建築被火燒毀了，我們免費替其中大多數的住戶搬家，作為某種和解的安排——條款內容不清楚，但敏納對此事的態度是十萬火急。一些損毀的油畫被消防隊員堆在地上，兩個大學生年齡的藝術家抗議我們處理它們的方式太粗魯，這番耽擱使他來回踱步、怒氣沖沖；現在在跑的計量錶只有敏納自己的時間，以及他對他那位朋友客戶的信譽。八月裡有一天，我們早上五點就起床去搬運並架設臨時的木製舞台，是給在「大西洋滑稽戲」裡表演的那些樂團用的，那是一年一度的盛大街頭遊藝會，然後我們又在黃昏時拆下舞台，炎熱的大道上這時滿是一天下來撕碎的包裝紙和擠扁的杯子，一些玩昏頭的狂歡者還搖搖晃晃地走在回家的路上，我們用榔頭和鞋跟把松木框架敲散。有一次我們把整個電器展示場的東西都搬進敏納的小貨車裡，把沒裝在盒子裡的音響從架子上和櫥窗裡抓下來，拆下亮著一閃一閃微光的擴大器的線路，最後甚至連桌上的電話都拿走了——這看起來會像是膽大包天的闖空門行為，要不是在我們搬著貨物魚貫而出的同時敏納就站在門前的人行道上，邊喝啤酒邊跟那個替我們打開店門掛鎖的人說笑的話。每到一個地方敏納都能串通、哄騙、說出幾個鎮得住人的名字，朝我們眨眨眼睛讓我們成為共犯，而每到一個地方敏納的客戶都會瞪著我們這些男孩，有些人懷疑我們會不會趁他們不察摸走值錢的東西，有些人試著要挑毛病，也許是希望能逮到一點不忠的痕跡，留著到以後需要制住敏納的時候用。我們不摸走任何東西，不顯露出半點不忠。我們只是瞪回去，試著讓他們退縮。我們也拉長耳朵聽，收集資訊。敏納教了我們東西，不管是在他有意還是無意這麼做的時候。

作為一個團體，我們有了改變。我們發展出了某種集體自我，某種與少年之家有所區隔的存在感。我們內在的爭鬥少了，外在的爭鬥多了：少年之家裡非白人的男孩在我們的特權中隱約感覺到了他們未來的劣勢，因此痛打我們。年紀本來也就已經開始凸顯了這些差異。因此東尼、吉伯特、丹尼和我自己擺平了我們舊日的不和，槍口一致向外。我們替彼此撐腰，不管是在少年之家還是在我們當地的莎拉．J．海爾高中，我們絕大多數都需要經過這一站，除了有資格前往某個特殊（也就是曼哈頓）目的地的寥寥幾人，去念司徒佛桑高中或者音樂藝術。

在莎拉．J，我們這些聖文森的男孩偽裝起來，混入大多數人當中，這些人相當難纏，儘管想來他們都有父母和手足和電話和可以上鎖的臥室門和千百個其他我們想像不到的好處。但我們知道彼此，注意著彼此，一批混在真硬幣裡流通的假硬幣。不管是黑人白人，我們像手足一樣守衛著彼此，專門為彼此在社交上或學校裡遭受的羞辱保留了某些程度的鄙視。也是在那裡我們第一次跟女生相處，自然的程度跟路上的鹽塊撒進冰淇淋裡差不多，儘管用冰淇淋來比喻莎拉．J那些兇蠻、魁梧的黑人女孩可能太過慷慨，她們成群結隊在放學後突襲任何膽敢跟那棟樓裡哪個女生調情、甚至只是視線接觸的白人男生。她們佔了那裡的絕大多數，少數白人或拉丁裔女生生存的方式是幾乎完全隱形。穿透她們恐懼和沉默的核心，就會碰上帶著不可置信意味的憎恨怒視眼神。那些眼神說：我們的生活在別的地方過，你的也應該如此。黑人女生各有著世故得不屑上學的男友，為她們在午餐時間開車經過，車上傳來震耳欲聾放大的貝斯聲，有時車門上還招搖著彈孔，對我們而言他們唯一的用處是用來把點燃的菸蒂朝他們扔，這是項滿普遍的運動。是的，莎拉．J的兩性關係很僵，我懷疑我們四個人，甚至包括東尼，連摸都沒有摸過我們的女同學一把。對我們每個人來說那要等到法院街，等到我們將透過敏納而認識到的世界。

敏納的法院街是老布魯克林，表面上永恆而寧靜，底下卻生機盎然，充滿了流言蜚語、幕後交易和嘻笑怒罵，進了這片街區，政治集團與披薩餅店和肉店老闆同在，到處都有不成文的規矩。所有一切都只是口耳相傳，除了最重要的東西，那是不需明言大家了然於心的。他帶我們去的那家理髮院，每人三塊錢剪出一模一樣的髮型，除了敏納連理髮都受免費優待——沒人需要尋思為什麼理髮費用從一九六六年就沒再漲過，也不用尋思那家古老的店面裡為什麼只有六個老理髮師在工作，大部分時間是沒有在工作，那裡的巴比賽[10]從這產品被發明出來（發明地是布魯克林，罐子上誇耀著）就沒再換過，那裡總是有其他稍微年輕一點的男人來串門子、爭論運動話題、揮手推辭理髮師要替他們剪頭髮的提議；那家理髮院是老人院、是社交俱樂部，也是個幌子，內室進行著撲克牌賭局。那些理髮師受到照顧，因為這裡是布魯克林，這裡的人們有所照應。既然每個走進來的人都是這套陰謀、這份信任的一份子，價碼又何必上漲？——儘管如果你把這點說出來，一定會遭到困惑的否認，或者在眾人笑聲中臉頰挨上太重的一下。那間「遊樂場」是這種奧秘的另一個範例，寬廣的店面鋪著油布，放了三台總是有人在打的彈子機，還有六、七台電玩——「打隕石」、「青蛙過街」、「蟲蟲入侵」[11]——都頗乏人問津，還有一個收銀員，替你把錢換成兩毛五硬幣，也收一張張百元鈔票，包在寫著號碼、馬名、美式足球隊名的單子裡。遊樂場前面的人行道邊停滿了偉士牌，這些機車一兩年前很流行，但現在永遠停在那裡，只用一把腳踏車鎖來保護，嘲弄著破壞狂。在隔一個路口的史密斯街上這些車會被剝個精光，但

[10] 一種清潔消毒理髮用具的產品。

[11] 這些都是八〇年代極為盛行的大型機台電玩，由知名遊戲公司ATARI出品，如今皆有電腦或PDA等其他平台上的改良版或新版本。

在這裡它們完好如新，像是在路邊開起了偉士牌展示場。這不需要解釋——這裡是法院街。而只有法院街，在穿越卡洛爾園和圓石丘的部分，才是真正的布魯克林——往北是布魯克林高地，那裡私底下是曼哈頓的一部分，往南是港口，至於其他的，高宛諾斯運河（我們每次開車越過它的時候敏納都會講笑話，說它是全世界唯一一處有百分之九十是槍枝的水域）以東的一切，除了公園坡和溫莎街那些小小的文明哨站之外，全都是一片不堪聞問的蠻荒混亂。

有時候他只需要我們其中的一人。他會開著他的飛羚而非小貨車來到少年之家，指明要哪一個人，然後載他離開，讓留下來的人錯愕又傷感情。東尼有時得寵有時失寵，他的野心和驕傲把他贏來的都抵銷了，但他無疑是我們的領導者，是敏納的左右手。他把敏納交給他一人去辦的事當成紫心勳章一樣，但拒絕告訴我們其他人那些差事的內容。運動神經發達、高個子而沉默的丹尼變成敏納信任的靈緹[12]，是他的信差，派去遞交私人物件、安排私人會面，很早就在紅勾的一片空地上被教開車，彷彿敏納要訓練他擔任國際間諜的工作，或者擔任新一代青蜂俠的跟班加藤。吉伯特有蠻力又固執，負責做單調乏味的苦差事，坐在並排停車的車裡，用膠帶修補一堆裂口的紙箱，拆下過大梳妝台的腳以便將它擠進一扇小門，還有修理那輛小貨車，敏納有些鄰居顯然覺得車身上的塗鴉令人不快。我則負責多提供一副耳目和一套意見。敏納參與內室、辦公室和理髮院的協商時會帶上我，事後再聽取我的報告。我認為那個傢伙怎麼樣？是不是在胡扯？是低能還是智障？是內行還是老粗？敏納鼓勵我對所有事情都有些看法，然後把看法講出來，彷彿他認為我那些大量傾洩的言詞只是還沒對上主題的評論而已。而且他愛死了我的模仿言語症，他以為我是在模仿名人。

不消說，我並非在發表評論或模仿名人，而是我妥瑞症的言語部分終於綻放開來了。我就像法院街一樣，表象之下沸騰著語言和陰謀、邏輯的倒錯、突然爆發的辱罵。現在法院街和敏納已經開始把我引發出來了。在敏納的鼓勵下，我不再壓抑自己，學著在一旁聽來的他的對話，他抱怨的話和表達情感的好話，他那些為爭執而爭執的話。敏納非常喜歡我對他客戶和生意上朋友所造成的效果，讓他們感到緊張不安，突然冒出一句話、一扭頭、一聲沙啞的「吃我貝里！」打斷他們的閒扯。我是他的特殊效果，一個有形有體、正在進行中的笑話。他們會嚇了一跳抬起頭，他則老神在在地一揮手繼續數錢，連看都不看我一眼。「別在意他，他沒辦法控制自己，」他會說。「那小鬼是從大砲裡被轟出來的。」或者：「他有時候喜歡有點瘋癲。別管他。」然後他會對我眨眨眼，表示我們是同謀。我是個證據，證明生命是無法預測、粗魯不文、尖銳辛辣的，是他自己那顆瘋癲的心的等比縮小版。如此一來，敏納給了我言語的許可證，而言語，則將我從妥瑞症鋪天蓋地的自我災難中解放出來，成為比其他痙攣更能使人滿足的痙攣，它的搔抓能暫時止住癢。

「你有沒有聽過你自己說話啊，萊諾？」之後敏納會搖著頭說。「你真是從他媽的大砲裡被轟出來的。」

「大包裡風出來的！我不知道為什麼，我只是——他媽的搞砸！——我就是停不下來。」

⑫ 一種身體細長善跑的獵犬，一般所稱的美國「灰狗巴士」即以其為商標。

「你是個怪胎，這就是原因。活人怪胎秀，免費的。免費供大眾觀賞。」

「免費怪胎！」我打他肩膀。

「我就是這麼說的：免費的活人怪胎秀。」

秋天的某一日，我們被介紹給馬崔卡迪和拉可佛提，在他們位於狄格羅街的赤褐色砂石建築裡，大概是我們認識敏納四、五個月以後。他像平常一樣把我們四個聚到他的小貨車上，沒有解釋我們要做什麼，但他有種特別煩亂不安的感覺，那股焦躁使我也特別易於痙攣。他先是越過布魯克林大橋載我們進入曼哈頓，然後開到橋底下，到靠近傅頓街的碼頭，一路上我都在模仿他穿梭於車陣間時猛甩頭的緊張動作。我們在其中一個碼頭平台前的水泥空地中央停車。敏納消失在一間用波浪狀鐵皮搭成的沒窗子的小屋裡，讓我們站在小貨車外，東河上吹來的風讓我們直打寒噤。我發作起來繞著車子跳舞，數著大橋上的鋼索，橋像巨大怪獸的鋼鐵肢體一樣橫過我們上空，穿著單薄格子布夾克的東尼和丹尼最冷，對我又踢又罵。吉伯特身上的假羽絨外套很保暖，縫線將那外套分隔成鼓鼓的一塊一塊，讓他看起來像米其林輪胎人或者《愛麗絲夢遊仙境》裡的紅皇后。他站得離我們有段距離，有條不紊地把一塊塊受到侵蝕的水泥塊扔進河裡，彷彿他清除碼頭上的碎石能賺得積分一樣。

敏納從屋裡出來的時候，兩輛黃色的有蓋小貨車正開過來。那是萊德租車公司的車，比敏納的車小，兩輛裝飾得一模一樣，一輛光潔如新，一輛又黑又髒。開車的人坐在駕駛座上抽菸，引擎沒熄火。敏納打開那兩輛貨車沒有上鎖的後門，指示我們把車裡的東西搬進他的小貨車——要快。

我第一樣拿到的東西是一把電吉他，形狀是飛揚的V字形，亮漆在上面塗繪出黃色和銀色的火焰。插孔處垂著一根電線。其他的樂器，那些吉他和貝斯，都裝在黑色的硬盒子裡，但這把吉他是從插座上被拔下來、匆匆塞進貨車裡的。這兩輛貨車裡裝滿了演唱會的器材——七、八把吉他，鍵盤，滿是電路開關的面板，一捆捆電纜，麥克風和腳架，舞台地板上用的踏瓣，一套沒有拆開就整個被塞進車裡的鼓，還有若干喇叭和監視器，包括六個舞台上用的黑色喇叭，每一個都足有半台冰箱那麼大，光是它們就塞滿了第二輛萊德貨車，我們必須兩人一組把它們一個一個抬出來、然後搬到敏納的小貨車上。喇叭和樂器硬盒上有樂團的名字，我好像對他們有點印象。後來我得知他們出過一兩首在調幅電台小紅過的曲子，歌曲內容講的是公路、車子、女人。那些設備足夠在小型體育館辦演唱會，雖然當時我沒領會到這一點。

我不確定我們能把兩輛車上的東西全都塞進小貨車裡，但敏納只叫我們閉上嘴、動作快一點。兩輛車上的人從頭到尾沒開口也沒下車，只抽著菸等著。也沒有人從鐵皮小屋裡出來。最後吉伯特和我勉強才擠進去關上門，跟那些被悲慘地堆在一起的樂團設備擠了一路，東尼和丹尼則跟敏納坐在前面的駕駛艙裡。

我們就這樣過橋回到布魯克林，吉伯特和我都擔心要是這批貨滑動或塌下來的話我們會性命不保。經過幾個令人喘不過氣來的轉彎和急煞車之後，敏納並排停車，把我們從後面放了出來。我們的目的地是狄格羅街上一排赤褐色砂石建築裡的一棟，紅磚，石雕的細部裝飾風化成粉，上流社會的窗戶拉上窗簾。某個精明的商人十年或二十年前賣掉了這整個街區的房子，用不堪一擊的錫製遮篷破壞了這些百年建築優雅的前門；馬崔卡迪和拉可佛提的房子唯一的特殊之處，就是沒有那些雨篷。

「我們得把那套鼓給拆開才行。」東尼看到門時說。

「把它弄進去就是了。」敏納說。「過得去的。」

「還有樓梯呢？」吉伯特說。

「你們等下就知道了，你們這些巧克力起司泡芙。」敏納說。「趕快把它弄上門前台階就是了。」

進去之後，我們知道了。這棟看來那麼普通的赤褐色砂石建築，一進了門之後就十分反常。屋內——有著典型狹窄的門廳和樓梯，扶手欄杆，裝飾華麗的高高天花板——全都被剝光掏空，取而代之的是倉庫式的樓梯，通往地下室和樓上。我們腳下的大廳地板左邊被一堵乾淨白牆和一扇關著的門封住。我們把東西搬到樓上公寓裡，敏納站在小貨車後側把守。那套鼓輕而易舉進了門。

樂團的設備整齊地堆在房間一角，底下墊的木質貨盤顯然就是為此用途而設。樓上幾層是空的，只有這裡那裡放了幾個箱子，還有一張橡木餐桌上堆滿了銀餐具：叉子、兩種尺寸的湯匙、奶油刀，各有好幾百支，精美沉重，微微閃爍，一束束凌亂地堆著，沒有任何整理安排，除了把手全都朝同一個方向之外。我從來沒看過這麼多銀餐具出現在同一個地方，就連聖文森的大鍋飯廚房裡也沒有——再說聖文森的叉子只是扁扁的骯髒不鏽鋼片，這一頭彎過去做出叉尖，那一頭彎過來當把手，比我們學校吃午飯時發的塑膠「匙叉」好不了多少。相較之下這些叉子是小型的雕刻傑作。我從其他人身旁晃開，著迷於那些堆成一座座小山的刀叉湯匙，尤其著迷於那些叉子，它們線條繁複，就像一隻隻沒有拇指的小手，或者是某隻銀動物的爪子。

其他人把最後一個喇叭搬上樓來。敏納重新停好小貨車。我站在桌旁，試著表現出若無其事的樣子。扭頭能很有效地掩飾扭頭，我發現。沒人在看我。我將一根叉子塞進口袋，慾望和期待讓我渾身發顫，畏懼中帶著喜悅，我下了手。而且差一點就被逮到：敏納回來了。

「客戶要見你們。」他說。

「是誰？」東尼說。

「他們講話的時候你們閉上嘴就好了，OK？」敏納說。

「OK，但他們是誰？」東尼說。

「你們現在就練習閉嘴，這樣跟他們見面的時候就會比較熟練。」敏納說。「他們在樓下。」

在大廳那堵乾淨、沒接縫的牆後，藏著這棟赤褐色砂石建築的另一個意外，像是個雙重逆轉：前室的古老建築仍然完好。我們穿過那扇門，進入一間優雅萬分、極為豪華的典型起居室，天花板的石膏漩渦形裝飾上有著金葉，屋裡擺著古董椅古董桌和一張大理石桌面的小几，一座六呎高內襯鏡面的老爺鐘，還有一只插著鮮花的花瓶。我們腳下踩著古老的地毯，充滿一層層色彩，是往昔之夢的地圖。四壁上掛滿了裝框的相片，沒有一張是在彩色底片發明之後照的。這裡比較像是老布魯克林的博物館透視畫，而非一間現在的房間。厚絨布豪華椅子的其中兩把上坐著兩個老人，穿著互相搭配的棕色西裝。

「這些就是你的男孩啊。」兩人之中的一個說。

「跟馬崔卡迪先生問好。」敏納說。

「哈囉。」丹尼說。敏納揍了他手臂一拳。

「我說跟馬崔卡迪先生問好。」

「你好。」丹尼不高興地說。敏納從來沒要求我們有禮貌。我們在他手下的工作從來沒有過這麼無趣的發展。我們習慣了跟著他在這一區晃來晃去，東瞄西瞄，磨練罵人的功夫。

但我們感覺到敏納的變化，感覺到他的畏懼和緊繃。我們會試著照做，不過我們的各項技能並不包括文雅有禮。

兩個老人交疊雙腿坐著，手指相抵成塔狀，仔細地注視我們。穿著西裝的他們端端整整，露出來的皮膚都又白又軟，他們的臉也軟，但不肥。叫做馬崔卡迪先生的那個人大鼻子的鼻梁上有一道缺口，一道平滑下凹的疤，像模子造出來的塑膠上的一條窄縫。

「向他問好。」敏納對我和吉伯特說。

我想著先生抓你的身體混合洗澡智障底哨子警察的生日而不敢開口。我只是摸著我那根美好的偷來的叉子的叉尖，它差一點就太長放不進我燈心絨褲子的前口袋。

「沒關係。」馬崔卡迪說。他的微笑是嘛出來的，只見嘴唇不見牙齒。他厚厚的鏡片讓盯著我們的眼神更犀利。「你們全都替法蘭克工作？」

我們應該說什麼？

「當然啦。」東尼自告奮勇。馬崔卡迪是個義大利姓。

「你們都照他的吩咐做事？」

「當然啦。」

另一個人傾身向前。「聽著，」他說。「法蘭克．敏納是個好人。」

我們再次感到茫然。他預期我們會不同意嗎？

我數著口袋裡的叉尖，一、二、三、四，一、二、三、四。

「告訴我們你們想做什麼。」另一個人說。「當什麼？什麼樣的工作？什麼樣的人？」他沒有把牙齒藏起來，他的牙很黃，像我們卸貨的那輛小貨車。

「回拉可佛提先生的話啊。」敏納催我們。

「他們都照你的吩咐做事嗎，法蘭克？」拉可佛提對敏納說。不知怎麼地，這並不是無關緊要的閒聊，儘管語句重複。這其中有著強烈的臆測興趣。敏納的回答攸關重大。馬崔卡迪和拉可佛提就是這樣，雖然我只短暫見過他們寥寥幾次：他們說出的老掉牙無聊話背後都藏著可怕的重量。

「是啊，他們是好小孩。」敏納說。我聽見他聲音中的急促。我們已經待得太久不受歡迎了。

「孤兒。」馬崔卡迪對拉可佛提說。他是在複述某件別人告訴他的事，敘述出它的價值。

「你喜歡這房子嗎？」拉可佛提說著向天花板比了比。他看到我盯著那漩渦狀裝飾看。

「喜歡。」我小心地說。

「這是他母親的起居室。」拉可佛提說著朝馬崔卡迪點了個頭。

「跟她生前保持得一模一樣。」馬崔卡迪驕傲地說。「我們什麼都沒改過。」

「在馬崔卡迪先生和我跟你們一樣是小孩的時候，我會來他家拜訪，我們會坐在這間房間裡。」拉可佛提對馬崔卡迪微笑。馬崔卡迪也報以微笑。「要是我們把半滴東西灑在這地毯上，他母親會把我們的耳朵給揪下來，相信我。現在我們坐在這裡回想。」

「一切都跟她生前保持得一模一樣。」馬崔卡迪說。「她看了就會知道。要是她在這裡就好了，上帝保佑她可愛可憐的靈魂。」

他們沉默下來。敏納也保持沉默，但我想像我可以感覺到他很想離開那裡。事實上，我想我聽到他嚥口水的咕嘟一聲。

我的喉嚨很平靜。我用玩弄叉子的方式來取代。現在它好像是個威力強大無比的護身符，我想像如果有它在口袋裡，我或許就再也不需要開口痙攣出聲了。

「告訴我們吧。」拉可佛提說。「告訴我們你們以後要當什麼。什麼樣的人。」

「像法蘭克一樣。」東尼說，他自信是在替我們所有人發言，也自信得沒錯。

這答案讓馬崔卡迪輕聲發笑，仍然是沒牙齒的那種笑。拉可佛提耐心等他朋友笑完。然後他問東尼：「你想做音樂嗎？」

「什麼？」

「你想做音樂嗎？」他的聲調誠懇。

東尼聳聳肩。我們全都屏息以待，等著了解。敏納把重心從一腳移到另一腳，緊張地看著這場會面逸出他的控制。

「你們今天替我們搬的那些物品，」拉可佛提說。「你認得出那些是什麼東西嗎？」

「當然啦。」

「不，不，」敏納突然說。「您們千萬不要這麼做。」

「請別拒絕我們的禮物。」拉可佛提說。

「不，真的，我們不能收。您們的好意我們心領了。」我看得出敏納非這麼說不可。這份禮物值好幾千甚至好幾萬塊，絕對必須加以推辭。我不應該浪費精力瘋瘋癲癲地幻想關於電吉他和鍵盤和喇叭的任何事。但是太遲了：我的大腦已經開始冒泡泡般地替我們的樂團取名字，全都是從敏納那裡偷來的詞：你們這些他媽的老粗、巧克力起司球、東尼與拉船的。

「為什麼呢，法蘭克？」馬崔卡迪說。「讓我們帶來一點喜悅。讓孤兒做音樂是件好事。」

「不，真的太謝謝了。」

來自哪裡也不是的混蛋。免費活人怪胎秀。我想像這些名字取代那樂團的標誌出現在低音鼓的鼓面，貼在喇叭上。

「我們不會容許任何其他人玩那堆垃圾。」拉可佛提聳聳肩說。「我們可以把它送給你的孤兒們，也可以用一罐汽油點把火——都沒有差別。」

拉可佛提的語調讓我了解了兩件事。首先，這份禮物對他來說真的毫無意義，一點意義也沒有，所以可以拒絕。他們不會強迫敏納准許我們收下那些樂器。

其次，拉可佛提那提到一罐汽油的奇怪比喻對他來說一點都不奇怪。那批樂團設備正是會遭到這般下場。

敏納也聽出來了，深深地吐了口氣。危險過去了。但就在那一刻我則轉朝反方向發展。我的魔法叉子失靈了。我開始想要說出那一大串在我腦袋裡跳舞的胡言亂語。巴基・鄧特與不新鮮的甜甜圈——

「這樣吧，」馬崔卡迪說。他舉起一隻手，像個溫和的裁判。「我們看得出這令人不高興，所以就忘了它吧。」他手伸進西裝內口袋掏著。「但我們堅持要對這些幫了我們這麼個大忙的孤兒男孩們表示一點謝意。」

他拿出的是百元大鈔，四張。他把鈔票遞給法蘭克，向我們點點頭，慷慨地微笑著，而他當然有理由這麼笑。法蘭克到處散發二十元鈔票的那招無疑就是源自這裡，而且這立刻就讓法蘭克顯得有點幼稚和小氣，居然用任何少於一百的數目去賄賂別人。

「好的。」敏納說。「您們這麼大方，會寵壞他們的。他們不知道該拿這筆錢怎麼辦。」他現在可以開玩笑了，會面眼看就要結束。「說謝謝，你們這些沒大腦的。」

其他三個人呆掉了，我在跟我的病奮戰。

「謝謝。」

「謝謝。」

「謝謝，馬崔卡迪先生。」

「汪！」

之後敏納把我們弄出來，匆匆趕我們穿過那赤褐色砂石建築古怪的門廳，連回頭瞥一眼的工夫都沒有。馬崔卡迪和拉可佛提一直沒離開椅子，到我們出去為止都只是在對我們、對彼此微笑。敏納叫我們四個都坐在小貨車後面，我們在那裡比較著那幾張百元大鈔——嶄新的連號鈔票——東尼馬上就試著說服我們應該把錢交給他保管，在少年之家不安全。我們沒上當。

敏納在史密斯街靠近太平洋街的地方停車，在一家二十四小時營業的超市前面，店名是那個阿拉伯老闆的名字，叫做吉奧。我們坐著等，直到敏納拿著一罐啤酒到小貨車後面來。

「你們這些混蛋知道怎麼忘記嗎？」他說。

「忘記什麼？」

「你們剛才見到的那兩個人的名字。那可不是你們可以到處去說的。」

「我們應該叫他們什麼？」

「什麼也不叫。我工作的這部分你們需要學到。有時候客戶就只是客戶。沒有名字。」

「他們是誰？」

「誰也不是。」敏納說。「重點就在這裡。忘記你們見過他們。」

「他們住在那裡嗎？」吉伯特說。

「不是。他們只是保留那個地方。他們搬到紐澤西去了。」

「花園州[13]。」我說。

「是啊，花園州。」

「花園州磚頭臉和灰泥！」我大喊。「花園州磚頭臉和灰泥」是一家裝修公司，在第九和第十一頻道上那些有夠爛的自製廣告裡，在大都會隊對洋基隊的比賽之間和《陰陽魔界》重播的時

[13] Garden State，紐澤西州的別稱之一。

候可以看到。那家公司的怪名字本來就會在我痙攣時偶爾冒出來，現在我覺得磚頭臉和灰泥還可能就是馬崔卡迪和拉可佛提的秘密名字。

「你說什麼？」

「花園州磚泥和灰頭臉！」

我又逗敏納笑了。就像情人一樣，我很愛逗敏納笑。

「是啊，」他說。「說得好。就叫他們磚泥和灰頭臉吧，你這要命的漂亮怪胎。」他又灌了一口啤酒。

要是沒記錯，我們再也沒聽過他說他們的真名。

「為什麼覺得你是義大利人？」有一天敏納說，當時我們都坐在他那輛飛羚上。

「不然你覺得我看起來像什麼人？」東尼說。

「不知道，我在想或許是希臘人。」敏納說。「我以前認識一個希臘傢伙，睡遍了聯盟街上的義大利女孩，直到其中一兩個人的哥哥把他扔到橋下去了。你讓我想到他，你知道嗎？皮膚有點那麼微黑。我想應該有一半是希臘人吧。或者也許是波多黎各人，或者敘利亞人。」

「操你媽的。」

「想起來，我八成認識你們每一個人的父母咧。反正又不是什麼國際富豪名流——一票十幾歲的小媽媽，八成住在方圓五哩之內，該死的老實講。」

就這樣，輕描淡寫地給東尼的誇口稍微漏點氣，敏納似乎是在宣布一件我們已經有點疑心到的事——點綴著各種複雜意義的不但是他的生命，我們的生活亦然，這些整體平面圖他都看得一清二楚並且有能力將之揭露，而且他認識我們的父母，隨時都有可能把他們帶到我們眼前。

有時候他逗弄我們，佯裝知道或不知道什麼——我們無法得知究竟是何者。有一次我跟他獨處時他說：「艾斯洛，艾斯洛。這個姓。」他嘟噥著瞇起眼，彷彿試著要回想，或者也許是要讀出某個銘刻在遙遠的曼哈頓高樓大廈輪廓上的名字。

「你認識姓艾斯洛的人？」我說，呼吸急促，心臟狂跳。「愛吃肉！」

「沒有。只是——你有沒有在電話簿裡查過？拜託，叫艾斯洛的不可能超過三、四個吧。這麼個怪姓。」

後來，回到少年之家後，我去查了。電話簿裡有三個。

透過敏納所講的和愛聽的那些笑話，他的種種怪異觀點也滲透到我們身上，這些觀點他在講笑話的時候簡短一兩句就交代完了。我們學會蒙著眼也能穿梭在他各式偏見的迷宮裡，同時也是盲目的。嬉皮既危險又古怪，同時他們那種錯誤的烏托邦念頭也有點悲哀。（「你的父母一定是嬉皮，」他會這麼告訴我。「所以你才會生成這麼一個超級怪胎。」）同性戀男人是無害的，讓人記住敏納確信潛伏在我們每個人內在的那股衝動——而「半個娘娘腔」比整個的更羞恥。某些棒球員，尤其是大都會隊的（洋基隊是神聖的但很無聊，大都會隊的美妙之處在於既可悲又有人性），都是半個娘娘腔——李．馬基利、羅斯提．史陶布，還有後來的蓋瑞．卡特。還有大部分的搖滾明星，以及從過軍卻沒有打過仗的所有人也都是。女同性戀者是智慧而神秘的，值得尊敬（關於女人的知識我們全得靠敏納，在他自己都大惑不解、表示敬意的時候我們怎麼可能跟他辯？），但她們也可能頑固或神氣活現得好笑。大西洋大道上住的阿拉伯人就像哥倫布到來之前住在這塊土地上的印第安各族一樣遙遠不可測。「經典」的少數民族——愛爾蘭人、猶太人、波蘭人、義大利人、希臘人和波多黎各人——是生命的陶土本身，本質上就是好笑的，而黑人和各式各樣的亞洲人則嚴肅自抑，不好笑（波多黎各人本來大概應該被歸在這一級，但一部《西城故事》就把他們抬高到了「經典」地位——而所有的西裔人都是「黎各人」，就算他們是、也確實常常都是，多明尼加人）。但骨子裡的笨、精神疾病，以及與家庭或性愛有關的焦慮——這些是刺激陶土走起路來的電流，是讓人生之所以有趣的動力，而一旦你學會辨識它們，就可以看出這些動力流動貫穿在所有的人格與互動中。是種族歧視，而非尊敬，限制了黑人和亞洲人永遠不會有愛爾蘭佬或波蘭佬那種笨法。如果你不好笑，你就不算真正存在。完全的愚笨、性無能、懶惰、貪心，或怪胎怪樣，通常都勝過試著閃避自己的命運、或者用虛榮或冷靜的偽裝遮蓋住命運。就這樣，我這個再明顯不過的至高無上怪胎，成了一套世界觀的吉祥物。

有一天我打電話給布魯克林電話簿裡的那些艾斯洛，當時我被單獨留在一間倉庫的辦公室裡二十分鐘，等敏納回來。我慢慢地從那沉重的電話轉盤上選出該撥的號碼，試著不要去執迷於手指該插在哪個孔裡。到那時候為止，我這輩子頂多撥過兩次電話吧。

我試了F・艾斯洛和勞倫斯・艾斯洛和莫瑞與安妮特・艾斯洛。F不在家。勞倫斯的電話是個小孩接的。我聽了一會兒他說「喂？喂？」，我的聲帶凍結住了，然後我掛斷電話。

莫瑞．艾斯洛接起了電話。他的聲音蒼老而帶著哮喘聲。

「艾斯洛嗎？」我說，然後朝不是話筒的方向小聲說了句契斯巴。

「是的。這裡是艾斯洛家，我是莫瑞。請問哪位？」

「貝里洛。」我說。

「誰？」

「貝里。」

他等了一下，然後說：「嗯，貝里，你有何貴幹？」

我掛斷電話。然後我把那些號碼背起來，三個都背了。在後來的多年間，我將永遠不會跨過我給莫瑞或其他電話上的艾斯洛畫下的那條界線——永遠不會跑去他們家，永遠不會指控他們跟一個免費的活人怪胎秀有親戚關係，連介紹一下自己都永遠不會——但我把這變成了一個儀式，撥他們的號碼然後在一兩下痙攣後掛斷，或者多聽一下下，只需聽到另一個艾斯洛呼吸聲的一下下。

有一個真實故事，不是笑話，但跟笑話一樣常被重複、被毫不留情地拉船，故事是關於法院街的一名巡警，他的例行公事是驅散夜裡在門前台階上或酒吧前群聚的青少年，如果他們找藉口，他就會截住對方的話，說：「是哦，是哦。你們要講故事就邊走邊講吧。」不知為什麼，這比任何東西更能捕捉住我對敏納的感覺——他沒耐心，喜歡簡明扼要，喜歡融合不同的言語，從而讓尋常事物變得更具表現力、更逗趣，也更生動。他愛說話，但厭惡解釋。表達感情的好話是索然無味的，除非把它夾在罵人話裡。罵人的話如果同時也貶抑自己那就更好，最理想的是還要表達出一點街頭生活的哲學，或者重新挑起某番已經沉寂的爭論。在行動的節拍之間，閒來無事在人行道上消磨時光的聊天最是美好：我們都學會了如何叫各自的故事快些走。

雖然傑拉·敏納的名字印在L&L的名片上，但我們只見過他兩次，兩次都不是在搬東西幹活的時候。第一次是一九八二年的聖誕節當天，在敏納母親的公寓裡。

卡洛妲·敏納是個「老爐子」。據敏納說，這是布魯克林的講法。她是個在自己公寓裡工作的廚子，做出一盤盤炒烏賊塞辣椒和一罐罐的牛肚豬肚湯，上門來買這些東西的顧客絡繹不絕，大部分是家事太忙的鄰居女人或單身男人，有老有少，有打波契球[14]的人把她的菜連盤子一起端到公園裡，有賭馬的人在場外賭局外面站著吃，有理髮師、屠夫和包商坐在店後的箱子上狼吞虎嚥她的炸肉排，用手把肉排像格子鬆餅一樣折起來吃。我始終不明白那些人是怎麼知道東西的價格和她的營業時間的——也許是用心電感應。她真的是用一具老爐子做菜，一具很小的搪瓷爐，有四個爐嘴，積滿了陳年醬汁，爐子上總是有三、四個鍋子在咕嘟咕嘟響。這具總是在賣命工作的爐子永遠不是涼的；整個廚房像燒陶的窯一樣熱。敏納太太本人也是一副烤熟了的樣子，整張臉膚色很暗、滿是皺紋，像烤過頭的乳酪餡餅。我們每次去都必得擠過門口的一些顧客，每次離開也都必然滿載著一盤盤食物，但她怎麼能騰出份量給我們則是個謎，因為她做的量似乎永遠剛剛好，永遠不浪費半點東西。我們在她面前的時候敏納沒完沒了地講話，都是對著她講，高高興興地罵著公寓裡的任何其他人，送貨小弟、顧客、陌生人（如果當時敏納還有不認識的人的話），她正在做的每一樣東西他都嚐一嚐，對每一道菜都發表點建議，戳戳捏捏每一樣生的食材或沒揉完的麵團，也戳戳捏捏他母親本人，她的耳朵和下巴，用手掌抹去她暗色手臂上的麵粉。她鮮少——至少就我所看到的時候而言——對他的關注做出反應，甚至沒有對他的在場直接做出反應。而且就我在場的那些時候，她從來沒說過半個字。

那年聖誕節敏納把我們全部帶到卡洛妲的公寓去，我們破天荒地在她的餐桌上吃飯，先得移開好幾把沾滿凝結醬汁的攪拌匙，還有撕去標籤改裝各式香料的嬰兒食品玻璃罐，才空得出地方放我們的盤子。敏納站在爐子旁嚐她的湯，我們大口大口吃著她的肉丸子，卡洛妲則盤旋在我們身後，沾著麵粉的手指摸著我們的椅背，然後輕輕碰觸我們的頭、我們的頸背。我們假裝沒注意到，羞於在彼此和自己面前表現出我們吞嚥她的溫情就像吞嚥她的肉醬一樣急切。但我們還是吞嚥了。畢竟是聖誕節啊。我們狼吞虎嚥、湯汁四濺，在桌下用膝蓋互頂。我偷偷地摩挲著我的湯匙，悄悄模仿她手指在我頸背上的動作，努力克制住自己不要陡然扭過身去撲向她。我專注在盤中的食物上——吃在那時候就已經是一項可靠的平撫方式。她一直繼續撫摸我們，要是我們仔細看的話那雙手會嚇壞我們。

敏納看到了她的樣子，說：「很興奮吧，媽？我把布魯克林孤兒都帶到這裡來給妳了。聖誕快樂。」

敏納的母親只發出一聲高聲哀號般的嘆息。我們專心吃東西。

---

⑭ 一種義大利球戲，類似保齡球。

「布魯克林孤兒。」一個我們不認識的聲音重複道。是敏納的哥哥傑拉。我們沒注意到他來了。這是個比較有肉、比較高的敏納。他的眼睛和頭髮一樣是深色的，一樣撇著嘴，唇角深陷。他穿著棕褐相間的皮外套，釦子還扣著，雙手插在偽裝成補丁的口袋裡。

「這就是你的小搬家公司啊。」他說。

「嘿，傑拉。」敏納說。

「聖誕快樂，法蘭克。」傑拉．敏納心不在焉地說，沒有看他弟弟。他的眼睛簡短地打量我們四人，冷硬的眼神把我們一個個折成兩段，就像大剪鉗對付劣質掛鎖一樣。他沒花多少時間就看夠我們了，再也不會跟我們有任何瓜葛——感覺起來就是這樣。

「是啊，你也聖誕快樂。」敏納說。「你都到哪去了？」

「上州。」

「什麼，跟雷夫他們？」我聽出敏納的聲音裡多了些什麼，一種渴望、奉承的勉強。

「差不多。」

「啥，就為了過節你會對我講這麼多話啊？你和媽加起來，這裡簡直像修道院。」

「我帶了禮物給你。」他遞給敏納一個白色標準信封，塞得鼓鼓的。敏納正動手要拆，傑拉用充滿古老兄長權威的低沉聲音說：「先收起來。」

這時我們回過神來，發現我們全都在盯著他們看。除了卡洛妲在她的爐子旁，為她的大兒子盛一盤豐盛滿溢得離譜的佳節大餐。

「幫我打包，媽。」

卡洛妲再度呻吟，閉上眼睛。

「我會回來的。」傑拉說。他走過去雙手搭在她身上，就像敏納做過的一樣。「今天我有幾個人要見，就這樣而已。我今天晚上會回來。享受你們的孤兒小派對吧。」

他拿起包著錫箔紙的盤子離開。

敏納說：「你們看什麼看？吃東西啊！」他把白信封塞進他的夾克裡。那個信封讓我想到馬崔卡迪和拉可佛提，他們那簇新的百元大鈔。磚頭臉和灰泥，我無聲地更正。然後敏納拍了我們一掌，有點太用力，他中指上那只粗厚的金戒指刮到我們的頭頂，差不多就在他母親撫摸過的地方。

敏納在他母親面前的舉止，跟我們所知的他對女人的態度之間有著古怪的呼應。我本來想說女朋友，但他從來不這麼稱呼她們，而且我們鮮少看到他跟同一個人在一起超過一次。她們是法院街上的女孩，撞球場和電影院的裝飾品，從麵包店下班時仍戴著拋棄式的紙帽，擦口紅的同時嘴裡仍不停嚼著口香糖，斜倚著優雅無比的身體探出車窗、探過披薩店的櫃檯，眼神越過我們的頭頂彷彿我們只有四呎高，而他顯然跟她們每一個都是初中同學。「莎蒂是我六年級的同學。」他會說，一邊弄亂她的頭髮和衣服。「這是麗莎——她以前總是在體育館裡痛宰我最好的朋友。」他以各種角度向她們發射笑話像手球彈撞著矮牆，用字詞圍繞她們像旗子繞著旗杆翻飛，手指捏把她們的胸罩給哄離原位，雙手各握住她們一邊臀部然後身體向前傾，彷彿他冒著滾歪的風險想改變彈子機內正在跑的彈珠的方向。她們從來不笑，只是會翻翻白眼一巴掌把他打開，或者不這麼做。這一切我們都仔細研究，徹底吸取她們那滿不在乎的女性特質，那種我們渴望視之為理所當然的稀有質素。敏納有那種天分，我們研究他的招數、在腦海中歸檔，伴著無聲、幾乎不自覺的祈禱。

「不是說我只喜歡大胸脯的女人。」多年後他有一次告訴我，當時他早已拿法院街的那些女孩換了一場奇怪、冰冷的婚姻。我想當時我們正一起走在大西洋大道上，一個經過的女人吸引他回過頭去看。我當然也猛地一扭頭，我的動作誇張又不由自主，就像牽線木偶一樣。「這是很普遍的誤解。」他說，彷彿他是個偶像而我是他的群眾，是一心一意苦苦想要了解他的大批觀眾。「是這樣的，對我來說，一個女人得要有相當程度的包裹，你懂我意思嗎？兩個人之間要有點東西，類似絕緣體之類的。不然的話，你馬上就碰到她赤裸裸的靈魂了。」

輪子裡有輪子是敏納的另一個詞，專門用來對我們所認為的巧合或密謀表示輕蔑。比方說，如果他在法院街上一連碰到三個他高中時代認識的女孩，其中兩個他曾經都約會過但沒讓她們彼此知道，而我們居然對此感到半點驚愕，他就會一瞪眼唸道：輪子裡有輪子。大都會隊從來沒投出過無安打的完封比賽，但湯姆．西佛和諾蘭．萊恩被賣到別隊之後卻都投出了完封比賽——輪子裡有輪子。理髮師、賣起司的人，還有簽賭組頭名字都叫卡米內——哦當然了，輪子裡有輪子得很。你找出了些線索，福爾摩斯。

孤兒這個詞的言外之意就是，我們這些孤兒對連結一無所知，這個世界上任何熟悉事物的痕跡都太容易使我們過度印象深刻。不管什麼時候我們想像有個網絡在運轉，都該懷疑自己。就像他知道我們父母的身分卻永遠不會對我們透露，也只有法蘭克・敏納經過授權允許可以臆測主宰法院街或全世界的那些秘密系統。如果我們膽敢插一腳，絕對只會找到更多的輪子裡有輪子而已。一切如常。他媽的規律世界——習慣它吧。

四月的某一天，在那頓聖誕大餐五個月之後，敏納開著小貨車來，每一扇車窗都被砸個粉碎，小貨車變成了一座讓人睜不開眼的水晶雕塑，一個有輪子的鏡球，反射著陽光。這顯然是出自一個拿著榔頭或鐵撬、不怕有人來打岔的男人的手筆。敏納似乎沒有注意到；他載我們去幹活，沒提這件事。我們回少年之家的路上，在霍伊街的鵝卵石路面上隆隆前進的時候，東尼朝像珠簾般搭掛著搖搖欲墜的擋風玻璃點了點頭，說：「發生了什麼事？」

「什麼東西發生了什麼事？」這是敏納的遊戲，強迫我們把話說得明明白白，但我們已經被他訓練得都用側眼瞥視、間接迂迴的方式講話。

「有人亂搞了你的小貨車。」

敏納聳聳肩，一派再沒事不過的樣子。「我把它停在太平洋街的那個街區了。」

我們不知道他在說什麼。

「那街區有些傢伙覺得我是在醜化這一帶。」吉伯特刷過油漆沒幾個星期，小貨車又滿身都是塗鴉了，前後不一致的圓胖字體外描輪廓內塗滿，再加上東一道西一道的線條。有某種東西讓敏納的小貨車成了天生的目標，平扁破舊的側面像一節沒車窗的地鐵車廂，這是片家常的公共平面渴望被噴漆，而私家車和比較大、比較光鮮的商業卡車則都未遭侵犯。「他們叫我別再把車停在那裡了。然後我又停了一兩次，他們就用別的方式來告訴我。」

敏納雙手放開方向盤，做了個不在乎的手勢。我們並沒有完全信服。

「有人在傳達某個訊息。」東尼說。

「你說什麼？」敏納說。

「我只是說這是一個訊息。」東尼說。我知道他想問馬崔卡迪和拉可佛提的事。這是不是跟他們有關？他們難道不能保護敏納的車窗不被砸嗎？我們全都想問他們的事，但除非東尼先開口，我們是永遠不會問的。

「是啊，不過你到底想說什麼？」敏納說。

「去他的訊息。」我衝動地表示。

「你知道我是什麼意思。」東尼忤逆地說，不理我。

「是啊，也許吧，」敏納說。「但用你自己的話說出來。」我可以感覺到他的憤怒逐漸開展，像一副新牌一樣平順。

「告訴我全都去他的！」我像個用大吵大鬧來阻止父母吵架的三歲小孩。

但敏納不會隨便分心。「你安靜點，大怪胎。」他說，眼睛從頭到尾都盯著東尼。「告訴我你說的是什麼。」他再次對東尼說。

「沒什麼。」東尼。「該死的。」他打退堂鼓了。

敏納把車停在伯根街和霍伊街交叉口，人行道旁一個消防栓的前面。外面有兩名黑人男子坐在門前台階上，喝著一個袋子裡的東西。他們瞇眼朝我們看。

「告訴我你說的是什麼。」敏納堅持。

他和東尼相互瞪視，我們其他人融化退縮。我嘸下了幾句變化詞。

「只是，你知道的，有人在傳達某個訊息給你。」東尼不自然地笑笑。

這顯然激怒了敏納。突然間他和東尼在說著一種私人的語言，其中訊息具有沉重的含意。

「你以為你很懂。」他說。

「我只是說我看得出來他們對你的車做了什麼，法蘭克。」東尼移動雙腳，腳下有一層安全玻璃的細小碎塊，它們從頹軟的車窗上掉下來，散落在小貨車裡。

「你說的不只是這些，雜毛。」

這是我第一次聽到敏納用這個詞，從此以後它就牢牢安放在我痙攣用語的最高階層：雜毛。我不知道他是借用了別人的綽號還是自己當場發明出來的。

當時它對我有什麼意義，到現在我還說不上來。但也許是那一天的創傷把它深深刻印在我的詞彙裡：我們的小組織正在失去它的天真，儘管當時的我無法解釋出如何或為何。

「我沒法控制我看到的東西。」東尼說。「有人對你的車窗下手。」

「你以為你是個標準的道上兄弟，是吧？」

東尼瞪著他。

「你想當疤面煞星嗎？」

東尼沒回答，但我們知道他的答案。《疤面煞星》是一個月前上映的，艾爾・帕西諾如日中天，是東尼私心崇拜的巨人，遮蔽了天空。

「知道吧，疤面煞星的問題，」敏納說，「就是在他能變成疤面煞星之前，他只是個癩痢臉。從來沒人考慮到這一點。你得先當癩痢臉才行。」

一瞬間我以為敏納會揍東尼，打爛他的臉以證明他的話。東尼似乎也在等著。然後敏納的怒火逐漸熄滅。

「下車。」他說。他一揮手，凱撒般的手勢，指向他這輛重新裝修過的郵車凹陷車頂外的天空。

「什麼？」東尼說。「在這裡？」

「下車。」他又說一次，平穩地。「走回家，你們這些鬆糕軟屁股。」

我們張口結舌地坐在那裡，儘管他的意思夠明白。我們離少年之家也只有五、六條街的距離而已，但我們沒有拿到工資，沒有去喝罐啤酒或吃片披薩或買一袋又熱又黏的義大利炸麵團[15]。我可以嚐到失望的滋味——少了糖粉的滋味。東尼推開車門，灑落更多碎玻璃，我們乖乖地魚貫而出走到人行道上，走進眩目的白晝，走進這個突然沒了形狀的下午。

敏納開車離去，留下我們尷尬地杵在一起，在門前台階上那兩個喝酒的人眼前。他們對著我們搖頭，這群離國民住宅一條街的、看起來笨頭笨腦的白人男孩。但我們在那裡沒有危險，也不會對別人造成危險。我們被趕下車這件事有一種非常原始的羞辱，使得霍伊街本身就好像在嘲笑我們，一排簡樸的赤褐色砂石建築，沉睡中的小酒館。我們無法寬恕自己。其他人擠在街角，但我們不會，再也不會了。我們坐敏納的車。這效果是經過算計的：敏納知道他撤回的禮物有何價值。

「鬆糕軟屁股。」我使勁說，在嘴裡測量這些字的形狀，測試它們夠不夠痙攣。然後我打了個噴嚏，陽光害的。

吉伯特和丹尼用嫌惡的眼光看我，東尼的眼光更糟。

「閉嘴。」他說。他咬著牙的微笑裡帶有冰冷的憤怒。

「叫我這麼做，鬆糕軟屁股。」我啞聲說出。

「你現在就給我安靜。」東尼警告。他從水溝裡撿起一根木頭，朝我踏出一步。

吉伯特和丹尼帶著戒心退開。我想跟他們一起退，但東尼把我困在他和一輛停著的車中間。門前台階上的男人向後靠手肘抵地，若有所思地喝著他們的麥芽酒。

「雜毛。」我說。我試著把它偽裝成另一個噴嚏，這使得我脖子不知哪裡啪地一聲。我抽搐一下，又開口。「雜毛！雜碎帽！」我被困在自我的迴路裡，這個迴路已經太熟悉了，就是修飾一句口頭痙攣好讓自己脫離它的掌控（但我還不知道那些特定音節是多麼難以擺脫）。我當然不是要回東尼的話。但雜毛是敏納罵他的話，而我現在就正對著他在說。

東尼拿著他撿的那根木頭，那是一根被拋棄的建築用木板條，上面黏了好幾塊灰泥。我盯著看，預期自己將遭受的疼痛，就像一分鐘前預期東尼會在敏納手下遭受疼痛一樣。但東尼靠得更近，木頭放在身側，一把抓住我領口。

⑮ 一種義大利傳統食品，將麵團揉過發過之後油炸，上撒糖粉與肉桂粉或沾蜂蜜食用。

「你再張開嘴試試。」他說。

「拉裡拉雜毛，雜七雜八帽，七零八落電話。」我是我病症的囚犯。我回抓住東尼，雙手探索著他的領口，手指在領內動著，像個焦急、笨拙的情人。

吉伯特和丹尼開始沿著霍伊街朝少年之家的方向走去。「走吧，東尼。」吉伯特說，偏了偏頭。東尼不理他們。他把那根木頭朝水溝裡刮了刮，沾上一抹狗屎，芥末黃的，臭氣衝鼻。

「張開。」

這時吉伯特和丹尼自顧自溜掉，低著頭。街上很亮、很空，空得荒謬。東尼一棍戳來，我猛一扭頭——以痙攣作為閃避的方式——他只抹到我的臉頰。但我可以聞到它的味道，與糖粉完全相反而具體可觸，跟我的臉結合了。

「戳我貝里！」我大喊。我跌靠在身後的車上，把頭轉了又轉，不停抽搐，把那一刻保留在痙攣的地理圖像裡。那塊污漬跟著我，頑強不已，火燒火燎。又或者火燒火燎的是我的臉。我們的證人揉皺他們的紙袋，發出沉思的嘆息。

東尼丟下木棍，轉身離開。他自己也感到作嘔，無法迎視我的眼神。他本要開口，想想又改變了主意，小跑步跟上吉伯特和丹尼，沿著霍伊街走開，離開現場。

直到五個星期後我們才再次見到敏納，那天是五月底的一個星期天早上，在少年之家的院子裡。他哥哥傑拉也來了；這是我們第二次見到他。

之前的幾個星期我們都沒見到過法蘭克，儘管我知道其他人也跟我一樣，都曾沿著法院街一路晃下去，在幾個他通常出沒的地方探頭探腦，像理髮院、飲料經銷店、遊樂場。他不在那些地方。這不意味任何事，這意味著一切。他或許再也不會出現了，但如果他出現了而沒提這件事，我們也不會再去多想。我們彼此之間沒有談這件事，但我們籠罩在沉思默想的氛圍裡，這氛圍沾染了孤兒的憂鬱，我們認命接受已造成的永久傷害。我們每個人有一部分仍然驚愕地站在霍伊街和伯根街口，我們在那裡被趕下敏納的小貨車，我們乏弱的翅膀在那裡被太陽曬融了[16]。

一聲喇叭聲，是那輛飛羚的，不是小貨車。然後兩兄弟下車走到圍籬旁等我們聚集過去。東尼和丹尼在打籃球，吉伯特也許在場邊挖鼻孔挖得正起勁。反正現在我是這樣想像的。他們開車來的時候我不在操場上。吉伯特得進到少年之家的圖書館裡來把我拉出去，自從東尼攻擊我之後我大部分時間都躲在那裡，儘管東尼沒有打算再攻擊一次的意思。我牢牢把自己釘坐在窗台上，坐在夾雜著鐵窗影子的陽光裡，吉伯特找到我的時候我正埋頭在讀一本艾倫．朱里的小說。

以那天早上的天氣而言，法蘭克和傑拉穿得太暖，法蘭克穿著腰部和袖口收緊的夾克，傑拉穿的是拼綴式的皮外套。飛羚的後座全是一個個塞滿了法蘭克衣服的購物袋，還有兩個皮革舊公事包一定是傑拉的。就我所知，法蘭克．敏納從來沒有半個公事包。他們站在圍籬旁，法蘭克緊張地踮著腳一蹦一跳地走路，傑拉攀著鐵絲網，手指穿過網孔，絲毫不掩飾對弟弟感到不耐，那不耐已經接近嫌惡了。

---

[16] 典出希臘神話，Daedalus與其子Icarus為克里特王Minos興建囚禁牛頭人身怪的迷宮，完工後Minos拒絕讓他們離開，於是兩人以蠟做翅膀逃離，但Icarus忘了父親的叮嚀而飛得太高，翅膀被太陽曬融而墜海身亡。

法蘭克不自然地笑笑，揚起眉毛搖搖頭。丹尼把籃球夾在前臂和大腿之間；敏納朝球點點頭，做出長射的動作，手腕一折，撮起嘴形成一個輕巧的O來顯示球唰一聲進網的聲音。

然後，像白癡一樣，他假裝一個反彈球傳給傑拉。他哥哥似乎沒有注意到。敏納搖搖頭，然後轉回身朝向我們，兩根手指像扳機一樣透過圍籬瞄準，咬著牙發出噠噠噠噠的聲音，稍微想像一幕操場大屠殺。我們只能張口結舌地呆看著他。好像有人把敏納的聲音拿走了似的。而敏納靠的就是他的聲音——他不知道嗎？他的眼睛說是的，他知道。那雙眼睛看來驚慌，彷彿被關進了一個默劇演員的身體裡。

傑拉眼神空洞地看著院子，不理會他的表演。敏納又做了幾個鬼臉，皺皺眉，無聲地笑笑，扭扭脖子甩掉某種看不見的討厭東西。我努力阻止自己模仿他的動作。

然後他清清喉嚨。「我要，呃，出城一陣子。」他終於說。

我們等著其他的話。敏納只是點頭、瞇眼、閉著嘴笑笑，彷彿在接受喝采。

「去上州？」東尼說。

敏納掩口咳嗽。「哦，是啊。我哥去的那地方。他想我們應該要，你知道。呼吸一點新鮮空氣。」

「你什麼時候回來？」東尼說。

「啊，回來。」敏納說。「這就是個未知數了，疤面煞星。有未知的因素。」

我們一定都對著他張口結舌，因為他又加上一句：「我不是出去避風頭的，如果你們想的是這個的話。」

我們這時候高二。那種計量方式突然隱隱逼近我們，一扇門就這麼打開，原本用幾個下午來計算的未來變成了以年為單位。敏納不知道什麼時候回來，到時候我們還認得他嗎？還認得彼此嗎？

說得更清楚點，就是敏納不會在這裡告訴我們該對敏納不在這裡的事作何感想了。

「好了，法蘭克。」傑拉說著轉身背對圍籬。「布魯克林孤兒感激你的支持。我想我們該上路了。」

「我哥趕時間。」法蘭克說。「他在哪裡都會看到鬼。」

「是啊，我現在就看到一個。」傑拉說，儘管事實上他誰也沒看，只看著車。

敏納朝我們偏偏頭，朝他哥偏偏頭，表示你知道的。還有抱歉。

然後他從口袋裡掏出一本書，一小本平裝書。我想在那之前我從不曾看他手裡拿過書。「給你。」他對我說。他把書丟在人行道上，用鞋尖推過圍籬下方。「看一看。」他說。「結果你不是怪胎秀裡唯一的一個人。」

我撿起書。書名是了解妥瑞症，這是我第一次看見這個詞。

「一直想拿給你，」他說。「但我一直有點忙。」

「好極了。」傑拉說著拉住敏納的手臂。「走吧。」

我疑心東尼每天放學後都在找。三天後他找到了，帶我們其他人到那裡去，在布魯克林—皇后區快速道路的邊緣，肯恩街的盡頭。那輛小貨車縮小了，中央凹扁下去只剩邊緣，輪胎也溶化了。車窗那些碎裂的安全玻璃被炸掉了，細小碎片散落在人行道和街道上，一起散落的還有漆塊殘骸和一道道灰燼，顯示出爆炸的威力。小貨車的側部疊在一起，還可以看見塗鴉的骨白色輪廓，其他的一切——吉伯特以鑿腳技術上的漆和原來車身的陳舊綠色——都成了一片焦黑，脆弱得像曬傷的皮膚。看起來就像是原來那輛小貨車的X光片。

我們圍著它，帶著奇怪的崇敬，不敢去摸，我想著，灰，灰——然後我跑掉了，沿著肯恩街，跑向法院街，在任何話從我嘴裡冒出來之前。

接下來兩年我長得比較大了——既不是胖也不是特別有肌肉，但是高大，像熊一樣，因此最輕量級的東尼或任何其他人都比較難再欺負我了。藉著敏納那本書的幫助，我辨識出自己患有妥瑞症，然後發現這發現有多沒用。我的各種舉動的組合是「像雪花一樣獨特」，哦真是太美好了，而且逐漸演化，像某個在顯微鏡下以慢動作旋轉的結晶體一樣，顯現出不同的切面，並且從它原來所在的我的私密核心擴散出來覆蓋了我的表面，我的公眾外在。怪胎秀如今成了唯一的戲碼，那個早先沒有痙攣的我已經無法再被清楚回想起來。我在書裡讀到可能對我有幫助的藥物，Haldol[17]、Klonopin[18]和Orap，我費盡功夫堅持少年之家那個每週來一次的護士幫我弄到診斷書和處方，結果卻發現我徹底無法忍受它們：這些化學藥劑讓我的大腦慢得像是陰沉地在爬，一腳攔住了我的自我之輪。我或許可以動腦筋贏過我的症狀，偽裝或吸收它們，將它們混在怪異舉止或雜耍表演裡，但我不要麻痺它們，如果這意味著使世界（或我的大腦——這是同一回事）的光度變得黯淡微弱的話。

我們各自以不同方式熬過了莎拉・J。吉伯特也長大了，而且長出一副兇相，也學會用輕蔑冷笑或耍詐閃躲的方式度過難關。丹尼靠他的高超球技和音樂品味一帆風順，他聽的音樂從饒舌樂手的喜悅和放克迷幻變成了哈洛・梅爾文和「藍色音調」及泰迪・潘德葛拉斯。當我看見他跟某些人在一起的時候，就知道不必費神去打招呼，因為深陷在自我召喚來的黑人特質中心裡的他是認不出我們其他人的。東尼多少算是輟學了——在莎拉・J很難被正式退學，會點名的老師太少了——高中時代都耗在法院街上，在遊樂場那裡混，從經由敏納而認識的人身上搾出點香菸、零工，以及坐在偉士牌後座的機會，並且在一系列敏納的前女友身上走了運，至少他是這麼說的。他在皇后披薩店的櫃檯後面工作了六個月，把一片片披薩從烤爐裡劏出來、劏進白色紙袋裡，不時在隔壁的XXX級電影院的入口遮篷下抽菸休息。我會閒晃進去，他會滿口廉價罵人話衝著我來，這些比不上敏納的佯裝斥罵讓披薩店裡年紀比較大的那些男人很覺有趣，然後他內疚地免費塞給我一塊披薩，然後用更多罵人話把我趕出去，或許還加上給我腦袋拍上一巴掌或者朝我肚子太過逼真地假捅一下。

至於我，我變成了一個活生生的笑話，荒唐、離譜、視而不見。我的突然發作、我冒出的話、我輕敲的動作是白噪音[19]或靜電，煩人但受到容忍，最後變得無聊，除非它們恰好惹得某個搞不清楚狀況的大人做出反應，例如新來或代課的老師。我的同輩，就連那些最遙不可及又可怕

⑰ 一種中樞神經系統用藥，抗精神病劑。
⑱ 一種中樞神經系統用藥，抗癲癇劑。
⑲ 指收音機或電視機未調好頻道前發出的噪音，亦指在背景中一直持續因而使人聽而不聞的噪音。

的黑人女孩，都本能地了解莎拉．J的教師和輔導老師——惡劣的環境讓他們變得冷硬，變成類似準軍事部隊的一群人——很慢才明白的事：我的行為不是任何一種青少年期的叛逆舉止。也所以其他青少年對此就沒什麼興趣。我不強悍、不挑釁、不時髦、不自毀、不性感、沒有滿口說著某種反文化的秘密語言、沒有考驗權威、沒有顯現出任何色彩。甚至那兩三個冒失、好嚇、留著綠色雞冠頭、穿著皮衣、魯莽放肆總是欠打的龐克搖滾樂手，我也不是他們其中之一。我只不過是個瘋子而已。

❖ ❖ ❖

敏納回來的時候吉伯特和我就快畢業了——不是什麼偉大的事蹟，多半只需要去上課、不睡著，另外就吉伯特而言，就是有系統地把我寫好的作業用他自己的筆跡再抄一次。東尼已經完全不出現在莎拉．J了，丹尼則是在某個中間地帶——他在操場和體育館，還有在學校的文化圈裡是個要角，三年級的課他幾乎全沒上，因此被「留下來」，不過我想這個概念對他來說有點抽象。就算你告訴他說他要被送回幼稚園了，他也只會聳聳肩，只問學校的籃圈有多高，籃框能不能承受住他的體重。

敏納開車到學校外面來的時候，東尼已經在車上了。吉伯特到操場上把正在三對三鬥牛的丹尼拉出來，我則站在人行道邊緣，在大批湧出學校的學生之間一動也不動，一時驚呆了。敏納下車，一部新的凱迪拉克，瘀血般的紫。現在我已經比敏納高了，但這並沒有減低他對我的影響力，他的出現自動問著我是誰，我是從哪來的，我正在長成什麼樣的男人或怪胎。這一切都跟五年前的那一天有關，敏納把我揪出圖書館、揪進世界，於是我開始發現我自己，而他的聲音為我的那個幫浦注入了活力。我的症狀愛他。我朝他伸出手——雖然是五月，他卻穿著軍式大衣——輕點他的肩膀，一下、兩下，放下手，然後又舉起手來，爆發出斷斷續續的妥瑞症的撫觸。敏納還是沒開口。

「吃我，敏納毛。」我悄聲說。

「你真是太好笑了，大怪胎。」敏納說，臉色完全是陰鬱的。

很快我就會明白回來的這個敏納跟離開的不是同一個人。他舊日愛說笑的個性已經沒了，就像成人後不復存在的嬰兒肥。他不再在什麼地方都會看到古怪好笑的事，不再欣賞各式各樣的人間喜劇。他注意力的大門變窄了，如今從門裡出來的東西是尖銳而苦澀的。他的溫情變得比較短促間接，他的笑容只是皺皺臉。他也變得更容易顯出不耐煩，要求更少的講故事，更多的走。

但在那一刻他的嚴峻顯得完全奇特：他要我們都上車，他有話要說。彷彿他只去了一兩個星期而非兩年。他有差事要我們做，我感覺自己在想，或者是在希望，而之間的這兩年立刻就不見了。

吉伯特把丹尼找來了。我們坐進後座；東尼跟敏納坐在前座。敏納用手肘扶住方向盤開車，點起一根菸。我們轉下第四大道沿著伯根街走。朝法院街去，我想。敏納收起打火機，一手從大衣口袋裡拿出名片來。

L&L車行，上面寫道。**二十四小時營業**。還有一個電話號碼。這次沒有口號了，也沒有人名。

「你們這些老粗有沒有學習駕照？」敏納說。

沒人有。

「你們知道那家DMV，在雪莫洪街上？拿去。」他掏出一捲錢，嚓嚓嚓抽出四張二十元放在東尼身旁座椅上，東尼把錢分發給我們。對敏納而言所有東西都維持原價，迅速發幾張二十元鈔票就搞定我們的工資了。這點沒改變。「我會在那裡放你們下車。首先我要你們看一樣東西。」

那是伯根街上一家很小的店面，差一點就到史密斯街了，那建築被木板釘得緊緊的，看起來像是被定了罪似的。但就拿我來說，我已經對它的內部很熟悉了。幾年前這是一家迷你型的糖果店，只有一排漫畫和雜誌，老闆是一個皺巴巴的西裔女人，在我把一本《重金屬》摸進夾克裡、低著頭正要溜出門的時候她拽住了我的手臂。現在敏納朝它比了個堂皇的手勢：L&L車行未來的家。

敏納跟李文斯頓街上寇維爾駕訓班的某個路卡斯講好了——我們都要去學開車，免費的，明天開始。紫色的凱迪是L&L車隊裡唯一的一輛車，但其他車不久就會來了。（那輛車聞起來新得有毒，塑膠椅套像擰人手臂一樣發出吱嘎聲。我的手指探索著後座扶手上的菸灰缸——裡面有十片整整齊齊剪下來的指甲屑。）與此同時我們會忙著拿駕照還有整修那毀壞的店面，在裡面裝上收音機、辦公設備、文具、電話、錄音機、麥克風（錄音機？麥克風？）、一架電視機和一台小冰箱。敏納有錢可以花在這些東西上，他要我們一起去看他花。我們或許也可以順便找幾件適合的衣服——我們知不知道自己看起來像《歡迎回來，寇特》[20]踢出來的人？——唯一要做的一件事就是立刻從莎拉．J輟學。這項建議沒有令任何人不高興。一眨眼的工夫，我們就排好隊形了，帕夫洛夫[21]的孤兒。我們聽著敏納不信任而嚴酷的新聲調，逐漸暖化變成比較像過去的、比較慷慨的音樂，這曲調我們很久沒聽到了但並未遺忘。他繼續滔滔不絕說下去：我們應該裝上CB[22]無線電，這已經是他媽的二十世紀了，我們有沒有聽說？誰會用CB？一片死寂，只插了一句「無線電貝里！」好吧，敏納說，怪胎自告奮勇。喂？喂？我們這些撒杏仁的起司球呆瞪著眼好像聽不懂英文似的——這兩年我們到底做了什麼啊，除了研究每天能把我們的魚缸出清幾次之外？沉默。手排，自摸，打手槍，敏納指的是這個——他非得講得一清二楚才行嗎？更多的沉默。喂？嘿，我們有沒有看過《對話》？他媽的全世界最棒的電影，金．哈克曼。我們知道金．哈克曼嗎？再一次沉默。我們只看過《超人》裡的他——演列司．盧塞。敏納指的似乎不太可能是那個金．哈克曼。（列司盧塞，起司蘆筍，螺絲竹筍，我腦袋裡想著，鼓動著麻煩——傑拉在哪裡，L&L的那另一個L呢？敏納沒說起他。）嗯，我們應該看那部片，學一點監視的皮毛。他講個不停，開車載我們沿著雪莫洪街到了監理所。我看到丹尼的眼睛飛向在對街公園裡打籃球的莎拉．J男生們——但現在我們是跟敏納在一起，在百萬哩以外的地方。我們應該要拿到禮車駕駛執照，他繼續說。只要多花十塊錢，考試內容是一樣的。去拍大頭照的時候別笑，你們會看起

[20] 七〇年代電視影集，演員包括約翰．屈伏塔。
[21] 蘇聯生理學家，以研究制約反應聞名。
[22] 民用波段。

來像是畢業舞會約會殺手。我們有女朋友嗎？當然沒有，誰會要一群來自哪裡也不是的混蛋。對了，老爐子死了。卡洛妲·敏納兩週前去世了；敏納這才剛處理完她的事。我們尋思是什麼事，但沒有問。哦，還有敏納結婚了，他現在想到提一提。他跟他的新婚太太打算搬進卡洛妲的舊公寓，得先把牆上的陳年老醬汁給刷洗掉。我們這些呆頭可以見見敏納的新娘，要是我們先去剪頭髮的話。她是布魯克林人嗎？東尼想知道。不完全是；她是在一座島上長大的。不是，你們這些混蛋，不是曼哈頓或長島——是一座真正的島。我們會見到她的。顯然首先我們得當駕駛並操縱相機、錄音機，以及CB無線電，穿西裝剪頭髮，駕照上貼著不帶笑容的大頭照。首先我們得變成敏納幫，儘管沒人說過這個詞。

但最美的部分在於這裡，這裡。敏納自己承認，他理了線索：L&L車行——並不真的是車行。那只是個幌子。L&L是家徵信社。

敏納在急診室裡想聽的那個笑話，關於爾文的那個，是這樣的：

一個猶太母親——我們就叫她古需曼太太好了——走進一家旅行社。「我要去西藏。」她說。「聽著，太太，相信我的話，妳不會想去西藏的。我這裡有去佛羅里達的很好的行程，或者是去夏威夷——」「不，」古需曼太太說。「我要去西藏。」「太太，妳是要一個人去嗎？西藏不適合——」「賣一張到西藏的機票給我！」古需曼太太吼道。「好吧，好吧。」所以她就去了西藏。她下了飛機，對著她第一個看到的人說：「誰是西藏最偉大的聖人？」「啊，那就是高僧喇嘛了。」人家回答她。「我就要見他。」古需曼太太說。「帶我去見高僧喇嘛。」「哦，不行，這位美國太太，妳不了解，高僧喇嘛住在我們最高的山上，完全與世隔絕。沒有人能見到高僧喇嘛。」「我是古需曼太太，我大老遠跑到西藏來，我一定要見高僧喇嘛！」「哦，但妳永遠不可能——」「哪一座山？我要怎麼去那裡？」所以古需曼太太就住進了那座山下的旅館，雇了雪巴人帶她到山頂上的寺廟去。一路上他們都試著要跟她解釋，沒有人能見到高僧喇嘛——他自己廟裡的僧侶都要齋戒冥思許多年才可以獲准問高僧喇嘛一個問題。「我是古需曼太太，帶我到山上去！」他們到了寺廟，雪巴人向那些僧侶解釋——這個瘋狂的美國太太要見高僧喇嘛。她說：「告訴高僧喇嘛說古需曼太太來這裡見他了。」「妳不了解，我們絕對不可能——」「去告訴他就是了！」僧侶們去了又回來，困惑地搖著頭。「我們不明白，但高僧喇嘛說他願意接見妳。妳了不了解這是何等的榮耀——」「是啦是啦，」她說。「帶我去就是了！」所以他們就帶她去見高僧喇嘛。僧侶們竊竊私語著打開了門，高僧喇嘛點點頭——他們可以退下了。然後高僧喇嘛看著古需曼太太，然後古需曼太太說：「爾文，你什麼時候才要回家？你爸爸很擔心！」[23]

[23] 一般都認為猶太母親非常強勢，尤其是對兒子而言，後者就算長大成人通常也難以掙脫母親的影響力；這種形象也出現在如小說 *Portnoy's Complaints* 等文學作品中。這個笑話顯然是在譏諷這一點。

偵訊的眼睛

敏納幫穿西裝。敏納幫開汽車。敏納幫竊聽電話。敏納幫站在敏納身後，雙手插口袋，目露凶光。敏納幫帶錢。敏納幫收錢。敏納幫不問問題。敏納幫接電話。敏納幫領包裹。敏納幫鬍子刮得乾乾淨淨。敏納幫聽指示辦事。敏納幫試著像敏納，但敏納死了。

吉伯特和我離開醫院的速度之快，又是籠罩在一片完全麻痺的濃霧裡開車回去的，因此當我們走進L&L而東尼說：「別講了。我們已經聽說了。」的時候，我自己都彷彿是第一次聽到那件事。

「從誰那裡聽說的？」吉伯特說。

「黑人條子，幾分鐘前還在這裡，要找你們。」東尼說。「你們剛好錯過他。」

東尼和丹尼站在L&L的櫃檯後面拚命抽菸，滿頭大汗，眼神模糊遙遠，緊閉著嘴咬著牙。他們看來像是被人整了一頓，想把氣出在我們身上的樣子。

伯根街上的這家辦公室還是我們十五年前整修過的那樣：塑料櫃檯把空間一分為二，在櫃檯這一側的「等候區」有一架三十吋彩色電視整天開著，後牆那裡是電話、檔案櫃和電腦，上面掛著一幅護貝的巨幅布魯克林地圖，每一區上都有敏納用奇異筆塗寫的粗黑數字，表示L&L的車程價目——到高地五塊錢，到公園坡或葛林要塞七塊，到威廉斯堡或區公園十二，到布許維克十七。到機場或曼哈頓是二十塊以上。

「他們怎麼找到我們的？」我說。「法蘭克的皮夾在我們這裡。」我打開皮夾，拿出法蘭克的那疊名片塞進我口袋。然後我把皮夾丟在櫃檯上，拍了塑料檯面五下，一共湊成六下。

除了我自己之外沒人在意我。這群人是我最老、最疲乏的觀眾了。東尼聳聳肩說：「他的臨死遺言是L&L？他的外套裡有張名片？還是吉伯特像個他媽的白癡報上了名字？他們怎麼找到我們的，得問你們吧。」

「那個警察要幹什麼？」吉伯特堅忍地說。他要一次對付一個問題，這個腳踏實地做苦工的傢伙，就算問題多得堆上了天。

「他說你們不應該離開醫院，他就這麼說。你把你的名字告訴了那個護士，吉伯特。」

「幹，」康尼說。「幹他的什麼他媽的黑人條子。」

「是啊，嗯，你可以當面表達這個意思，因為他還會再來。你或許該說：『幹他的什麼他媽的黑人兇殺案警探』，因為你得對付的是這麼個對象。而且是個聰明的條子。從他眼神就可以看出來。」

「幹他殺案。」我想到要加上一句。

「誰要去告訴茱莉亞？」丹尼安靜地說。他的嘴、他的整張臉，都籠罩在煙霧中。沒人回答。

「嗯，他再來的時候我可不會在。」吉伯特說。「我會去替他做工作，逮到那個做出這件事的王八蛋。給我一根棺材釘❶。」

「慢著點，福爾摩斯。」東尼說著遞給他一根菸。「我要知道這事到底是怎麼會發生的？你們兩個怎麼搞的會扯進去？我以為你們兩個在盯梢。」

「法蘭克跑來了。」吉伯特說，一次次試著點起他那沒燃油的打火機，點不著。「他進去裡面。幹。幹。」他的聲音像捏緊的拳頭。我看到那整個愚蠢的過程在他眼前播放：停著的車，竊聽器，紅綠燈，布雷能，一連串陳腐無新意的東西不知怎麼地連到了血淋淋的垃圾車和醫院。這一串陳腐無新意的東西如今被我們的罪惡感變得永垂不朽。

「進去哪裡？」東尼說著遞給吉伯特一盒火柴。電話響了。

「什麼鬼功夫地方。」吉伯特說。「問萊諾，他知道——」

「不是功夫，」我開口。「是冥想——」

「你該不是說他們用冥想把他給殺了吧？」東尼說。電話響第二聲。

「不是，不是，我們看到了殺他的人——可實行猜青蛙！——一個大個子波蘭人——布內南波蘭餃子！——個子真的非常大。我們只看到他的背面。」

「我們哪一個人要去告訴茱莉亞？」丹尼又說。電話響第三聲。

我接起來說：「L與L。」

「要叫車，華倫街一八八號，靠近——」一個女人的聲音低沉單調地說。

「沒車。」我機械地說。

「你們沒有車？」

「沒車。」我嚥口水，像顆定時炸彈即將爆炸。

「你們多快能弄到一輛？」

「萊諾死蛤蜊！」我對著話筒大吼。這可抓住了對方的注意力，足以讓她掛上電話。我的敏納幫同事們瞥了我一眼，他們冷硬的絕望只稍稍搖晃了一下。

一家真正的車行，就算是小車行，都有三十輛以上的車可供輪流調派，不管什麼時候最最起碼也有十輛車在路上跑。我們最近的一家競爭對手是法院街上的「菁英」，有六十輛車、三個調度員、每一輪值班的司機大概有二十五個。大西洋大道上的羅斯提有八十輛車。新瑞蘭帕哥是多明尼加人開的，設在威廉斯堡，有一百六十輛車，是深藏在那一區的私人運輸秘密經濟權威。車行完全靠電話調度——法律禁止司機在街上搭載乘客，以免對領照掛牌的計程車造成競爭。因此司機和調度員滿天滿地發名片，把名片像外送中餐館的菜單一樣塞進公寓門廳，成疊放在醫院候診室的盆栽旁，每趟載客到目的地時跟找零的錢一起遞回去。他們在公用電話上貼著自己電話號碼，字是用螢光筆寫的。

L&L有五輛車，我們一人一輛，也幾乎沒時間開車。我們從來不發名片，對打電話來的人從不客氣，而且五年前就把我們的號碼從商用分類電話簿和伯根街的店面招牌上去掉了。

然而我們的號碼還是會流傳出去，因此我們的主要活動之一就是接起電話說「沒車」。

❶ coffin nail，香菸的俗稱之一。

我放下話筒，吉伯特正在堅持不懈地解釋他對那盯梢行動的所知。聽他講起話來好像英文是他的第四還是第五語言一樣，但他全心全意的態度無可質疑。從我嘴裡說出來的可能會是仿生學亂法——我那充滿哀悼之情的大腦決定當天晚上它的職責是給自己重新命名——所以沒資格批評。我走出門外，離開不斷抽菸所產生的迷霧，走進燈火通明的冷冷夜色。史密斯街很熱鬧，F列車在下方低語著，披薩店、韓國人開的雜貨店，還有賭場，顧客全都川流不息。這可以是隨便哪一天的晚上——史密斯街的這幅街景半點看不出是敏納死的同一天。我到車上把置物箱裡的筆記本拿出來，盡量不要瞥向染血的後座。然後我想著敏納的最後一程。有什麼東西我忘了。我硬起心腸轉頭去看後座，看到了我忘記的東西：他的手錶和呼叫器。它們滑落到座位底下，我把它們搆出來放進口袋。

我鎖上車，預演著幾個想像中的選項。我可以獨自回到約克維爾禪堂那裡去四處看一看。我也可以去找那個兇殺案警探，獲得他的信任，把我知道的事情跟他集思廣益，而非跟我同事。我可以沿著大西洋大道走下去，坐在一家認識我所以不會呆瞪著我看的阿拉伯店門口，喝一小杯泥般的黑咖啡，吃個果仁蜜餅或者烏鴉巢——讓酸、熱氣和糖分毒死我的哀傷。

或者我可以回辦公室。我回到辦公室裡。吉伯特還在七零八落地講著事件的尾聲，我們衝上醫院斜坡，醫院裡的混亂。他要東尼和丹尼知道我們已經盡了全力。我把筆記本平放在櫃檯上，用紅色原子筆圈起**女人**、**眼鏡**和**奧爾曼**，**市區**，我們舞台上的這些關鍵新角色。或許他們只是一張薄紙、缺乏線索，但現在他們比敏納有生命。

我有其他的問題：他們講到的那棟建築。那個門房的插手。那個法蘭克對之失去控制的無名女人，她想念她的拉嘛喇嘛叮噹。竊聽錄音本身：敏納希望我會聽見什麼？他為什麼就不能直接告訴我要聽什麼？

「我們問了他，在車後座。」吉伯特說。「我們問他，可他不肯告訴我們。我不知道他為什麼不肯說。」

「問他什麼？」東尼說。

「問他是誰殺了他。」吉伯特說。「我是說，在他死之前。」

我想起了爾文這個名字，但什麼也沒說。

「非得有人去告訴茱莉亞不可。」丹尼說。

吉伯特醒悟到了筆記本的意義。他走過來看到我圈起來的字。「奧爾曼是誰？」吉伯特看著我說。「這你寫的？」

「在車上。」我說。「這是我在車上記的筆記。『奧爾曼，市區』是法蘭克上車時應該要去的地方。禪堂裡的那個人叫他去——他就是叫他去那裡。」

「叫他去哪裡？」東尼說。

「不重要。」我說。「他沒去。那個巨人把他帶走殺掉了。重要的是那個叫他去的人——費里！貝肯！福雷里！——那棟屋子裡的那個人。」

「我才不要去告訴茱莉亞，」丹尼說。「不管任何人說什麼。」

「嗯，可不會是我。」吉伯特說，終於注意到丹尼了。

「我們應該回到東城——狡猾禪堂！——去四處看看。」我努力要講到重點，在我看來茱莉亞似乎不是重點。

「好吧，好吧，」東尼說。「我們他媽的應該要一起好好動動腦。」

聽到腦這個字我突然清楚了一件事：少了敏納，我們的腦袋加在一起什麼也不是，跟一堆氣球一樣空洞脆弱。他的死鬆開了綁住氣球的線，唯一的問題只是氣球會飛散得多快、多遠——以及是會破掉還是只是慢慢癟下去。

「好吧。」東尼說。「吉伯特，我們得把你從這裡弄出去。他們手上有你的名字。所以我們就讓你去做些跑腿工作。你去找那個叫奧爾曼的傢伙。」

「要我怎麼找？」吉伯特算不上是挖掘線索的專家。

「何不讓我幫他忙？」我說。

「我需要你做其他的事。」東尼說。「吉伯特可以找到奧爾曼的。」

「是啊，」吉伯特說。「但怎麼找？」

「也許電話簿上有，」東尼說。「奧爾曼這個姓不是很普遍。或者也許法蘭克的本子裡有——在你這裡嗎？法蘭克的通訊錄？」

吉伯特看著我。

「一定還在他外套裡。」我說。「留在醫院。」但這還是觸發了強迫性的自我搜身。我在自己的每個口袋上拍六下，壓低聲音說：「法蘭克本子，髮型課本事，發明人半死——」

「好極了，」東尼說。「這可真是太好了。唔，就這麼一次拿出點你自己的本領來找到那傢伙吧。拜託，吉伯特，你可是做這一行的。打電話給你的好兄弟，那個垃圾條子——他可以去查警方紀錄，對吧？把奧爾曼給找到，掂掂他的斤兩。也許他就是你那個巨人。他也許有點等不及跟法蘭克約會了。」

「是那個樓上的傢伙陷害法蘭克的。」我說。吉伯特和他那個環境衛生警察隊的混蛋朋友居然被分配到追蹤奧爾曼，令我感到很挫折。「他們是一夥的，樓上那傢伙和那個巨人。他知道巨人在樓下等。」

「好吧，但那個巨人還是有可能是那個叫奧爾曼的傢伙。」東尼煩躁地說。「吉伯特就是要去查出這一點，OK？」

我舉起雙手投降，然後向空中一撈抓住一隻想像的蒼蠅。

「我會到東城去。」東尼說。「去四處看看。試試看能不能混進那棟建築。丹尼，你顧店。」

「行。」丹尼說著摁熄他的菸。

「那個條子會再回來。」東尼說。「你負責跟他講話。表示合作，但什麼都不要告訴他就是了。我們不想要看起來像是慌了手腳的樣子。」分派他這項工作的言外之意是丹尼跟那個他媽的黑人條子能有比較好的互動。

「你講得好像我們是嫌犯一樣。」我說。

「那個條子的語氣就是這樣。」東尼說。「不是我。」

「那我呢？」我說。「你要我——罪犯魚毯！——跟你一起去嗎？我知道那地方。」

「不，」東尼說。「你去跟茱莉亞解釋。」

從搬家公司解體到徵信社成立之間，法蘭克不知道去了哪裡，總之茱莉亞．敏納跟著他一起回來。誰曉得，她也可能是敏納那些女孩裡最後也最棒的一個——她看起來倒是很符合：高，豐滿，非天生的金髮，下巴線條叛逆。很容易想像敏納跟她調笑，解開她的襯衫，肚子上挨她手肘一拐子。但等到我們見到她的時候這兩人已經展開了他們漫長、枯燥的僵局。他們初始的激情只剩下一點發出微弱劈啪聲的電力，驅動著他們的辱罵、他們對彼此的無趣攻擊。至少看得出來的就只有這些。一開始茱莉亞嚇壞了我們，不是因為她做了什麼，而是因為她對敏納有著冷冷的影響力，而且有她在他就非常緊繃，隨時準備痛罵我們。

要是茱莉亞和法蘭克仍然對彼此充滿愛意，我們或許會繼續對她保持童稚的敬畏，我們的著迷之感和肉慾都還只是青少年階段。但他們之間的冷淡是一道開口。我們想像自己變成法蘭克，愛她、解凍她、在她的懷中變成真正的男人。如果我們對法蘭克．敏納感到生氣和失望，我們就覺得自己跟他那美麗、生氣、失望的妻子有所聯繫，並因而感到興奮。她變成了幻滅之情的偶像。法蘭克已經讓我們知道女孩是什麼了，現在他讓我們看到了一個女人。而他的不能愛她，留下了一點餘地讓我們的愛意滋長。

我們這些敏納幫全都夢想自己是法蘭克．敏納——這不是新聞。但現在我們的夢又做得大了一點：要是我們擁有茱莉亞，我們會比法蘭克做得好，會讓她快樂。

至少原來的夢想是這樣的。我想這些年來其他的敏納幫征服了，或者至少是減緩了他們對茱莉亞的恐懼、敬畏和欲望，他們找到了自己的女人，可以使她們快樂和不快樂，可以使她們著迷、幻夢破滅，然後把她們拋棄。

當然，只除了我以外。

一開始敏納把茱莉亞安插到法院街一個律師的辦公室，那店面跟L&L一樣小。我們這些敏納幫常跑去找她，帶著法蘭克要我們送去的訊息或禮物，在那裡看著她接電話、讀《時人》雜誌、煮難喝的咖啡。法蘭克似乎很熱切要把我們現給她看，他自己並不那麼熱切想跑去。同樣地，他似乎很高興把茱莉亞放在那裡展示，在法院街的玻璃窗內。我們全都直覺地了解敏納用人作為象徵的本能，把我們移來移去以標示領域，因此在這種意義上茱莉亞·敏納是加入了敏納幫，是團隊的一份子。然而出了點問題，茱莉亞和那個律師之間有了什麼不愉快，敏納就把她拽回卡洛妲·敏納在波羅的海街上的那棟兩層樓老公寓裡，十五年來她大部分時間都待在那裡，一個鬧脾氣的家庭主婦。我每次去那裡都會想到卡洛妲那一盤盤被法院街的各式閒雜人等端下樓的食物。不過那座老爐子已經不在了。茱莉亞和法蘭克大多在外面吃。

現在我去到那棟公寓，敲門，拳起我的指節以敲出正確的聲音。

「哈囉，萊諾。」茱莉亞從窺孔中看到我之後說。她沒有拴上門，轉過身去。我低頭快步進門。她穿著一件襯裙，成熟的雙臂裸露著，但下身已經穿上了絲襪和高跟鞋。公寓裡很暗，除了臥室。我關上身後的門，跟著她走進去，床上攤開著一個落有灰塵的行李箱，旁邊是一堆堆衣物。顯然我不會是第一個把那消息帶到任何地方的人。行李箱裡已經放有一堆內衣褲，我看到一樣深色發亮的東西半埋在那裡面。一把手槍。

茱莉亞翻找著梳妝台裡的東西，仍然背對著我。我靠在衣櫃的門框上，感覺很侷促。她在一個個抽屜裡翻找，我可以聽見她沉重的呼吸聲。

「誰告訴妳的，茱莉亞？吃，吃，吃——」我咬住牙，努力控制住那股衝動。

「你想是誰？我接到醫院打來的電話。」

「吃，哈哈，吃——」我像個正在發動的引擎。

「你要我吃你嗎，萊諾？」她的聲調隨意得冷酷。「就直說了吧。」

「好吃我。」我感激地說。「妳在打包？我是說，我不是說那把槍。」我想到幾小時前敏納在車邊罵吉伯特的話。你們沒槍，這樣我夜裡才睡得著。「打包妳的衣服——」

「他們叫你來這裡安慰我嗎？」她尖銳地說。「你就是要來做這個的嗎？」

她轉過身來。我看見她眼睛發紅，嘴四周的皮肉沉重柔軟。她伸手摸過梳妝台上的一包菸，當她因哀傷而腫起的唇間叼起一根菸，我摸摸身上找我知道自己沒帶的打火機，只是要做個樣子。她自己點了菸，氣沖沖地劃著火柴，擦出一小溜火星。

這場景讓我心裡起了十幾種騷動。法蘭克．敏納似乎還活在這房間裡，活在茱莉亞身上，她身穿襯裙，旁邊放著打包到一半的行李箱，有香菸，有槍。他們兩人從未像此刻這麼親近過。這麼真正的結合。但她正趕著要離開。我感覺到如果我讓她走，那麼我察覺到的他的那份質素也會跟著離去。

她看著我，猛吸一口讓菸頭火亮起來，然後吐出煙。「你們這些混蛋害死了他。」她說。

她的香菸垂在指間。我趕走一個怪異的想像：她會把自己的襯裙給燒起來——那襯裙的確看來易燃，事實上看起來已經像是著了火——到時我就得替她滅火，用一杯水澆熄她。這是妥瑞症一個令人不舒服的特徵——我的大腦會丟出許多醜陋的幻想，種種痛苦的可能性，千鈞一髮的災難。它喜歡招惹這些意象，就像我抽動的手指會受到吸引去靠近正在轉的電風扇葉。也許現在我也是在渴望一個我能掌控的危機，在先前辜負了敏納之後。我想要保護某個人，茱莉亞也可以。

「不是我們，茱莉亞。」我說。「我們只是沒能救回他來。殺他的是個巨人，那傢伙一個人抵六個。」

「好極了，」她說。「聽起來好極了。你已經完全會了，萊諾。你講話就像他們一樣。我恨死你們這些人講話的方式了，你知道嗎？」她繼續把衣服亂塞進行李箱。

我模仿她點火柴的動作，一個長長的動作往身外滑去，多少還保持冷靜。事實上，我想雙手翻遍床上的衣服，啪地把行李箱的扣栓打開又扣上，去舔那塑料。

「混蛋講！」我說。

她不理我。有警笛在史密斯街和波羅的海街處響起，我打了個冷顫。要是醫院打過電話給她，那警察也不可能離得太遠了。但警笛在半條街外打住。只是攔車臨檢，搜搜身。任何一個晚上，史密斯街上的任何一輛車都符合某個敘述。警車一閃一閃的紅光透過窗簾滲進窗緣，讓床和茱莉亞光滑的輪廓微微發亮。

「妳不能走，茱莉亞。」

「看著吧。」

「我們需要妳。」

她朝我怪笑一下。「你們活得下去的。」

「不是，真的，茱莉亞。法蘭克把L&L過到妳的名下了。現在妳是我們的老闆。」

「真的？」茱莉亞說，這下有了興趣，或者假裝有興趣——她讓我太緊張了，無法分辨。「我眼前的一切都是我的了？你是這樣說的嗎？」

我嚥口水，把頭扭到一側，彷彿她在看我身後某處。

「你認為我該去那裡親自監督一家車行的日常營業嗎，萊諾？去看看帳簿？你認為那或許是個滿適合寡婦的職業？」

「我們是——偵探推！章電話！——我們是徵信社。不管這事是誰幹的，我們都會逮到他。」就連在我說話的同時，我都試著用這個原則來讓自己的思緒有秩序：偵探，線索，調查。這時候我應該在收集資訊才對。有一刻我納悶茱莉亞是不是那個法蘭克無法繼續控制的她，根據耳機裡從禪堂傳來的那個充滿暗示的聲音的說法。

當然，那就意味著她想念她的拉嘛喇嘛叮噹。不管那是什麼，我都很難想像茱莉亞想念它。

「就是啊，」茱莉亞說。「我都忘了。我繼承了一家腐敗又無能的徵信社。別擋著我的路，萊諾。」她把香菸放在梳妝台邊緣，擠過我旁邊，探身進衣櫃。

無敗又腐能，白癡艾斯洛的大腦想著。你很腐能，先生！

「老天，看看這些洋裝。」她邊探手翻動那排衣架邊說。她的聲音突然哽住了。「你看到了嗎？」

我點頭。

「它們比那整間車行還值錢。」

「茱莉亞——」

「這不是我會穿的衣服，真的。這不是我的樣子。我甚至不喜歡這些洋裝。」

「妳的樣子是什麼樣？」

「你永遠想像不到。我自己都快不記得了。在法蘭克把我打扮起來之前。」

「給我看。」

「哈。」她看向別處。「我該是個穿黑色的寡婦。你會喜歡的。我那樣穿會非常好看。法蘭克把我留下來就是為了這個，我的大日子。不，謝了。告訴東尼說不，謝了。」她手一揮把那些洋裝更往衣櫃裡推。然後她突然抓著衣架把其中兩件拿出來扔在床上，鋪散在行李箱上像棲息的蝴蝶。那兩件不是黑色的。

「東尼？」我說。我分了心，老鷹般的眼睛看著菸灰愈燒愈長，那根被拋棄的香菸燃燒的菸頭離木質梳妝台愈來愈近。

「沒錯，東尼。他媽的法蘭克·敏納二世。抱歉，萊諾，你是不是想當法蘭克？我是不是傷了你的心？恐怕東尼已經捷足先登了。」

「那根香菸要燒到木頭了。」

「讓它燒。」她說。

「這是哪部電影裡的台詞嗎？『讓它燒』？我覺得好像在哪部電影裡聽過——燒那能打我！」

她轉過身背對我，再次走向床邊。她把洋裝從衣架上拿下來，把一件塞進行李箱，然後拎起另一件踏進去，小心不鉤到鞋跟。我緊抓著衣櫃門框，看著她把衣服拉過臀部、拉上肩膀，壓制住一股想要像隻小貓去揮拍那粼粼發亮布料的衝動。

「過來，萊諾。」她說著，沒有轉身。「幫我拉上拉鍊。」

我伸出手，不能不輕輕點觸她雙肩各兩次。她似乎不介意。然後我捏住拉鍊頭，輕輕往上拉。這時候她雙手挽住頭髮，雙臂高舉過頭轉過身來，就這麼滾進我懷裡。我仍然捏著拉鍊頭，在她背部一半的位置。貼近了看，我發現她的眼睛和嘴唇像是剛被救起來、差點溺斃的樣子。

「別停。」她說。

她雙肘舉靠在我肩上，在我拉扯拉鍊的同時抬頭凝視著我。我屏住呼吸。

「你知道，我認識法蘭克以前從來沒刮過腋毛。他要我刮。」她朝著我胸口說出這些話，聲音現在變得迷迷糊糊的，好像心不在焉。怒氣全都消失了。

我把拉鍊拉到她頸背，放下雙手，然後後退一步吐出一口氣。她仍然把頭髮挽在頭上。

「也許我會重新開始留腋毛。你認為呢，萊諾？」

我張開嘴，說出的話聲雖輕但很清楚，是「雙乳房」。

「所有的乳房都是成雙的，萊諾。你不知道嗎？」

「那只是一句痙攣。」我尷尬地說，垂下眼睛。

「把你的手給我，萊諾。」

我再次舉起手，她握住。

「老天，好大。你的手真大，萊諾。」她的聲音夢幻如歌，像個孩子，或者是個假裝孩子的成人。「我是說——你的手到處動來動去那麼快，做那些動作，又抓又碰什麼的。那叫什麼來著？」

「那也是痙攣，茱莉亞。」

「我一直覺得你的手小，因為它們動得那麼快。但它們好大。」

她把它們移到她的乳房上。

性興奮讓我的妥瑞症大腦平靜下來，不是麻痺我，不是像Orap或Klonopin那些藥那樣把世界遮住變暗，而是讓我內在產生另一種更深的專心，更細緻的震顫，聚集並涵括了我急切的混亂，將之納入一個更大的目標，就像眾聲合唱把一個尖銳的聲音引入和諧。我仍然是我自己而且內在平定，這是一種稀少而珍貴的組合。是的，我很喜歡性愛。我不常得到它。在我能得到它的時候，我發現自己想讓它慢得不能再慢，安居在那個地方，見見我那平定下來的自己，讓他有機會四處看看。但我卻被約定俗成的急就章催著跑，那些尷尬、酒精催化之下的兩人交疊是我目前為止僅有過的幾次機會，在性興奮中找到避風港。但哦，要是我的手能在茱莉亞的乳房上放上一個星期，那我就可以清楚地思考了！

唉，我第一個清楚的思緒就把我的手移到了別的地方。我走過去把那根悶燒的香菸從梳妝台上拿下來，拯救了木質表面，而茱莉亞的唇微微開啟，因此我把香菸塞進她唇間，濾嘴那頭朝裡。

「成雙的，看到了嗎？」她邊說邊吸著菸。她用手指梳理一下頭髮，然後把被我抱過的洋裝部位下的襯裙拉直。

「什麼成雙？」

「你知道，乳房。」

「妳不應該取笑——來嘍艾格多！拉果艾斯諾！——妳不應該取笑我，茱莉亞。」

「我不是在取笑你。」

「以前——現在妳和東尼之間有什麼嗎？」

「我不知道。去他的東尼。我比較喜歡你，萊諾。只是我從來沒告訴過你。」她受了傷，飄忽不定，她的聲音狂亂地游移，尋找一個可以休息的地方。

「我也喜歡妳，茱莉亞。這沒有——去他的東尼！那特去他尼！去他的宗尼！多他之去尼！——對不起。這沒有什麼不對的。」

「我要你喜歡我，萊諾。」

「妳這——妳這不是說我們之間可能真的會有什麼吧？」我轉過身拍門框六下，感覺自己的臉羞恥得凝結了，馬上後悔問了那個問題——就這麼一次，我希望自己剛才是痙攣而沒說話，冒出一些討人厭的難聽字詞來抹消這對話的意思、悶住那句我讓自己說出的話。

「不是。」她冷冷地說。她把香菸的剩餘部分放回梳妝台上。「你太奇怪了，萊諾。太過於奇怪了。我是說，你自己照照鏡子。」她繼續把衣服塞進行李箱裡，多得超乎看來可能的數量，像一個魔術師填塞某個戲法需要用的道具。

我只希望那槍不會走火。「妳要去哪裡，茱莉亞？」我疲倦地說。

「我要去一個和平的地方，如果你非知道不可的話，萊諾。」

「一個——什麼？」和皮的地放？何必的底坊？和你得笛仿？

「你聽到我說的話了。一個和平的地方。」

然後外面傳來一聲喇叭聲。

「我的車來了。」她說。「你可不可以去告訴他們我馬上就去？」

「好，但是——合理德放——這樣說很奇怪。」

「你有沒有離開過布魯克林，萊諾？」

乳房，腋毛，現在又是布魯克林——對茱莉亞而言這些全都只是計量我多麼缺乏經驗的單位。「當然。」我說。「我今天下午才去了曼哈頓。」我試著不去想我在那裡做了什麼，或者沒做到什麼。

「紐約市，萊諾。你有沒有離開過紐約市？」

我思索這個問題的同時瞄了瞄那香菸，它終於開始燒焦梳妝台表面了。那變黑的漆面代表著我在這裡的挫敗。我什麼也保護不了，或許最不能保護的就是我自己。

「因為要是你有，就會知道這裡之外的任何地方都是個和平的地方。所以我就是要去那裡。可不可以請你幫我去叫住車子？」

在門外並排停車的是「傳承合資」的車，那是布魯克林各競爭車行之中最高檔的一家，全黑的豪華車型，暗色車窗，車上有行動電話供客戶使用，後車窗下還有原車便附帶的面紙盒架。茱莉亞要很有格調地落跑。我從她這棟建築的門階上朝司機揮手，他朝我點點頭，然後頭向後靠在椅背上。我正試著重複他脖子的動作，點頭，後靠，這時一個嚴肅的聲音出現在我背後。

「那車是誰要坐的？」

是那個兇殺案警探。他一直等在這裡，盯我們的梢，靠在門口一側，裹著外套縮起身子對抗十一月夜裡的寒意。我馬上就認出了他是誰——手上一杯晚上十點的保麗龍杯咖啡，陳舊的領帶，朝裡長的鬍子，還有一雙偵訊的眼睛，要認錯他也難——但這並不意味著他對我是誰有任何概念。

「裡面的女士。」我說著在他肩上輕敲一下。

「你小心點。」他說著閃開我的碰觸。

「抱歉，朋友。我控制不住自己。」我轉身離開他，回到屋裡去。

不過我的優雅退場很快就被破壞了——茱莉亞正提著她那個塞得太滿的行李箱乒乒乓乓、乓乓下樓來。我衝過去幫她的忙，前門的液壓鉸鍊呻吟著慢慢關上。太慢了：那條子伸出一隻腳，替我們把門開著。

「請問一下，」他帶著詭秘的、筋疲力盡的權威說。「妳是茱莉亞・敏納？」

「曾經是。」茱莉亞說。

「曾經是？」

「是的。這豈不是很好笑嗎？差不多一小時以前我還是。萊諾，把我的箱子放到後車廂裡。」

「趕時間？」警探問茱莉亞。我看著他們兩個衡量彼此的斤兩，彷彿我跟那個等在一旁的禮車司機一樣都與此毫無瓜葛。幾分鐘前，我想說，我的手——但我只是抬起了茱莉亞的行李，等著她經過我身邊坐進車裡。

「有點。」茱莉亞說。「要搭飛機。」

「飛去哪裡？」他壓扁那個空保麗龍杯朝背後一扔，滑過門階落進鄰居的矮樹叢裡。那樹叢已經妝點了不少垃圾。

「她要去一個河泥地慌，荷葉帝王，核心地段——」

「閉嘴，萊諾。」

「我還沒決定。」

警探看著我好像我是瘋子。

到目前為止我的人生故事：

老師看著我好像我是瘋子。

社工人員看著我好像我是瘋子。

男生看著我好像我是瘋子然後打我。

女生看著我好像我是瘋子。

女人看著我好像我是瘋子。

黑人兇殺案警探看著我好像我是瘋子。

「妳恐怕不能走，茱莉亞。」警探說，嘆口氣做個怪表情甩開我冒出的話對他造成的困惑。他見得多了，還可以再多應付一點才需要打爛我的下巴——這是他給我的感覺。「我們會需要跟妳談談法蘭克的事。」

「那你們得逮捕我才行。」茱莉亞說。

「妳為什麼會這麼講？」警探有點生氣地說。

「只是讓事情簡單點。」茱莉亞說。「逮捕我，否則我就要上車。萊諾，拜託。」

我把那個巨大、不聽使喚的皮箱拖下門階，揮手要司機打開後車廂。茱莉亞跟著走過來，警探緊隨在後。禮車的喇叭透出瑪麗亞．凱莉的歌聲，司機仍戴著耳機聽得陶醉。茱莉亞滑進後座，警探用兩隻肥厚的手抓住車門，從上方俯過身去。

「妳難道不關心是誰殺了妳丈夫嗎，敏納太太？」茱莉亞的一派輕鬆顯然使他很氣餒。

「等你們找出是誰殺了他之後告訴我，」她說。「然後我再告訴你我關不關心。」

我把皮箱推進後車廂，放在備胎上面。我短暫地想到要打開它沒收茱莉亞的槍，然後醒悟到我大概不想要在兇殺案警探面前變出一把槍來。他一定會誤會的。於是我只是關上後車廂。

「這樣我們就得保持聯絡。」警探向茱莉亞指出。

「我告訴過你了，我不知道我要去哪裡。你有名片嗎？」

他直起身子掏背心口袋時她砰然關上車門，然後降下車窗接過他的名片。

「我們也可以在機場攔下妳。」他嚴厲地說，試著提醒她，或提醒他自己，關於他的權威。但那個我們比他所知的要弱。

「是的，」茱莉亞說。「但聽起來你已經決定要讓我走了。我很感激。」她把他的名片收進皮包裡。

「今天下午法蘭克被殺的時候妳在哪裡，敏納太太？」

「跟萊諾談。」茱莉亞說著回頭看我。「他是我的不在場證明。我們一整天都在一起。」

「吃我不在場貝里。」我低聲說，盡可能地安靜。警探朝我皺眉頭。我攤開雙手做出個亞特．卡尼的臉，尋求你知我知的相互了解——女人、嫌犯、寡婦，能拿她們怎麼辦？有她們不行，沒她們也不行，是吧？

茱莉亞重新關上暗色動力車窗，傳承合資的車開走，收音機的白癡音樂逐漸遠去消失，留下我和警探獨自站在黑暗的波羅的海街上。

「萊諾。」

不在場證明呼拉巴不佳麗寶拍度跳水聞條魚，我的大腦在唱，抹去了言語。我朝警探揮手表示再見，開始朝史密斯街走。如果茱莉亞可以直接了當拋下他，我為什麼不行？

他跟上來。「我們最好談談，萊諾。」他搞砸了，讓她走了，現在他就要用我來彌補，把他推論和脅迫的威力用在我身上。

「不能改天嗎？」我做到了，沒有轉身——我花了頗大力氣才沒有扭過頭去。但我感覺他緊貼在我腳後，像踱步的人和他的影子。

「你全名叫什麼，萊諾？」

「拉樂百葛斯達——」

「再說一次？」

「阿里拜拜艾斯莫——」

「聽起來像阿拉伯姓。」警探說著趕上我。「不過你看起來不像阿拉伯人。今天下午你跟那女士在哪裡，阿里拜[2]？」

「萊諾。」我強迫自己清楚地說，然後突然冒出：「萊諾逮捕我！」

「這招沒辦法同一天晚上用兩次。」條子說。「我不需要逮捕你。我們只是在散步，阿里拜。只是我不知道我們要去哪裡。你要不要告訴我？」

「回家。」我說，然後才想起來他已經去過一次我稱之為家的那個地方了，而再帶他去那裡一次對我不太有利。「不過我想先買個三明治吃。我快餓死了。你要不要跟我一起去吃個三明治？史密斯街上有個地方，叫做吉奧的，如果可以的話，我們去吃個三明治然後也許就各走各的，因為我有點不好意思帶人回我家——」我轉身講這番話的時候碰人肩膀的欲望又發作了，我的手又開始向他伸過去。

他打掉我的手。「慢著點，阿里拜。你是哪裡不對勁？」

「妥瑞症候群。」我說，帶著一股陰鬱的不可避免之感。妥瑞症是我的另一個名字，而就像我的名字一樣，我的大腦永遠要騷擾這幾個字。果然，我發出了自己的回聲：「妥瑞是大便人！」點著頭，嚥著口水，縮縮身體，我試著要自己閉嘴，快步朝三明治店走去，眼睛朝下看，這樣警探就不在我摸肩膀的範圍之內。不成，我同時做太多事了，我重新開始痙攣的時候聲如洪鐘：「妥瑞是大便人！」

「他是大便人，嗯？」警探顯然以為我們說起了最新的街頭黑話。「你可以帶我去找他嗎？」

「不是，不是，沒有妥瑞這個人。」我說著，上氣不接下氣。我感覺瘋狂需要食物，拚命想擺脫這警探，還有呼之欲出的痙攣哽得我喘不過氣來。

「別擔心，」警探說，一副跟下人講話的口吻。「我不會告訴他是誰說的。」他還以為他在安撫一個線民。我只能試著不要大笑或大吼。讓妥瑞成為嫌犯，或許我就可以脫身了。

我們在史密斯街上轉進吉奧二十四小時超市，那裡有燻腸和爛咖啡的味道跟開心果、棗子，還有角豆的味道混在一起。這條子要阿拉伯人，我就給他個阿拉伯人。吉奧本人就站在塑膠玻璃加三合板櫃檯後高起的坡道上。他看到了我，說：「瘋仔！你好嗎，我的朋友？」

「不太好。」我承認。警探在我身後盤旋，引誘著我再次回頭。我抗拒引誘。

「法蘭克呢？」吉奧說。「我怎麼都沒看到法蘭克了？」

這下我終於有機會當第一個傳遞那消息的人了，但我講不出口。「他在醫院裡。」我說，現

❷ 萊諾發出無意義的「阿里拜拜」音近「不在場證明」alibi，又讓人聯想到「阿里巴巴」，因此警探消遣他說聽來像阿拉伯文，並直接用Alibi一詞代替他的姓來稱呼他。

在無法不緊張地瞥著兇殺案警探。「醫生拜拜！」我的妥瑞症回想著。

「你真是有夠瘋的。」吉奧微笑著說，朝我那個官方影子心照不宣地揚揚眉毛。「告訴法蘭克說吉奧問候他，好嗎，伙伴？」

「好。」我說。「我會的。現在來個三明治怎麼樣？火雞肉加大圓麵包，芥末多一點。」

吉奧朝他的助手點點頭，那個懶散的多明尼加小鬼朝切片機移過去。吉奧從來不親自做三明治。但他把櫃檯的人都教得很好，叫他們把肉切得特別薄，肉片滑下刀鋒的時候讓它垂搭下來好落成一堆，而不是沒有空氣地疊在一起，這樣就能做出我渴望的蓬鬆有壓縮性的三明治。我讓自己被切片機的聲音催眠，被那小鬼接過肉片放在大圓麵包上的手臂動作催眠。吉奧注視著我。他知道我執迷於他的三明治，這讓他很高興。「你和你朋友各一個？」他大方地說。

警探搖搖頭。「一包萬寶路淡菸。」他說。

「好。你要來罐汽水嗎，瘋仔？自己拿。」我去到冷藏櫃那裡拿出一罐可口可樂，吉奧把我的三明治和條子的香菸放進一個棕色紙袋，加上一根塑膠叉子和一疊餐巾紙。

「掛在法蘭克帳上，對吧，我的朋友？」

我說不出話來。我拿起紙袋，我們踏出店外回到史密斯街上。

「先是跟死人的老婆睡覺，」警探說。「現在又吃他的。你的臉皮還真厚。」

「你誤會了。」我說。

「那麼也許你最好糾正我。」他說。「香菸給我。」

「我替法蘭克工作——」

「曾經。他死了。你怎麼不告訴你那個阿—拉伯朋友?」

「阿拉—拜!——我不知道。沒原因。」我把萬寶路遞給條子。「吃我貝里,牙齒我貝里,牙齒渦輪——我們可不可以改天再說?因為——牙齒渦輪!——因為我現在真的很急著要回家然後——吃貝!白吃梅!——吃這個三明治。」

「你在哪裡替他工作?車行?」

徵信社,我無聲地更正。「呃,對。」

「那你跟他老婆今天在幹嘛?開車兜風?車呢?」

「她要去逛街買東西。」這句謊話很幸福的平順又不痙攣,感覺起來像是實話。因為這個原因或某個其他原因,警探沒有質疑這話。

「那麼你會形容自己是什麼?死者的朋友?」

「死著粉友!沒遮室友!——當然了,沒錯。」

他逐漸學會忽視我的發作。「那麼我們現在去哪裡?你家?」他點起一根菸,腳步沒停。

「看起來你像是要回去上班。」

我不想告訴他那兩者之間實在沒什麼差別。

「我們進去這裡吧。」我說著,在我們過了伯根街之際脖子朝旁邊一扭,讓我的肢體痙攣帶領我——由妥瑞症導航——進了「賭場」。

賭場是敏納對史密斯街上那家小得像個牆洞的書報店的稱呼,跟一個大衣櫃差不多的空間裡有一面牆掛著雜誌，還擠著一箱百事可樂和Snapple果茶。之所以叫它賭場是因為每天早上都有人排隊來買樂透和刮刮樂和大六彩和滾球樂，因為這些靠機緣賭運的遊戲讓書報店的韓國移民老闆賺了大錢，因為那裡隨時都有人靜靜地心碎。他們乖乖站在那裡等的樣子有種悲劇味道，其中許多是老人，其他則是新移民，除了他們所選擇的遊戲的小語言之外大字不識一個，讓位給有正事要辦的人，例如買一本雜誌、一包AA電池，或者一支護唇膏。那種乖順的模樣令人心碎。他們的遊戲幾乎還沒開始就已經結束了，用鑰匙或一毛錢硬幣刮下票面上的箔片，露出底下那總是差一點就中獎的組合。（紐約是個妥瑞式的城市，而這番眾人的大肆刮擦、數算、撕扯肯定是症狀之一。）賭場外的人行道上丟滿了作廢的票卡，是浪費了的希望的穀糠碎殼。

但我自己沒有太多立場可以批評穩輸不贏的目標。我造訪賭場唯一的原因只是我把它跟敏納連結在一起，活著的敏納。如果在他死去的消息傳遍法院街和史密斯街之前我多去幾個他常混的地方，或許我就可以說服我自己，儘管我親眼看到了那些——還有儘管有個兇殺案警探對我亦步亦趨——但什麼事都沒發生。

「我們來這幹嘛？」警探說。

「我，呃，想邊吃邊看點雜誌。」

雜亂的雜誌塞在架子深處——這一帶買《GQ》或《連線》或《布魯克林大橋》的顧客每個月不會超過一兩個。至於我，我是在虛晃一招，我根本不看雜誌。然後我看到了一張熟悉的臉，在一本叫做《Vibe》的雜誌上：「原先名為王子的藝人」。背景是朦朧的乳白色，他的頭靠著一把粉紅色吉他的琴頸，一副羞答答的眼神。他太陽穴旁邊的頭髮剃出了一個圖案，是他用來代替他名字的那個無法發音的符號❸。

「史夸伯。」我說。

「什麼？」

「卜拉須克。」我說。我的大腦決定要試著給那個無法發音的符號發音，朝著「超越斑馬」的土地進行語言學突襲。我拿起那本雜誌。

「你該不會是說你要看《Vibe》吧？」

「當然。」

「你是想尋我開心嗎，阿里拜？」

「不是，不是，我是史庫斯須的歌迷。」

「誰？」

「原先名為汪指茲科的歌手。」我沒法罷手不管那個符號。我把雜誌往櫃檯上一擱，韓國老闆吉米說：「給法蘭克的？」

「是啊。」我嚥下一口口水。

他揮手不拿我的錢。「拿去吧，萊諾。」

回到外面，那條子等到我們轉過街角、走上比較暗的伯根街、剛經過F列車入口、差幾家就

❸王子是八〇年代美國流行樂界當紅的鬼才型黑人歌手，且因其表演方式和歌詞內容常涉及性愛而備受爭議，後來他將藝名改成一個無法發音的符號，媒體提及他時便稱之為「原先名為王子的藝人」。

到L&L店面的時候，才一把抓住我的領子，兩手揪住我夾克拉到我脖子，然後把我推在貼著馬賽克磁磚的牆上。我緊抓著握成一捲的雜誌，還有裝著吉奧店裡三明治和可樂的紙袋，保護性地把它們抱在胸前，像老太太抱著皮包。我沒有笨到去回推那個條子。反正我比較高大，他並不真的讓我害怕，在肢體上是這樣。

「少故弄玄虛了。」他說。「這是要幹什麼？你幹嘛裝成你那個敏納還在的樣子，阿里拜？你在玩什麼把戲？」

「哇塞，」我說。「真是沒想到。你就像是白臉黑臉二合一。」

「是啊，以前他們還付得起錢讓兩個人來扮。現在什麼狗屎預算都刪了，我們得值兩人份的班。」

「我們現在可不可以回到——幹我黑人條子——回到好好說話的樣子？」

「你說什麼？」

「沒什麼。放開我的領子。」我把那句發作壓低成一聲咕噥——也知道該感激我的妥瑞症大腦沒有冒出黑鬼這個詞。雖然警探動了粗，或者正因為他動了粗，我們的緊張情緒到達頂點然後退去，讓我們有了片刻安靜。他離得這麼近，讓人想做出些親密動作。要是我的手上沒拿東西，我會開始摸他那粗扎扎的下巴或者拍拍他肩膀。

「跟我談，阿里拜。告訴我事情。」

「別把我當嫌犯一樣。」

「告訴我有什麼理由不這麼做。」

「我曾經替法蘭克工作。我想念他。我跟你一樣想逮到殺他的人。」

「那麼我們就來比對一下我們知道的東西。阿豐索・馬崔卡迪和里歐納多・拉可佛提這兩個名字你有印象嗎？」

我靜了下來。

馬崔卡迪和拉可佛提：兇殺案條子不知道這兩個名字是不該說出來的。在什麼地方都不該說，但尤其是不該在史密斯街上。

之前我甚至從來沒聽過他們的名。阿豐索和里歐納多。聽起來似乎不太對勁，但什麼樣的名會對勁？這兩個鮮少會被說出來的名字四周圍滿了不對勁。不要說馬崔卡迪和拉可佛提。

要是非提不可，就說「客戶們」。

或者說「花園州磚頭臉和灰泥」。但別說這兩個名字。

「從沒聽說過。」我小聲說。

「我怎麼不相信你？」

「相信我黑人。」

「你他媽的有病。」

「我是有病，」我說。「抱歉。」

「你是應該抱歉。你老闆被殺了，你卻什麼線索都不給我。」

「我會抓到兇手。」我說。「我會把那個給你。」

他放開了我。我吠叫兩聲。他又做了個怪表情，但顯然現在這些都會被歸納為無害的精神錯亂。我無意間帶條子去吉奧店裡、讓他聽到那阿拉伯人喊我瘋仔，反而是聰明之舉。

「你最好把那交給我來做，阿里拜。總之你把你知道的一切都告訴我就是了。」

「絕對。」我擺出一張正直的童子軍臉。我不想向白臉條子指出黑臉條子並沒有從我這裡打聽到任何事，他問煩了。

「你拿著你這三明治和該死的雜誌，讓我看了難過。快走吧你。」

我拉直我的夾克。一股奇怪的平靜降臨在我身上。條子讓我想到了「客戶們」一下，但我把他們推到看不見的地方去。這我很拿手。我的妥瑞症大腦唸誦著跟想念他一樣跟三明治一樣想逮到他但現在我不需要發出痙攣，可以讓它住在我身體裡，一條咕嚕嚕的小溪，一口唱歌的深井。我走到L&L店門前，用我的鑰匙開門進去。丹尼不見蹤影。電話在響。我讓它響。條子站在那裡注視我，我向他揮個手，然後關上門走到後面去。

有時候我很難承認我住在L&L店面樓上的公寓裡，但我確實住在這，從好久以前我離開聖文森的那一天起就一直是如此。樓梯向下通到店面的後部。除了這項不便的事實之外，我試著在腦海中把這兩個地方分開，保守地用從史密斯街遠遠那頭、破舊的折扣品展示場買來的四〇年代家具布置公寓，盡可能不邀其他的敏納幫上來這裡，並遵守若干武斷的規則：在樓下喝啤酒、在樓上喝威士忌，在樓下打撲克牌、但在樓上拿出西洋棋盤擺棋譜，樓下是按鍵式電話、樓上是一台合成樹脂的轉盤式電話等等。有一陣子我甚至養過一隻貓，但那行不通。

階梯頂端的那扇門上有千百個細小的凹痕，因為我開門前必先儀式性地用鑰匙敲一敲。我接著模仿鑰匙快速敲了六下——今天我的算術神經卡在六了，從那袋致命的白城堡開始——然後開門進去。樓下的電話繼續在響。我沒開燈，不想讓警探看到樓上和樓下的關聯，要是他還在樓下的話。然後我躡手躡腳來到前窗朝外瞥視。街角沒有條子。但還是，何必冒險呢？外面透進的街燈光線足以讓我在屋裡走動了。因此我依然沒開燈，儘管我必須伸手到燈罩下撫摸撫摸開關，這儀式性的接觸只是要讓我自己感覺回到家了。

要了解：我隨時有可能會需要繞遍整個公寓摸遍所有看得到的東西，致使屋裡的環境必須保持一種仿日式的簡單。我看書用的檯燈下有五本還沒看的平裝書，讀完後會還到史密斯街的救世軍那裡。書的封面已經出現了幾十道細小的紋路，是我用指甲在表面滑過的結果。我有一台黑色塑膠音響附帶可拆式喇叭，和一小排王子／原先名為王子的藝人的CD——我跟兇殺案條子說我是他歌迷這話不是說謊。CD旁有一根叉子，是我十四年前從馬崔卡迪和拉可佛提那張堆滿銀餐具的桌上偷來的那根。我把《Vibe》雜誌和三明治放在桌上，除此之外桌上清潔溜溜。我已經沒有餓得那麼厲害了。現在比較迫切需要來一杯。我並不是真那麼喜歡喝酒，但這儀式是必要的。

樓下的電話繼續在響。L&L沒有接電話的機器——打電話的人通常響個九聲十聲就放棄了，改撥其他車行。我把它關在耳外。我掏空夾克的口袋，再度發現了敏納的手錶和呼叫器。我把它們放在桌上，給自己倒了一杯紅牌約翰走路、丟進兩顆冰塊，然後坐在黑暗裡試著讓這一天在我身上塵埃落定，試著想出一點來龍去脈。冰塊閃爍微光，讓我必須像貓伸爪進金魚缸一樣去拍打它，但除此之外這場景相當平靜。要是樓下的電話能不要再響就好了。丹尼到哪去了？說到這，東尼這時候不也該已經從東城回來了嗎？我不想去想他在沒人支援、沒知會我們其他敏納幫的情況下跑進禪堂裡。我把這念頭推開，試著暫時忘記東尼、丹尼和吉伯特，假裝這是我一個人的案子，衡量著各個變數，把它們擺成某個有道理的形狀，某個能提供答案或至少問出一個清楚問題的形狀。我想到我們看到的那個把我們老闆開車帶走、丟進垃圾堆裡的波蘭巨人殺手——他已經像是我想像出來的東西了，一個不可能的人物，一場夢裡的一個剪影。樓下的電話繼續響。我想到茱莉亞，想到她輕易耍弄了那兇殺案警探然後溜走，想到她幾乎像是早已準備好會聽到醫院傳來的消息，我思索著她悲傷中穿插的苦澀。我試著不去想她是如何耍弄我的，還有我知道那沒有什麼意義。我想到敏納本人，他與禪堂裡的人謎樣的關係，他與那個背叛他的人那種尖酸刻薄的熟悉，他喜歡讓手下什麼都不知道的習慣讓他付出了災難性的代價。我眼光穿過街燈、凝視著伯根街對面那些公寓臥房發著藍光的搖曳窗簾，思緒流連在我那些少得可憐的線索上：奧爾曼在市區、戴眼鏡的那個短髮女孩、約克維爾禪堂裡那個譏諷聲音所說的「建築」，還有爾文——如果爾文真的是條線索的話。

我想著這些事情的同時，大腦的另一條軌道則唸著有腦子切除術有腦子贍養費兔子壟斷貝里章魚有腦子動物花椰河馬。而樓下的電話還繼續在響。我嘆口氣，認命地回到樓下接起電話。

「沒車！」我狠狠地說。

「是你嗎，萊諾？」吉伯特的朋友盧米斯說，那個環境衛生檢查員——那個垃圾條子。

「什麼事，盧米斯？」我很討厭這個垃圾條子。

「這裡有個問題。」

「這裡是哪裡？」

「第六分局，在曼哈頓。」

「雜毛！你在分局裡做什麼，盧米斯？」

「嗯，他們說時間太晚了，今天晚上不可能提訊他，他得在臨時拘留所裡過夜。」

「誰？」

「你想是誰？吉伯特！他們抓到他殺了某個叫做奧爾曼的傢伙。」

你有沒有過這種感覺，在讀一本偵探小說的時候，感到一種帶著罪惡感的興奮，因為一個人物還來不及出現在書頁上、以他的實際存在給你增加負擔之前就被謀殺了？反正偵探小說裡的人物總是太多。而且很早就被提到但永遠沒被看到的、只是在舞台邊緣徘徊的人物，有一種非常不祥的特質。最好去掉他們。

那垃圾條子傳達的消息讓我感到類似這種興奮，關於奧爾曼的死。但我也感到了相反的東西：一種恐慌，因為這個案子的世界正在縮小。奧爾曼本來是一扇開著的門，一個方向，一股什麼東西。我不會把我的悲傷分出半點給奧爾曼這個人的死——尤其是在法蘭克．敏納死的這一天——但我依然感到哀悼：我的線索被謀殺了。

我另外還感覺到：

惱怒——今晚我得應付盧米斯了。我閒坐遐想的時間被硬生生地打斷。我樓上那杯紅牌約翰走路裡的冰塊會融化。我從吉奧店裡買來的三明治沒辦法吃。

困惑——吉伯特再怎麼耍詐打混也絕對不會殺人的。而且我之前看到他聽見奧爾曼這名字時呆鈍地眨著眼。那個詞對他毫無意義。因此沒有動機，除非是自衛。或者他是被陷害的。因此：

恐懼。有人在傷害敏納幫。

我開了一輛徵信社的車到曼哈頓去，試著在分局裡見到吉伯特，但運氣不佳。他已經被從前面的籠子移到後面去了，跟一票其他新近被捕的人關在一起，即將度過條子美其名為「臨時拘留所療法」的一夜——吃燻腸三明治，需要上廁所的時候用一個眾目睽睽之下的馬桶，擋開想摸走他手錶和皮夾的小動作，並且用香菸，如果他有的話，換一片刮鬍刀片來防身。盧米斯已經勤快地耗盡了那些條子對吉伯特各項權利及特權的耐心：他已經打過了電話，用掉了隔著欄杆與訪客會面的機會，最快也要到明天早上才會被允許做任何其他事。然後他可望被提訊，接著送到「墳墓」❹去等人來保釋。因此我的努力一無所獲，只換來開車載盧米斯回布魯克林的差事。我利用這機會試著搞清楚這垃圾條子從吉伯特那裡聽到了什麼。

「沒有律師在場他不想多說，這我不怪他。隔牆有耳啊，你知道嗎？他只說他到那裡的時候奧爾曼已經死了。他一出來就被兇殺組的人給逮住了，好像有人通報他們似的。我看到他的時候，他已經裝腔作勢了一陣然後被粗魯對待過一番，他要求找律師，他們告訴他說得等到明天。我猜他是打過電話給L&L但你們沒接電話，幸好我在——哎，對了，法蘭克的事情很遺憾。發生這種事真是太不幸了。而且吉伯特的情況看起來也不怎麼好。我不知道他說了或沒說什麼，但我來的時候那些傢伙對他不太滿意。我試著跟他們講理，讓他們看我的警徽，但是他們對待我的樣子好像我比他媽的獄卒還不如，你知道嗎？好像我他媽的不夠格似的。」

吉伯特是在高中時期接近尾聲的某個時候跟盧米斯交上朋友的，當時他們兩個都常在卡洛爾街的公園閒晃、看老人玩波契球。盧米斯吸引了吉伯特懶惰、邋遢、挖鼻孔蹭菸抽的那一面，那個部分的他不想總是需要跟得上敏納和我們其他敏納幫。我們這些孤兒就算最被動、最不聽話的人也得變得機靈點，但盧米斯沒有——他像是他父母的沙發和電視機的某種沒形沒狀、無意間產生出來的延伸，變成一個獨立的生命也是不甘不願的。L&L剛成立的那段時間他常跟著吉伯特來懶洋洋地打混，不管是對我們的幌子車行還是呼之欲出的徵信社都從沒顯示出半點興趣——但我們櫃檯上或許會有包拆了封的「雪球」或「巧克戴」[5]。

盧米斯是被他父母推著走進警察這一行的。他考了兩次公職人員資格考想變成一般的巡警，然後某個好心的職業規劃顧問也推了他一把，輕輕地往下推，推到環境衛生警察隊的比較簡單的考試，他勉強通過了。不過在他變成垃圾條子之前，敏納常叫他屁囊團，說這個詞的時候帶著些真正的溫柔。

前五、六次我和其他幾個人沒多問，想說他總會提出個解釋，但最後我們終於問敏納這是什

[4] 紐約市男子監獄。

[5] 這兩樣都是Hostess公司生產的甜食零嘴，前者是略成球狀的小巧克力蛋糕，外裹棉花軟糖及椰子粉，內包克林姆夾心；後者為外裹巧克力的手指形迷你海綿蛋糕。

麼意思。

「人有智囊團，是你最重視的那些人。」敏納說。「此外還有一堆其他人。至少是你會讓他在身邊晃的人。那就是屁囊團了，對吧？」

我對屁囊團從來沒什麼好感。事實上我恨盧米斯——讓我把原因一項項數給你聽⑥。他的隨便和懶惰大大激怒我強迫症的本能——他那種總是東補西湊的樣子，就連講話都漏這錯那的像捲聽爛的錄音帶，他各種遲鈍的感官把這個世界拒之門外，他的注意力像彈子一樣滾過沒點亮的閃爍小燈和僵硬不動的撥把，一而再再而三地滾進洞裡：遊戲結束。他永遠會對最不相干的陳腐事物感到印象深刻，而不可能對真正的新奇、意義或衝突有任何印象。而他又低能到無法適當厭惡自己的地步——於是厭惡他就成了我的職責。

今晚，當我們轟隆隆開過布魯克林大橋路面的金屬格柵時，他照常唸起了他那無聊的老套：環境衛生警察隊得不到尊重。「你以為他們會知道在這城市裡當警察是什麼滋味，我和那些傢伙是同一個團隊的，但有個警察一直說：『嘿，你怎麼不到我那一帶去看看，有人老是偷我的垃圾。』要不是為了吉伯特，我早就叫他去死——」

「吉伯特是幾點打電話給你的？」我打斷他的話。

「不知道，大概七、八點，或許快九點了。」他說著，非常簡明扼要地展現出他為什麼不適合當警察。

「現在——妥瑞是棍子人！——才十點，盧米斯。」

「好吧，是剛過八點。」

「你查到奧爾曼住哪裡了嗎？」

「在市中心的什麼地方。我把地址給吉伯特了。」

「你不記得是哪裡了？」

「不記得。」

盧米斯一點忙也幫不上。這點他似乎跟我一樣清楚，於是立刻講起其他離題的話，彷彿是在說：我很沒用，但別傷感情嘛，OK？「你有沒有聽過那個笑話，說換一個燈泡需要幾個天主教徒？」[7]

「我聽過了，盧米斯。拜託，不要講笑話。」

「哎呀，別這樣嘛。那換一個好了，為什麼金髮女郎盯著一盒柳橙汁看？」

我一言不發。我們下了橋，來到卡德曼廣場。我很快就能擺脫他了。

「因為上面寫著『濃縮』，懂嗎？」[8]

這是我恨盧米斯的另一個原因。多年前他自己攀搭上了敏納的講笑話比賽，自己決定他可以加入。但他偏愛白癡謎題，根本不是笑話，完全沒有發展人物和細節的餘地。他似乎不知道差別何在。

---

❻ 此處用的句子典出著名的情詩，詩中敘事者對情人說要把愛戀她／他的方式一項項數出來。

❼ 這是一個極普遍的英文笑話，換燈泡的角色部分代入各種人，有許多變化版本。

❽ 一般都將金髮女郎當作沒大腦的典型人物，而英文concentrate一詞有「濃縮」及「專心」等多義，這裡指金髮女笨得以為果汁盒上寫的字樣意思是要她專心盯著看。

「懂了。」我承認。

「這個怎麼樣，要怎麼給豹貓搔癢？」

「什麼？」

「給豹貓搔癢。你知道，大貓之類的。我想。」

「那是一種大貓沒錯。要怎麼給牠搔癢，盧米斯？」

「就是拚命擺動牠的奶頭，懂了吧？」❾

「吃我豹貓！」我大喊著轉上法院街。盧米斯的爛雙關語往我的症狀底下鑽個正著。「懷抱貓白洞它擺動趴！章趴！奶頭喝馬！」

垃圾條子大笑。「天哪，萊諾，你真是笑死我了。你這招從來玩不膩。」

「這不是——招——豹貓。」我咬著牙尖聲叫道。這，最後一點，就是我最恨盧米斯的地方：從我們十幾歲認識直到現在，他始終堅持我是在煞費苦心地假裝，要是我想不痙攣就可以不痙攣。沒有任何事物能把他的腦筋轉過來，沒有任何實例或示範、沒有任何教育課程能做到這一點。有一次我把敏納給我的那本書給他看；他瞥了一眼然後大笑。在他看來，我的妥瑞症只是個古怪的笑話，大部分他都聽不懂，十五年來一直不間斷。

「混拌沙拉！」他說。「懂啦！」他喜歡以為他在跟我一起玩。

「去摸沙拉！」我在他外套厚厚的墊肩上拍了一掌，車子隨著我的動作突然蛇行。

「老天，小心！」

我又點了他五下，現在把車開穩了。

「我真是被你打敗了，」他說。「就連在這種時候。我猜這是挺感傷的，就好像是說，要是法蘭克還在這裡的話。你這招以前的確總是讓他笑破肚皮。」

我們在L&L門外停車。店面裡開著燈。有人在我到第六分局去遠足之後回來了。

「我以為你要載我回家。」盧米斯住在納文斯街，在國宅附近。

「你可以從這裡走回去，去幹條子。」

「拜託，萊諾。」

我把車停在店門對面的空車位。盧米斯和我愈快離開對方愈好。

「走。」我說。

「至少讓我上個廁所，」他哀鳴著。「分局裡那些混蛋不肯讓我上。我一直憋著。」

「除非你替我做件事。」

「啥事？」

「奧爾曼的地址。」我說。「你查到過一次。我需要那地址，盧米斯。」

「我明天早上回到辦公桌的時候可以弄到。要我打電話來這裡給你嗎？」

我從口袋裡掏出一張敏納的名片遞給他。「打這支呼叫器的號碼。我會帶著它。」

「OK，好吧，現在我可以上個小號了嗎？」

我沒說話，只是自動把車門鎖開關六次，然後下車。盧米斯跟著我走到店門前，進入店裡。

---

⑨「給豹貓搔癢」titillate an ocelot跟「拚命擺動牠的奶頭」oscillate its tit a lot有將類似的幾個音節互換的效果。

丹尼從後面出來，經過櫃檯的時候把香菸摁熄在櫃檯上的菸灰缸裡。他向來是我們敏納幫裡面穿得最漂亮的，但他那套合身細瘦的黑色西裝突然間看起來好像連續穿了太多天的樣子。他讓我想到失了業的喪葬人員。他瞥了我和盧米斯一眼，撮起嘴唇但沒說話，我也無法從他眼裡看出什麼。如今敏納走了，我感覺我好像不認識他了。丹尼和我各負責表達法蘭克．敏納種種衝動的兩極：他有著高挑沉默的身體，可以吸引女人、嚇阻男人，我則有張說個沒完又言之無物的嘴，用名稱和形容覆蓋整個世界。把我們平均起來，或許就可以找回法蘭克．敏納，算是吧。現在沒有了敏納作為我們之間的導管，丹尼和我必須重新開始摸索著作為個體的對方，彷彿我們突然又回到了十四歲，在聖文森少年之家各佔天差地別的兩端。

事實上，我突然很渴望丹尼手上抱著個籃球，這樣我就可以說：「射得好！」或者叫他灌籃。但我們只能大眼瞪小眼。

「抱歉。」盧米斯說著從我旁邊跑過，朝丹尼揮個手。「得借用一下你們的廁所。」他消失在後面。

「東尼呢？」我說。

「我還希望你能告訴我呢。」

「嗯，我不知道。我希望他的情況比吉伯特好。我才剛去過第六分局，他被關在那裡。」我想到這聽來像是說我有見到他，但我沒更正這言外之意。盧米斯不會糾正我這一點的，就算他在廁所裡聽到的話。

丹尼看起來並不太意外。跟敏納的死比起來，這新的轉折就顯得不那麼驚人了，我想。「他為什麼被關？」

「殺人奧爾曼！——東尼叫吉伯特去找的那個傢伙，死了。他們把罪名安在吉伯特頭上。」

丹尼只是若有所思地搔搔鼻尖。

「你到哪裡去了？」我說。「我以為你負責看店。」

「去吃東西了。」

「我在這裡待了四十五分鐘。」這是謊話——我想我待了頂多十五分鐘，但我想逼一逼他。

「大概是正好錯過了吧。」

「有人打過電話來嗎？有看到那個匈牙利，兇巴巴，芭芭拉，芭樂汁，巴黎岸，兇殺案條子嗎？」

他搖頭。他在瞞著什麼事——但我想到我自己也是。

丹尼和我站在那裡，思索著打量著對方，等著下一個問題出現。我感到內在深處有種震顫，一種更深層的痙攣潛伏在我內在，愈來愈強。或者也許我只是終於感覺到肚子餓了。

盧米斯從後面冒出來。「老天，你們兩個看起來真糟。這一天真要命，嗯？」

我們瞪著他。

「嗯，我想我們該為法蘭克靜默片刻，你們不覺得嗎？」

我想指出盧米斯剛才打斷的就是靜默的片刻，但沒開口。

「算是小小紀念他一下？把頭低下去啊，你們這兩個呆子。他就像你們的父親一樣。別用跟對方吵架的方式結束這一天好不好，拜託。」

盧米斯說得對，或至少算對，讓我和丹尼羞愧得任他指使。於是我們沉默地站著，當我看見丹尼和盧米斯分別閉上眼睛時，我也閉了。我們三個算是殘缺不全地代表了這個徵信社——丹尼站在那裡代表他自己和東尼，我代表我自己，而盧米斯，我想，是代表吉伯特。但總之我有些感動，一秒鐘的感動。

然後盧米斯毀了它，放了一個讓人聽得清清楚楚的屁，他試著咳嗽遮掩過去，不過沒成功。

「好吧，」他突然說。「載我回家怎麼樣，萊諾？」

「你用走的。」我說。

自己的身體讓他丟了臉，因此垃圾條子沒爭論，朝門走去。

丹尼自願守著L&L的電話。他指出，他已經煮了一壺咖啡，而我也看得出他處於想踱步的情緒，想佔有整個辦公室的空間。我樂意把他留在那裡。我上樓去，我們兩個只再講了幾句話。

我上樓點了一根蠟燭，插在桌子中央，敏納的呼叫器和手錶旁。盧米斯那笨拙的儀式性表示纏繞著我揮之不去。我需要一個自己的儀式。但我也餓了。我倒掉那杯淡了的酒，給自己重新倒一杯，也放在桌上。然後我打開吉奧店裡的三明治。我想了一下，抗拒著一口咬下去的衝動，然後走過去從櫃子裡拿出一把刀鋒呈鋸齒狀的刀和一個盤子。我把三明治切成六等分，意外地從大圓麵包抗拒鈍鈍刀齒的質感中得到很深的樂趣，然後把那六等分在盤子裡等距排好。我把刀放回流理台，然後把盤子、蠟燭和酒杯集中在桌上，以一種能撫慰我哀傷的妥瑞症大腦的方式。要是我不遏止住我症狀的需要，就永遠清不出一塊地方來安置我自己的悲傷。

然後我走到音響旁，放起我那些CD裡最悲哀的一首歌，王子的〈你怎麼都不再打電話給我了〉。

我不知道原先名為王子的藝人在現實生活裡是否有妥瑞症或者強迫症，但我確定他在他作品的生命中深為如此。以前音樂從來沒給我造成什麼印象，直到一九八六年的那一天，我坐在敏納那輛凱迪拉克的乘客座位上，第一次聽到〈吻〉這首單曲以它那種狂亂的方式從收音機裡扭擠出來。到那時為止，我或許曾有一兩次聽到過某段音樂，能勾起我幽閉恐懼症式的不適感以及噴洩式的釋放感，因此順帶吸引了我的妥瑞症，騙它感覺好像認出了自己，就像亞特．卡尼或達菲鴨——但這首歌完全就是住在那個領域裡的，吉他和人聲抽搐、跳動，以強迫症式描繪出來的、沉默和破裂音相間的路徑跳躍著。它的搏動與妥瑞的能量是那麼貼合，讓我能屈服在它那糾纏、吱叫的節拍中，讓我的病難得地在我大腦以外的地方活一下，活在空氣裡。

「把那狗屎音樂關掉。」敏納說。

「我喜歡。」我說。

「丹尼聽的就是這種狗屁。」敏納說。丹尼的意思就是太黑人了。

我知道我必須擁有這首歌，因此第二天就到「J&R音樂城」去找——我需要那個售貨員把「放克」這個詞的意思解釋給我聽。他賣了一捲卡帶給我，還有一台隨身聽好放音樂。我買到的是一首七分鐘的「單曲加長版」——跟我在收音機上的是同一首歌，另外加上四分鐘混合著跺步、哼聲、嘶聲、拍打聲的災難——這終曲顯然是設計成一份傳達肯定之意的私人訊息，給我那高興的妥瑞症大腦聽。

王子的音樂能使我平靜，就像手淫或者起司漢堡。聽他的音樂時，我可以脫離我的症狀。因此我開始收集他的唱片，尤其是那些塞在單曲CD堆裡的繁複癲狂的混音版。他可以把單獨一句音樂或詞語給攪弄出四十五分鐘的變化，就我所知這是藝術裡最接近我病況的東西了。

〈你怎麼都不再打電話給我了〉是首抒情歌，作痛的假音歌聲下有鋼琴聲流過。雖然又慢又憂鬱，但它仍然具有妥瑞式的突兀和強迫症式的精準，那些突然的高尖聲和沉默，使王子的音樂成為舒緩我大腦的靈藥。

我將那首歌設定成重複播放，坐在燭光裡等著眼淚。直到流了眼淚之後我才容許自己吃那切成六塊的火雞肉三明治，作為一種懷念敏納的儀式，穿插著啜飲紅牌約翰走路。身體和血，我無法不想到這一點，儘管我哀悼的心情離宗教情感再遠不過[10]。火雞肉和酒，我代而換之。這是敏納的最後一餐，他沒吃到的最後一餐。王子呻吟著，唱完了這首歌，然後重新開始。蠟燭淌下燭淚。我數到三吃完一塊三明治，然後數四。我數著三明治哭泣。數到六的時候我卡掉了音樂，吹熄蠟燭上床去。

[10] 這裡的「身體和血」指的是天主教聖餐儀式中以餅和葡萄酒分別代表耶穌之身體和寶血。

妥瑞症的夢境

（在妥瑞的夢裡你蛻去你的痙攣）

（或者你的痙攣蛻去你）

（而你跟著痙攣一起去，對於把你自己拋在後面的這件事感到驚愕）

壞餅乾

有些日子我早上起床、搖搖晃晃走進浴室、打開水龍頭，然後抬頭一看鏡子，連自己的牙刷都認不出來。我是說，那物體看來很奇怪，設計得似乎特別古怪，奇怪的握把逐漸變細，然後是有溝槽的、切割成皇冠形的刷毛，我尋思我以前有沒有仔細看過它，還是某人晚上溜進來用這支新牙刷換掉了我原來的。我與物體的關係一般就是這樣——有時候它們在我看來嶄新又鮮活得無法控制，我不知道這是不是妥瑞症的症狀之一。這就是具有妥瑞症大腦的奇怪之處：無法控制我個人對自我的體驗。一些或許只是奇怪之處的東西總是必須加以甄試，看能不能提升到症狀的範圍，就像症狀也總是侵入其他範圍，要求甄試的機會，因為它們有著片刻的敏銳和相關性，有少許可能——或許可以爭取！——成為中心點。人格性。我腦袋裡的交通流量很大，而且是雙向通車。

不過這個早上的奇怪感倒是很新鮮。不只是新鮮——還有啟示。我醒得很早，因為睡前沒拉上窗簾，我床頭那堵牆和插著融化蠟燭的桌子，平底杯裡四分之一杯冰塊融化的水，還有我那儀式性餐點留下的三明治麵包屑，現在都籠罩在一片強烈的白色陽光裡，就像影片開始播放前投影機照出的一片白亮。我似乎可能是全世界第一個醒過來的人，這世界似乎可能是新的。我穿上我最好的一套西裝，沒戴自己的手錶而是戴敏納的，並把他的呼叫器扣在臀邊。然後我給自己弄了咖啡和吐司，把拖著長長影子的麵包屑掃下桌，坐下來津津有味地吃早餐，每一步驟都充滿了對存有之豐富所感到的驚奇。暖氣管哀鳴著、打著噴嚏，我帶著全然的欣喜模仿它的聲音，而非只是出於無助。也許之前我是預期敏納的消失會扼殺掉這個世界，或者至少扼殺掉布魯克林。四周會因之一片黯淡。但我一覺醒來卻醒悟到，我是敏納的繼承人和復仇者，這個城市滿是線索發著光。

我似乎可能是個有件案子要查的偵探。

我悄悄下樓經過丹尼，他枕著手臂趴在櫃檯上睡覺，黑色的西裝外套在肩膀處聳起，袖子上有一小灘口水。我關掉咖啡機，它正在將四分之一吋的咖啡烤得發出酸味，然後我走出門外。這時是六點四十五分。賭場的韓國老闆正在捲起鐵門，把一捆捆的《新聞》和《郵報》給扔進店裡。這個早晨冷得令人神智一清。

我發動L&L的那輛龐帝克。讓丹尼去睡吧，讓吉伯特在牢裡去等吧，讓東尼去不見人影吧。我要去禪堂。藏在裡面的和尚或流氓還沒起床吧——這樣我就佔了出其不意的優勢。

等我停好車走向禪堂的時候，上東城已經逐漸暖身醒來，店主把水果攤從店裡推出來，在人行道上賣剝了皮的平裝書的人把它們一箱箱放出來，已經穿好上班服裝的女人邊瞥著手錶邊把她們狗的大便剷進專用袋裡。隔壁棟門口的門房換了個人，一個留鬍子穿制服的小鬼，不是昨天騷擾我的那個人。他八成是生手，職位沒有受到永久保障，總是得值完大夜班的最後一段。我想總歸值得一試。我隔著玻璃向他勾勾手指，他走到寒冷的門外來。

「你叫什麼名字？」我說。

「華特，先生。」

「華特先生什麼？」我一副條子或老闆的口吻。

「華特是，呃，我的姓。有什麼我可以幫忙的地方嗎？」他看來擔心，擔心自己也擔心他那棟樓。

「幫忙我華特——我需要知道昨晚值班的門房叫什麼名字，差不多六點半、七點的時候。那位先生比你年紀大，大約三十五歲，講話有口音。」

「德克？」

「也許。你說呢。」

「德克是固定的人。」他不確定應該跟我講這些。

我將視線從他肩膀移開。「好。現在告訴我你對約克維爾禪堂知道些什麼。」我大拇指一扭指向那塊青銅牌子。「德克毛！德克曼！」

「什麼？」他瞪大眼睛看著我。

「你看到他們來來去去？」

「我想是吧。」

「華特，想滑頭！」我刻意清清喉嚨。「幫我想想吧，華特。你一定會看到些東西。我要知道你有些什麼印象。」

我可以看出他在層層的筋疲力盡、無聊感，以及愚笨中努力前進。「你是條子嗎？」

「你為什麼會這麼想？」

「你，呃，講話怪怪的。」

「我是一個需要知道事情的人，華特，而且我趕時間。最近有沒有任何人出入禪堂？有沒有什麼引起你注意的事？」

他迅速掃視街道，看有沒有人看見我們在交談。我利用這機會一手遮住嘴巴，發出短短一聲喘息，像隻興奮的狗。

「呃，深夜裡沒什麼事。」華特說。「這一帶滿安靜的。」

「像禪堂那種地方一定會吸引些奇怪的人來來去去。」

「你一直說禪堂。」他說。

「就寫在那裡，刻在銅牌上。」剳在桶拍上。

他朝街道踏出幾步，伸長了脖子去看那塊牌子上的字。「嗯。是個宗教學校之類的，對吧？」

「對。你有沒有看到過可疑的人在附近徘徊？尤其是大個子的波蘭人？」

「我怎麼會知道他是不是波蘭人？」

「想大個子就好了。我說的是真的非常非常高大的大個子。」

他又聳聳肩。「我想沒有。」他那麻木的眼神就算隔壁被吊車甩著大鐵球給敲爛了也看不見，更別說高得離譜的人了。

「聽著，你可不可以盯著點？我給你個電話號碼。」我皮夾裡有一疊L&L的名片，我抽出一張給他。

「謝謝。」他心不在焉地說，瞥了名片一眼。他不再怕我了。但他不知道該把我想成什麼，如果我不會對他造成威脅的話。我很有趣，但他不知道該如何感興趣起。

「要是你看到任何古怪的事——門扭！門卡！扭墨——通知我一聲我會很感激的。」

「你就相當古怪。」他認真地說。

「除了我以外的東西。」

「好吧，不過我再半小時就下班了。」

「嗯，反正你記著就是了。」我對華特的耐心已經快用完了。我任自己點點他肩膀道別。那呆鈍的年輕男子低頭看著我的手，然後回到屋裡去。

我走到路口轉角再回來，不甚認真地考慮著禪堂，找尋勇氣。這地方已經在我心裡激起敬意和一種魔幻的畏懼，彷彿我是在接近一座神殿——聖敏納之殉難處。我想把他們銅牌上的字改成這樣，講述這個故事。但我只按了一下門鈴。沒人應門。然後又按四下，一共湊齊五下，然後我停手，被一種完成感嚇到了。

我已經蛻去了我那疲倦的老友六。

我尋思不知這是否有某種紀念意義——我計數的痙攣向下移了一格，為法蘭克減去一個數字。

有人在傷害敏納幫，我再次想著。但我不能害怕。這個早上我不是獵物而是獵人。總之這樣數不算數——四個敏納幫加上法蘭克一共是五個。所以如果我是在算人頭，我應該數到四才對。我多數了一個，但是是誰？也許是貝里。或者爾文。

過了漫長的一分鐘，那個黑色短髮戴眼鏡的女孩打開了門，瞇眼朝早上的陽光看著我。她穿著T恤牛仔褲，光著腳，手上拿著掃把。她淺淡的微笑是出於無意的，有點歪扭。而且甜美。

「什麼事？」

「我可以問妳幾個問題嗎？」

「問題？」她似乎聽不懂這個詞。

「要是時間不嫌太早的話。」我溫和地說。

「不會，不會，我已經起床了。我正在掃地。」她給我看看掃把。

「他們要妳打掃？」

「這是一項殊榮。對修禪的人來說，打掃是很珍貴的。就像是至高的行動。通常羅希都自己掃地。」

「沒有吸塵器？」我說。

「太吵了。」她說著皺起眉頭，彷彿這點應該是很明顯的。一輛市公車在遠處轟隆開過，讓她的話變得不太有道理。我沒有追問。

她的眼睛適應了光亮，眼神越過我看向街道，彷彿很驚愕地發現門外是城市景色。我尋思，不知前一天晚上我看到她進去之後，她有沒有離開過這棟建築。我在想，不知她是否在這裡吃飯睡覺，她是否是唯一在這吃飯睡覺的人，還是有幾十個禪的步兵。

「抱歉，」她說。「你剛剛說什麼來著？」

「問題。」

「哦，對。」

「關於禪堂，你們在這裡做什麼？」

這下她仔細看看我。「你要不要進來？天氣很冷。」

「我非常願意。」

這是事實。跟著她走進那黑暗的寺廟、那死星❶，我並不會感到不安全。我會以她的禪之優雅當作特洛伊城的木馬，用來收集情報。而且我也意識到自己沒有痙攣，不想打破這對話的節奏。

門廳和樓梯很樸素，有著全無裝飾的白牆和木欄杆，看起來彷彿在她開始掃地之前就很乾淨了，永遠是乾淨的。我們過而不入一樓的一扇門，然後上樓梯，她把掃把拿在身前，不疑有他地背對著我。她的步伐有一種溫和的抽動感，就像她的回話一樣快捷。

「哪。」她說著指向一個放了好幾排鞋子的架子。

「不用了。」我說，以為她要我從那各式鞋子中挑一雙。

「不是，你要脫鞋。」她小聲說。

我照做了，把鞋子脫下來，整齊地放在其中一排的盡頭。我全身竄過一陣寒意，想起前一天晚上敏納也脫了鞋，想來就是在這同一處樓梯間平台。

現在我穿著襪子跟在她身後，沿著扶手欄杆轉向走過一條走廊，經過兩扇關著的和一扇開著

❶ Deathstar，《星際大戰》系列電影中的虛構太空要塞。

的門，裡面是一間光禿、黑暗的房間，有一排排短布墊排列在拼花地板上，還有蠟燭或焚香的味道，完全不是早晨的味道。我想往裡面瞄一眼，但她很快地帶著我往前走，走上另一段階梯。

到了第三處樓梯間平台，她帶我走進一間小廚房，裡面有一張木桌和三張椅子放在一扇被擋住的後窗旁，一道微弱的陽光勉強穿過一片磚頭迷宮擠進來。如果這房間蓋起來的時候兩側的巨大建築已經存在了，那他們應該不會還費事開這扇窗。廚房裡的桌椅和櫥櫃都是沒有特色的家常模樣，就像博物館裡展示克里族印第安人或教友派教徒生活的透視畫，但她拿出來的茶壺是日本的，上面手寫的書法線條是唯一的誇張之處，唯一賣弄的痕跡。

我背朝牆面朝門坐了下來，想著敏納還有我透過竊聽器聽到的對話。她拿起放在小火上的開水灌滿茶壺，然後放了一個沒有把手的小小杯子在我面前倒茶，沒濾過的碎茶葉在茶水中旋轉。我感激地把它握在皮膚皸裂的雙手中暖手。

「我是金莫莉。」

「萊諾。」我感覺愛死駱快要冒出口，努力把它壓回去。

「你對佛教有興趣？」

「可以這麼說。」

「我不太確定你該找誰談，但我可以告訴你他們會說什麼。這跟保持內在平衡沒關係，或者說，你知道，減輕壓力。很多人——我是指美國人——有這種想法。但它其實是一種宗教修行，而且一點也不容易。你知道坐禪嗎？」

「告訴我吧。」

「會讓你的背痛得不得了。這是其一。」她朝我轉轉眼睛，已經開始表示同情了。

「妳是指冥想。」

「叫做坐禪。或者打坐。聽起來好像沒什麼，但它是修禪的中心要素。這個我做得不太好。」

我回想起收養東尼的那對教友派夫妻，他們那棟磚造禮拜堂跟聖文森隔著八線道交通相對。星期天早上我們可以透過那些高高的窗戶看進去，看見他們沉默地聚在一起坐在硬硬的長凳上。

「有什麼要做好的？」我說。

「這你就有所不知了。首先是呼吸。還有思考，但又不應該是在思考。」

「想著不要思考？」

「是不要去想它。他們稱這個是『一心』。就像領悟到一切事物都有佛性，旗子和風都是同一樣東西，如此之類的。」

我聽不太懂，但一心似乎是個很偉大的目標，儘管絕對只是空想。「我們可不可以——我可以找個時間來跟你們一起打坐嗎？還是這要自己做？」

「都是。但在禪堂這裡有固定的打坐時間。」她雙手捧起茶杯，眼鏡馬上起了一層霧。「任何人都可以來。如果你今天留下來的話就真的運氣很好。有些從日本來的重要的和尚要到這裡來看禪堂，其中一個人今天晚上要講道，在坐禪之後。」

重要和尚，重量盒子，不重要路上——胡言亂語開始在我大腦中的海洋裡搭建起來就像舢舨，很快就會湧起一道波浪把它打上岸。「所以這裡是日本以外的分支。」我說。「現在他們來檢查看看你們——就像教宗從羅馬來一樣。」

「不完全是。羅希是自己設立這個禪堂的。禪沒有中央組織。有很多不同的禪師，他們有時候會到處遊走。」

「但羅希是從日本來這裡的。」這名字讓我想到一個滿臉皺紋的老頭，只比《絕地大反攻》裡的尤達高一點點。

「不是，羅希是美國人。他以前有個美國名字。」

「叫什麼？」

「我不知道。羅希基本上就是師父的意思❷，但現在他只用這個名字了。」

我啜一口滾燙的茶。「有沒有別人用這棟建築做別的事？」

「別的什麼事？」

「殺我！——對不起。就是除了打坐以外的任何事。」

「在這裡不能那樣大吼大叫。」她說。

「嗯，如果——吻我！——有什麼奇怪的事，比方說師父惹上什麼麻煩，妳會知道嗎？」我扭過脖子——要是能的話我會把我脖子打個結，就像綁住垃圾袋口。「吃我！」

「我想我不知道你在說什麼。」她的見怪不怪很古怪，邊啜著茶邊從杯子上方注視我。我想起傳說中修禪的大師都對學生又打又踢，以使他們頓悟。也許那一套在禪堂這裡很普遍，所以她已經習慣了突來的爆發、突兀的奇異手勢。

「算我沒說。」我說。「聽著：你們最近有訪客嗎？」我想的是東尼，我們在L&L開過會後他照說應該是來過禪堂。「昨天晚上有沒有人來這裡探頭探腦的？」

她的臉上只有困惑和一點點不高興。「沒有。」

我考慮繼續問下去，把東尼形容給她聽，接著我決定他一定是避人耳目地來的，至少沒被金莫莉看到。我改問：「現在這棟建築裡有人嗎？」

「嗯，師父就住在頂樓。」

「他現在就在樓上？」我吃了一驚。

「當然。他正在接心——類似長期避靜——因為那些和尚要來。他立了靜默誓，所以這陣子這裡有點安靜。」

「妳住這裡嗎？」

「不是。我是在為早上的坐禪打掃。其他的學生再過一小時會到。他們現在在外面工作服務。這樣禪堂才付得起這裡的房租。華勒斯已經在樓下了，但差不多也就只有我們幾個。」

「華勒斯？」逐漸沉堆在杯底的茶葉讓我分心，它們像是在幾乎毫無重力的星球上的太空人。

「他是個老嬉皮之類的，除了打坐之外幾乎什麼事都不做。我想他的腿一定是塑膠還是什麼做的。我們上來的時候有經過他。」

---

❷ 羅希此名為日文音譯，漢字寫作「老師」，但與中文裡的意思有所不同，指老教師或老和尚；斟酌其意，後文一律譯為「師父」。

「哪裡？在那間有墊子的房間裡？」

「對啊。他就像個家具似的，很容易被漏看。」

「妳是說他個子大？」

「不太大。我是說靜止不動，他坐著不動。」她小聲說。「我總是在想，他是不是死了。」

「但他並不是個子非常大。」

「一般不會說他個子大。」

我兩根手指伸進杯裡，需要再度攪動那些漂浮的茶葉，迫使它們重新跳起舞來。就算那女孩看到我在做什麼，她也沒說話。

「妳最近沒看到什麼非常高大的人吧？」雖然我還沒見過他們，但師父和華勒斯似乎都不太可能是那個波蘭巨人。我倒是在想，這兩人其中之一會不會就是我在耳機裡聽到的那個對敏納冷嘲熱諷的人。

「唔，沒有。」她說。

「波蘭餃子怪物。」我說，然後咳了五聲來掩飾。想到殺敏納的那些人，壓倒了這女孩令我平靜的影響力——語言在我腦中翻騰，各種手勢在我體內翻騰。

她的回答只是替我重新倒滿茶，然後把茶壺移到流理台上。她背過身去的時候我撫摸她的椅子，手掌滑過她坐過部分的溫暖，撥弄椅背的木條像座無聲的豎琴。

「萊諾？這是你的名字嗎？」

「是的。」

「你似乎不是很平靜，萊諾。」她轉過身來，幾乎逮到我在摸弄椅子的動作，此刻她背靠著流理台，沒有坐回椅子上。

通常我說明我的病症並不會猶豫，但現在我內在有什麼在抗拒。「妳有什麼吃的嗎？」我說。也許卡路里可以重建我的平衡。

「唔，我不知道。」她說。「你要吃點麵包什麼的嗎？可能還有一些優格。」

「因為這茶裡滿是咖啡因。它只是看起來無害而已。你們總是在喝這東西嗎？」

「嗯，這算是傳統吧。」

「這是修禪的一部分嗎，喝茶喝得眼冒金星然後就可以見到上帝了？這不是作弊嗎？」

「只是為了保持清醒吧。因為禪宗佛教裡其實並沒有上帝。」她轉過身去在櫥櫃裡翻找，但沒有停止思索。「我們只是打坐同時努力不要睡著，所以我想也可以說保持清醒就是見到上帝，多少算是吧。所以你說得對。」

這小小的勝利並沒有令我振奮。我覺得被困住了，被樓上皺巴巴的導師和樓下塑膠腿的嬉皮夾在中間。我想現在離開禪堂，但還沒想出下一步該怎麼做。

而且當我離開的時候，我想帶著金莫莉一起走。我想保護她——這股衝動在我內在湧起，尋找著適當的目標可攀附。在我已經辜負了值得我保護的敏納的現在？是東尼嗎？是茱莉亞嗎？我真希望法蘭克從冥界在我耳邊悄聲說個線索。至於現在，金莫莉也可以。

「哪，你要不要吃奧利奧餅乾？」

「好啊。」我心不在焉地說。「佛教徒也吃奧利奧？」

「我們愛吃什麼就吃什麼，萊諾。這裡不是日本。」她拿出一盒藍色的餅乾，放在桌上。我自己動手拿了，渴望著這點心，很高興我們不是在日本。

「我以前認識一個曾經在納貝斯克工作過的人。」她說，邊想邊咬下一塊餅乾。「你知道，就是那家做奧利奧的公司？他說他們有兩家主要工廠做奧利奧，在國內不同的兩個地方。兩個不同的烘焙師作主，你知道，不同的品管。」

「呃──」我拿起一塊餅乾浸到茶裡。

「他總是發誓說他只要嚐一嚐就吃得出差別。這個傢伙，我們吃奧利奧的時候，他總是翻遍整盒餅乾，聞一聞、嚐一嚐巧克力的部分，然後把壞的餅乾放成一堆。怎麼樣算是真的很好的一包呢？就是只有不到三分之一的餅乾得放到壞的那堆去，因為它們是不對的那家工廠烘焙出來的，你知道嗎？但有時候一整盒裡好的餅乾不超過五、六塊。」

「等一下。妳是說每一盒奧利奧裡面都有兩家工廠的餅乾？」

「嗯哼。」

我試著不去想它，試著把它保持在我偏執念頭的盲點裡，就像我縮回視線不看吸引我想去碰的肩膀。但這是不可能的。「會有什麼動機可能讓他們想把不同批的餅乾混在同一盒裡？」

「嗯，簡單。要是消息傳出去，說一家工廠比另一家好，他們不希望顧客，你知道，避開整盒不買，或者甚至避開整卡車、整批的奧利奧。他們得繼續把餅乾混在一起，這樣你隨便買哪一盒也都知道大概會吃到一些好的。」

「那妳是說他們把這兩家工廠的貨都運到一個中央包裝工廠，只為了把它們混在一起？」

「我想一定就是這樣子，對吧？」她爽朗地說。

「那太笨了。」我說，但那只是我抵抗力崩潰的聲音。

她聳聳肩。「我只知道我們吃餅乾的時候他都會瘋狂地堆起一疊不合格的餅乾。然後他會把餅乾推到我面前說：『看到沒？看到沒？』我從來分不出差別在哪裡。」

不，不，不，不。

吃我奧利奧，我無聲地做出嘴形。我窸窣翻動塑膠包裝紙拿出又一塊餅乾，然後咬下一點蓋在上面的巧克力餅乾。我舌頭仔細嚐過化成碎粉的餅乾屑，然後拿出另一塊，依樣畫葫蘆。吃起來完全一樣。我把這兩塊啃過的餅乾放成一堆。我需要找到一塊好的餅乾，或者一塊壞的餅乾，才能分辨出差別。

也許我從來都只吃到過壞的。

「我以為你不相信我說的。」金莫莉說。

「必稀試驗。」我咕噥著，嘴唇沾黏著餅乾泥，眼睛大睜，想著我的大腦為我可憐的舌頭設下的任務。這盒奧利奧裡有三包。我們才開了第一包而已。

她朝我那堆餅乾點點頭。「這些是什麼，好的還是壞的？」

「我不知道。」下一塊我試著用聞的。「這人是妳男朋友還是什麼？」

「有一小段時間是。」

「他也是禪宗佛教徒嗎？」

她輕嗤了一聲。我又啃了另一塊餅乾，開始感到絕望。這時候我會很歡迎出現個普通的痙攣來打岔，讓我獵犬般的執迷跟丟獵物的氣味。敏納幫是一場糊塗了沒錯，但我非得要解開奧利奧之謎的謎底不可。

我跳了起來，碰得兩個茶杯搖晃作響。我必須離開這裡，安撫我的恐慌，重新開始我的調查，讓我自己離那些餅乾遠一點。

「巴納門烘焙店！」我吠道，要自己放心。

「什麼？」

「沒什麼。」我猛然把頭扭到一側，然後慢慢轉回來，彷彿是哪裡扭到筋了要動一下。「我們最好走了，金莫莉。」

「走去哪？」她傾身向前，瞳孔大大的充滿信任。被這麼認真對待讓我感覺很興奮。這樣獨自出擊，不跟吉伯特一起，或許會變成一種習慣。好不容易有這麼一次，我是扮演偵探主角而非滑稽──或者說妥瑞症──丑角。

「樓下。」我說，因為想不出更好的答案。

「好。」她以共犯般的口吻悄聲說。「但你要安靜。」

我們躡手躡腳經過第二處樓梯間平台，我從架子上把鞋拿下來。這次我看到了華勒斯。他背對我們坐著，軟塌塌的金髮攏在耳後，有愈來愈禿的趨勢。他穿著毛衣、運動褲，如她先前所說那樣靜坐不動，睡著了或者，我想，死了──儘管此刻死對我來說不是一樣靜止的東西，而比較是關於染血的煞車痕跡和布魯克林─皇后區快速道路。總之華勒斯看來頗無害。顯然，金莫莉對嬉皮的概念就是一個超過四十五歲、沒穿西裝的白種男人。在布魯克林我們只會說他是窩囊廢。

她打開禪堂的前門。「我得繼續去打掃。」她說。「你知道，為了那些和尚。」

「重要的和尚。」我說，輕微的痙攣。

「對。」

「我不認為妳應該一個人待在這裡。」我左右望望這個街區，看有沒有人在看著我們。我的脖子感覺刺痛，清楚感到風吹和恐懼。上東城的居民已經重回街頭，一無所知地走著，手中握著窸窣作響的狗大便袋子和《紐約時報》和包貝果的蠟紙。我那種優勢的感覺，在全世界睡覺的時候展開調查的感覺，已經沒了。

「我困擔心。」我說，妥瑞症又扭曲了我的話。我想趕快離開她，在我開始大吼、吠叫，或者伸手去摸她T恤領子之前。

她微笑。「什麼意思——困惑又擔心嗎？」

我點頭。夠接近了。

「我不會有事的。別困擔心。」她平靜地說，這使我也平靜下來。「你還會再回來，對吧？來打坐？」

「一定會。」

「好。」她踮起腳尖親吻了一下我臉頰。我嚇了一跳，動彈不得，只是站在那裡感覺她吻過的地方在寒冷的早晨空氣中燒燙著。這是表示親近，還是某種修禪必須的莫名其妙行為？他們就這麼不顧一切需要有人來坐滿禪堂裡的墊子嗎？

「別這樣。」我說。「妳才剛認識我。這裡是紐約。」

「是的，但你現在是我朋友了。」

「我得走了。」

「好。」她說。「四點鐘坐禪。」

「我會來的。」

她關上門。我再度獨自站在街上，我的調查已經停滯不前了。我在禪堂裡有查到任何事嗎？現在我感覺到失落的茫然——我攻進了這座碉堡，結果從頭到尾都在思索金莫莉和奧利奧餅乾。我嘴裡滿是可可，鼻孔裡充滿那個意外之吻帶來的她的氣味。

兩個男人一左一右攙住我，把我逼進一輛等在人行道旁的車裡。

他們四個人穿著一模一樣的藍色西裝，腿部有黑色滾邊，戴著一模一樣的黑色太陽眼鏡。他們看起來像是一個在婚禮上演奏的樂團。四個白人男子，身材粗短程度不一，扁臉長著面皰，看起來都一個樣子。他們的車是租來的。「粗短」坐在後座等著，那兩個人一把我塞進後座坐在他旁邊，他馬上就一隻手臂伸過來勾住我脖子，類似兄弟般的勒喉攬抱。那兩個從街上把我弄進來的人——「面皰」和「一個樣」——擠進我旁邊，這下子後座一共坐了四個人。有點擠。

「坐到前面去。」粗短說，就是那個攬住我脖子的人。

「我？」我說。

「閉嘴。賴瑞，下車。人太多了。坐到前面去。」

「好嘛，好嘛。」最靠外面的那個人說，也就是一個樣或者賴瑞。他從後座下車，坐到前面空著的乘客座，然後開車的那個人——「扁臉」——就開動了車。我們在第二大道駛進市區車流，粗短鬆了手，但左手臂還是搭在我肩膀上。

「走大路。」他說。

「什麼？」

「叫他走東城大路。」

「我們要去哪？」

「我要上高速公路。」

「為什麼不繞圈子開就好了？」

「我的車就停在這裡，」我說。「你們可以把我放下來。」

「閉嘴。我們為什麼不能繞圈子開就好了？」

「你也閉嘴。我們應該要看起來像是正往哪裡去的樣子，你這笨蛋。我們光繞圈子還真把他嚇壞了咧。」

「我會乖乖聽你們說話，不管你們怎麼開車。」我說，想讓他們感覺好一點。「你們有四個人，我只有一個。」

「我們不只是要你聽我們說話而已，」粗短說。「我們要嚇到你。」

但我並沒有被嚇到。現在是早上八點半，我們正在第二大道上跟車流奮戰。根本沒有圈子可以繞，只有被行人擋得動彈不得的送貨卡車在按喇叭。而且我愈仔細看這幾個傢伙就愈覺得他們不怎麼樣。別的不說，粗短放在我脖子上的手是軟的，他的皮膚是軟的，他勾著我的動作滿溫和的。而他還是這群人裡最強悍的一個。他們並不冷靜，對他們正在做的事並不擅長，而且也不強悍。就我目力所及，他們沒有人帶槍。

另外一點就是，他們四個人的太陽眼鏡都還掛著標籤，邋啊邋的螢光橘橢圓形紙片上面寫著六塊九毛九！

我伸出手去拍拍面皰的標籤。他轉過身去，我的手指勾到腳架，把整副眼鏡從他臉上扯下來掉在他腿上。「狗屎。」面皰說，連忙把眼鏡戴回臉上，彷彿不戴我就會認出他似的。

「喂，別來這招。」粗短說著又攬住我。他在車裡把我往他身上拉的那種方式。讓我想起我多年前那種去親吻人的痙攣。

「好的。」我說，雖然我知道如果那些標籤就在伸手可及之處，要我不去拍它們會滿難的。

「但這到底是怎麼一回事，各位？」

「我們應該是要嚇嚇你，」粗短說，分心去看扁臉開車。「叫你離禪堂遠一點，如此之類的。喂，他媽的走大路啦。七十九街，那裡有上去的匝道。」

「我過不去。」扁臉抱怨道，瞄著好幾條車道的車流。

「FDR大道有什麼好的？」一個樣說。「我們為什麼不能在街上開就好了？」

「怎麼，你難道要在公園大道上停車靠邊然後揍他一頓嗎？」

「也許只要嚇嚇我就可以了，不用揍一頓。」我建議。「趕快把這事解決，繼續做今天該做的事。」

「叫他別囉唆。」

「好啦，可是他說的有道理。」

「吃我道理人！」

粗短一手摀住我的嘴。這時我聽到一個尖銳的、兩個音調的信號聲。他們四個和我都開始在車裡找這噪音的來源。彷彿我們身在一場電玩遊戲裡，已經過關升級了，正要被我們沒看到的、正逐漸接近的異形給消滅。然後我發現那嗶嗶聲是從我外套口袋裡傳出來的：敏納的呼叫器響了。

「什麼東西？」

我把臉掙開。粗短沒有阻止我。「巴納門呼叫器。」我說。

「那是什麼，某種特別的呼叫器？把它從他口袋裡拿出來。你們這兩個二楞子沒搜他身嗎？」

「你去死吧。」

「老天。」

他們手伸過來，很快地找到了呼叫器。上面顯示的數字有一個布魯克林—皇后區—布朗克斯的區碼。「是誰？」面皰說。

我皺起眉頭，聳聳肩：不知道。我是真的認不出那個號碼。我猜是某個以為敏納還活著的人，然後微微打了個寒噤。這一點嚇到我的程度超過這些綁架我的人。

「叫他打那個號碼。」前面的扁臉說。

「你要停車讓他去打電話？」

「賴瑞，電話在你那裡嗎？」

一個樣從前座轉過身來，遞了支手機給我。

「打這個號碼。」

我撥號，他們等待。我們在第二大道上一吋一吋前進。車裡的空間充滿緊張氣氛。手機響著，滴滴滴，這個迷你玩具輕易地吸引了我們全神貫注，集中我們全副的注意力。我幾乎要把它塞進嘴裡吞下去而不是貼在耳朵旁。滴滴滴，它又響，然後有人接電話。

垃圾條子。

「萊諾？」盧米斯說。

「唔姆嗯。」我回答，忍住要冒出來的詞句。

「聽著。三百六十五次口交和輪胎之間有什麼差別？」

「不在乎！」我大喊。車裡的四個人全嚇了一跳。

「一個是固特異，另一個是棒極了的一年。❸」盧米斯驕傲地說。他知道他把這謎題說得很好，這次沒出差錯，沒有漏了一個字。

「你從哪裡打電話來？」我問。

「是你打電話給我的。」

「是你撥我的呼叫器，盧米斯。你在哪裡？」

「我不知道。」——他的聲音變得模糊——「嘿，這地方叫什麼名字？哦，是嗎？謝了。B——B——Q？真的，就這樣，三個字母？我想也是。萊諾，你在嗎？」

「在。」

「這裡是一家叫BBQ的餐廳，就像烤肉的巴比Q，只有三個字母。我總是在這裡吃飯，居然從來不曉得！」

「你撥我呼叫器幹嘛，盧米斯？」撥號和重撥坐在圍籬上——

「是你叫我打的。你要那個地址，對吧？奧爾曼，那個死掉的傢伙。」

「呃，對。」我說著對粗短聳聳肩，他還勾著我脖子，但勾得鬆鬆的，讓我有空間講電話。他對我怒目以視，但他感到困惑又不是我的錯。我也很困惑。困惑又困擔心。

「嗯，地址現在就在我手上。」垃圾條子自豪地說。

「一邊開車載著他到處兜一邊看他打電話有什麼用？」坐在駕駛座上的扁臉抱怨。

「給他肚子來上一拳就是了，」一個樣說。「讓他嚇到。」

「你旁邊有人嗎？」盧米斯說。

車裡的四個人開始對他們微薄的權威逐漸溜走感到焦躁，看著權威轉移到這項現代科技上，我掌心的這一點塑膠和電線。我必須想辦法讓他們平靜下來。我點頭睜大眼睛表示合作，用嘴形對他們說再等一下，希望他們會想起黑幫電影裡的行事規則：假裝他們沒在聽，如此一來便可偷偷收集情報。

如果他們真的沒在聽，那我也沒辦法。

❸固特異原文為Goodyear，可解為「很好的一年」。

「把地址告訴我。」我說。

「好，聽著，」盧米斯說。「你有筆嗎？」

「誰的地址？」粗短在我另一邊耳朵旁說。他抓住了我的暗示。他受過足夠陳腔濫調的調教，因此能夠加以操控；他的同胞們我就不確定了。

「告訴我奧爾曼的地址。」我為了他們說。曼—打地—紙我的大腦想著。我用力吞嚥，以免這些字真的冒出來。

「是，我查到了。」垃圾條子諷刺地說。「不然你還要誰的地址？」

「奧爾曼？」粗短說，對象不是我而是面皰。「他在講奧爾曼？」

「誰的！地！址！」我尖叫。

「哦，夠了。」盧米斯說，現在他已經覺得厭倦了。我另外這批聽眾就沒這麼見怪不怪了。面皰一把搶走我手裡的手機，粗短把我的手臂往後一扭，把我往下往前按得幾乎碰到駕駛座的後背，彷彿要我趴在他膝蓋上打我一頓屁股似的。這時候，前面的扁臉和一個樣開始吵停車的事情吵得很兇，關於能不能擠進某個車位。

面皰把手機湊到自己耳邊聽，但盧米斯掛斷了，或者只是安靜下來聽這一頭的動靜，因此他們都沒說話。扁臉停了車，或者是並排停車——我的視野有限，看不見。前面的兩個人還在嘀咕著對方，但粗短沒出聲，只是把我的手左右轉個一兩度，試試看哪個角度會讓我痛，試試看合不合適。

「你們不喜歡聽到奧爾曼這個名字。」我說，皺著臉。

「奧爾曼是個朋友。」粗短說。

「別讓他講到奧爾曼。」扁臉說。

「這太蠢了。」一個樣帶著無比的厭惡感說。

「你才蠢。」粗短說。「我們是要嚇一個人，所以就動手吧。」

「我不是很害怕。」我說。「你們看起來比我更害怕的樣子。怕講到奧爾曼。」

「是啊，嗯，就算我們害怕你也不知道原因。」粗短說。「而且不要猜。不要張開你那張嘴。」

「你們害怕一個波蘭大個子。」我說。

「這太蠢了。」一個樣又說。他聽起來好像快哭了。他下了車，甩上門。

面皰終於不再去聽盧米斯留下來的沉默，把手機關起來放在我們之間的座椅上。

「我們怕他又怎麼樣？」粗短說。「我們應該怕，相信我們。要是不怕我們也不會替他工作了。」他鬆開我的手臂，於是我可以直起身子四處張望。我們停在第二大道上一家很受歡迎的咖啡店外。窗邊滿是繃著臉的小鬼，用打著小小電腦和讀雜誌的方式在調情。他們沒注意到我們這一車笨頭，又有什麼原因要注意？

一個樣不見人影。

「我可以了解，」我說，要保持他們繼續講話。「我也怕那個大個子。只是如果你們害怕的話，就不太能嚇得別人害怕。」

我想到東尼。如果他昨晚來過禪堂，不是應該跟我一樣也觸發同樣的警報嗎？他不是應該也被這些自以為強悍的人拉上車，這輛載滿小丑學校應屆畢業生的小丑車？

「我們有什麼不嚇人的地方？」扁臉說。他對粗短說：「趕快打傷他。」

「你們可以傷我，但還是不會嚇到我。」我心不在焉地說。我大腦的一部分想著，嚇人輕放，下樓琴房，等等等。另一個部分則不解於東尼這個問題。

「剛才電話上的是誰？」面皰說，還在努力解開他自己挑選的這個問題。

「說了你們也不會相信。」我說。

「說來聽聽。」粗短說著扭我的手臂。

「只是一個替我查事情的人而已。我想要奧爾曼的地址。我的伙伴因那件殺人案被抓了。」

「跟你說，你不應該有替你查事情的人，」粗短說。「整個問題就在這裡。牽扯進來，到奧爾曼的公寓去，這種事情就是我們要來嚇你叫你不准去做的。」

嚇我凹爾曼，我的病在唱。凹爾門貝里。凹扁帽杯裡。

「打傷他，嚇他，然後我們就趕快閃人吧。」扁臉說。「我不喜歡這樣。賴瑞說得對，這太蠢了。我不在乎誰在查事情。」

「我還是想知道電話上那個人是誰。」面皰說。

「聽著，」粗短說，現在他試著要跟我講理，因為他這票人的士氣和注意力——還有實際的人數——都在降低。「我們是代表你說的那個大個子來的，知道吧？就是他派我們來的。」他提出這麼個型態共振的理論：「所以如果他嚇到你，你應該也要被我們嚇到，這樣我們就不用傷你了。」

「像你們這些人就算殺了我，也還是嚇不到我。」我說。

「這麼做真是個餿主意。」扁臉做出結論，然後他也下了車。前座現在都空了，方向盤也沒人管。「這不是我們的作風。」他又傾身回車裡，對面皰和粗短說。「我們幹這種事根本不行。」他對我揚起眉毛。「你得原諒我們。我們不是幹這個的。我們是和平的人。」他關上車門。我轉過頭去看到他快速沿著街走下去，步伐像隻忙亂的鳥。

「嚇壞的警察！」我大喊。

「在哪裡？」粗短說著立刻鬆開我的手臂。他們兩個都驚慌地轉過頭去，墨鏡後面的眼睛睜得大大的，橘色的標籤像浮標一樣晃來晃去。終於被放開的我也轉過頭去，當然不是要找任何東西，而是要享受模仿他們動作的樂趣。

「去他的。」面皰咕噥著。

他和粗短都逃下了這輛租來的車，緊跟著扁臉走了，留下我獨自一人。

扁臉拿走了車鑰匙，但一個樣的手機孤伶伶地放在我旁邊的椅子上。我把它收進口袋裡。然後我傾身向前，打開置物箱，找到了租車公司的行照和收據。車子的租期是六個月，租給公園大道一〇三〇號的藤崎股份有限公司。從郵遞區號看來，我相當確定它跟禪堂在同一區。正巧也是我現在所在的這一區。我敲了這輛租車的置物箱門五下，但並沒有特別響亮或令人滿足。

走向公園大道一〇三〇號的路上，我翻開手機蓋子打電話到 L&L 去。我從來沒在街上打過電話，感覺滿有寇克船長❹的味道的。

「L&L。」一個聲音說，是我希望聽到的那個聲音。

「東尼，是我，」我說。「艾斯洛。」敏納打電話就總是這樣開頭：萊諾，是敏納。你是名，我是姓。換言之：你是混蛋，我是混蛋的老闆。

「你在哪裡？」東尼說。

答案是正在七十六街口穿過列辛頓大道。但我不想告訴他。

為什麼？我不確定。總之，我讓痙攣代替我說話：「親我，嚇壞人！」

「我還在擔心你呢，萊諾。丹尼說你跟垃圾條子去進行什麼任務了。」

「嗯，算是吧。」

「他現在跟你在一起嗎？」

「垃圾餅乾。」我認真地說。

「你何不回來這裡，萊諾？我們該談談。」

「我正在查一個案子。」我說。安子在叼著叉子。

「哦，是嗎？它正在把你帶到哪裡去？」

一個髮型講究、穿著藍西裝的男人在我前面轉彎離開列辛頓大道。他拿著手機貼在右耳旁。我在他身後向他看齊，模仿他的步伐。

「好幾個地方。」我說。

「舉個例子。」

東尼愈是問我，我愈是不想說。「我是希望我們能夠，你知道，分頭進行一點。比對我們的資料。」

「舉個例子給我聽，萊諾。」

「比方說你昨天晚上——分岔進行！安插行啦！——有沒有從那個什麼，呃，禪堂查出什麼東西？」

「等我們見面我再告訴你。現在有件重要的事，你該回來這裡。你在哪，打公用電話嗎？」

「分岔電話！」我說。「對了，有沒有一車人試著嚇跑你？」

「他媽的你在說什麼？」

「那個我看到在敏納之前進去的女孩呢？你有沒有查出她什麼事？」在我問的同時我已經得到了我所問問題的答案，那個真正的問題。

我不信任東尼。

他回答前停了一下，我感覺到我的不信任是正確的。

「我查到了一些事，」他說。「但現在我們需要把我們的資源聚起來，萊諾。你需要回來這裡。因為我們有些問題要出現了。」

現在我可以聽出他聲音裡的虛張聲勢。那種虛張聲勢是隨意、輕鬆的。他並沒有特別費力。畢竟跟他講電話的不過是艾斯洛罷了。

❹ 著名影集《星艦迷航記》中的角色。

「我知道有些問題。」我說。「吉伯特因為殺人案被關進牢裡了。」

「嗯，這只是其中之一。」

「你昨天晚上沒有去禪堂。」我說。那個穿藍西裝的男人轉上公園大道，還在嘰哩呱啦講不停。我沒有跟下去，跟人群一起站在街角，等著燈號變換。

「也許你該擔心他媽的你自己而不是我，萊諾。」東尼說。「你昨晚又到哪裡去了？」

「我去做了我該做的事。」我說，現在想惹火他。「我去告訴茱莉亞。事實上，她已經知道了。」我沒講關於兇殺案條子的那部分。

「這倒有意思。我還一直有點納悶茱莉亞都去些什麼地方。我希望你有查出來。」警鈴響起。東尼試著讓聲音聽來隨意，但並不成功。「什麼時候納悶？你是說她常常出城去？」

「也許。」

「總之，你怎麼知道她出門去了？」

「他媽的你以為我們在這裡是幹嘛的，萊諾？我們在查事情。」

「是啊，我們是領頭的小組。吉伯特在牢裡，東尼。」我的眼睛突然湧滿了淚水。我知道我應該試著專注在茱莉亞這個問題上，但我們對吉伯特的背叛感覺起來更為貼近。

「我知道。他待在那裡比較安全。回來這裡談談，萊諾。」

我跟著人群一起過街，但半路停了下來，停在公園大道中間的安全島。那指甲蓋般大小的花圃有塊牌子，上面寫著**勇士黃水仙（北美）**，但土壤被翻得坑坑疤疤什麼也沒種，彷彿有人剛挖掉了枯死的球莖。我坐在花圃旁的木頭邊岸上任人群走過，直到綠燈再次變成紅燈，車流開始在我身邊呼嘯而過。大道上有一片被陽光曬到的地方，曬暖了坐在長凳上的我。公園大道的巨大公寓建築被上午的陽光投射出繁複的陰影。我像是個遭遇船難的人漂流到這個島上，四周是橘色計程車形成的河流。

「你在哪裡，大怪胎？」

「不要叫我大怪胎。」我說。

「那我應該叫你什麼——毛茛嗎？」

「勇士黃水仙，」我脫口而出。「阿里拜沒自信。」

「你在哪裡，黃水仙？」東尼的口氣相當親切和藹。「要不要我們去載你？」

「白臉條子，毛茛。❺」我說，一邊痙攣一邊掉眼淚。東尼叫我大怪胎——敏納給我取的外號——勾起了我的妥瑞症，穿透了層層爾虞我詐、召喚出我那暈眩的青少年的聲音。能自由地對著一個這麼熟悉我的人痙攣，應該讓我如釋重負才對。但我不信任他。敏納死了，我不信任東尼，也不知道這意味著什麼。

「告訴我你的小調查進行到哪裡去了。」東尼說。

我沿著公園大道看過去，舊日金錢堆砌的巨石牆面綿延不斷，一條岩石的犁溝。

「我在布魯克林。」我說。「吃我緣角。」

❺ 兩者音近。

「哦，是嗎？綠角有什麼？」

「我在找那個——綠剪！——那個殺了敏納的傢伙，那個波蘭人。你以為呢？」

「就這麼到處逛著找他，嗯？」

「吃我電話！」

「在波蘭酒吧裡晃晃之類的？」

我吠叫一聲，然後舌頭嘖嘖作響。我亂動的下顎撞到重撥鍵，電話冒出一串訊號聲。燈號換了，要橫越公園大道的計程車喇叭聲大作，奮力要穿過動也不動的車陣。另一艘行人的小筏經過我的島，回到河裡。

「聽起來不像綠角。」東尼說。

「他們在這裡拍電影。你真應該看看。他們把綠角——綠電話！怪異花！假話人！——綠角大道弄得像曼哈頓一樣。一大堆假樓房和計程車和臨時演員，打扮得好像走在公園大道還是哪裡。你聽到的就是他們的聲音。」

「裡面有誰？」

「什麼？」

「電影裡有誰？」

「有人說梅爾——擠斯波，嗝濕碰，屁撒話——」

「梅爾．吉勃遜。」

「對。但我沒看到他，只有一大堆臨時演員。」

「那裡真的還有搭起假樓房？」

「你是不是跟茱莉亞睡過，東尼？」

「你怎麼會突然這麼說？」

「是不是？」

「你在試著保護誰，黃水仙？敏納死了。」

「我想要知道。」

「等你來這裡我會親口告訴你。」

「狄克踢黃水仙！沒自信鱷淤！好笑巧克多普洛！」

「啊，這些我都聽過了。」

「可愛午餐電話，真的海綿拳頭，青少年突變禪堂肺魚，陰莖米爾浩斯尼克森音叉。」

「你這操他媽的拉船傢伙。」

「再見，東尼貝里。」

公園大道一〇三〇號也是一棟石材建築，跟兩旁的房子沒什麼不同。橡木門劃分了富麗堂皇跟軍用堅固之間的區別，小小的窗子裝著鐵條：法國殖民防空洞。門前的遮篷上只有數字，沒有那種在中央公園西大道或布魯克林高地會看到的俗麗做作的大樓名稱——這裡不需要證明什麼，人們認為保持匿名比發揮魅力更重要。不過這棟建築有專用的卸貨區，人行道也被不著痕跡地圍出了一塊，意味著有錢，有錢打點城市官員，還意味著太嬌貴的女鞋，不能陷入一般的四吋砌磚，也不能冒著沾上狗屎的風險。有個專門負責人行道的人站在門前巡視，隨時準備替人打開車門或者踢開狗或趕走不受歡迎的訪客，不讓他們有機會玷污大廳。我從路口快步走來，到最後一分鐘才轉進門裡，騙過了他。

大廳寬廣黑暗，這設計是要讓不熟悉此地的訪客從陽光下走進來之後一時看不見東西。我踏進門的那一刻，一群門房就圍了上來，他們戴著白手套，穿著眼熟的藍色西裝腿部滾黑邊。那輛租車裡的那些笨頭穿的就是這種制服。

所以他們不是專門當打手的笨頭——這點很明顯。他們是門房，這沒什麼羞恥的。但和平的人？

「有什麼事我可以幫得上忙嗎？」

「幫得上忙嗎先生？」

「姓名？」

「所有的訪客都需要加以通報。」

「來送貨的？」

「你總有個名字吧？」

他們五、六個人把我團團圍住，這不是特別任務，而正是他們受訓要做的事。在幽暗中一擁而上。戴上白手套、出現在正確地方的他們，比被塞進租車裡笨拙地假扮痞子看來要嚇人多了。他們的有禮得體很讓人害怕。這些人當中我沒看到扁臉、面皰、粗短或一個樣，但這是棟大建築。在這裡我引來的是陰影臉、陰影臉、高個子陰影臉，還有陰影臉。

「我來這裡找藤崎。」我說。「可能是男是女，或者是家公司。」

「一定是搞錯了。」

「顯然是找錯樓了。」

「這裡沒有藤崎。」

「叫什麼名字？」

「藤崎管理有限公司。」我說。

「沒有。」

「沒有。這裡沒有。弄錯了。」

「姓名？先生，請問你是？」

我拿出一張敏納的名片。「法蘭克·敏納。」我說。這名字輕易地就說出口了，我一點也沒有感覺到需要自己加以扭曲變化一下。

看到一張名片，圍著我的門房散了開來。我已經初步顯示出一丁點的正當性。他們是高等的門房，經過仔細的調整，戒慎地防備著一開口就說奉承話的直覺。

「知道你要來？」

「抱歉，你說什麼？」

「對方知道你要來嗎？有約好嗎？姓名？聯絡人？」

「臨時來訪。」

「嗯。」

「不。」

「不。」

接著做了另一番細微的修正。他們靠過來。敏納的名片消失了。

「可能是有什麼地方搞混了。」

「是的。」

「很可能是。」

「完全找錯樓了。」

「要是有對象需要傳達訊息，訊息是？」

「如果對象是這一個的話。你了解，先生。」

「是的。」

「是的。」

「沒有訊息。」我說。我點了點離我最近的門房的西裝胸口。他往後一彈，對我怒目而視。但現在他們成了企鵝了。我必須每個都碰到。我手伸向下一個人，他是最高的一個，我試著往他肩膀拍一掌，只擦到了邊緣。隨著我轉身，圍著我的圈子又散開了。從他們跳開的樣子看來，他們可能以為我是在用無形的黑光漆抹他們以便日後加以辨識，或者是在他們身上安裝電子竊聽器，或者只是在散播蝨子。

「不。」

「小心。」

「不能這樣。」

「這裡不能這樣。」

「出去。」

然後其中兩人一左一右攙住我，把我請到了人行道上。

我繞著這個街區走了走，想從這建築的北面盡量收集些什麼資料。那個人行道負責人跟著我，但我不介意。工作人員出入口聞起來有私人乾洗服務的味道，垃圾桶顯示有大量食物訂貨，也許樓裡有專屬的雜貨店。我在想，不知這樓裡是否也有自己的廚師。我想要探頭進去看看，但那個人行道負責人對著手上的對講機嘀咕個不停，因此我想我最好離遠一點。我朝他揮揮手表示道別，他也不自覺地自動揮手回應——有時候每個人都有點痙攣，就像這樣。

我邊吃熱狗邊喝木瓜汁邊撥了垃圾條子辦公室的電話號碼。八十六街和第三大道交叉口的「木瓜沙皇」是適合我的地方——所有可貼的空間都貼滿了鮮橘色和黃色的牌子，尖叫著**木瓜是上帝賜給人最佳的健康禮物！我們的法蘭克福香腸是工人的菲力牛排！我們是有禮的紐約人，我們支持朱利安尼市長！**等等。木瓜沙皇的牆上滿是一層又一層的語言，使我一進門就感到平靜下來，彷彿我踏進了自己腦殼內部的模型。

我喝果汁把第一份熱狗那辛澀的碎塊沖下肚，聽著電話響。木瓜沙皇的產品的確有類似昂貴牛排的那種入口即化，法蘭克福香腸似乎沒有腸衣，不管是包熱狗的麵包還是熱狗本身都沒有在烹調過程中變脆，因此它們一起滑進嘴裡在舌頭上變成熱狗膏泥。如果吃得太多，這些優點可能反而會讓人渴望納森熱狗❻那種表皮比較韌的口感，但我今天想吃沙皇這一種的。我坐在櫃檯邊，還有四份熱狗整齊排在面前，每一份上面都擠了細細的一道芥末以加強風味——五仍然是我的天使。

至於木瓜本身，就算我喝的是什麼土福拉種子花蜜或者葛里芬❼的乳汁，我也分辨不出來——除了沙皇這濃稠的飲料之外，我從沒見過這種水果的其他型態。

「環境衛生檢查員盧米斯。」垃圾條子接電話。

「聽著，盧米斯。我正在努力吉伯特那件事。」我知道必須把問題扯到他朋友的困境上，才能保持他的注意力集中。事實上吉伯特現在是我腦海裡最遠的一件事。「我需要你幫我查些資料。」

「是你嗎，萊諾？」

「對。聽著。公園大道一—〇—三—〇號。寫下來。我需要這棟建築的一些紀錄，管理公司，委員會主委，只要你能查出的都要。看其中有沒有你認得出來的名字。」

「從哪裡認出來的名字？」

「從，呃，這一帶附近。」我想的是法蘭克．敏納，但我不想說。「哦，對了，特別是藤崎。這是日本姓。」

「這一帶附近我沒認識什麼藤崎。」

「反正你查查紀錄就是了，盧米斯。查到了什麼再打電話給我。」

「打到哪裡給你？」

我腦袋裡把呼叫器跟手機混在一起了。我好像在收集別人的電器用品。事實上，我不知道我從戴太陽眼鏡的門房那裡借來的這支電話是幾號。我第一次想到，要是我接起打進來的電話，不知道會跟誰講上話。

「算了。」我說。「你還有敏納的呼叫器號碼吧？」

「當然。」

「就用那個。我會回電話。」

「我們什麼時候把吉伯特保出來？」

「我正在努力。聽著，盧米斯，我得走了。你再跟我聯絡，好嗎？」

「沒問題，萊諾。還有，朋友？」

「什麼事？」

「幹得好，老兄。」盧米斯說。「你挺住了，很棒。」

「呃，謝了，盧米斯。」我結束通話，把手機放回夾克口袋。

「老—天爺。」坐在我右邊的男人說。他四十幾歲，穿著西裝。敏納就說過好幾次，在紐約隨便哪個傻子都可以穿西裝。看到他不是門房我感到滿意，逕自吃起第三份熱狗。

❻ 紐約一家老牌熱狗店，每年舉辦著名的吃熱狗大賽。

❼ 希臘神話中一種半獅半鷲的怪物。

「有一次我在洛杉磯一家餐廳，」他開始說。「很棒的地方，很不得了的地方。食物都很高檔，你知道我意思嗎？高檔食物？有一桌坐了一對男女，兩個人都在講他媽的手機，就像你那支一樣。整頓飯都在各講各的，朝著對方廢話講個不停，又是辛蒂說什麼什麼、又是週末度假、又是得努力搞我那把戲的，沒完沒了。吵得人連自己在想什麼都聽不見。」

我很平均地咬了五口解決掉第三份熱狗，舔去大拇指尖的芥末，拿起第四份。

「我想好吧既然是洛杉磯嘛，算了。不管他。反正那裡就是這樣。結果兩個月以前我想讓個客戶印象深刻，就帶他到巴爾薩札去，你知道，在市區那家？不得了的地方，相信我。高檔食物，高檔得很。結果我看到什麼，就兩個蠢蛋坐在吧檯旁邊講手機。我開始有點不爽了，但我想，吧檯嘛，好吧，至少他們還有點教養。調整我的標準之類的。結果我們等了他媽的十五分鐘終於有了位子，一坐下來我客戶的手機就響了，他坐在桌邊就接起來了！跟我坐在一起的人耶！坐在那裡講廢話！講了十分鐘還是十五分鐘！」

我在禪定般的平靜和沉默中享受第四份熱狗，為即將到來的坐禪做準備。

「但是我從來沒想到我會在這裡看到這種事。他媽的加州、巴爾薩札、隨便什麼，那些傢伙頭髮上抹著什麼狗屎又戴著什麼幾百萬的手錶，像狄克．崔西一樣，我想我是得調整我的標準好適應這個現代宇宙，但我以為至少坐在這裡吃個他媽的熱狗，總可以不必聽人講廢話了吧。」

我留了五分之一的木瓜汁要配著最後一份熱狗吃。我突然間覺得不耐煩要離開了，把一疊餐巾紙塞進夾克口袋，拿起熱狗和果汁，重新走進明亮寒冷的戶外白晝。

「他媽的這些人在公共場所自言自語，好像有什麼病似的！」

我剛走到車旁呼叫器就響了。我把它拿起來看一看：又是一個區碼七一八的陌生號碼。我坐進車裡用手機打電話，準備好被盧米斯惹煩。

「狄克．崔西電話。」我朝著話筒說。

「這裡是馬崔卡迪和拉可佛提。」一個粗啞的聲音說。是拉可佛提。儘管我十五年來只聽過兩三次他們說話，但我到哪裡都認得出他的聲音。

我透過擋風玻璃看著八十三街，中午，十一月。兩個穿著昂貴外套的女人為我模仿了一段曼哈頓對話，試著要說服我她們是真的。但我在電話上聽見一個老人的呼吸聲，我透過擋風玻璃看到的一切都毫不真實。

我想到我是在回敏納的呼叫器。他們知道他死了嗎？我會需要把這消息傳達給客戶們嗎？我感覺喉嚨緊縮起來，立刻因畏懼和語言而抽動著。

「說話。」拉可佛提嘶啞地說。

「幼蟲推蟲子。」我輕聲說，試著報上自己的名字。客戶們會不會根本不知道我叫什麼？「木瓜小便袋。」我被痙攣緊抓不放，無計可施。「不是敏納。」我終於說出。「不是法蘭克。法蘭克死了。」

「我們知道，萊諾。」拉可佛提說。

「誰告訴你們的？」我小聲說，控制住一聲吠叫。

「事情不會漏掉。」他說。他頓了頓，呼吸，繼續說。「這個時候我們很為你感到難過。」

「你們從東尼那裡知道的？」

「我們知道。我們會知道我們需要的事。我們會得知。」

但你們殺不殺人？我想問。你們是否對一個波蘭巨人發號施令？

「我們對你感到關切。」他說。「情報說你到處跑，去這裡去那裡的，坐不住。我們聽說了這個，而有所關切。」

「什麼情報？」

「還有茱莉亞在這服喪期已經離開了她家。沒有人知道她去哪裡了，除非你知道。」

「不茱莉亞，沒有人，沒有人知道。」

「你還在受苦。我們看到這一點，我們也受苦。」

這我有點聽不明白，但我不會開口問。

「我們希望跟你談談，萊諾。你來跟我們談談好嗎？」

「我們現在就在談。」我低聲說。

「我們希望看見你站在我們面前。在這個痛苦的時期這很重要。來見我們，萊諾。」

「哪裡？紐澤西？」我的心臟狂跳，容許腦中流過各式具有安撫效果的變化排列：花園州磚泥和灰頭臉垃圾臉緊抓抓和揮灑連花院咒痙攣攣和馬戲團。我的嘴唇朝著電話嚅動，幾乎把這些字說出聲來。

「我們在布魯克林的房子。」他說。「來。」

「疤面煞星！雪茄鯊魚！」

「是什麼事讓你跑來跑去，萊諾？」

「東尼。你們跟東尼講過話了。他說過我在跑。我沒有跑。」

「你聽起來像是在跑。」

「我是在找兇手。東尼試著要阻止我，我想。」

「你跟東尼有什麼問題嗎？」

「我不信任他。他的舉動——灰泥塌稀！——他的舉動很奇怪。」

「讓我講電話。」背景裡有個聲音在說。拉可佛提的聲音被馬崔卡迪的聲音取代：比較高，比較甜，是單一麥芽威士忌而非德渥斯❽。

「東尼哪裡不對勁？」馬崔卡迪說。「在這件事情上你不信任他？」

「我不信任他。」我呆呆地重複。我想要結束這通電話。我再次徵詢我的其他感官：我正在曼哈頓的陽光下坐在一輛L&L的車裡用一個門房的手機講電話。我可以丟掉敏納的呼叫器，忘記這通電話，去隨便什麼地方。客戶們就像是夢中的人物。他們那種古老、非人間的聲音應該是不能夠碰到我的。但我無法掛他們的電話。

「來見我們。」馬崔卡迪說。「我們談談。東尼不需要在。」

「忘記電話。」

「你記得我們這地方嗎？狄格羅街。你知道在哪裡嗎？」

❽ 一種蘇格蘭威士忌。

「當然。」

「來。在這個失望和遺憾的時候來給我們賞光。我們單獨談談，沒有東尼。錯了的事我們會糾正。」

我考慮該怎麼做的同時又用了用門房的手機，打電話到查號台查到《每日新聞報》訃聞版的號碼，替敏納買了一則。我用敏納給了我附卡的信用卡號碼付帳。他的訃聞還得自己付錢，但我知道他會要登的，會認為這五十塊花得很值得。他總是讀訃聞讀得很起勁，每天早上在L&L的辦公室裡研究，好像訃聞版上寫著密報線索，讓他有機會探出什麼或插上一腳。接電話的女人機械式地問，我也機械式地答：付款人資料，死者姓名，日期，身後家屬，直到我們來到一個部分是我需要講出一兩行敏納生前是什麼。

「受敬愛的什麼什麼。」那個女人說，口氣還算是滿好心的。「通常都是寫受敬愛的什麼什麼。」

受敬愛的父親形象？

「或者他對社區的某些貢獻。」她建議。

「說偵探就可以了。」我告訴她。

一心

法蘭克・敏納從放逐中歸來、創立敏納徵信社之後的這些年間，只有兩件事是他永遠不肯討論的。第一件是那段放逐是怎麼回事，是什麼原因使他在五月裡的那一天消失，被他哥哥傑拉催著趕出城。我們不知道他為什麼離開、他去了哪裡或他不在這裡的時候做了什麼，也不知道他為什麼那時候回來。我們不知道他跟茱莉亞是怎麼認識結婚的。我們不知道傑拉怎麼了。在「上州」停留的那段時間完全籠罩在一片迷霧中，有時候讓人很難相信那段日子持續了三年。

另一件就是客戶們，儘管他們潛伏在底下，像是徵信社的體內這裡那裡會感覺到的脈搏。L&L不再是搬家公司了，我們再也沒進去過狄格羅街上那棟挖空了的赤褐色砂石建築。但我們除了當偵探也是跑腿的，而在早期我們跑腿的一部分差事裡，並不難感覺到有馬崔卡迪和拉可佛提的影子。他們交代的工作可以看得出來，因為敏納會非常不安。他會毫無解釋地改變他的模式，有一個星期左右的時間不再去理髮店或遊樂場閒混，關閉L&L的店面，叫我們滾開個幾天。就連他走路的步伐、他整個存在的方式都變了。在餐廳裡他除了角落之外哪裡都不肯坐，而且要背靠牆。他會沒來由地轉頭看街上，這動作當然就被我撿來成了一輩子的痙攣。為了掩飾，他會更賣力說笑話，但也說得更斷斷續續，他慣常講個沒完的評語和罵人話常常停頓、穿插著陰森的沉默，笑點所在的關鍵句變得前言不搭後語。我們替客戶們做的差事也是斷斷續續的。這些差事是故事的碎片，是缺少清楚開頭或結尾的中段。當我們敏納幫為一個做太太的跟蹤先生，或者監視一個被懷疑監守自盜或在帳本上動手腳的員工時，我們掌握了他們那些可悲的戲碼，用我們的見多識廣把他們渺小的人生看在眼裡。我們用竊聽器和照相機收集來寫進報告裡的東西是真實而完整的。在敏納手下我們是秘密的主人，在我們一式兩份的檔案裡寫下圓石丘和卡洛爾園的某種社會史。但當馬崔卡迪和拉可佛提的手移動敏納幫的時候，我們就只是工具，拂過大得超過我們理解的故事的邊緣，然後被丟開納悶著結尾是什麼。

徵信社成立早期，有一次我們被分派在大白天圍著一輛車守衛，一輛富豪，而從敏納扭捏、殘缺的指示中我們聞到了客戶們的味道。就我們眼力所及，那輛車是空的。它停在瑞姆森街靠近人行步道的地方，在一處俯瞰曼哈頓、前無去路的寧靜圓環邊。吉伯特和我坐在一條公園長凳上，背對高樓大廈的側影試著表現出若無其事的樣子，東尼和丹尼則在瑞姆森街和西克斯街交叉口晃蕩，朝任何轉進這個街區的人瞪眼。我們只知道我們五點鐘要讓開，到時候會有一輛拖吊車來拖這輛車。

五點鐘變成了六點，然後七點，沒有拖吊車來。我們到蒙塔古街的兒童公園去尿尿休息，抽光了香菸，踱來踱去。傍晚出來散步的人出現在人行步道上，有成雙成對的男女，有拿著裝在紙袋裡啤酒瓶的青少年，有誤以為我們是阻街男妓的男同性戀。我們把他們趕開我們踱步的這一帶，嘀咕著，瞥著手錶。那輛富豪車就像隱形一樣毫不起眼，但在我們眼裡它發著光，尖叫著，像個定時炸彈般滴答作響。每個騎在腳踏車上的小孩或者腳步踉蹌的醉鬼看來都像是刺客，是偽裝的忍者要來攻擊這輛車。

太陽逐漸下山的時候東尼和丹尼吵了起來。

「這太蠢了。」丹尼說。「我們走吧。」

「我們不能走。」東尼說。

「你知道行李廂裡有具屍體。」丹尼說。

「我怎麼可能會知道?」東尼說。

「因為除了這個之外還會是什麼?」丹尼說。「那些老傢伙找人去把某個人給殺了。」

「這話太蠢了。」東尼說。

「屍體?」吉伯特說,明顯地洩了氣。「我以為車裡裝滿了錢。」

丹尼聳聳肩。「我不在乎,但裡面裝的是屍體。我還可以告訴你們一件事:我們是要背黑鍋的。」

「這話太蠢了。」東尼說。

「法蘭克知道什麼?他只是照著他們說的做。」就連叛逆起來丹尼仍遵守敏納的規定,不說出客戶們的名字。

「你真的認為裡面是屍體?」吉伯特對丹尼說。

「當然。」

「如果是屍體的話我不要留下來,東尼。」

「吉伯特,你這他媽的肥子。就算是又怎麼樣?你以為替敏納工作永遠都不會見到屍體?那就去參加垃圾條子啊,媽的。」

「我要走了。」丹尼說。「反正我也餓了。這太蠢了。」

「我該怎麼告訴敏納？」東尼說，激丹尼看他敢不敢走。

「你愛怎麼說就怎麼說。」

這是項令人吃驚的背叛脫隊。東尼和吉伯特和我全都各有問題，只有沉默優雅的丹尼是敏納的台柱，敏納的模範生。

東尼無法直接面對這個叛變。他習慣欺負吉伯特和我，而非欺負丹尼。因此他訴諸形式。

「你呢，大怪胎？」

我聳聳肩，然後親我自己的手。這是個不可能的問題。我們忠於敏納，所以連續好幾小時看守這輛富豪車承受考驗。現在我們卻必須想像災難、背叛、腐敗的皮肉。

但如果背棄敏納，又會意味著什麼？

那時候我好恨客戶們。

在我開口之前，拖吊車沿著瑞姆森街吱吱嘎嘎地開來了。上面有兩個笨頭肥子，他們笑我們浮躁不安，也沒告訴我們這車有什麼重要性，只是把我們趕開，開始用鐵鍊把富豪車的保險桿跟拖吊車連起來。我們其實還只是穿著西裝的男孩，感覺這件事彷彿是設計來試驗我們新長出的神經。而我們沒有及格，就算敏納和客戶們不知道這一點。

不過後來我們變得比較強悍，敏納也不再慌張失措，於是我們逐漸比較對客戶們在徵信社生活中扮演的角色處之泰然。誰非得每件事都搞懂不可？反正我們究竟什麼時候是在替他們做事也不是一直都很清楚。從某間辦公室裡取走某個設備：這是或不是在替客戶們做事？從某某人那裡收取某某數量的錢：當我們把收來的錢交給敏納時，他是否交給了客戶們？拆開這個信封，竊聽那支電話：客戶們？敏納保持我們一無所知，把我們變成職業偵探。大部分時間馬崔卡迪和拉可佛提變成只是下意識的存在。

我最後一次感覺確定是在替客戶們工作，是敏納被殺前一年多的事。那差事令人完全摸不著頭緒，這是他們的註冊商標。那年夏天稍早史密斯街一家超級市場發生火災後被拆除，那片堆滿碎磚的空地變成了攤販的非正式市場，有單賣一種水果——比方說柳橙，或者芒果——的人會來擺幾箱做上一個夏日午後的生意，還有賣熱狗和刨冰的推車也開始聚在那裡。過了一個月左右，一場西語裔的嘉年華會佔據了那個地方，架起旋轉椅和一座迷你摩天輪，坐一趟各要一塊錢，還有一個煎香腸的攤子和兩個不怎麼樣的遊戲：一個是水槍打氣球，另一個是裝著粉紅色和紫色絨毛玩具的抓娃娃機。要是太靠近，滿地垃圾和油膩的氣味會要你的命，但那摩天輪上裝滿了白色的霓虹燈管，夜裡在史密斯街上看來真是燦爛耀眼，像是座明亮、出人意料、將近三層樓高的輪轉焰火。

那年夏天我們已經無聊到開始做起車行的正常生意，叫車的電話來了就接，把約會的人從夜總會載回家，載老太太來往醫院，把度假的人載到拉瓜迪亞機場去飛到邁阿密海灘度週末。不出車的時候我們就在有冷氣的店面裡打撲克。有個星期五夜裡一點半多，敏納到店裡來。盧米斯也插了一腳，邊輸錢邊吃光了所有的洋芋片，敏納叫他滾蛋，趕快回家。

「怎麼了，法蘭克？」東尼說。

「沒什麼。我們有事要做，如此而已。」

「什麼事？替誰做？」

「只是件差事。我們這裡有沒有類似鐵撬之類的東西？」敏納狠狠地抽著菸以掩飾他的不安。

「鐵撬？」

「就是可以拿來揮打的東西。鐵撬之類的。我行李廂裡有根球棒和一把扳手。類似那樣的東西。」

「聽起來你要把槍。」東尼說著挑起一邊眉毛。

「如果我要把槍我就會弄把槍來，你這雙母音。這事不需要用槍。」

「要不要鐵鍊？」吉伯特想幫上忙。「那輛龐帝克裡有一大堆鐵鍊。」

「鐵撬，鐵撬，鐵撬。我幹嘛還留著你們這些靈媒？媽的，要是我想找人讀我的心，我會打電話給葛拉蒂絲・耐特。」

「迪楊・華薇克。」吉伯特說。

「什麼？」

「通靈熱線是迪楊・華薇克，不是葛拉蒂絲・耐特。」

「通靈嘩啦克！」

「樓下有些水管。」丹尼思索道，從敏納闖進店裡之後，到現在他才放下手裡的牌。那是一副葫蘆（即三張相同的牌加另兩張相同的牌），老J和一對八。

「得要能揮才行。」敏納說。「拿來看看。」

電話響了，我一把接起來說：「L&L。」

「說我們沒車了。」敏納說。

「這事需要我們四個都去？」不管這個鐵撬加扳手計畫的內容是什麼，我還滿希望能錯過它，只需要開車載某人到羊頭灣就好了。

「是的，怪胎小子。我們全都要去。」

我解決掉那通電話。二十分鐘後我們帶著水管、扳手、汽車千斤頂，和一把「球棒日」❶的洋基隊紀念球棒，坐在敏納那輛老飛羚上，這是L&L眾多車子當中最不起眼的一輛，而如果我想解讀跡象的話這也是個不好的跡象。敏納沿懷寇夫街往下開，經過國宅區，然後轉了一圈，往南到第四大道再到總統街，然後往回朝法院街走。他是在混時間，不時看著手錶。

我們轉上史密斯街，敏納把車停在離那片超市空地一個路口的地方。嘉年華會晚上關閉了，攤子上架起了三夾板，遊樂設施靜止不動，當晚被丟棄的啤酒杯和包香腸的紙在月光下的遍地垃圾中微微發亮。我們帶著傢伙悄悄往空地走去，此刻不再說話只是跟著敏納，不再不滿不服他的領導，而是被哄睡進入身為他手下對他深深服從的節奏中。他指著摩天輪。

「幹掉它。」

「啊？」

「砸爛這個摩天輪，你們這些山藥蜜餞。」

❶ 職棒隊贈送球棒給球迷的活動。

吉伯特是最快反應過來的，也許是因為這差事最適合他的技能和脾氣。他一揮手中那段水管，輕鬆打破離他最近的一排霓虹燈，灑下一片銀色細塵。東尼、丹尼和我依樣畫葫蘆。我們攻擊摩天輪的機體，一開始的揮打只是試驗性質、衡量我們的力氣，然後就不客氣地放手幹起來。要敲破霓虹燈很容易，不過要動到摩天輪的骨架就一點也不容易了，但我們卯足了勁，攻擊任何關節或容易損傷的焊接處，找出電纜用扳手最銳利的一側去敲砍它，直到外面包的絕緣體和裡面的電線都裸露出來，然後被磨損敲壞。敏納自己揮舞著那根洋基隊球棒去打那些把乘客保持在座位上的柵門，打得木屑四濺，柵門沒有斷但形狀被打歪了。吉伯特和我進到摩天輪的骨架裡面，用全身的重量去拉其中一根鍊子直到鉸鍊被我們拉斷。然後我們找到了煞車，把它放開使摩天輪轉動，好讓我們把惡意的關愛發揮到它每一個部分。兩個多明尼加青少年站在對街看著我們。我們沒理他們，繼續狠狠對付摩天輪，動作快但並不慌亂，完全服從敏納的指揮但根本不需要指揮。我們摧毀那遊樂設施的行動融為一體。這是敏納徵信社的成熟高峰：毫不質疑又完整徹底地進行一項動作，儘管它接近純粹的達達主義。

「法蘭克很愛你，萊諾。」拉可佛提說。

「我，呃，我知道。」

「因為這個原因，所以我們關心你，所以我們感到關切。」

「雖然我們上一次看到你的時候你還只是個孩子。」馬崔卡迪說。

「一個會吠叫的孩子。」拉可佛提說。「我們記得。法蘭克把你們帶來，就在這房間裡站在我們面前，你吠叫。」

「你的病法蘭克說起過很多次。」

「他愛你，雖然他把你看作是個怪胎。」

「他就是用這個詞。」

「你幫助他立業，你是他手下的男孩之一，現在你已經是個男人了，在這個充滿痛苦和誤會的時候站在我們面前。」

我十幾歲的時候看馬崔卡迪和拉可佛提，覺得他們像是墳墓裡的人，現在他們看起來也沒有更糟，皮膚像是木乃伊，稀疏的頭髮像某種蜘蛛網織品罩在他們那光可鑑人的頭頂上，馬崔卡迪的耳朵和有道疤的鼻子大得讓其他部分相形見絀，拉可佛提的臉脹得更圓更像馬鈴薯。他們穿著的黑西裝像是雙胞胎，至於黑西裝是否代表有意服喪我則無從得知。他們並肩坐在那張繃得緊緊的沙發上，我踏進門的時候似乎看到他們的手原先是握在一起、放在兩人之間的椅墊上，然後猛然縮手放回腿上。我遠遠地站著，這樣我就不會受到引誘想去碰他們、去打他們交疊的雙手或者他們手原先放著的地方。

狄格羅街這棟赤褐色砂石建築裡外都沒變，除了這起居室裡的家具、地毯和相框上多了一層均勻的厚厚的灰塵。房內的空氣裡滿是攪動飄起的塵埃，彷彿馬崔卡迪和拉可佛提不久前才剛到。他們不像以前那麼常來這座布魯克林的神龕了吧，我想。我尋思不知是誰開車把他們從紐澤西載來的，不知他們來這裡時有沒有費心不讓人看見，也不知他們是否在乎被人看見。也許現在卡洛爾園看見他們會認出是誰的人都已經死光了。

一個地區的秘密領主也可能是隱形人。

「你和東尼之間怎麼了？」馬崔卡迪說。

「我要找到殺法蘭克的兇手。」我聽自己說這句話太多次了，句子的意義正在逐漸漏掉，就快要變成某種道德性的痙攣了：找到殺法蘭克的兇手。

「在這件事上你為什麼不聽東尼的？你們不是應該集體行動，像兄弟一樣嗎？」

「我在場。他們殺法蘭克的時候。東尼——醫院貝里！——東尼不在場。」

「那你的意思是說他應該聽你的。」

「他不應該攔著我。艾斯攔！攔錯我！」我皺起臉，恨自己現在在他們面前痙攣。

「你生氣了，萊諾。」

「我當然生氣。」我為什麼要對我不信任的人坦承我的不信任？馬崔卡迪和拉可佛提愈是講到東尼的名字，我就愈確定這件事他們全都有份，而且東尼必然比我跟客戶們熟悉得多，自從我們第一次造訪這處墓穴、這座陵寢之後。我從這裡拿到了一根叉子，他拿到了更多。我為什麼要對同一個陰謀的這一半指控另一半？我瞇起眼睛轉過頭撮起嘴唇，試著避免很明顯的那件事，最後終於降服在客戶們暗示的力量之下，響亮地吠叫了一聲。

「你生了病，我們對你感到同情。一個男人不該跑，也不該像狗汪汪叫。他應該得到安寧。」

「東尼為什麼不要我去查法蘭克被殺的事？」

「東尼希望這件事能做得很正確很小心。跟他一起努力，萊諾。」

「你們為什麼替東尼說話？」我咬著牙說出這句話。這不是真的痙攣，但我已經開始模仿客戶們的語言節奏了，他們這斗室中的字句乒乓球。

馬崔卡迪嘆口氣，看著拉可佛提。拉可佛提揚起眉毛。

「你喜歡這棟房子嗎？」馬崔卡迪說。

我思索著這滿是塵埃的起居室，在地毯和天花板紋飾之間的這堆古老家具，這一切全都憑空懸浮在這棟赤褐色砂石倉庫的外殼裡。我感覺到過去的存在，母親和兒子的存在，種種交易和了解，一隻死手抓著另一隻——死手棲息在狄格羅街這裡，像一系列的盒中有盒。包括法蘭克・敏納的手。我不喜歡它的地方多得不知從何說起，只是我知道我根本就不應該從任何一個地方說起。

「這不是棟房子，」我說，提出我的異議中最輕微的一項。「是一間房間。」

「他說這是間房間。」馬崔卡迪說。「萊諾，我們現在是坐在我母親的房子裡。你站在這裡滿腔憤怒，看起來像是隻被逼到角落的狗。」

「有人殺了法蘭克。」

「你是在指控東尼嗎？」

「指空東尼！掌控布蘭妮！安妮小阿姨！」我緊閉眼睛以打斷這陣發作的語言。

「我們希望你了解，萊諾。法蘭克走了讓我們很遺憾。我們很想念他。打從心裡想念。我們非常想見到殺他的兇手被鳥啄成碎片、或者是被昆蟲的爪子扯得碎碎的。你應該幫助東尼讓這一天早日到來。你應該站在他背後。」

「要是我查出來的東西指向東尼呢？」我已經讓客戶們帶我走到對話的這一關，現在沒有理由假裝了。

「死者住在我們心裡，萊諾。法蘭克永遠會留在那裡。但現在在活人的世界裡東尼已經取代了法蘭克。」

「這是什麼意思？你們用東尼取代了法蘭克？」

「意思是你不該跟東尼作對。因為我們的心願與他同在。」

現在我了解了。東尼的義大利神祇終於來了。我為他感到興奮。

除非在我不知道的情況下這種情形已經持續很多年了。也許東尼‧維蒙提與客戶們的關係超過法蘭克‧敏納與客戶們曾有過的任何關係。

我思考著取代這個詞。我決定我該走了。

「我需要你們的允許——」我開口，然後停下來。客戶們是誰，他們的允許又是什麼？我在想什麼？

「說，萊諾。」

「我要繼續查下去，」我說。「不管東尼幫不幫忙。」

「是的。我們看得出來。所以我們有項任務要交給你。一項建議。」

「讓你能夠發揮追求正義的熱情。」

「還有你的偵探才能。受過的訓練。」

「是什麼？」一抹白晝的明亮斜斜穿透起居室的厚重窗簾。一排世紀中期長得像惡棍的臉從相框裡瞪出來，我瞪回去，不知哪一個是馬崔卡迪的媽。我吃下去的熱狗在胃裡咕嚕作響。我渴望走到外面去，走在布魯克林的街道上，只要不是這裡，哪裡都好。

「你跟茱莉亞講過話。」馬崔卡迪說。「你應該找到她。把她帶來，就像我們把你找來。讓我們跟她談談。」

「她害怕。」我說。舊繩結。

「怕什麼？」

「她跟我一樣。她不信任東尼。」

「她和東尼之間有問題。」

這真令人筋疲力盡。「當然有問題。他們上過床。」

「做愛會讓人更親近，萊諾。」

「也許他們對法蘭克的事感到有罪惡感。」

「罪惡感，是的。茱莉亞知道些什麼。我們要她來見我們。但她卻跑了。東尼說他不知道她去哪裡。」

「你們認為茱莉亞跟法蘭克被殺有關？」我讓我的手跟隨落滿灰塵的大理石壁爐台面上的一條模糊線條。不智之舉。我試著忘記我做了這件事。

「她有心事，沉重的事。你要幫我們，萊諾，找到她。」

「得知她的秘密然後跟我們分享。你去做這件事，不要告訴東尼。」

我有點失去控制了，把手指插進壁爐台盡頭的曲線往前推，積起了一大蓬灰塵。

「我不懂。」我說。「現在你們要我背著東尼去做？」

「我們聆聽，萊諾。我們聽。我們考慮。問題會出現。如果你的疑心有根據，答案可能就在茱莉亞身上。東尼在這個部分一直比較不清楚。不管有多奇怪或多殘缺，你就是我們的手腳、我們的耳目，你會得知事情然後回來跟我們分享。」

「建立出來的。」我說。我推到了壁爐台的盡頭，把堆積起來的那球灰塵推過邊緣，完整做完動作像個單指鉛球選手。

「如果是的話。」馬崔卡迪說。「你並不知道。這是你要去查出來的。」

「不，我指的是建立出來的，不是有根據的。❷建立出來的疑心。」

「他在糾正。」拉可佛提咬著牙對馬崔卡迪說。

「找到她，艾斯洛！建立者！根據者！坦承落！」我試著把手指在夾克上抹乾淨，結果抹出一條塵埃黏附的灰色痕跡。

然後我打了個大嗝，真的打嗝，有熱狗的味道。

「你身上有一小部分很像法蘭克。」馬崔卡迪說。「我們對那部分說話，它了解。你的其他部分或許是非人的，是頭野獸，是個怪胎。法蘭克用這個詞用得對。你是大自然的怪胎。但你身上的那部分是法蘭克曾經關愛過的，如今它也非常珍惜對他的回憶，也就是這部分會幫我們找到茱莉亞，把她帶回家來。」

「現在你走吧，因為看到你玩著這些灰塵令我們厭惡，這些堆積在他心愛母親的房子裡的灰塵，上帝保佑她被後人丟了臉、受到折磨的可愛靈魂。」

陰謀是妥瑞症的一個版本，做出及找出意料之外的關聯之處是一種碰觸感，表達出想要碰觸這個世界、用理論吻遍它、將它拉近的一種渴望。就像妥瑞症一樣，所有的陰謀最終都是唯我獨尊的，病人或密謀者或理論家把自己的中心地位看得太重要，永遠在排練一種對反應、感情和傷亡感到的創傷式喜悅，在條條通向自我之羅馬的路上來回。

那座長著草皮的山丘上的第二個槍手並不是陰謀的一部分——我們這些妥瑞症患者知道這是真的。他是在痙攣，模仿著那個嚇到並引誘他的行動，先前開的那幾槍。❸他只是藉此說，我也是！我活著！看這裡！重播那影片！

那第二個槍手是在拉船。

我先前把車停在一棵又老又殘的榆樹下，樹幹在熬過病蟲害之後變得滿是瘤節，樹根慢慢地把人行道的石板往上頂、往兩旁擠開。我一直到快要把鑰匙插進車門的時候才看見東尼等在那輛龐帝克裡。他坐在駕駛座上。

「上車。」他傾過身來打開乘客座的車門。人行道前後都沒有人。我考慮轉身走開，但碰上

---

❷前者為founded，後者為grounded，兩者音近，因此馬崔卡迪顯然是以為萊諾又在痙攣而說錯詞了。

❸此處應是指開槍射殺甘迺迪總統的奧斯華隨即被槍手擊斃一事，有人認為奧斯華被殺是為了滅口，掩飾行刺甘迺迪的幕後陰謀。

了要去哪裡這個老問題。

「上車，大怪胎。」

我走到乘客座那一側，上車坐在他旁邊，然後淒涼地伸出手去摸他的肩膀，留下一道塵埃。

他舉起手來在我頭側打了一巴掌。

「他們騙我。」我說著縮開身體。

「我好震驚啊。他們當然騙你。你是什麼，剛出生的小嬰兒嗎？」

「巴納門嬰兒。」我咕噥。

「有哪個謊話是你特別擔心的，馬羅[4]？」

「他們警告過你我要來這裡，對不對？他們設計我。這是個陷阱。」

「不然你他媽的以為會發生什麼事？」

「算了。」

「你以為你很聰明。」東尼說，聲音中充滿刺人的輕蔑。「你以為你是他媽的麥克．漢默[5]。你就像『哈迪兄弟[6]』的低能小弟，萊諾。」他又打了我的頭一巴掌。「你是『哈哈小弟』。」

在這個陽光燦爛的一天、在馬崔卡迪和拉可佛提的這段狄格羅街上，我最熟知的這一區從來沒有這麼像個惡夢過：一個充滿重複和封閉的惡夢。通常我很喜歡布魯克林的這種不可改變性，它那長久以來記憶的兇巴巴的、敏納式的擁抱。此時此刻我渴望看見這一帶被拆除剷平，被摩天大樓或多廳電影院取代。我渴望消失在曼哈頓那不斷更新的失憶舞蹈中。就讓法蘭克死吧，讓敏納幫拆夥吧。我只希望東尼不要來煩我。

「你知道法蘭克的呼叫器在我身上。」我怯懦地說，把事情拼湊起來。

「不是，是那些老傢伙有X光眼，就像超人一樣。要是我不告訴他們，他們屁也不知道，萊諾。你需要換個工作，麥葛洛夫[7]。狗屎福爾摩斯。」

我對東尼的好鬥很熟悉，知道它要花點時間發洩一下。至於我，我把雙手沿著儀表板上緣滑到擋風玻璃底部，推開堆積在那裡的渣屑和灰塵，我的手指起伏滑過塑膠出風口。然後我開始用大拇指尖揉擦擋風玻璃的角落。去到馬崔卡迪母親的起居室，觸發了我清理塵埃的強迫行為。

「你這白癡怪胎。」

「嗶我兩次。」

「好啊，我就來嗶你兩次。」

他舉起手，我再次縮身，像個拳擊手往下閃躲。我靠近他的時候舔了一下他的西裝，試著清掉我在上面留下的那抹灰塵。他厭煩地把我推開，就像是古早以前聖文森走廊上的場景重演。

「好吧，萊諾。你還是半個娘娘腔。你說服我了。」

我沒說話，這可是不小的成就。東尼嘆口氣，兩手都放在方向盤上。目前他似乎已經打夠我了。我看著我的口水痕跡蒸發消失在他外套的紋路上。

---

❹ 馬羅是著名作家錢德勒筆下的偵探。

❺ 知名作家米奇．史匹連筆下的偵探。

❻ Hardy Boys，美國兒童冒險系列小說的主角，業餘偵探兄弟。

❼ 漫畫裡的一名狗偵探。

「所以他們跟你說了什麼？」

「客戶們？」

「是的，客戶們。」東尼說。「馬崔卡迪和拉可佛提。法蘭克死了，萊諾。我想就算你說出他們的名字，他也不會比方說從墳墓裡爬起來。」

「佛—踢—勉強，」我小聲說，然後回頭瞥瞥他們的門階。「拉客—幹—我。」

「夠好了。所以他們跟你說了什麼？」

「就跟那些——悶房！麻煩！坦承嘛！——跟那些門房跟我說的一樣：撒手別管這案子。」現在言語痙攣讓我生氣，我感覺自在了，要補回流失的時間。在這方面，東尼仍然能給我一種安慰。

「哪個門房？」

「不止一個門房。有一大批。」

「在哪裡？」

但東尼的眼神說他非常清楚在哪裡，只是需要衡量我知道了什麼。他看起來還有點驚慌。

「公園大道一〇三〇號。」我說。能量口袋角度。長方形醬汁！

他握著方向盤的手抓得更緊了。他沒有看我，只是瞇眼朝向遠方。「你去了那裡？」

「我在追蹤一條線索。」

「回答我的問題。你去了那裡？」

「當然。」

「你看到了誰？」

「只有一大堆門房。」

「你把這事跟馬崔卡迪和拉可佛提討論過了？告訴我你沒有，你這個該死的馬達嘴。」

「他們說，我聽。」

「是哦，還真有可能。幹。」

古怪的是，我發現自己想要讓東尼安心。他和客戶們把我拉回布魯克林來，埋伏在我車上逮住我，但某種古老的孤兒團結感對抗著我的幽閉恐懼。東尼讓我害怕，但客戶們更讓我害怕。而且現在我知道他們也讓東尼害怕。不管他跟他們做了什麼交易，都是不完全的。

車裡很冷，但東尼在冒汗。

「現在認真告訴我，萊諾。他們知道那棟建築的事嗎？」

「我總是很認真。這就是我人生的悲劇。」

「告訴我，大怪胎。」

「任何建築！沒有建築！沒人說到什麼關於任何建築的事。」我朝他領子伸手過去，想把它拉正，但他打掉我的手。

「你在那裡待了有一會兒。」他說。「別耍我，萊諾。你們說了什麼？」

「他們要我找到茱莉亞。」我邊說邊尋思不知提到她名字是不是個好主意。「他們認為她知道些什麼。」

東尼從腋下掏出一把槍指向我。

先前我回到布魯克林時懷疑東尼跟客戶們勾結，現在——好個反諷！——東尼也對我有同樣的懷疑。這沒什麼太意外的。馬崔卡迪和拉可佛提沒有任何包容我的動機。要是他們信任東尼，他們就不會要求他在外面等我出來之後再逮住我。他會躲在裡面，躲在俗話說的簾子後面，把整段對話都給聽進去。

我不能不說客戶們很行。他們玩弄我們像玩電子琴一樣。

另一方面，東尼有個秘密瞞著客戶們：公園大道的那棟建築。雖然他感到畏懼，但他的秘密看來似乎還沒洩漏出去。這個四角形當中沒有任何一點壟斷了資訊。東尼知道些他們不知道的事。我知道些東尼不知道的事，是嗎？我希望是。茱莉亞則知道些東尼和客戶們都不知道的事，或者是她知道些東尼不希望客戶們知道的事。茱莉亞，茱莉亞，茱莉亞，我需要弄清楚茱莉亞這一角，儘管馬崔卡迪和拉可佛提也要我這麼做。

或者我只是自以為聰明、想太多了？我知道敏納會說什麼。

輪子裡有輪子。

我從來沒被東尼拿槍指著過，但在某個層面上，我這輩子都在準備要面臨這一刻。感覺起來一點也不會不自然。這反而像是某種高峰，我們長久關聯的稀薄頂點。如果是我拿著槍指他，那才真的會把我嚇死。

而且槍也極為有效地集中了我的注意力。我感覺我的痙攣感變得和緩，大量語言的滔滔洪水立刻蒸發，就像電視廣告上那種卡通污漬。槍戰：又一種完全無用的療法。

這情境似乎並沒有讓東尼很感印象深刻。他的眼睛和嘴巴很疲倦。現在才下午四點，我們已經在停著的車裡坐太久了。他有問題要問，緊急、特定的問題，拿出槍來有助於讓事情進行得快一點。

「你跟任何其他人講到過那棟建築的事嗎？」他問。

「我會去跟誰講？」

「丹尼，比方說。或者吉伯特。」

「我剛剛才去那裡的。我還沒見到丹尼。而吉伯特在牢裡。」垃圾條子那部分我沒提，祈禱敏納的呼叫器不要在這個節骨眼響起。

同時，東尼的問題告訴我的比我告訴他的要多：丹尼和吉伯特沒有參與他那公園大道的犯罪計謀。是的，這個哈哈小弟仍然在查案子。

「所以就只有你。」東尼說。「我得應付的就是你這個混蛋。你是山姆．史貝德。」

「如果有人殺了你的搭檔，你就該做些什麼[8]。」我說。

「敏納不是你的搭檔。他是你的贊助人，大怪胎。他是傑瑞．路易斯，你是那個坐輪椅的東西。」

[8] 山姆．史貝德是知名作家漢密特筆下的偵探，這句膾炙人口的話即出自以他為主角的小說《馬爾他之鷹》；該書改編的電影中譯名為《梟巢喋血戰》，由亨佛萊．鮑嘉主演。

「那他昨天碰上麻煩的時候為什麼找我不找你？」

「他把你帶去那裡實在太白癡了。」

一個人影漫步經過車旁，對我們在人行道旁演出的通俗劇不感興趣。三個小時之內這已經是我第二次在一輛停著的車裡遇險了。我尋思不知我自己在人行道上走來走去的時候錯過了多少包含打手的精采場面。

「告訴我茱莉亞的事，東尼——利牙安東尼！」被槍口指住的神奇療效開始減退了。

「閉嘴一下。我正在想。」

「那奧爾曼呢？」我說。只要他還容許我提問題，我不妨就多問問。「奧爾曼是誰？——杜佛斯歐普蘭！」我想問藤崎股份有限公司的事，但我想到，我究竟知道多少這一點是少數我知道而他不知道的事情之一。我需要保持這個優勢，不管它有多微小。此外，我也不想聽到我的病會把藤崎這個詞變成什麼亂七八糟的樣子。

東尼做了個特別難看的表情。「奧爾曼是個沒把數字搞清楚的傢伙。有一小群某某人想讓自己發財，他是其中之一。法蘭克也是。」

「所以你跟那個波蘭殺手就把他幹掉了，嗯？」

「這話大錯特錯到好笑的地步。」

「告訴我，東尼。」

「我要從哪裡開始？」他說。我聽見他聲調裡有種苦澀，不知能否加以利用一下。東尼可能自己也想念敏納，想念徵信社，不管他變得多腐敗、或者知道什麼我不知道的有毒資訊。

「偶爾多愁善感一下吧，」我說。「讓我知道你沒有殺他。」

「你去死吧。」

「還真有說服力。」我說。然後我做出個難看的表情，像個不苟言笑的英國男管家。「好有——說——服——力！」

「你的問題在於，萊諾，你完全不知道這個世界是怎麼運作的。你知道的一切都是從法蘭克．敏納身上或者書上學來的。我不知道哪一個更糟。」

「黑幫電影。」我努力不讓那個難看的表情再度出現。

「什麼？」

「我看過很多黑幫電影，就像你一樣。我們兩個知道的一切都是從法蘭克．敏納身上或者黑幫電影裡學來的。」

「法蘭克．敏納有兩個。」東尼說。「一個是我從他身上學到事情的人，另一個是覺得你很好笑、害死他自己的那個傻子。你只認識那個傻子。」

東尼手上的槍鬆鬆地指在我們之間，他用它來做手勢、下標點。我只希望他明白它真的可以在人身上射出標點。就我所知我們沒有人帶過槍，除了敏納以外。他甚至很少讓我們看到他的槍。現在我納悶不知我不在場的時候進行了什麼私人課程，不知我該多認真對待東尼所說的關於兩個敏納的話。

「我想是那個聰明的法蘭克．敏納教你把槍揮來揮去的吧。」我說。這話說出來的諷刺味道有點超過我的意思，然後我大喊：「法蘭根聰明！」破壞了我前面那句話。但東尼真的是把槍揮來揮去。它唯一沒指向的東西就是他自己。

「我帶這個是為了保護。像現在我就在用它保護你，說服你閉嘴不再問問題。還有留在布魯克林。」

「我希望你不會需要用——保護我貝里！保護我嬰兒！——扣扳機的方式來保護我。」

「讓我們兩個都這麼希望。可惜你不像吉伯特那麼聰明，跑去讓警察保護個一星期左右。」

「現在謀殺罪的刑期是這樣嗎？一個星期？」

「別讓我笑掉大牙了。吉伯特沒殺任何人。」

「你聽起來很失望。」

「法蘭克喜歡被一群小丑圍著，我已經早就不再對此失望了。那是他生活的方式。我不會犯同樣的錯誤。」

「對，你會想出一大堆新的來。」

「說夠了。每次跟你講話都一定要是導演剪接版[9]嗎？下車。」這時候有人在敲車窗，駕駛座那一側。是用槍口敲的。握著那支槍的手臂從那棵榆樹樹幹後伸出。然後冒出了一個頭：那個兇殺案警探。

「兩位，」他說。「請下車——慢慢地。」

埋伏裡有埋伏。

他還是帶著那股乏味、疲倦、「喝咖啡也沒有用了」的感覺，儘管現在是大白天。看起來他從昨晚到現在都沒脫過這套西裝。但跟東尼比起來，他手上有槍比較能讓我相信。他揮手要我們到車前岔開腿站著，讓路過的兩位老太太很驚奇，然後他拿走了東尼的槍。他要東尼翻開外套露出空的槍套，拉起褲管證明腳踝上沒有繫著什麼。然後他試著在我身上拍打搜身，我開始回拍他。

「該死的，阿里拜，住手。」他還是喜歡用他替我發明的那個外號。這讓我喜歡他。

「我控制不住。」我說。

「這是什麼？手機？拿出來。」

「是手機。」我給他看。

東尼奇怪地看著我，我只是聳聳肩。

「回車上去。先把鑰匙給我。」東尼交出鑰匙，我們坐回前座。兇殺案警探打開後車門慢慢坐進我們背後，槍指著我們後腦勺。

「手放在方向盤和儀表板上，很好。臉朝前，兩位。別看我。微笑，假裝有人在給你們照相。很快就會有了。」

「我們做了什麼？」東尼說。「一個人拿槍給另一個人看也不行了？」

「閉上嘴聽著。有件謀殺案要調查。我是負責調查的警官。我不在乎你的什麼鬼槍。」

❾ 有時為了商業考量，電影正式上映的版本會比導演剪接的版本更短，刪減掉一些難理解、有爭議，或者不符合片商考量的部分；因此導演剪接版通常都較長，東尼應是藉此指萊諾講起話來很冗長。

「那就還給我。」

「我想不行，維蒙提先生。你們讓我緊張。過去二十四小時裡我查出了關於這一帶的一些事。」

「嘰哩咕嚕槍先生。」

「閉嘴，阿里拜。」

閉嘴閉嘴閉嘴！我揉著龐帝克儀表板上僵硬的泡棉像隻吸奶的小貓，只為了努力保持不動和閉嘴。哪天我會把我的名字改成「閉嘴」，這樣大家就都可以省下一大堆時間。

「我拿到這個案子是因為你們這些三百五把法蘭克．敏納帶到布魯克林醫院去。他死在那裡，那裡是我的轄區。我不常碰到弗萊布希大道這一側的案子，懂嗎？我對你們那一帶知道得不太多，不過我正在學，正在學。」

「這裡沒太多謀殺案，嗯，老大？」東尼說。

「弗萊布希這一側沒太多黑鬼，你是這個意思嗎？」

「哇，慢著點。」東尼說。「你這是在引導證人。這不是違反規定的嗎？」東尼兩手保持在方向盤上，對著擋風玻璃咧嘴一笑。我想那兇殺案條子並不是想引出這麼個微笑。

「好吧，東尼。」條子說，聲音有點沙啞。我聽見他沉重的呼吸聲。我想掏出槍來是讓他有點激動。我想像我可以感覺到槍口先是對準我耳朵，然後對準東尼的耳朵。「告訴我你是什麼意思。」他說。「糾正我。」

「我只是說這裡沒有太多謀殺案——我說得對嗎？」

「是啊，你們這裡把蓋子壓得緊緊的。沒有謀殺案也沒有黑鬼。乾淨的街道，只有老傢伙拿著賽馬票和小鉛筆晃來晃去。搞得我很緊張。」

他這麼承認倒很誠實。我在想，不知他這麼一天查下來聽到了什麼黑手黨的恐怖故事。

「這裡的人會互相照應。」東尼說。

「是啊，直到你們互相幹掉為止。敏納和奧爾曼之間有什麼關聯，東尼？」

「奧爾曼是誰？」東尼說。「我從沒見過這傢伙。」

這也是敏納的詞兒：從沒見過這傢伙。

「奧爾曼是曼哈頓一家房地產管理公司的會計。」兇殺案警探說。「直到你朋友康尼在他腦袋上開了一槍。在我看起來像是以牙還牙。你們動作這麼快，真令我刮目相看。」

「你叫什麼名字，警官？」東尼說。「這我總可以問吧？」

「我不是警官，東尼。我是警探。我叫拉秀斯・瑟米諾。」

「辣妹秀斯？你一定是在開玩笑吧。」

「是拉秀斯。叫我瑟米諾警探。」

「這是什麼，印第安名字[10]嗎？」

「這是個南方姓，」瑟米諾說。「奴隸的姓。繼續笑吧，東尼。」

「警探個洞！」

[10] 美國原住民其中一族即名為瑟米諾。

「阿里拜，你這樣讓我不高興哦。」

「探長狂！」

「別殺他，大哥。」東尼笑得很開心。「我知道這很可憐，不過他控制不住自己。就把他當作是個免費的活人怪胎秀吧。」

「來抽絲．色迷拉諾！」不能轉頭讓我快瘋了：我必須給我無法看見的東西重新命名。

「你們是開車行還是演喜劇的？」瑟米諾說。

「萊諾只是嫉妒你都只問我問題罷了。」東尼說。「他喜歡講話。」

「我昨天晚上已經聽阿里拜講過了。他說的話幾乎把我搞瘋了。現在我要向你討答案，正常人。」

「我們不是車行。」我說。「我們是徵信社。」這句話奮力從我口中掙脫出來，是偽裝成普通陳述的痙攣。

「轉過來，阿里拜。我們來談談那位跑到波士頓去的女士——死人太太。」

「波士頓？」東尼說。

「我們是徵信社。」我再度痙攣。

「她用自己名字訂的票，」瑟米諾說。「而且也不是第一次了。波士頓有什麼？」

「我也不知道。她常去那裡嗎？」

「別裝傻了。」

「我是第一次聽到這消息。」東尼說。他對我怒目而視，我朝他做出呆鈍、被難住的表情。

茱莉亞在波士頓？我在想不知瑟米諾的情報是否正確。

「她當時已經準備好要走人了。」瑟米諾說。「有人給她通風報信。」

「她接到醫院的電話。」我說。

「不對。」瑟米諾說。「這我查過了。試試另一個答案。也許你們那位吉伯特打了通電話給她。也許吉伯特先幹掉了法蘭克再幹掉奧爾曼。也許這件事他跟那位女士都有份。」

「這太瘋狂了，」我說。「吉伯特沒有殺人。我們是偵探。」

我終於得到了瑟米諾的注意。「這個謠言我也查了。」他說。「根據電腦紀錄，你們都沒有調查員的資格。只有禮車的駕駛執照。」

「我們替法蘭克．敏納工作，」我說著，聽到了我自己未加掩飾的懷舊和渴望。「我們是偵探的助手。我們是，呃，工作人員。」

「就我看得到的部分而言，你們是替一個芝麻綠豆的痞子做點刺探的工作。一個死掉的芝麻綠豆的痞子。這個把你們裝在口袋裡的人是被裝在阿豐索．馬崔卡迪和里歐納多．拉可佛提的口袋裡，這兩位老爺還算是口袋滿深的。只不過看來口袋是被反掏出來了。」

東尼的臉皺了皺：這些陳腔濫調還是會刺痛人。「我們替上門的客戶工作。」他說，態度誠懇得古怪。一時之間敏納在東尼的聲音裡又活了起來。「我們不問不該問的問題，否則我們半個客戶也不會有。條子做事也是這樣，別想告訴我說不是。」

「條子沒有客戶。」兇殺案警探僵硬地說。我還真想看到法蘭克．敏納本人對付瑟米諾。

「你誰啊，亞伯拉罕．傑佛遜．傑克遜嗎？」東尼說。「你這段演講是要競選嗎？饒了我

吧。」⓫

我嗤鼻偷笑。不管怎麼樣，東尼還是快讓我笑破肚皮了。我自己也加了一句點綴：

「亞伯卡達不拉．傑克遜！」

那把槍，和瑟米諾身為執法警官的身分，都沒用——他逐漸控制不住這次談話了。情況是這樣：已經如此疏遠各懷鬼胎的東尼和我，被警探的槍口又拉到了一起。在這「後敏納時代」我們這些敏納幫有點驚慌失措，直接面對彼此的時候也有些生硬難堪。但有了瑟米諾來形成一個三角形，我們又重新發現了埋在我們老套例行公事底下的親近。就算我們不信任對方，但東尼和我至少想起了我們是同類，尤其是在一個條子的眼裡看來。而東尼看到了警探自信上的裂縫，便用起他舊日那套兇狠孤兒的招數。習於欺負人的惡霸知道威脅的界限和半衰期何在——唯一比槍弱的是沒有槍，但這一點卻被忽視了這麼久。這條子早應該逮捕我們或傷到我們或將我們挑撥離間了，然而他並沒有。這項錯誤會讓東尼用伶牙俐齒把他撕成碎片。

同時我思考著瑟米諾說的話，試著從他那些笨瓜理論中篩出情報。如果茱莉亞沒有接到醫院打的電話，那她是怎麼知道敏納的死訊的？

我也再度尋思：想念拉嘛喇嘛叮噹的人是茱莉亞嗎？她是否把它放在波士頓？

「聽著，你們這些人渣。」瑟米諾說。他正拚命要挽回他那直線下降的權威。「我寧願整天處理那些搞開車殺人那一套的殺人犯，也不想蹚進這種義大利式的黑幫狗屎。你們可別得意——

我看得出來你們只是兩個笨蛋。我擔心的是那些在後面操縱你們的道上兄弟。」

「好極了。」東尼說。「來了個有被迫害妄想的條子。操縱你們的道上兄弟——你漫畫看太多了，埃及豔后瓊斯。」

「埃及啪啪啦貝里強森！」

「你以為我很笨。」瑟米諾說，現在真的被撕出一道口子了。「你以為一個蠢蠢的黑人條子會就這麼一頭撞進你們的小巢穴，以為它就是表面看起來的那樣。車行、徵信社，饒了我吧。我只打算把這個謀殺推得夠遠，推到足以交給聯邦調查局的程度就好了，然後我就要拍拍屁股永遠離開這裡。甚至還可能去度個假，坐在海灘上打開報紙看你們這些窩囊廢的新聞。」

撞進，蹚進——瑟米諾選用的詞背叛了他。他是真的很怕他已經深入到對他不利的程度。我想找出方法平息他的畏懼，真的想。我算是有點喜歡這個兇殺案警探。但從我嘴裡說出來的每句話聽起來都好像有點種族歧視的罵人意味。

「聯邦什麼局？」東尼說。「我從沒見過那些傢伙。」

「我們上樓去看看阿豐索伯伯和里歐納多伯伯能不能解釋給你聽。」瑟米諾說。「我有種感覺，他們跟FBI有滿熟的工作往來。」

「我想那些老傢伙已經不在家了。」東尼說。

「哦，是嗎？他們上哪去了？」

⓫此處東尼將美國歷史上的偉大總統串在一起譏諷瑟米諾；亞伯拉罕顯然是指林肯，後兩位則是早期的開國元老。

「他們鑽進地下室的隧道走了。」東尼說。「他們得回他們的藏身之處去，因為他們逮到了詹姆士．龐德——還是蝙蝠俠，我記不得是哪一個了——正把他放在火上慢慢烤呢。」

「你在胡扯什麼？」

「不過別擔心。蝙蝠俠總是逃得掉的。那些警衛就是不學乖。」

「蝙蝠俠伯伯！」我大叫。他們絕不可能知道我把雙手放在儀表板上、挺著脖子不動是如何花了我九牛二虎之力。「貝里伯伯黑色人！巴納門蝙蝠河馬鈴薯！」

「夠了，阿里拜。」瑟米諾說。「下車。」

「什麼？」

「滾蛋，回家。你搞得我很煩，老兄。東尼和我要小小談一下。」

「拜託，黑古拉。」東尼抱怨。「我們已經談了好幾個小時了。我沒有什麼要對你說的。」

「你每編出一個名字來叫我我就會多想到兩個問題。」瑟米諾說。他的槍朝我揮了揮。「滾吧。」

我張口結舌地看著瑟米諾，不敢置信。

「我是說真的。滾。」

我打開車門。然後我想到翻出龐帝克的鑰匙交給東尼。

東尼瞪著我。「回辦公室等我。」

「哦，當然嘍。」我說著下車，站到人行道上。

「關上門。」瑟米諾說，槍口和眼神都對準東尼。

「謝了，巧古拉伯爵⓬。」我說，然後名符其實地蹦跳著匆匆離開。

你有沒有注意到我把每件事都跟我的妥瑞症連上關係？沒錯，你猜對了，這是一種痙攣。數算數目是一種症狀，但數算各種症狀本身也是一種症狀，是一種格外加強版的痙攣。我有後設妥瑞症。想著痙攣，思緒飛馳，念頭伸出手去碰觸每一個可能的症狀。碰觸著碰觸。數算著數算。想著想。提到提到妥瑞症。這有點像是在電話上談論電話，或者郵寄描述各郵筒位置的信件。或者像一個拉船的人，他最喜歡的軼事是有關拉船實例的。

紐約市地鐵沒有任何妥瑞式的地方。

儘管每踏一步我都感覺到有大批無形門房的眼光射在我脖子上，但能回到上東城仍讓我高興得不得了。我從八十六街的車站沿著列辛頓大道匆匆往前走，只剩十分鐘就五點了：坐禪。我不想第一次就遲到。但在我還走在街上的時候，我拿出手機打給盧米斯。

「是啊，我正要打電話給你。」我可以聽見他在咀嚼一個三明治或一支雞腿，腦中出現他張嘴咂舌的畫面。他不是兩小時前才吃午餐的嗎？「我弄到那棟建築的消息了。」

「說吧——快。」

「紀錄部門的那個傢伙一直唸個不停。那是棟甜蜜的小樓，萊諾。層級比我高太多了。」

⓬ Blacula，出自一九七二年美國同名黑人吸血鬼電影。

「那是公園大道啊，盧米斯。」

「嗯，公園大道是一回事，這又是另一回事。這地方你得有一億元才能排得上候補名單。這種人，他們的另一棟房子就是座島哪。」

我聽得出盧米斯是在引用某個比他聰明的人的話。「好啦，但是藤崎怎麼樣？」

「別急，我就要說到了。這種地方，有一整批工作人員——就好像一票豪宅堆在一起。他們有秘密通道、酒窖、洗衣服務、游泳池、僕人房、私人廚師。一整個秘密經濟體。這種建築全市只有五、六棟——巴布．狄倫被殺的那個地方叫啥來著，諾瓦斯科夏？[13]比起來那裡簡直是狗屋。這地方是給那些從很久很久以前就很有錢的人住的，他們會拒絕賽恩菲爾德[14]，甚至尼克森，管你是誰。他們根本不在乎。」

「把我也算進去。」我說，無法從垃圾條子的滿口廢話中找出任何有用的情報。「我要找的是名字，盧米斯。」

「你那個藤崎是那裡的管理公司。裡面全是一大堆小日本的名字——我想要是挖下去，會發現半個紐約市都是小日本的。大筆大筆的金錢交易，萊諾。就我能看出來的部分，奧爾曼只是藤崎的會計而已。所以你倒是說說：吉伯特為什麼要去追殺個會計？」

「奧爾曼是法蘭克生前最後一個應該見的人。」我說。「他沒見成。」

「敏納要殺奧爾曼？」

「我不知道。」

「還是反過來？」

「我不知道。」

「還是殺他們的是同一個人？」

「我不知道，盧米斯。」

「所以除了我幫你挖出來的東西，你沒查到多少嘛，嗯？」

「吃我，盧米斯。」

「我真高興你來了。」金莫莉為我開門的時候說。「你剛好趕上。其他人大部分已經開始打坐了。」她再次親了親我的臉頰。「那些和尚來，大家都很興奮。」

「我自己也感覺很興奮。」事實上，金莫莉那種能緩解我病況的存在立刻讓我感到飄飄然。如果修禪可望達到如此效果，那我已經準備要開始修行了。

「你得趕快去墊子上坐好。隨便哪裡都可以，只要不要坐到最前排。我們有空再來調整你的姿勢——現在你可以先坐著專心調整呼吸。」

「好的。」我跟著她上樓。

「反正這其實才是最重要的，呼吸。光是這個就夠你努力一輩子了。」

「我恐怕就得努力一輩子。」

⓭ 知名歌手巴布．狄倫如今仍然健在，盧米斯顯然是把他跟約翰．藍儂搞混了。

⓮ 著名脫口秀演員，影集《歡樂單身派對》主角。

「把鞋脫下來。」

金莫莉指了指走廊上那排整齊的鞋，我把我的鞋加入行列。脫下鞋讓我無法隨時跑回街上，這令我有點不安，但事實上我作痛的雙腳很感激有這個呼吸伸展的機會。

二樓的打坐室現在很暗，頭上的活動式照明仍然沒開，逐漸消退的十一月白晝沒有足夠的光線。這次我看到那濃厚氣味的來源了，是一爐悶燒的香，放在高架上一尊玉佛像旁。房間四壁是沒有裝飾的紙門，光滑的拼花地板上放著薄薄的布墊。金莫莉帶我走到房裡靠後面的位置，在我旁邊坐下，盤起腿直起腰，然後睜大眼睛點點頭表示要我模仿她的動作。要是她知道就好了。我坐下來努力把我粗壯的腿擺好，雙手抓住小腿，只撞到坐在前面的人一次，他轉過來很快瞪我一眼，然後恢復了優雅的姿態。四周的墊子上大多坐滿了修禪的人，我數了數有二十二個，其中有些身穿黑袍，其他則是穿著類似「垮掉的一代」那種味道的街頭服飾，燈心絨褲或運動褲加套頭毛衣，沒有人像我一樣穿西裝。在幽暗中我看不清任何一張臉。

於是我坐著等，納悶我到底來這裡做什麼，不過要跟我看到的四周那些人一樣把背挺得直直的很困難。我瞥向金莫莉。她的眼睛已經安寧地閉上了。才過了二十四小時——吉伯特和我前一天停車在外面的人行道旁，也只是二十四小時多一點之前的事而已——我對禪堂究竟意味著什麼的困惑一再倍增，上面陸續籠罩了一層又一層。我在耳機裡聽到的對話，那些帶著冷笑的話中有話，現在似乎不可能把它們跟這地方固定連結在一起。現在我聽到的只有金莫莉的聲音，率直、沒有陰謀。而這，當然還有我自己腦袋裡的胡言亂語作為背景。我坐在金莫莉身旁，被她那消除痙攣的磁場保護著，反而更加敏銳地感覺到我那語言製造機被部分阻住了的不安力量，我的「多重心」，混雜了各種回應和模仿、打斷的打斷。

我再次凝視著她。她很誠心地坐著，沒有在納悶我的事情。於是我閉上眼睛，進行我微不足道的求取悟道的嘗試，試著統一我的心智，找出我的佛性在哪裡。

我第一個聽到的是敏納的聲音：我賭你不能閉上嘴整整二十分鐘，你這免費的活人怪胎秀。

我把它推開，去想一心。

一心。

說個笑話給我聽，大怪胎。說個我還沒聽過的。

一心。我專注在呼吸上。

我要去西藏。

回家吧，爾文。

一心。有病的心。骯髒的心。貝里心。

一心。

奧利奧人。

我再度睜開眼睛的時候，已經適應了室內的幽暗。房間前方有一面大銅鑼，最靠近銅鑼的那些墊子是空的，彷彿是準備給名人坐的，也許是那些重要的和尚。那一排排的人頭也有了特徵，儘管我看到的多半是耳朵、頸背、髮型。人群裡有男有女，女的大部分都很瘦，耳環和髮型都是要花點錢的，男的平均說來則比較有點油油髒髒的，很久沒剪頭髮了。我看到了華勒斯的馬尾和禿髮的那一塊和家具般直挺的姿勢，在靠近前排的地方。在我前面那一排、靠近入口的地方，則是扁臉和一個樣，就是想劫持我的那兩個。我終於了解了：他們的確是和平的人。上東城是不是缺人缺得厲害，所以同樣一小批門房得穿著制服趕場，一下子扮惡棍，一下子又是追尋寧靜的人？至少他們脫掉了藍色西裝，對這個新角色比較認真。他們穿著黑袍，姿勢挺得直直的令人敬佩，想來是長期修練和多年犧牲的成果。他們沒有把時間都花在那套暴徒台詞上，這是很肯定的。

調整呼吸是不用想了。不過我克制住自己沒出聲。扁臉和一個樣都閉著眼，而且我是最後一個到的，所以我對他們可以先發制人。何況他們也不太符合我所想的那類大麻煩。但這下子我想起來，我外套裡偷來的手機和借來的呼叫器隨時都可能粉碎這片古老東方的寂靜。我盡可能安靜無聲地把它們拿出來，關掉手機的鈴聲，把敏納的呼叫器調成「震動」。我把它們放回外套的內口袋，此時一隻張開的手狠狠地打了我的後腦和脖子一下。

刺痛讓我陡然回過頭去。但攻擊我的人已經走過我旁邊了，正在一列列布墊之間朝房間前端肅穆地行進，後面跟著另外五個光頭日本男人，全都穿著寬衣大袍，不時露出鬆垮的棕色皮膚和一綹綹白色腋毛。重要的和尚。帶頭的和尚是特別岔過來打我的。這是在責備我，或者也許是提供我頓悟的機會——現在我知道一隻手拍打的聲音是什麼樣子了嗎？不論如何，我都感覺到耳朵和頭皮在充血發燙。

金莫莉沒注意到，從頭到尾都安詳地沉浸在禪裡。也許她的性靈修練比她自己以為的更有進展。

這六個人走到前面，坐在靠近銅鑼的那些空墊子上。然後第七個人走進房間，比其他人遲一點，也是穿著袍子，也是光禿禿的頭。但他不矮小也不是日本人，他的體毛不是白色的也不僅限於腋下。他肩背上長著一簇簇黑色細毛，從四面八方往上包圍住他的脖子。設計那袍子的人大概沒有想到過這種模樣。他走到房間前端，在貴賓席的最後一個位子坐下，我沒來得及看見他的臉，但我想到金莫莉的描述，這一定就是那個美國老師，創立禪堂的師父。

爾文。你什麼時候才要回家，爾文？你家人想念你。

這個笑話纏著我，但我無法有效運用它。這是師父的原名，他的美國名字嗎：爾文？師父——爾文就是我在耳機裡聽到的那個聲音嗎？

如果是，為什麼？敏納跟這地方有什麼關聯？

前面的人安靜坐定。我盯著那排光頭看，六個和尚加上師父，但什麼也看不出來。就連扁臉和一個樣都在靜謐地冥思。時間一分鐘一分鐘慢慢過去，我是唯一睜開眼睛的人。有人咳嗽，我也模仿地咳了一聲。不過只要我保持瞥向金莫莉，大部分時間我都還滿平靜的。就像是坐在車裡，旁邊放了一袋白城堡漢堡一樣。我尋思，如果有機會的話，不知她對我病況的影響力可以到多深的地步，不知那影響力我可以希望能吸收多少。不知我可以接近到什麼程度。我閉上眼睛，相信扁臉和一個樣會繼續毫無所知地坐在他們的墊子上，然後我思緒飄向一些關於身體的愉快想法，關於金莫莉的身體，她那緊張優雅的肢體。那麼，也許這就是禪的關鍵。我們其實並沒有上帝，她說過。我們只是打坐同時努力不要睡著。嗯，此刻我保持清醒沒有任何困難。隨著我的陰莖硬起來，我想到我找到了我的一心。

門邊一個聲音讓我從白日夢中醒過來。我睜開眼轉過頭去，看見那個波蘭巨人站在打坐室的門前，方正的肩膀塞滿了門口，手中握著滿滿一塑膠袋的金桔，凝視著這滿滿一屋的修禪人，神色是絕對而完全的寧靜。他沒有穿袍子，但從他那和善的眼光看來，你要說他就是佛好像也可以。

我還沒來得及想出個計畫或反應，房間前端就有了騷動。總之以此地的標準而言是騷動：其中一個日本和尚站起來向師父鞠躬，然後向同行的其他和尚鞠躬，然後向整間房裡的人鞠躬。這裡還是靜得連根針掉地都聽得見，但他袍子的窸窣聲已經是很足夠的訊號了，每個人都陸續張開眼睛。巨人踏進房間，仍然緊握著金桔像對待一袋活金魚似的，然後在一張墊子上坐下——事實上是兩張墊子——在金莫莉的另一側，介於我們和門之間。我提醒自己巨人沒有看到我，至少昨天沒有。他也確實沒特別注意到我——或者任何其他人。他只是在位子上坐好，看來是準備好要聽和尚講道了。這下子我們可真是什麼人都有，各式流氓和笨頭齊聚聆聽東方來的小個子智者。扁臉和一個樣或許是真正學禪的人假裝耍狠，但波蘭餃子怪物則無疑是正好相反。那些金桔，我相當確定，就洩了他的底——那不是中國水果嗎，根本不是日本的？我想把金莫莉攬向我，離開那兇手伸手可及之處，但話說回來我想做的事情可多了——我向來如此。

那和尚又朝我們鞠了一躬，短暫地審視我們的臉，然後開始講話，那麼突兀又那麼隨意，彷彿他是在繼續一段跟自己進行的談話。

「日常生活，我搭飛機，我坐計程車來拜訪約克維爾禪堂，」——他唸成了尤克維亞——「我感到興奮，思緒，預期，我朋友傑瑞師父會給我看什麼呢？我會不會去到一家很好的曼哈頓餐廳，在紐約市的旅館裡睡到一張很好的床呢？」他穿著涼鞋的腳踏了踏，彷彿是在測試床墊。

我要去西藏！那笑話再一次硬擠到我腦海裡。我的平靜受到四面八方壓力的威脅，到處都是打手，而那和尚講的話又勾起我的模仿言語症。但如果我要轉頭去補充一劑名為金莫莉的鎮定劑，就一定也會看到殺敏納的那個巨人兇手——他巨大得從她身體四周都可以看見，儘管他離得比較遠，這個光學現象我沒有辦法覺得很引人入勝。

「這些情緒、衝動，這些日常生活，都沒有什麼錯。但日常生活，島嶼、晚餐、飛機、雞尾酒，日常生活不是禪。在坐禪的時候最重要的就是打坐，坐禪本身。美國、日本，不重要。只有打坐。」

我要跟喇嘛說話！那個美國和尚師父在位子上半轉過身去，以便越過人海更清楚地看見大師。師父那發亮光頭下的側面輪廓意外地擾動了我。在他的五官中我認出了一些權威和魅力的可怕力量。

傑瑞師父？

與此同時，那巨人坐在那裡很不敬地戳破一枚金桔，塞到他那怪獸般的嘴唇邊吸著金桔的汁液。

「要做到坐禪的外在形式很容易，坐在墊子上浪費時間。什麼也沒有的禪，毫無意義的禪有很多種形式，真正的禪只有一種：真正接觸到自己的佛性。」

高僧喇嘛說他願意接見你。

「有一種叫做畜生禪，是畜養動物像家貓一樣蜷縮在枕頭上，等著人來餵的禪。他們坐在那裡殺時間等吃飯。畜養動物禪沒有用！修行畜生禪的人應該打一頓趕出禪堂。」

我執迷地看著傑瑞師父的臉，和尚繼續絮絮叨叨。

「有一種叫做人間禪，是為了改進自己而修的禪。自我中心的禪。讓皮膚變好，讓大便通暢，做正面思考然後影響別人。狗屎！人間禪是狗屎禪！」

爾文，回家吧，我的大腦在說。沒肥皂，禪堂。西藏河馬鈴薯。雞舍禪。高僧拉脫口媽。那和尚發音錯誤的音節，那個西藏笑話一直出現的字句，我自己對巨人的畏懼——這一切都加在一起要讓我沸騰。我想用指尖去沿著師父那令人目不轉睛的側面輪廓摸——也許用摸的可以讓我明白它的意義何在。但我只是修行著艾斯洛禪，壓抑住我自己。

「還有就是餓鬼禪：吃不飽的鬼魂的禪。修行餓鬼禪的人就像渴望食物或報復的鬼，那種飢餓永遠無法滿足。這些鬼根本不會進到禪的屋子裡，他們只忙著在窗邊嚎叫！」

師父看起來很像敏納。

你哥哥想念你，爾文。

爾文等於喇嘛，師父等於傑拉。

師父是傑拉．敏納。

傑拉．敏納是耳機裡的那個聲音。

我說不上來哪個先讓我明白過來，是在我眼前的他的側面輪廓還是那個纏著我下意識不放的笑話。我感覺熱得要死掉了。當然，那笑話是設計來讓我早點明白的，免得我等進了鯨魚的肚子才想通。太不幸了。

我試著不要繼續盯著他看，失敗了。前面那和尚繼續在列舉虛偽的禪，各種我們可能誤入歧途的方式。我個人可以想到幾個他八成還沒碰到的方式。

但首先敏納到底為什麼要把這項資訊埋在笑話裡？我想到兩個原因：一、他不想要我們知道傑拉的事，除非他死了。如果他逃過一劫，他要這個秘密也保存下去。二、他不知道在他的人裡能信任誰，就連吉伯特．康尼也一樣。他可以確定我會一直百思不解地想著爾文這個線索，而吉伯特則會把它當作只是我們兩個人共通的蠢話。

而且他感覺到，正確地感覺到，任何圍繞在他四周的陰謀都不可能會包括他的寵物大怪胎。其他人絕對不會讓我參一腳的。我可以對這其中隱含的信任之意感到高興，也可以覺得這種輕視是侮辱了我。現在這都不太重要了。

我盯著傑拉看。現在我明白他側影的魅力何在了，但它只引起苦澀之感。彷彿這世界以為它可以把敏納帶走，提供這個差勁的基因替代品來取代他。相像的東西。

「加州捲禪。這種壽司禪裡滿是酪梨和奶油起司，就算它是棉花軟糖你也不知道。坐禪的刺鼻魚肉被淹沒在輕鬆的享樂裡，野餐、聚會，禪堂變成了婚友社！」

「禪報復！」我大喊。

並不是每個人都轉過頭來。但傑拉．敏納轉了。還有扁臉，以及一個樣。還有巨人也是。金莫莉則是保持平靜忽視我的那些人之一。

「嘰咯地禪多達。」我大聲說。我的勃起消退了，能量從別處發洩出來。「波蘭餃子怪物禪師熱心鄰居。坐禪胖女莎莎嘉獻寶。」我敲敲坐在我前面那人的頭皮。「嘰皮踢難怪。」

一屋子的上師和信眾都擾動起來，但沒有人說半個字，因此我爆發出的字詞在沉默中迴盪。講道的和尚瞪著我搖頭。他那群裡另一個人從墊子上站起來，從牆上的鉤子取下一根我先前沒注意到的木槳，然後穿過一排排學生朝我走來。只有華勒斯一動也不動地坐著，閉著眼，仍然在冥思。我開始了解他那八風吹不動的名聲是什麼意思了。

「波蘭餃子金桔壽司電話！畜養棉花軟糖鬼！吃不飽麥洛馬！淹沒波蘭餃子電話！」這一波是如此來勢洶洶，我扭轉脖子幾乎是把話吠出來的。

「安靜！」講道的和尚命令。「在禪堂裡吵鬧很壞！什麼事都有時間地點！」怒氣對他的英文沒好處。「要喊到外面去，紐約市滿是叫喊！不要在禪堂裡。」

「敲敲門禪堂！」我大喊。「和尚和尚鵝！」

拿著木槳的和尚走近了。他把它橫過來緊抓著，像漢克．艾隆⑮一樣。巨人站起來，把那包金桔塞進他那「僅限會員」的外套裡，搓搓他黏黏的手準備行動。傑拉轉過頭來盯著我，但就算他認出了我是十九年前被他留在聖文森操場圍籬旁的那個抽搐的青少年，他也沒有顯出半點跡象。他的眉毛優美地皺著，嘴巴撮起，帶著困惑的表情。金莫莉一手放在我膝蓋上，我也一手放在她膝蓋上，既是回應也是痙攣。即使是在我此刻陷入的這麼一場狗屎風暴中，我的病依然知道上帝存在於細節。

「裸槳不只是儀式用品而已。」拿著木槳的和尚說。他把它輕輕拍在我肩上，輕得像是在撫摸。「不守規矩的學生需要打一打。」現在他狠狠在我背上打了一記，就像先前那個和尚打我頭皮一樣充滿了肌肉式的佛教狂喜。

「好痛！」我伸手往後撈那木槳，一把抓住它用力拉扯，扯出了和尚的手，他搖搖晃晃地退後幾步。這時候巨人已經朝我們這邊來了。介於我們之間的人都連滾帶爬地讓開，取決於他們有無能力解開他們那交纏複雜的腿。金莫莉在他身形籠罩過來的那一刻閃開，不想被壓扁。波蘭餃子人沒有把鞋脫在門外。

這時候我看見他點頭。

傑拉·敏納朝巨人非常輕微地點了個頭，巨人也點頭回應。這樣就夠了。讓法蘭克·敏納在劫難逃的同一組人馬又再度上陣了。我會是他的續集。

巨人一把抱住我舉起來，木槳咚一聲落在地板上。

我體重將近兩百磅，但巨人一點也不費力地就把我移下樓梯移到街上，等他把我往人行道上一杵，我發抖喘氣的程度遠甚於他。我理理西裝，扭了好幾次脖子確定線條拉直了，他則拿出他那包金桔，繼續吸起汁液和果肉，把它們吸成空殼子，在他巨大的手裡看起來像是葡萄乾。

狹窄的街道現在幾乎完全天黑了，遛狗的人離得很遠，我們有足夠的隱私。

⓯本名Henry Louis Aaron，為美國職棒聯盟著名球員，一九八二年被選入棒球名人堂，除了驚人的打擊率之外，還創下了多項其他紀錄。

「要來一個嗎？」他說著把袋子朝我伸過來。他喉嚨發出來的聲音本身很平淡無奇，但經過他軀幹那巨大樂器的共鳴之後變得堂皇無比，就像是一個平庸的歌手站在一流音樂廳的舞台上。

「不了，謝謝。」我說。在這裡我應該勃然大怒，在敏納被劫持的地點面對著殺他的兇手。但我被縮小了，肋骨被他擠捏得作痛，困惑又擔心——困擔心——因為在禪堂裡發現傑拉・敏納，而金莫莉和我的鞋還在樓上也令我高興不起來。人行道的寒意穿過我的襪子，被坐禪姿勢阻斷的血流重新湧入我的腳，有種古怪的發麻感。

「所以你是怎麼回事？」他說著丟掉另一枚吸乾的金桔。

「我有妥瑞症。」我說。

「是哦，嗯，威脅對我是沒效的。」

「妥瑞症。」我說。

「嗯？我的耳朵不太好。抱歉。」他再次把那袋水果收起來，手抽出來的時候握著一把槍。「進去。」他說。他下巴指向那三級台階，通往禪堂和右側建築之間的狹窄小巷，裡面是一大堆垃圾桶和一片黑暗。我皺起眉頭，他伸出沒拿槍的那隻手把我往後推向那些台階。「進去。」他又說一次。

我思索著巨人和我自己形成的這幅靜止畫面。我一直在找、一直想要對付的人就在這裡，我像個吃不飽的鬼魂或棉花軟糖嚎叫著尋求報仇的機會——但我有沒有計畫出什麼方法來利用他，什麼方式或工具來給我任何真正的優勢，更不消說減少他那龐大體型所造成的嚴重勢不均力不敵？沒有。我可悲地兩手空空地來了。現在他還多了把槍來錦上添花。他又推了我一把，手臂伸直推我的肩膀，而當我因痙攣使然試著回推他的肩膀時，我發現我離他太遠了，就算伸長了手指也碰不到他肩膀，這讓我想起西維斯特貓[16]跟一隻袋鼠在拳擊場上對打的畫面。我的大腦耳語著：他只是隻大老鼠，爸爸，一隻很猛的蝨子，大得像一棟房子，一張沙發，一個計畫，一條運河，末日啟示錄。

「末日啟老鼠。」我嘟噥著，語言不受限制地從我內在潑灑出來。「取消計畫運河。拔掉電話線。」

「我說進去，『吱吱叫』。」他聽見我講的關於老鼠的那句話了嗎，儘管他耳朵不好？但話說回來，誰在他聽來不是吱吱叫？他是如此龐大，只消聳個肩就能讓人籠罩在陰影下。我向後退了一步。我有妥瑞症，他有威脅。「進去。」他又說一次。

這是我最不想做的事，而我做了。

我拾級而下踏進黑暗的那一刻，他拿槍朝我頭上一敲。

有那麼多偵探被打昏跌入如此天旋地轉的奇怪黑暗中，有那麼多超現實風格的空無（「有個紅紅的東西扭動著，像顯微鏡下的細菌」——菲力普．馬羅，《大眠》），我卻無法對這項痛苦的傳統做出任何貢獻。我昏倒和在黑暗中爬起來的過程的特殊之處只在於什麼都沒有，一片空白，缺乏任何東西，而且我怨恨這種缺乏。只有砂礫。是一片什麼都沒有的砂礫。一片砂礫的荒漠。

[16] 著名卡通人物。

你會有多喜歡沙漠裡毫無味道的砂礫？比什麼東西都沒有又能好上多少？我是布魯克林人所以不喜歡大片空曠的空間，我猜。而且我不想死。你去告我好了。

然後我想起了一個笑話，像是垃圾條子會講的那種謎語，它成了我的救命繩索，像一群非人的聲音在合唱，把我從黑暗邊緣招回來：

為什麼人在沙漠裡餓不死？

因為那裡有沙子[17]。

為什麼我不想死或者離開紐約？

三明治。我集中精神想著三明治。有一小段時間就只有這樣，我感到快樂。三明治比滿是砂礫的沙漠要好多了。

「萊諾？」

是金莫莉的聲音。

「唔唔呃。」

「我把你的鞋子拿來了。」

「唔哦。」

「我想我們該走了。你站得起來嗎？」

「呃唔嘶。」

「靠著牆。小心。我來叫輛計程車。」

「計程車程車程車。」

我迷迷糊糊又醒過來了，我們正在穿過公園從東城往西走，在那條計程車走的通道上，兩側是上有樹蔭的石牆，我的頭枕在金莫莉瘦巴巴的肩膀上。她正在幫我穿鞋，先抬起我一隻沉重的腳接著是另一隻，然後綁鞋帶。她的小手和我的大鞋讓這行動看起來像是在給一匹昏迷的馬上鞍。我可以看見計程車司機的執照——他叫歐瑪．達爾，以我目前的狀況無法把這名字引發的痙攣集合起來——還可以看見窗外側上方的景物。有片刻時間我以為外面在下雪，一切看來都珍貴而遙遠——雪景玻璃球內的中央公園。然後我醒悟到計程車裡也在下雪。砂礫又來了。我閉上眼睛。

金莫莉的公寓在七十八街上，一棟老太太的公寓裡，在光鮮的東城、尤其是公園大道一〇三〇號那令人發寒的反面烏托邦大廳之後，這裡看起來格外破舊而真實。我靠著自己的力氣站直身體走進電梯，只需要金莫莉幫我開門，我喜歡這樣——沒有門房。我們搭空蕩蕩的電梯到二十八樓，金莫莉靠著我彷彿我們還在計程車上。現在我不用人扶也可以站了，但我並沒有阻止她扶我。我的頭陣陣作痛——被波蘭餃子人打的那部分，感覺起來好像我試圖要長出一根角，但是並不成功——與金莫莉接觸有補償的效果。到了她住的那層樓她放開我，以緊張的步伐走開，我已經將那種步伐視為她的註冊商標，顯示出她內在藏有某種跳動不安的部分是我能與之為友並欣賞

⓱ the sand which is there此句中的sand which is與三明治的複數sandwiches同音。

的。她打開門鎖的動作那麼慌亂，讓我在想，她是不是覺得我們被跟蹤了。

「那個巨人有沒有看到妳？」我們進門後我說。

「什麼？」

「那個巨人。妳是在怕那個巨人嗎？」我感覺到一種身體記憶，因之打了個寒噤。我還是有一點腿軟站不穩，敏納會這麼說。

她奇怪地看著我。「不是，只是——我是這裡的二房客，不合法的。這棟樓裡有些人就是愛管閒事。你應該坐下來。要不要喝點水？」

「好啊。」我環顧四周。「坐哪裡？」

她的公寓包括窄小的門廳、微乎其微的廚房——其實比較像是塞滿了廚具的太空人駕駛艙——還有一間位在中央的大房間，塑膠地板映出那扇沒裝窗簾的長窗外月光照射下的廣大城市夜景。沒有地毯或家具打斷這倒影，只有角落堆了幾個樸素的箱子，一台小小的音響和一疊錄音帶，還有一隻大貓站在地板中央，用懷疑的眼光看著我們進門。四壁空無一物。金莫莉的床是一張扁扁的床墊，放在我們此刻所站的門廳地板上。我們幾乎要踩到它了。

「就坐在床上吧。」她說，帶著緊張的半個微笑。

床邊有一根蠟燭、一盒面紙，還有一小疊平裝書。這是一個私人空間，一處總部。我納悶她常不常有訪客——我覺得我可能是第一個踏進她房門的人。

「妳為什麼不睡在那裡？」我說，指著空蕩的大房間。我的話聽來大舌頭而愚笨，像一個被打敗的拳擊手，或者是個飾演被打敗的拳擊手的「方法表演派」演員。我的妥瑞症大腦比較喜歡精確、更銳利的邊緣。我感覺到它逐漸在甦醒。

「別人會看進來。」金莫莉說。「讓我不自在。」

「妳可以裝窗簾啊。」我朝大窗子做了個手勢。

「太大了。我不太喜歡那間房間。不知道為什麼。」現在她似乎後悔帶我來這裡的樣子。

「坐吧。我倒點水給你喝。」

她不喜歡的那間房間就是公寓的全部。而她卻住在門廳裡。但我決定不再對此發表任何言論。何況她對空間的如此運用也滿適合我的，彷彿她已經計畫了要帶我到這裡來藏身，知道那些高樓大廈的側影會有讓我畏懼的東西，那充滿陰謀和門房的大世界，也就是曼哈頓。

我在她床上坐下，背靠牆腿伸直橫過床墊，讓鞋子碰到地板。床墊薄得跟煎餅一樣，我感覺自己的尾骨碰到了地板。現在我看到金莫莉給我的鞋帶打了兩個結。我笨拙地流連於這個細節，用它來衡量我逐漸恢復的意識，容許我執迷的思緒玩弄著那繩結的繁複之處，以及我對金莫莉在計程車裡拖我的腳的斷續記憶。我想像自己能感覺到我頭殼上凹下去的那一塊，而內在地形的這一處變化讓語言朝新的方向流動，字詞變成三明治三明治我尖叫要冰淇淋塵歸塵等等。

我決定用堆在床邊的書來讓自己分心。第一本叫做《不安全感的智慧》，作者是艾倫・瓦茲。書裡塞了一張太大的書籤，是一張光滑紙面、一折為三的傳單。我抽出傳單。那是個叫「吉井」的地方，是禪宗佛教的避靜中心兼泰國菜和日本菜餐廳，在緬因州南岸的路邊。概要的路線圖下方有電話號碼，被藍色的原子筆圈了起來。傳單正面的標題寫的是**一個和平的地方**。

荷葉帝王。

何必底坊。

貓從主房間走過來站在我伸出的大腿上，開始用前爪揉抓我的腿，半收縮的爪子扯著布料發出啪啦—啪啦—啪啦的聲音。這隻貓黑白相間，有一抹希特勒式的小鬍子，等牠終於注意到我有一張臉的時候，牠朝我瞇起眼睛。我把傳單折起來收進外套口袋，然後脫下外套放在金莫莉床的角落。貓繼續揉抓我的腿。

「你大概不喜歡貓吧。」金莫莉說著拿了兩杯水回來。

「雞貓，」我說，發出愚笨的痙攣。「湯的濃沙拉三明治。」

「你餓了嗎？」

「不是，不是。」我說，儘管我可能是餓了。「我也滿喜歡貓的。」但我把雙手收得遠遠的，不想開始執迷在牠身體上——揉回去或者模仿牠那高低起伏、呼呼響的打呼嚕聲。

我沒辦法養貓，因為我的行為會把牠們逼瘋。我知道，因為我試過。我養過一隻貓，灰色的苗條母貓，只有金莫莉這隻一半大，名字叫「母雞」，因為牠會發出嘰嚕和咕咕聲，還有牠一開始四處嗅聞檢查我公寓的動作，讓我想到在穀倉院子裡點頭啄東西的雞。一開始牠很享受我對牠的注意，和我那有點過火的撫摸。我點觸牠的動作讓牠感覺愉快，牠會發出呼嚕聲頂著我的手。我盡量把用在牠身上的衝動調整得比較溫和，平滑地撫摸牠脖子，側揉牠的臉頰讓牠想起幼年時被舔的記憶、或者是其他什麼讓貓渴望這種感覺的東西。但打從一開始母雞就對我猛然扭頭的動作和冒出來的話感到不安，尤其是我的吠聲。牠會轉過頭來看我在撲什麼東西，看我伸手在空中搆什麼。母雞認得出這些舉動——這本來應該是牠的舉動。牠始終不能自在放鬆。牠會小心翼翼地走上我的膝頭，花很長的時間猶疑以及被想像中的事物分心，最後才安心趴坐下來。然後我又會冒出一串半途止住的叫聲並伸手去揮打窗簾。

更糟的是，牠對我撫摸所感到的快樂變成了妥瑞症爆發遊戲的聚焦點。母雞會邊打呼嚕邊頂著我的手，我會開始摸牠那滑順、像鯊魚一樣的臉。牠會用力靠回來，我會推回去，最後變成牠弓著身子頂住我的手，搖搖欲墜。然後痙攣就來了——我會收回手。還有些時候我會控制不住地跟著牠在公寓裡走來走去，當牠想偷偷摸摸或隱形的時候我卻伸手去搆牠；我會跟蹤突襲牠，儘管很明顯地，牠跟任何貓一樣比較喜歡突襲我而非被突襲。或者我會執迷於要找出牠被摸樂趣的界限——要是我逆向摸牠的毛，牠會呼嚕叫嗎？要是我逗搓牠的臉頰，牠可以容許我同時抓住牠那神聖不可侵犯的尾巴嗎？牠會允許我幫牠清眼屎嗎？答案通常都是肯定的，但總有其限制。就像使用巫毒人偶一樣，我開始把我自己的痙攣灌輸給我那比較小的對象：妥瑞症的貓。牠變得不信任人、易受驚嚇，隨時準備好要做出反應，要退縮躲開或者出爪抓人。六個月後我不得不替牠找個新家，把牠送給隔壁棟樓的一家多明尼加人。他們讓牠恢復正常了，經過一段躲在他們爐子後面的冷靜期之後。

那隻納粹大貓繼續刨抓起我褲子的線圈，似乎決心獨力重新發明魔鬼氈。金莫莉已經把兩杯水放在地板上，靠近我腳邊。雖然房裡光線黯淡——我們身後那大房間反映出的高樓大廈光線不輸給門廳裡那盞微弱的燈泡——她第一次摘下了眼鏡，她的眼睛看起來溫柔、小小的、帶著探索意味。她靠著牆滑坐下來，我們在地板上的位置就像鐘面上的兩根指針，我們的鞋子位於中心點。我們這個鐘的時間指著四點。我努力不要往午夜移動。

「妳在這裡住很久了嗎？」我問。

「我知道，看起來好像我在這裡露營一樣。」她說。「差不多一個月了。我剛跟男友分手。滿明顯的，是不是？」

「那個奧利奧人？」我想像著一個以日落為背景的、歷經風吹日曬的牛仔，手拿餅乾像香菸似的湊近嘴邊。然後，在狂亂的補償心理下，我又想出了一個戴著厚酒瓶底眼鏡、神經兮兮的書呆子，透過顯微鏡盯著餅乾屑猛看，試著辨識出它們的序號。

「嗯哼。」金莫莉說。「當時我朋友正準備搬出去，就把這地方給我了。我根本不喜歡這裡，也很少待在這。」

「那在哪裡——禪堂嗎？」

她點頭。「或者去看電影。」

我沒怎麼痙攣，有兩個原因。首先是金莫莉本身，這一天已經過了這麼一大半，她對我的平撫藥效仍是前所未見的。其次是這一天本身，一連串混亂未解的線索，我造訪禪堂的災難；我大腦那多出來的一軌有很多工作可做，把珠子串在一起、將順序排列整齊：金莫莉，門房，馬崔卡迪和拉可佛提，東尼和瑟米諾，重要的和尚，傑拉．敏納和兇手。殺敏納的兇手。

「妳有沒有鎖門？」我說。

「你是真的很害怕。」金莫莉說著睜大了眼睛。「怕那個，呃，巨人。」

「妳沒看到他嗎？」我說。「那個把我帶到外面去的大個子？」我沒有提接下來發生了什麼事。金莫莉得收拾殘局，已經夠讓我羞恥了。

「他是個巨人？」

「嗯，不然妳會怎麼稱呼？」

「巨大症不是一種遺傳疾病嗎？」

「我敢說一定是的。他那身高可不是自己賺來的。」我一手摸摸頭上作痛的地方，另一手安分地擺在身側，不理會想回應那隻在我腿上又推又抓的貓的每一股衝動。我只是用手指摸著金莫莉床墊上那家常、手鉤的床罩，沿著它那不甚優雅、凹凹凸凸的線條。

「我想我是沒注意到。」她說。「當時我正在，你知道——打坐。」

「妳以前從來沒見過他？」

她搖頭。「但我也是今天才第一次見到你。我想我事前應該告訴你不要帶任何像那樣的人到禪堂來。還有不要發出噪音。這下我差不多整個演講都沒聽到了。」

「妳不會是說他繼續講下去了吧？」

「當然啊，為什麼不？在你跟你那巨人朋友離開之後。」

「妳為什麼沒繼續留在那裡？」

「因為我的專注力沒有那麼好。」她說，現在帶著苦澀的哲學意味。「如果你真的禪定了，就算有外在的干擾也可以繼續坐下去，像師父那樣。還有華勒斯。」她轉轉眼睛。

我想提醒她說她有移開以避免被踩扁，但這只是數千項異議中的一項。

「妳不明白。」我說。「他不是我帶去禪堂的。沒人知道我要去那裡。」

「唔，我猜他是跟蹤你去的。」她聳聳肩，不想爭論。對她而言，巨人和我是雙重現象，這點是不證自明的。我造成他在禪堂出現，可能還根本就要為他的存在負責。

「聽著。」我說。「我知道師父的美國名字。他不是妳以為他是的人。」

「我不以為他是任何人。」

「什麼意思？」

「我並沒有說，比方說，師父其實是強尼．卡森之類的。我只是說我不知道。」

「好吧，但他不是禪的老師。他牽涉到一件謀殺案。」

「這太扯了。」她講起來彷彿這是個優點，彷彿我是要逗她開心。「何況，我想任何教禪的人都是禪的老師。就算他們是殺人兇手可能也一樣。就像任何打坐的人都是學生。甚至包括你。」

「我又哪裡不對勁了？」

「你沒有哪裡不對勁，就禪的觀點而言。我的重點就在這裡。」

「懂了。」

「別這麼酸嘛，萊諾。我只是在開玩笑。你確定貓在那裡可以嗎？」

「牠沒有名字嗎？」希特勒貓沉重地在我大腿間坐下，斷斷續續地發出呼嚕聲，嘴角還開始冒出細小的唾沫。

「架子，但我從不這麼叫牠。」

「架子？」

「我知道，完全是個笨名字。不是我給牠取的。我只是在幫人照顧牠。」

「所以這裡不是妳的公寓，這也不是妳的貓。」

「現在算是我的危機期。」她伸手拿水，我立刻也伸手去拿我那杯，頗為感激：模仿她的動作搔到了我腦袋裡的一處小癢。反正我也渴了。架子絲毫沒有移動。「所以我開始學禪。」金莫莉繼續說。「好變得疏離一點。」

「妳是說變成沒有公寓也沒有貓？要多疏離才算疏離？」我的聲音帶著不理性的苦澀。失望感悄悄爬上來，我無法提出理由或明白定義它。我猜先前我是想像我們躲在金莫莉那孩子氣的門廳裡，她這位於西城的樹屋，三隻貓躲在這裡。但現在我明白她是沒有根的，是跟這個空間形同陌路的。奧利奧人的房子才是她家，或者也許禪堂才是，就像L&L是我家，而架子的家也在別的地方。我們都不能去那些地方，所以就一起擠在這裡，避開那間大房間和摩天大樓的森林。

現在，金莫莉還沒來得及回答，我就大聲地痙攣。「勿疏離我！」我試著攔住自己，用那杯水來打斷我的痙攣，水湊到唇邊時我正好朝著杯裡喊，我的呼吸把水面吹得波動不已。「去架子很多！」

「哇塞。」金莫莉說。

我沒講話。我大口喝水，再次撫摸她床罩的織線，試著讓我這個妥瑞症的自己融入四周。

「你生氣的時候說的話真怪。」她說。

「我沒有——」我轉過頭，把水杯放在地板上。這次我推擠到了架子，牠抬頭用厭倦的眼神看著我。「我沒有生氣。」

「那你是怎麼回事？」這個問題的語氣很平穩，沒有譏諷或畏懼，彷彿她是真的想知道答案。她那雙除去了黑框的眼睛在我看來不再是小小的了，感覺起來跟那貓的眼睛一樣圓、一樣帶著詢問。

「沒什麼——至少從禪的觀點來說。我只是有時候會大叫。還有摸東西。還有數東西。還有想它們想得太多。」

「我想我有聽說過這個。」

「要是有的話，那妳還真是特例。」

她伸手到我腿上拍拍架子的頭，打斷那隻貓審訊般的眼神。牠改而瞇起眼睛，伸著脖子頂住她的手掌。要是我也會伸長脖子。

「妳不想知道師父的真名嗎？」我說。

「我為什麼會想知道？」

「什麼？」

「除非你會真的讓我大吃一驚，說他是，比方說，J・D・沙林傑[18]，否則有什麼差別？我是說，反正就是鮑伯或艾德什麼什麼的，對吧？」

「傑拉・敏納。」我說。我真希望它對她的意義會跟沙林傑一樣多，希望她了解一切。「他是法蘭克・敏納的哥哥。」

「好，不過法蘭克・敏納又是誰？」

「他是那個被殺的人。」奇怪的是，現在我替他想出一個名字了，一個單調可怕又真實的名字：那個被殺的人。而以前我從來沒辦法回答這個問題，或者如果我開始回答就會沒完沒了。法蘭克・敏納是法院街的秘密國王。法蘭克・敏納是個愛行動愛講話的人，是一個字和一個手勢，是偵探是笨蛋。法蘭克・敏納就是我。

「哦，太慘了。」

「是的。」我納悶不知我是否可能跟她分享到底有多慘。

「我是說，這絕對是我聽過最糟的事情之一。」

金莫莉靠得近了些，安撫著貓而不是我。但我感覺受到了安撫。在她剛開始了解的現在，她和我靠得比較近了。也許這個門廳一直就是在等這一刻，等著我和我的故事，以變成一個真正的空間而非只是暫時的。在這裡敏納會被適當地哀悼。在這裡我能中止我的痛苦，回答東尼和客戶們的謎題，還有敏納和奧爾曼為什麼得死還有茱莉亞在哪裡還有貝里是誰，而在這裡金莫莉的手會從架子的頭移到我的大腿上，我就再也不會痙攣了。

「他害死了他弟弟。」我說。「他給他設下了圈套。我聽到了事情的經過。我只是還不知道為什麼。」

「我不懂。你怎麼聽到的？」

⑱ 膾炙人口的小說《麥田捕手》作者，出了名的極端重視隱私、遁世而行蹤神秘。

「敏納進禪堂的時候身上帶著竊聽器。我聽見他和傑拉在說話。妳也在那裡，在那棟建築裡。」我回想起修改我的監視筆記，試著要決定宣布金莫莉是女孩還是女人，這時我寫字的手抽搐起來，在她床罩的柔軟織線上重演一次我把那詞劃掉的動作。

「什麼時候？」

「昨天。」我說，雖然現在感覺起來已經是好久以前了。

「嗯，那是不可能的。一定是其他人。」

「告訴我為什麼。」

「師父立下了靜默誓。」她小聲說，彷彿她此刻正在打破這個戒誓。「這五天來他一個字也沒講過。所以你不可能聽到他說話。」

我難得地語塞了。這是奧利奧人的邏輯，入侵了我的道德謎題。或者是又一道禪宗的謎題：一個沉默的和尚判他弟弟死刑是什麼聲音？

和尚愈安靜，黑話就愈花俏我想，記起了耳機裡聽到的對話。

「我不敢相信你會到處給人家裝竊聽器。」她說，聲音仍然很小。也許她想像這房裡現在就有個竊聽器。「你是要陷害這個叫法蘭克的人嗎？」

「不是，不是，不是。是法蘭克要我聽的。」

「他想要被抓？」

「他什麼也沒做。」我說。「除了被他哥哥，那個沉默的和尚，害死之外。」

雖然金莫莉存疑地打量著我，但她仍然繼續摩挲著趴在我腿上的貓的脖子和頭。我有比平常更驚慌的理由要忽視那些引人注意的感覺，從下面傳來的那種摩擦性的呼嚕聲和磨蹭。我努力克制著兩種不同的回應，兩種戳回去的可能方式。我保持直視金莫莉的臉。

「我想你有些事情搞錯了。」她溫和地說。「師父是個很溫和的人。」

「唔，傑拉．敏納是布魯克林的混混。」我說。「而且他們絕對是同一個人。」

「嗯。我不知道，萊諾。師父有一次告訴我他從來沒去過布魯克林。他是佛蒙特還是加拿大還是哪裡人。」

「緬因？」我問，想著那張被我藏進外套裡的傳單，那家傍水的避靜中心。

她聳聳肩。「我不知道。不過你應該相信我的話，他不是布魯克林人。他是個很重要的人。」她講起來好像這兩者互相抵觸似的。

「吃我布魯克林師父！」

這完全是挫折感造成的痙攣。比對她的看法和我的看法，我不但有一整個知識世界尚待建立，更得先拆除原先存在的那個世界。任何跟禪沾上點關係的人在她看來都是無可譴責的。而傑拉．敏納只消剃光他那可能本來就已經快禿了的頭，就用這廉價的行動換來了聖人殿堂中不可動搖的位置。

而且傑拉居然跟那一區切斷了關係，臉皮還真夠厚。

「萊諾？」

我伸手抓起水杯又喝了一口水，避不迎視金莫莉的眼神。

「你那麼做的時候有什麼感覺？」她說。「我是說，你在想什麼？」

她現在夠近了，我完全投降，把手伸向她肩膀，併起兩根手指用指尖很快地點了五下。然後我把水杯放到地板上，傾身向前，迫使架子在我腿上的位置做了模糊而舒服得頭昏腦脹的調整，我用雙手調正金莫莉的領子。那布料軟塌塌的，我試著把它立起來彷彿它上了漿，讓領尖立起來像踮腳的芭蕾舞者。我的大腦想著：你有什麼感覺而你是怎麼想的而想著你有什麼感覺，這變成了副歌，是我頑固必須的玩弄領子過程的原聲帶。

「萊諾？」她沒有推開我的手。

「容易罹患，」我輕聲說，低下眼睛。「想媽費用的。」

「這些字是什麼意思？」

「就只是字而已。沒有任何意思。」這問題讓我有點沮喪，讓我洩了氣，這是件好事：我因之能夠放開她的領子，停住我動個不停的手指。

在我收回手的時候，金莫莉短暫地碰了其中一隻。但我現在對她已經麻木了。她不再能夠平撫我的痙攣，她開始對我的痙攣投以的注意力頗令人羞辱。我需要讓這段談話回到公事公辦的基礎上。坐在這裡呼嚕叫、聽著別人呼嚕叫，是不會有任何成果的。在門外的這個城市裡，有個巨人兇手正在一無所懼地四處晃蕩，我的工作就是要找到他。

「妳對公園大道一〇三〇號知道多少？」我說，重拾我的調查，那師出有名的詢問。

「就是那棟很大的公寓嗎？」她又伸出手來摸理著架子的毛，她的身體離我愈來愈近。

「很大的建築，」我說。「是的。」

「師父的學生有很多都在那裡工作服務。」她輕鬆地說。「在廚房裡工作，打掃，諸如此類的。我有跟你說過，記得嗎？」

「門房？有人——當門房嗎？」我的病想把他們叫成狗屎，門剪，雙母音。我咬緊牙關。

她聳聳肩。「我想有吧。我是從來沒去過那裡。萊諾？」

「什麼事？」

「你來禪堂其實不是因為你對佛教感興趣吧，是不是？」

「我想我以為這點到現在已經很明顯了。」

「是很明顯。」

我不太確定要說什麼。我被縮窄到很小的一點，只想著法蘭克和傑拉和為了完成調查我可能要去的那些地方。我把自己擋起來，擋住金莫莉對我的溫柔，甚至也擋掉了我自己對她的溫柔。她是個不夠格的證人，更會造成我分心。而我這個調查員本身就已經提供自己很多分心的東西，太多了。

「你是來製造麻煩的。」她說。

「我來是因為有麻煩，是的。」

金莫莉逆向摩挲著架子體側的毛，更增加對我感官的刺激。我第一次把手放在貓身上，把金莫莉的手指從她造成的一團混亂上推擠開，然後把毛重新撫平摸順。

「嗯，總之我很高興認識了你。」她說。

我發出一個半狗半貓的聲音，類似「嚓啊汪」。

我們的手在架子的毛上碰在一起，金莫莉是把手移上來重新撥亂我剛撫平的地方，我的手則是先發制人地滑下去維持住我的工作成果。也只有像架子這麼大塊頭又滿不在乎的貓能忍受；要是換了母雞，牠早就跑到房間另一頭去自己把毛重新舔整齊了。

「你對我來說很奇怪。」金莫莉說。

「別為此感到難過。」我說。

「不會，但我指的也是一種好的奇怪法。」

「呃。」她拉扯著我的手指，我也有系統地回拉，於是我們的手交纏在一起扭動著，貓像是墊在底下的好脾氣床墊，像便宜旅館裡那種會震動的床墊。

「你想說什麼都可以說。」金莫莉低語。

「什麼意思？」

「那些字。」

「我喜歡。」

「當妳這樣摸著我的手，我就不太感覺有需要說了。」

「喜歡摸？」摸肩膀，摸企鵝，摸金莫莉——誰不喜歡摸？她又有什麼理由不喜歡？但我最多只能想到這再模糊不過的問題。我不僅對她來說很奇怪，在這一刻我對我自己來說也很奇怪：拉扯著，受到引誘，抗拒著。困擔心。

「是的。」她說。「你。這裡——」

她伸手摸索往後上方的牆上摸，關掉了燈。我們仍然被白色光線照出輪廓，曼哈頓散發的光從大房間滲漏進來。然後她靠得更近：現在是十二點零一分。她靠到我身邊來，貓被擠得移了位，毫不怨恨地起身走開了。

「這樣比較好。」我乏力地說，彷彿是在唸劇本。我們之間的距離縮短了，但我和我之間的距離巨大無比。我在半明半暗中眨著眼，視線直直朝前。現在她的手放在我大腿上，貓本來趴著的地方。我模仿她的動作，讓我的手指在她腿上對應的地方輕輕地動著。

「是的。」她說。

「我似乎沒辦法讓妳對我的案子很有興趣。」我說。

「哦，我是有興趣。」她說。「只是——要談對自己重要的事是很難的。跟一個新認識的人談。每個人都好奇怪，你不覺得嗎？」

「我想妳說得對。」

「所以你得先信任他們。因為過了一陣子之後一切就都會有道理了。」

「所以妳現在對我就是這樣？」

她點頭，然後把頭靠在我肩膀上。「但你沒有問我任何關於我自己的事。」

「對不起。」我驚訝地說。「我猜——我猜我是不知從何問起。」

「嗯，那你就知道我的意思了。」

「是的。」

我不用把她的臉轉過來吻她。我轉過去的時候她的臉已經朝著我了。她的唇小小軟軟的，有一點乾裂。我從來不曾在沒有先喝了幾杯的情況下吻過一個女人，也從來不曾吻過一個她自己沒有也喝了幾杯的女人。我嚐著她的味道，金莫莉用手指在我腿上畫圈圈，我也依樣畫回去。

「我做什麼你都照著做。」她在我嘴裡低語。

「我其實不太感覺有需要模仿妳，」我又說了一次。「在我們這麼接近的情況下。」這是實話。我從來沒有這麼不痙攣過：性興奮，緊貼向另一個人的身體，離開我自己的身體。但在金莫莉讓我不會想在對話中大聲痙攣的同時，現在我感覺可以自由地在我們的摸索中融入妥瑞症的元素，彷彿她正在協調我那兩個彼此不合的大腦達成新的了解。

「沒關係。」她說。「不過你倒是需要刮個鬍子。」

然後我們接吻，因此我無法回答，也不想回答。我感覺她拇指很輕地按在我喉結上，這部位我沒辦法摸回去。於是我改撫摸她的耳朵和下顎，把她拉得更近。然後她的手往下去，我的手也是，而在那一刻我感覺我的手和我的心智失去了原有的特定感，那種尖銳、數算的感覺，變成了朦朧的一般意識，伴隨著好奇心變得如夢而多變幻。我的手感覺起來不像手了，比較像是捕手手套，或者是米老鼠的手，是某種又寬又鈍又柔軟的東西。我摸她的時候並沒有邊摸邊數。我是在進行一般的普查，溫柔的採樣。

「你興奮了。」她低聲說。

「是的。」

「沒關係。」

「我知道。」

「我只是想提一下。」

「好的，是的。」

她解開我褲子的鈕釦。我笨拙地解著她的褲子，一條細腰帶前面繫了個結代替皮帶。我一隻手沒辦法解開。我們在對方的嘴裡呼吸，嘴唇一起滑動又分開，鼻子擠在一起。我找到一個地方繞過打結的腰帶伸進去，拉出她的襯衫。我手指放在她肚臍上，然後碰到了她捲曲陰毛的邊緣，用一根手指沿著邊緣摸著。她一陣震顫，一腳膝蓋擠進我兩腿之間。

「你可以摸我那裡。」她說。

「我正在摸。」我說，希望能更準確些。

「你好興奮，」她說。「沒關係的。」

「是的。」

「沒關係。哦，萊諾，這樣沒關係。別停，沒關係。」

「是的，」我說。「沒關係。」沒關係，沒關係：這是金莫莉的痙攣，終於顯現出來了。我可不會捨不得它。我轉動整隻手，聚集她，圍住她。她在我手裡流溢著。同時她找到了我四角褲的開口處。我感覺到兩根手指穿過那扇窗接觸到了我的一部分，瞎子摸象。我想又不想她摸，強烈地。

「你好興奮。」她又說，像是咒語一般。

「呃。」她擠著我，把我從內褲和自己裡解脫出來。

「哇塞，老天，萊諾你有點大耶。」

「而且彎。」我說，這樣她就不用說了。

「這樣正常嗎？」

「我猜看起來是有一點不尋常吧。」我喘息著，希望這一刻快過去。

「不只一點，萊諾。」

「有人——有個女人告訴我說它像個啤酒罐。」

「這種話我聽說過。」金莫莉說。「但你的好像，我不知道，好像是個被壓過的啤酒罐，準備資源回收。」

我就是這樣。在我微不足道的經歷中，每次脫下衣服就一定會聽到有關它的評語——怪胎秀裡有怪胎秀。不管金莫莉是怎麼想的，都沒有阻止她把我從內褲裡掏出來握住，讓我感覺自己在她涼涼的掌中渴望得好沉重。我們連成一道電路：嘴巴、膝蓋、手，和手裡的東西。這感覺不錯。我試著用我的手跟上她手的動作節奏，沒成功。金莫莉的舌頭舔舔我下巴，再度找到我的嘴。我發出一聲哀鳴，不是任何字的一部分。語言被摧毀了。貝里，他出城去了。

「要說話沒關係。」她低語。

「呃。」

「我喜歡，呃，我喜歡你講話的時候。你發出聲音的時候。」

「好。」

「跟我說，萊諾。」

「說什麼？」

「我的意思是，說些什麼。就像你平常那樣。」

我張口結舌地看著她。她的手正讓我步步逼近發出跟字詞毫無關聯的聲音。我試著用同樣的方式讓她分心。

「說話，萊諾。」

「啊。」我真的只想得出這一句。

她喘息著吻我，然後臉往後退，帶著期待的表情。

「一心！」我說。

「就是這樣！」金莫莉說。

「風彭！」我大叫。

另一個對我妥瑞症的詞彙做出重要貢獻的人是一個名叫唐·馬丁的漫畫家，我十一、二歲時第一次遇上他，是在聖文森地下室桌球間一個箱子裡、一堆破破爛爛的《瘋狂》雜誌[19]上。我常把他的畫翻來覆去地看，試著找出他筆下那些人物是怎麼回事，那些眼睛、鼻子、下巴、喉結、膝蓋都暴凸出來，舌頭手指和雙腳都又長又寬像旗幟，被命名為布林特教授、P·卡特·富拉尼、富林賓太太、風彭先生的人物，究竟是為什麼撥動了我內在深處的一根弦。他筆下的生命意象是誇張、爆炸性的，人頭被拉長縮小，外科醫師砍下鼻子丟掉大腦又把手縫反，掉落的保險箱和金屬壓榨機把人砸扁或者壓成方形包裹，小孩吞下衣架和高蹺身體就隨之變成那個形狀。他那些不得安寧的人物以一種怪異的體態在那一格格畫框裡移動，似乎拚命要前去跟消防栓、旋轉的

[19] 這是美國著名而重要的幽默漫畫雜誌，創刊於一九五二年，至今仍在發行。

刀鋒，以及吊橋發生災難性的接觸，而他那種不太成熟的笑點句子大多是利用語句的反轉或字面意義——「孩子們在樓上，耳朵緊黏著收音機」——不然就是徹頭徹尾的毀滅。《瘋狂》通常把唐．馬丁漫畫的最後一格放在下一頁，讓人不知道最後的高潮會是視覺雙關語、亂用字詞，或者只是一個全身打上了石膏的人跌出窗外即將被壓路機輾個正著。但大部分我記得的都是那些他畫出的身體的扭曲變形線條：這些人物出生在畫頁上就已經碰到了災難，而他們更極端的命運只不過是實現了他們的本質而已。這在我看來很有道理。而風彭也有道理。他有一個我可以用來接龍的名字。有一段時間他幾乎替代了貝里，至今也依然可以在我常加在句尾的電話或澎這些字中找到他的蹤跡。

在我跟另一個人性交的時候，我的身體開始劇烈振動、動得更快，我的腳趾蜷起，我的眼睛轉動，這時我就感覺自己像個唐．馬丁的人物，一個風彭，只剩下手肘和O形腿和迴力鏢般的陰莖和咕嚕作響的喉嚨，籠罩在飛濺的汗水和音效中：咻，噠，啾，彈悠悠，啪啦啪啦。超過達菲鴨，超過亞特．卡尼，超過我病徵的任何其他代表人物。唐．馬丁的畫充斥著搏動的暗示，暗示所有擾亂破裂性的感覺都與性有關。儘管他的領域讓他不能表達得很明顯，但他的人物充滿了淫蕩的能量，必須改由痙攣和發作、爆發和變形來表現。他那些可憐的在劫難逃的風彭們似乎為我畫出了從抽搐到高潮的路徑，性愛首先平撫了痙攣，然後用一個暴烈的替身來取代：小死[20]，大痙攣。所以這也許是唐．馬丁的錯，使得我總是預期性交後會出現懲罰，畏縮地等著壓路機輾過來或者鐵砧從天而降。

金莫莉可能從我身上感覺到了這種恐懼，怕這一頁就要翻過去，讓我這漫畫的最後一格冒出某種可笑的災難。關於唐・馬丁的另一項事實是：他從來不重複用同一個人物——每一個都是無辜的卒子，不會從前一期漫畫裡帶來什麼殘留，不了解他的角色或命運。風彭是個佔位置的東西，是個用後即棄的複製品或傀儡。是屁囊團的一員。

「有什麼不對嗎？」她說，停下了她正在做的事，我正在做的事。

「一切都沒事。我是說，比沒事更好。」

「你看起來不像是沒事的樣子。」

「只有一件事，金莫莉。答應我妳不會回禪堂去。至少這幾天不要去。」

「為什麼？」

「信任我就是了，好嗎？」

「好。」

在這個她的神奇字眼[21]之後，我們就不再說話了。

一等金莫莉睡著，我就穿好衣服，躡手躡腳地走到她放在大房間地板上的電話旁。架子跟著我走進來。我在牠頭上點了五下，牠立刻再度發出粗嘎的呼嚕聲，然後我把牠推開。電話的塑膠

⑳ 英、法文中常以「小死」來代稱性高潮。

㉑ 金莫莉常講的OK一字被萊諾稱為她的痙攣和神奇字眼，但此字在不同上下文中有不同的意思，如前述的「沒關係」和這裡的「好」等等，很難有一致的中譯。

格子裡寫著號碼。我把號碼輸進門房手機的快速撥號鍵裡，每嗶一聲我就瑟縮一下，嗶嗶聲在這沉默空蕩的房間裡迴盪像帶著音調的槍響。但睡在床墊上的金莫莉一動也沒動。她四仰八叉地躺成個大字形。我想走過去跪在她身旁，用我的指尖或呼吸沿著她的線條移動。但我只是找出了她的鑰匙圈，拆下了那五支鑰匙。這公寓的鑰匙很容易辨認，我只留下了這一支——她要進樓下大廳就得應付那些多疑的鄰居了。我拿走了其他四支，猜想其中一支能讓我進入禪堂。剩下兩支八成是奧利奧人他家的。那兩支我會丟掉。

車體

現在看看我，凌晨一點在禪堂門前下了另一輛計程車，檢視街道上有沒有跟蹤我來的車，檢視停在死寂街道上的車輛裡有沒有洩漏天機的菸頭火光，雙手在夾克口袋裡移動、抓著他們或許會以為是槍的東西，豎起領子遮擋寒風像敏納一樣，此刻鬍子沒刮也像敏納一樣，鞋子踏在人行道上發出嗶剝聲：比方說，就想想著色畫裡面的青蜂俠吧。那就是我應該有的樣子，一個穿著外套男人的線條輪廓，領子上方露出戒備懷疑的眼睛，弓起肩膀，朝衝突前進。

真正的我則是這樣：同樣的著色畫式男人線條輪廓，但是是一個瘋狂或隨意或智障的孩子用蠟筆畫出來的，大抹大抹白癡的色彩，亂七八糟的污點模糊了劃分男人與街道、與世界的界線。這些色彩其中有些是金莫莉在我腦中的新鮮影像，讓我回到一小時以前的西城，一道道蠟筆線條和箭頭像夜空裡在中央公園上方的火光。其他的就沒有這麼美麗了，是咆哮怒視的狂亂，十呎高的大字塗抹著找到一個人殺一支電話操一個計畫像閃電或跑車火焰穿梭在我腦中。還有我充滿罪惡感的調查筆記裡那發黑鋼刷似的潦草字體：我想像敏納兩兄弟和東尼．維蒙提和客戶們的聲音在我頭頂和四周糾結成團，織成一張我必須穿透解開的背叛之網，我剛剛才發現那個虛有其表的世界其實只是我自己隨身攜帶的一片雲，我從來沒看過雲外面是什麼樣子。於是我過街走向禪堂的門，看起來或許比較不像青蜂俠，而是一整窩被激怒的蜂。

我第一個舉動是到隔壁去看看。我找到了原來那個門房德克，他正坐在凳子上睡覺。

我一手抬起他的頭，他猛然驚醒掙脫我的手。「哎唷！」他大叫。

「你還記得我嗎，德克？」我說。「我坐在一輛車裡。你告訴我說有個『朋友』要傳個口信給我。」

「哦？當然，我記得。抱歉，我只是照別人告訴我的話做。」

「當然嘍。而且我想你以前也從來沒見過那傢伙，是吧——德國工人，德克踢名字？」

「我以前從來沒見過那傢伙。」他吐口氣說，眼睛睜得大大的。

「他的個子非常高大，對吧？」

「對！」他眼珠子朝上一轉顯示其高大程度。然後他攤開雙手，拜託我耐心對待他。我向後稍退，他站起來把外套整理好。我幫著他整理，尤其是在領子四周。他沒有反對，因為太睏或者被我的問題搞得太困惑了。

「他叫你來給我傳假口信，是付錢給你還是只是用嚇的？」我比較溫和地問。對德克發怒也是白搭。而且我對他有種模糊的感激，因為他確認了那個巨人的存在。我另一個確定的目擊者是吉伯特，正關在牢裡。金莫莉已經讓我懷疑起我的眼睛了。

「個子那麼大的人是用不著付錢的。」德克誠實地說。

那些偷來的鑰匙其中一把讓我進了門。這一次我沒脫鞋，走過打坐室上樓去，經過金莫莉和我一起坐著喝茶的那層樓，往上去到師父的私人住處——也就是傑拉．敏納的藏身處。我愈往上走，走廊就愈暗，等到上了頂樓，我只能摸索著朝一扇關著的門底下擠出的一隙縫光線前進。我轉動把手推開門，對自己的畏懼感到不耐。

他的臥室跟他重新發明出的自己很一致。室內全無家具擺設，只靠牆放著一條低矮的長架子，其實只是一條木板搭在幾塊磚上，上面放著一些蠟燭和書本、一杯水和一小缽灰，上面寫著日文，想來是某種迷你神龕之類的。這光禿的房間讓我想到金莫莉那空蕩的公寓，但我憎恨這種類似，不想認為金莫莉是受到傑拉那套虛偽的禪意影響，不想想像她曾造訪過他私人的這層樓、這處巢穴。傑拉坐在地板上一張扁扁的床墊上，背後靠著枕頭，雙腿交叉，膝上的書合著，姿態平靜，彷彿他一直在等我。這可能是我第一次跟他直接面對面——我想我十幾歲那時候從來沒直接跟他講過話，頂多是偷偷瞥一眼罷了。燭光中我首先看清了他的側影：他的下顎和脖子變粗了，因此他的禿頭似乎是從他的圓肩膀上伸出，像眼鏡蛇昂頭鼓起的線條。也許我受到那禿頭的影響太大，但在我的眼睛適應了光線之後，我無法不注意到他和法蘭克．敏納模樣的差別就好像馬龍．白蘭度在《現代啟示錄》和《岸上風雲》兩部電影中的差別。

「那驚恐那驚恐❶，」我痙攣。「我或許可以爭取！」這兩句像是對聯一樣。

❶馬龍．白蘭度在《現代啟示錄》中的著名台詞。

「你是萊諾．艾斯洛，對吧？」

「不來白不來．切絲裹。」我更正。即將出口的痙攣在我喉頭搏動。我太清楚意識到背後那扇開著的門，因此我的脖子也抽搐著，有很強烈的衝動想回頭張望。門房可以從開著的門跑進來，誰都知道這一點。「這棟建築裡還有別人嗎？」我說。

「就我們兩個。」

「介意我關上門嗎？」

「請便。」他仍保持在床墊上的位置一動也不動，只是平穩地注視著我。我關上門，往房間裡只走到離門夠遠的地方，這樣才不會一直想伸手去搆背後的門扇。我們在燭光照耀的房裡面對面，彼此都是來自對方的過去，彼此對對方都意味著那個失去了的人，那個前一天被殺死的人。

「你剛打破了你的靜默誓。」我說。

「我的接心已經結束了。」他說。「何況今天打坐的時候，你相當徹底地終結了靜默。」

「我想你雇來的那個殺手也有點關係。」

「你這話講得不用大腦。」他說。「我記得你在這方面有些問題。」

我深吸一口氣。傑拉的平靜從我內在召喚出了大批要彌補安靜的聲音，無數可能的尖叫和罵人話我需要克制。一部分的我想把他從那禪意門面後哄騙出來，暴露出潛伏在底下的法院街之主，讓他重新成為法蘭克的哥哥。結果從我口中講出的是一個笑話的開頭，出自「曾經逗笑過法蘭克．敏納」的檔案室最深處：

「有這麼一個修女會。」

「一個修女會。」傑拉複述。

「普通會修女電話！——一個修女會。就像修道院那樣。你知道，僧院。」

「僧院是和尚住的。」

「好吧，那就修女院。計畫院，修女道館！——女修道院。她們這些修女呢，全都立下了靜默誓，發誓一輩子保持靜默，OK？」我是身不由己地被驅策，淚水湧上眼角，好希望法蘭克活著能來救我，告訴我說這個笑話他已經聽過了。但現在我必須說下去。「除了每年有一天，有一個修女可以說一句話。她們輪流，一年輪一個修女。了解嗎？」

「我想我了解。」

「然後就到了大日子——巴納門大修女！畜養鬼電話！——大日子那天，大家全都坐在晚餐桌旁，那個輪到說話的修女張開嘴說『這湯難喝死了』。其他的修女全都面面相覷，但沒有人說話，因為她們發了靜默誓，所以就這樣，一切回歸正常。接下來又是一年的靜默。」

「很有紀律的團體。」傑拉說，帶著點敬佩的意味。

「對。然後一年過去了，又到了那一天，輪到另一個修女了。大家坐在那裡，這第二個修女就轉過去對第一個說：『不知道，也許只是我的問題，但我不覺得這湯有那麼差』——就這樣，回歸沉默。又是一年。」

「唔。想想在這樣的一年裡人可以達到什麼樣的觀想境界。」

「我自己是從來沒想過。總之，月曆一張張翻過去，特別的那一天——翻拉松！幹個門！翻毛！藤崎！掠過工藝！——特別的那一天又到了。輪到第三個修女了——修女操電話！——然後這第三個修女就看著第一個和第二個說：『一天到晚就知道吵嘴。』」

一片靜默，然後傑拉點頭說：「那一句就是關鍵笑點了。」

「我知道那棟建築的事。」我說，努力喘過氣來。「還有藤崎公司。」不操條魚我在舌頭下低語。

「啊。那你知道得很多嘛。」

「是啊，我知道一點。而且我也見過你那殺人機器了。但你也有看到他把我拖出去、拖下樓。那個吃金桔的。」

我極度渴望看見他退縮，渴望以我的優勢、我得知的事情讓他印象深刻，但傑拉絲毫不為所動。他揚起眉毛，那對眉毛在他額頭那片空白畫布上很是活動了一番。「你和你那些朋友，他們叫什麼名字來著？」

「誰？你是說敏納幫？」

「是的——敏納幫。這個詞形容得很好。我弟弟對你們四個人來說很重要，是不是？」

我點了頭，又或者沒點，但總之他繼續說下去。

「你們真的一切都是他教的，我想。你講起話來跟他一模一樣。這種生活真古怪。你明白這一點，不是嗎？明白法蘭克是個很古怪的人，用一種奇怪、時代倒錯的方式過生活？」

「他的生活有什麼漫畫式❷的？」

「是時代倒錯，」傑拉耐心地說。「意思是來自另一個時代。」

「我知道那個詞是什麼意思。」我說。「我問的是他的生活有什麼時呆刀錯的？」我精神太緊繃了，不想倒回去修補我那被痙攣弄得坑坑洞洞的字句表面。「總之，說他制訂質錯是跟什麼比？跟一百萬年前的日本神秘教派比嗎？」

「你跟法蘭克一樣，都把無知變成一種侵略性的態度。」傑拉說。「我想你是替我說出了我的重點。」

「重點是什麼？」

「我弟弟只教給你們他知道的事，而且還不是所有的事。他讓你們感覺入迷、感覺很不得了，但也讓你們搞不清楚狀況，因此就連對他那個小世界，你們的所知都是縮水的、平面的。也可以說是漫畫式的。我覺得很驚人的是，你一直到剛剛才知道公園大道那棟建築的事。那必然真的讓你很震驚。」

「啟示我吧。」

「就在我們講話的現在，你口袋裡一定也有我弟弟的錢吧，萊諾。你真的相信那是偵探工作賺來的嗎，就憑那些他設計出來讓你們這些孩子有得忙的雜零狗碎差事？或者也許你想像他的錢

❷時代倒錯 anachronistic 和漫畫式 cartoonistic 語尾相同。

都是拉屎拉出來的。這也不比靠偵探社賺錢更不可能。」

拉屎是不是傑拉那禪意門面上的一道裂縫，露出了一點布魯克林？我想起那個年紀比較大的和尚宣稱「大便禪」是毫無價值的。

「法蘭克跟危險的人混在一起。」傑拉繼續說。「而且他偷他們的錢。報酬和風險都很高。至於他永遠過這種豐衣足食的生活的機會則很低。」

「給我說說溫柔地愚弄我❸——藤崎的事。」

「那棟建築是他們的。敏納在管理部分插了一腳。其中牽涉到的錢數目大得會嚇呆你，萊諾。」他期待地看了我一眼，彷彿這句話就該代替那些錢嚇呆我，讓我震驚得馬上罷手不查、並退出他的臥室。

「這些人，他們的另一個家就是座島。」我引了垃圾條子的話——倒不是說這句話有可能是他自己發明的就是了。

傑拉古怪地對我微笑。「對每一個佛教徒而言，日本都是他的另一個家。而且是的，那是一座島。」

「誰是佛教徒？」我說。「我說的是那些錢。」

他嘆了口氣，微笑沒有消失。「你實在太像法蘭克了。」

「你又扮演什麼角色，傑拉？」我想讓他跟我一樣感到作嘔。「我是說，除了安排你弟弟到那波蘭人的懷裡去送死之外。」

現在他露出寬宏大量的笑容。我愈是攻擊他，他的寬恕和優雅就會愈深刻——那個微笑是這麼說的。「法蘭克總是很小心，盡可能不讓我暴露在危險之中。我從來沒被介紹給藤崎的任何人過。我相信我都還不認識他們，除了你昨天引來這裡的那個大個子殺手之外。」

「奧爾曼是什麼人？」

「管帳的，也是紐約人。他跟法蘭克合夥污那些日本人的錢。」

「但你從來沒見過那傢伙。」

我是想要他聽出其中的諷刺，或者該說是我引用的法蘭克．敏納的諷刺。但他毫無所覺地說下去。「沒有。我只提供勞力，交換與我這座禪堂抵押貸款等量的佣金。佛教是藉由人能找到的任何方式來傳播的。」

「做什麼的勞力？」我腦袋裡糾纏著任何方式來傳播，人都播種來船東，扔來穿著紅通通，但我把它甩開。

「我的學生負責那棟建築裡的維修和服務工作，作為他們修行的一部分。打掃、烹飪，就像在修道院裡做的事一樣，只是場所稍微有點不同。跟那麼一棟建築簽合約包攬下這些服務，是好幾百萬的生意。我弟弟和奧爾曼把差額大部分都送進了自己的口袋。」

「門房。」我說。

❸溫柔地愚弄我（fool-me-softly）與「藤崎」（Fujisaki）押頭韻。後半部分來自名曲 Killing Me Softly With His Song。

「是的。也包括門房。」

「所以藤崎就差遣巨人去做掉法蘭克和那個管帳的。」

「我想是這樣。」

「而他昨天只是剛好用禪堂來當他的陷阱？」我又說出一句敏納口頭禪：「別想遞給我什麼兩噸重的羽毛。」現在我只要有任何機會就插上一句敏納的話，彷彿我可以用他的語言製造出一個魔法土偶，然後賦予它生命，用來進行報復、找出那個或那些兇手。

我意識到自己站在傑拉的房間裡，腳踏他的地板，雙臂放在身側，始終沒有向他靠近，他就那麼坐在那裡朝我發出愉悅的禪意微笑，不理會我的指控和痙攣。我是個大個子，但我既非魔法土偶也不是巨人。傑拉並非在沉睡中被我驚醒，我的哀傷敵意也沒有打亂他的平靜。我沒有拿槍指著他。他不需要回答我的問題。

「我其實不太相信高度精密的殺手。」傑拉說。「你呢？」

「夠多精密殺電話。」我痙攣。

「藤崎公司冷酷無情——大公司的那種冷酷無情法。但在大公司的冷酷無情當中，執行暴力的部分也是隔著一層的，是由一股只是名義上受他們控制的勢力去執行的。在你講到的那個巨人身上，他們似乎找到了一種原始存在——他的真實本質就是殺人。然後，就像你說的，差遣他去對付那些他們認為背叛了他們的人。我不確定那殺手的行為可以真正加以解釋，萊諾。以任何人性角度解釋。」

傑拉的說服力是敏納風格的一種變體，現在我看出來了。我感覺到它的力量，真實地動搖著我。然而他這番不信高度精密殺手的話，也讓我想起東尼用蝙蝠俠、詹姆士．龐德對抗超級大壞蛋的笑話來嘲笑瑟米諾警探。這是否洩漏出線索，表示傑拉和東尼是一夥的？還有茱莉亞呢？我想引用法蘭克死去那晚與傑拉的對話：她想念她的拉嘛喇嘛叮噹，以查出他是什麼意思。我想問波士頓的事，想問法蘭克和茱莉亞的婚姻——傑拉有參加婚禮嗎？我想問他想不想念布魯克林，還有他是怎麼把頭弄得那麼光亮的。我尋找著一個能代表我千百個問題的問題，結果冒出來的是：

「什麼人性角度？」

「在佛教裡，萊諾，我們了解到這個塵世裡每一樣東西都包含佛性。法蘭克有佛性。你有佛性。我感覺得到。」

傑拉停頓了長長的一分鐘，讓我思考他的話。佛腥，我差點脫口而出。他再度開口的時候充滿了自信，認為我們之間有著不受懷疑或畏懼阻撓的同情心。

「還有一個你們敏納幫，萊諾。他正在往這件事情裡面擠，我怕他可能已經惹毛了那個殺手。東尼，他是不是叫這個名字？」

「東尼．維蒙提。」我說，感到非常驚異——傑拉彷彿讀出了我在想什麼。

「是的。他想要踩著我弟弟的步伐前進。但從現在開始藤崎會更留意他們的錢，我想。這樣對他毫無好處，壞處倒是很多。也許你可以去跟他講講。」

「東尼跟我不太……溝通得不太好，從昨天開始。」

「啊。」

我感到心裡湧起一股關心東尼的感覺。他只是個粗心大意的冒險者，在每一件事情上都急切地想模仿法蘭克．敏納。他是我家庭裡的一員——L&L，敏納幫。現在他一頭栽進大麻煩裡，四面楚歌，受到巨人和瑟米諾警探和客戶們的威脅。只有傑拉和我了解他有多危險。

我一定是靜默了一分鐘左右——對我來說簡直算是接心了。

「你和東尼一起經歷了失去我弟弟的痛苦。」傑拉輕聲說。「但你們還沒有真正團結在一起。要有耐心。」

「還有另一個因素。」我說，現在有些猶豫，受到他那富有同情心的聲調引誘。「這件事可能還有別人混在裡面。事實上是兩個人——馬槽咖哩和與人為敵！——呃，馬崔卡迪和拉可佛提。」

「不會吧。」

「就是的。」

「你絕對想不到我聽到這兩個名字有多遺憾。」絕對不要說這兩個名字！敏納在我記憶的回音室裡警告著。傑拉繼續說下去：「那兩個可不是標準的原型嗎？顯示出我弟弟跟危險的人牽扯在一起的傾向——還有用危險的方式剝削這些危險的人的傾向。」

「他偷他們的錢？」

「你記不記得有一次他需要離開紐約一陣子？」

怎麼不記得！突然間傑拉簡直要解開我人生在世那些最深的謎團了。我真的很想問他，那貝里又是誰？

「我本來希望他已經跟他們沒瓜葛了。」傑拉沉思著說。這是我看到他最接近受到驚動的時候，我最接近刺激到他的時候。只是現在我不確定我想這麼做了。「盡可能避開他們，萊諾。」他繼續說。「他們是危險的人。」

他視線回到我臉上，眨眨睫毛，揚揚他那表情豐富的眉毛。要是我站在碰得到他的範圍內，我就會試著去兩手合包住他的頭、用大拇指摸他的眉毛，只為了平撫這個我引起的小小擔心。

「我可以再問一件事嗎？」我差點要叫他師父了，我皈依得還真是徹底。「然後我就不再煩你了。」

傑拉點頭。高僧喇嘛願意接見妳，古霈曼太太。

「禪堂裡有沒有——宗彭！——有沒有任何人牽扯在這件事裡？有沒有人——親我快點！殺我早點！餅乾怪物！——可能成為那個殺手的目標？那個老嬉皮，華勒斯？還有那個女孩——親著我——金莫莉？」我試著不要洩漏這個問題背後特別含有的溫柔和希望。我在問這問題的過程中冒出的那一串尖叫，究竟會讓我顯得比較不在乎還是比較在乎，這我就說不上來了。

「沒有。」傑拉和藹地說。「我在個人方面做出妥協，但不會連累到我的學生或影響我為人師表的行為。華勒斯和金莫莉應該很安全。你擔心他們真是好心。」

我也擔心扁臉和一個樣，我想說。學生都得去做那種事了還不算連累嗎？我很懷疑。

而且我也看到傑拉向巨人心照不宣地點了那一下頭。

這三者——扁臉、一個樣，還有那一下點頭——是一首非常動聽的歌中三個走調的音符。但我忍住沒說話，感覺我能在這裡問出的東西已到了極限，現在該走了。我要趕在巨人之前先找到東尼。而且我需要踏出傑拉那深具說服力的燭光之外，整理出我們漫長討論當中的虛假和真實、禪意和廢話。

「我要走了。」我尷尬地說。

「晚安，萊諾。」我關上門的時候他仍在注視著我。

再想想，紐約市地鐵的確是有那麼一點模糊的妥瑞症味道，尤其是深夜時分——每個乘客的注意力都得來回舞動、視線各處飄散。而且地鐵有一大堆不該碰的東西，尤其是依照某個順序：例如，先碰這根柱子再碰自己的嘴唇。而且隧道四壁就像我腦袋裡一樣，滿是一層又一層傾洩而出、沒有條理的語言——

但我現在趕得不得了，或者該說有兩件事要趕著做：回到布魯克林，並在回到那裡之前理清我對傑拉的想法。我一分鐘都不能浪費在思索我自己從列辛頓搭車前往聶文斯街的這具身體上——四號列車那黏答答、滿是塗鴉的貼近存在沒有吸引我或讓我分心，你也可以說我是用法術傳送出去、或者坐在魔毯上飄向布魯克林的。

L&L的店面燈火通明。我是從對面的人行道走過來的，很有自信在黑暗街上的我不會被辦公室裡的人看見——為了準備從街上窺探我其他的敏納幫同事，我只不過在那片玻璃的那一側待了兩三千個晚上罷了。我不想一腳踏進陷阱裡。瑟米諾警探可能在那裡，或者，誰知道，也許是東尼和一票門房。要是能從遠處看到些什麼，我就要先看看。

現在幾乎兩點半了，伯根街的門都關得緊緊的，夜色冷得足以把坐在門階上喝酒的人都趕回屋裡去。史密斯街稍微多點生命跡象，吉奧超市亮著燈像座燈塔，照顧那些整夜需要菸抽的人，那些坐在巡邏車裡需要來個貝果或喉糖或其他啥玩意兒的條子。四輛L&L的車四散停在靠近店面的停車位上：吉伯特和我從醫院回來停好後就沒動過的敏納的死亡之車、東尼在客戶們那棟赤褐色砂石建築前等著偷襲我的龐帝克、一輛敏納喜歡自己開的凱迪，還有一輛Tracer，這輛現代主義藍色泡泡形的醜車通常都是丟給我或吉伯特去開。我走到與店面齊平的地方，慢下腳步，然後轉頭。好不容易有一次我轉頭是有充分理由的，這感覺很好，溯及既往地認證了其他幾十億次的痙攣。我經過時認出了裡面兩個敏納幫的身形：東尼和丹尼，都籠罩在一片香菸煙霧中，丹尼手拿一份折起來的報紙坐在櫃檯後面，全身散發著酷勁，東尼則在踱步，全身散發著酷勁的相反。電視開著。

我走了過去，走到史密斯街角，然後轉身走回來。這次我在L&L正對面那棟公寓大樓門口的短短台階上就位。這個據點很安全。要是我覺得自己有可能會被他們發現的話，我可以縮下頭，透過一輛停著的車的車窗看過去。否則我就只需靠坐在側邊，研究著店面燈光下的他們，直到發生什麼事或者我決定該怎麼做為止。

丹尼——我給了丹尼・范托片刻時間。他正在輕舟滑過這次危機，就像他到目前為止都輕舟滑過人生一樣，他那麼泰然沉著，簡直就是一種周圍環境的存在。吉伯特在牢裡，我跑遍四處拚命追查，丹尼則整天坐在店裡，回絕叫車的電話，抽菸看體育版。我並不真的認為他會是任何陰謀的犯罪主腦，但如果東尼會跟L&L圈子裡的任何人共謀或起碼對之透露秘密，那就會是丹尼。就目前的狀況而言，我決定我絕不能理所當然地信賴丹尼不會在背後捅我一刀。

這就是說，除非他們兩個人分開，否則我不會進去跟他們任何一人談話。或者說如果他們兩個人是分開的——東尼掏出槍朝我揮來晃去的景象還鮮明得很，足以讓我暫停下來。

總之，在我決定要怎麼做之前，有事情發生了——我怎麼不意外呢？但那件事是相對來說司空見慣的老套，甚至令人安心。就像是伯根街上日常生活的鐘響聲，這日常生活已經讓人感覺到懷舊了。

往東一個路口，在伯根街和霍伊街交叉口，有一家整修重建得很優雅的酒館叫做貝倫丘客棧，吧檯鑲嵌的古董鏡子閃閃發亮，CD點唱機的曲目偏向「藍調」和「史塔克斯放克」，顧客群是曼哈頓化的單身專業人士，他們不會去有電視的酒吧，回家不會搭地鐵，敏納幫之流也不配加入他們。只有敏納去過貝倫丘客棧，他開玩笑說那裡面每個人都是某某人的助理：地方檢察官的、編輯的，或影像藝術家的。客棧裡打扮入時的人群每一天晚上都嘰哩咕嚕打情罵俏到凌晨兩點，對這一帶過去或現在的現實毫無所覺，然後隔天在中城他們那些太貴的公寓裡或辦公桌上補眠。酒館打烊之後時常會有三三兩兩的人搖搖晃晃地沿街走來，試著叫輛L&L的車回家——有時候會是一個單身女人，或者是兩個剛湊成對、醉得不能任他們自生自滅的人，我們就會出車。大部分時候我們則都宣稱沒車了。

但客棧的兩個年輕女酒保我們都很喜歡，夕歐蓓和歡迎。夕歐蓓是個正常的名字，歡迎這爛名字則是她父母嬉皮理想的傑作，但她們兩個都是布魯克林人，有著愛爾蘭的古老靈魂——至少敏納是這麼宣稱的。她們是室友，住在公園坡，可能是情人（這也是根據敏納的說法），靠當酒保賺錢讀研究所。每天晚上她們其中一人都得負責關門——客棧老闆很小氣，過了午夜就不讓她們兩個都留下來。只要我們不是實在忙於盯梢跟監，總是會開車送關門的人回家。

今天晚上是歡迎來到了L&L門前，然後進去。我看見東尼朝丹尼點點頭，然後丹尼站起來摁熄一根菸頭，掏掏口袋確定有鑰匙，也點了點頭。他和歡迎開門走出來。我縮下頭。丹尼帶著她走向那輛凱迪，它停在一排車的最前面，在史密斯街口。她繞過去坐在前面的乘客座，不像平常坐在後座。丹尼砰地關上他那側的門，車內小燈熄了，然後他發動引擎。我往回瞥一眼，看見這時東尼正在翻L&L櫃檯背面的那些抽屜、在找什麼東西，他那種亡命之徒的精力突然有了目標。他兩手並用，香菸叼在嘴裡，匆匆忙忙地在櫃檯上翻看那些文件紙張。我想我得到了一項模糊的資訊：東尼並非一切都信任丹尼。

然後我看見一個龐大的影子動了動，在一輛停在L&L那一側的車裡，離店面只有幾碼遠。

錯不了。

是那個金桔大腳[4]。

那輛車是經濟型，鮮紅色，他塞在裡面看起來車子像是包在他身體外鑄造的。我看見他側向一邊，看著丹尼和歡迎開的那輛凱迪轉過史密斯街角，閃著煞車燈消失了蹤影。然後他把注意力轉回店面；他側影的鼻子不見了、由一隻象耳般的耳朵取代，由此我分辨出他的動作。巨人正在做我正在做的事，監看L&L。

他注視東尼，我注視他們兩人。此刻東尼有趣得多了。我很少看到他讀東西，也從來沒看到他讀得這麼仔細專注過。他正在那堆他從敏納抽屜裡翻出的紙張中找什麼東西，他緊皺著眉，唇叼著菸，看起來像是艾德華．R．蒙羅[5]的混混兄弟。他沒找到，現在繼續在另一個抽屜裡挖，研究著一本筆記本，隔著一條街我也認得出那是前一天我寫下盯梢紀錄的那本。這本他更快就拋開了，繼續翻找其他抽屜，我試著不要覺得是針對我個人而生氣。

巨大的人影把一切都看在眼裡，滿足而自得。他一手從車窗下方的某處舉起來，短暫地遮住嘴；他咀嚼，然後向前傾，吐出某些種子或果核。這次是一袋櫻桃或橄欖，某種巨人可以一次吃上一大把的東西。或者是一包綜合果豆，而他不喜歡裡面的花生。他注視著東尼就像一個熟知劇本歌詞的歌劇觀眾，只好奇於那熟悉的情節這一次會如何演出的細節部分。

東尼翻完了抽屜，開始向檔案櫃下手。

巨人咀嚼著。我一邊隨著他咀嚼的節奏眨眼，一邊數著咀嚼和眨眼的次數，用這幾乎無形的煩亂動作佔據我妥瑞症的大腦，試著待在門階上像隻蜥蜴般一動也不動。他只消轉過頭來就可以發現我。我的所有優勢就在於看見別人但不被別人看見；除此之外我對巨人毫不佔上風，從來都如此。如果我要保持這麼一丁點的微薄優勢，就需要找個比較好的藏身之處——而且如果能進到什麼地方、離開這凜冽寒風也會是好事一樁。

L&L那三輛還在的車是我最佳的選擇。原本照理說我會比較想進那輛龐帝克，但它就停在巨人的車前方，在他視線輕易可及的範圍內。不管那輛死亡之車緊閉的車窗裡可能有什麼陰魂或更實在的敏納留下的氣味痕跡，我都確定我不想去面對。這樣就只剩下那輛Tracer了。我在口袋裡摸到我那堆鑰匙，找出最長的三支，其中一支是Tracer的。我正準備縮著頭走下人行道、鑽進Tracer裡，丹尼開的那輛凱迪拉克就再度出現了，沿著伯根街飛馳而來。

他在路口那同一個車位停好車，走回L&L。我在台階上縮成一團，扮成醉鬼。丹尼沒看到我。他進門，讓正在翻找文件的東尼嚇了一跳。他們交談了一兩句，然後東尼把抽屜推上，向丹尼又要了根菸。小車裡的那個影子繼續注視著，充滿無限的自信和平靜。我想東尼和丹尼都沒見

❹ Sasquatch又名Big Foot，是美加地區傳說出沒的巨大類人生物，身高七呎左右，全身長毛；多年來皆有人指證歷歷表示曾目擊甚至拍攝到其影像，但至今未獲證實。

❺ 知名電視記者。

過這巨人，所以他不像我那麼需要擔心引起注意。但光是推理並不足以解釋那巨人的沉著自若。如果他不是傑拉的學生，看起來也夠像的：他具有真實的佛性，還足以超越他老師。三百五十磅（約一五九公斤）左右的體重能帶來大量的重力吧，我想。佛教徒對賣熱狗的人說了什麼？這是我此刻想起的笑話，是盧米斯那些遜斃的謎題其中之一。給我一份什麼料都加的❻。此時此刻我也很願意跟萬事萬物合而為一。

管他的，給我一份什麼料都加的。

想一想，我也滿餓的。盯梢通常都是大吃大喝的時機，我開始有點渴望夾著什麼東西的兩片麵包了。我當然有理由肚子餓啦，我錯過了晚餐，嚐到了金莫莉。

想到食物和性愛使我的注意力分散了，因此這時我吃了一驚地看到東尼走出店面來，臉上的表情仍跟他在翻找文件的時候一樣兇猛。一時之間我以為我被發現了。但他轉身走向史密斯街，穿過伯根街，轉彎消失。

巨人繼續看著，毫無所動，毫不擔憂。

我們等著。

東尼回來的時候拎著一個大大的購物塑膠袋，八成是吉奧店裡的。我只看得出最上面露出來的是一包萬寶路，但袋子裡沉甸甸地裝了什麼。東尼打開龐帝克乘客前座的車門，把袋子放在座位上，迅速朝街上瞥了一眼但沒發現我也沒發現巨人，然後重新鎖上車門回到L&L。

我猜暫時是不會有什麼動靜了，因此沿著伯根街走回去、走上霍伊街，繞遠路走了一大圈，也來到了吉奧的店裡。

吉奧喜歡深夜工作，值大夜班，接收六點送來的報紙，然後睡掉上午和下午前半段的白晝時光。他就像是史密斯街上的警長，我們都在睡覺的時候他睜著眼睛，看著醉鬼搖搖晃晃走回家，注意保持重要貨品不虞匱乏，叮噹和安特曼餅乾，四十盎司裝的麥芽酒，還有杯身上印著帕德嫩神廟圖片的一杯杯「一般」咖啡。不過此刻在不遠的L&L有人跟他作伴，包括東尼和丹尼和巨人和我自己，進行著我們奇怪的守夜儀式、我們那螳螂捕蟬黃雀在後的盯梢跟監。我在想，不曉得吉奧是否已經得知了敏納的事。我悄悄走到櫃檯邊，一個睡眼惺忪的男孩正拿著條熱得冒煙的白毛巾猛擦切片機，不時把毛巾放進一盆熱肥皂水裡搓一搓，吉奧則站在旁邊告誡他、告訴他怎麼樣還可以做得更好，在他跟其他人一樣辭職不幹之前從他身上擠出些價值來。

「瘋仔！」

「噓。」我想像吉奧的大叫聲穿過店窗、轉彎沿街傳下去，傳到東尼或巨人的耳朵裡。

「你們今天晚上替法蘭克工作到這麼晚？很重要的事，嗯？東尼剛剛才來過。」

「重要的怪胎！重要的法蘭克！」

「呵、呵、呵。」

---

❻ make me one with everything 此句亦可解為「讓我與萬事萬物合而為一」。

「聽著，吉奧。你可不可以告訴我東尼買了什麼？」

吉奧的臉揪成一團，覺得這個問題很不得了。「你不能自己去問他？」

「不，不能。」

他聳聳肩。「半打啤酒，四個三明治，一包菸，可口可樂——一整套野餐。」

「真怪的野餐。」

「對他來說可不好笑❼。」吉奧說。「他連笑都沒笑一下。就像你一樣，瘋仔。很嚴肅的大案子，嗯？」

「他買了——因為明治，除了明治——買了什麼三明治？」問這話的是我突然飢餓萬分的食慾。

「啊！」吉奧搓搓手。他總是很樂意替別人津津有味地講起他自己的產品。「火雞肉配千島醬，用大圓麵包夾起來非常好吃，義大利辣味香腸加普佛隆起司的大型三明治裡面夾青椒，兩份黑麥麵包夾烤牛肉加辣根醬。」

一口氣聽到這麼多美味食物的衝擊力太強了，我得緊抓住櫃檯才不至於跌倒。

「你喜歡你聽到的東西，我看得出來。」吉奧說。

我點頭，側轉過頭，看見剛擦過閃閃發亮的切片機，包住刀鋒的刀擋呈優雅的弧形。

吉奧說：「你要來點什麼吧，瘋仔，是不是？」

我看到櫃檯那男孩帶著疲倦的預期翻了個白眼。切片機鮮少會在凌晨兩三點這麼忙。天亮之前他們得再用肥皂水把它清洗一遍。

「麻煩你——拉根醬，義大利辣味小馬，大圓電話——麻煩你，呃，跟東尼的一樣。」

「你要一樣的？全部四個都一樣？」

「是的。」我喘著氣說。除了東尼選擇的那些三明治之外我想不出別的。我對它們的飢餓感是絕對的。我必須跟東尼的每個三明治都相呼應，這是一種食慾的模仿痙攣——等我吃完那四個，我就會了解他了，我想。我們會達成吉奧式的心靈相通，加上千島沙拉醬。

吉奧盯著他那櫃檯男孩做出這份大訂單的同時，我躲在店後端靠近飲料箱的地方，挑了一公升裝的可口可樂和一包洋芋片，還把一處架子上凌亂的貓食罐頭重新整理好並數過。

「好了，萊諾。」吉奧把他那珍貴的貨物交給我的時候態度總是最溫和——我們對他的產品有著同樣的崇敬。「記法蘭克的帳，嗯？」他把我的可樂和洋芋片跟用紙包好的三明治一起放進個大袋子裡。

「不，不——」我窸窸窣窣地從口袋裡掏出一張折得緊緊的二十元鈔票。

「怎麼了？為什麼不是老闆來結帳？」

「我要付錢給你。」我把鈔票推過櫃檯。吉奧拿了，揚起眉毛。

「真是太奇怪了。」他說著用舌頭在臉頰內發出嘖、嘖、嘖的聲音。

❼ funny一字可作「古怪」解，亦有「好笑」之意。

「怎麼了？」

「東尼也是一樣，在你來之前。」他說。「他說他要付錢。一樣。」

「聽著，吉奧。要是東尼今晚又來這裡，」——我努力壓下想從我嘴裡冒出來的一聲狼嗥，就像獵捕三明治的掠食者對著新捕獲的成果發出呼號——「別告訴他你有看到我，好嗎？」

吉奧眨眨眼。不知怎麼地，這在他聽來是有道理的。我感覺到一股什麼東西，要不是一波令人反胃的恐慌——也許吉奧是替東尼辦事的，完全被他收買裝在口袋裡，等我一踏出店外他就會打電話給他——就是我的胃為了即將到來的食物在抽搐。「好，老大。」吉奧說，我走出店門。

我再次繞遠路走回來，很快地確認一下巨人和東尼都還在原地，然後手握鑰匙斜彎過街悄悄溜到Tracer旁邊。巨人的小車在前面，跟我隔著六輛車，但我打開車門鎖的時候從我站的位置看不到他那峭壁般的側影。我只能希望這表示他看不見我。我把吉奧的袋子丟在乘客座上鑽進車，盡可能地快快關上門，祈禱車內小燈短暫的一亮沒有映在巨人的後視鏡裡。然後我在座位上縮下身子好讓他看不到我，如果他真的有轉過頭來並且能透過十二片黑暗的擋風玻璃看得出任何東西的話，儘管這機會渺茫。同時我雙手忙著拆開吉奧烤牛肉加辣根醬特製三明治其中一個的包裝紙。包裝紙一拆開，我就狼吞虎嚥起那個三明治，像自然紀錄片裡在肚皮上敲破牡蠣來吃的海獺：膝蓋頂著儀表板下面的線路，手肘抵著方向盤，胸口充當餐桌，襯衫是桌布。

這才是像樣的盯梢嘛——要是我能想出我到底在等什麼事發生就好了。倒也不是說我在

Tracer裡能看到多少東西。巨人的車還在原地，但我無法確定他也在車上。從這個極端的角度看過去，只能看到L&L那燈火通明櫥窗的很窄的一部分。東尼兩次踱步到店面前端，停留時間恰恰足夠讓我辨認出他來，一個人影，偶爾閃現的手肘，一片噴出來的煙霧繚繞在敏納那幅車資地圖邊緣，在左側最邊邊的皇后區機場上有敏納潦草的奇異筆字跡：十八元。我後視鏡裡的伯根街是一片空蕩，前方的史密斯街只稍微亮一點點。現在是三點四十五分。我感覺到F列車轟隆隆通過伯根街下方，先是放慢速度進站，稍停一會兒，然後在第二陣震動中離開。過了一分鐘，六十七路公車像一台破舊的大型家電沿著伯根街駛過，車上只有司機一個人。大眾運輸是夜的脈搏，是病人床邊監視器上的嗶嗶聲。再過幾小時，這些同樣的列車和公車上就會擠滿咒罵不休、灌飽了咖啡因的臉龐，丟滿報紙和剛吐出來的口香糖。現在它們還保持信念。至於我，有寒冷幫我保持清醒，還有這一公升的可口可樂和我的工作，我想影響這一夜奇怪僵局結果的意志力。這些需要跟其他的因素拔河對抗，包括烤牛肉三明治的催眠效果，我那關於金莫莉的猶新記憶在拉我進入夢鄉，還有我腦袋上被巨人用槍敲的地方在陣陣作痛。

巨人在等什麼？

東尼想在敏納的檔案裡找到什麼？

他為什麼把三明治放在車上？

茱莉亞為什麼飛到波士頓去？

貝里到底是誰？

我打開那包洋芋片，喝了一大口可樂，然後開始努力解開這些新問題和舊問題，還有努力不要睡著。

失眠是妥瑞症的變體之一——醒著的大腦急速運轉，在世界轉過身去後還在採樣它，到處碰觸它，拒絕安頓下來加入集體的瞌睡。失眠的大腦也有點像是陰謀論的理論家，太過於相信它自己那被迫害妄想症式的重要性——彷彿它要是眨個眼、瞌睡一下，世界就可能被什麼虎視眈眈的災難給侵佔，而它那些執迷的思緒不知怎麼地可以擋住那災難。

我度過許多那樣的漫漫長夜。但今天晚上我卻必須召喚出那種我常常努力要驅散的狀態。現在我是獨自一人了，沒有敏納，沒有敏納幫，在這次盯梢中我是自己的老闆，天知道盯梢的結果會有什麼影響。要是我睡著了，我的調查小世界就會崩塌。我需要找到我那失眠的自己，擾動我那想要解決問題的大腦，就算不能實際解決問題，至少也要去擔心那些問題以便保持我呆滯的眼睛不會閉起來。

避免與萬事萬物合而為一：這是我此刻面臨的大挑戰。

四點半了。我的意識擴散開來，我的痙攣像是濃霧大海中的小島。

誰需要睡覺？我自問。等我死了再睡，敏納總喜歡這麼說。

我猜他現在是有機會睡了。

等我死了再死，我的大腦用敏納的聲音唸誦著。一分鐘也早不了，你們這些猶太教的蛋白杏仁餅乾！

麵包食譜。人在床上。

不行，沒有床。沒有車。沒有電話。

電話。

那支手機。我把它拿出來，撥了L&L的號碼。鈴響三聲之後有人接了起來。

「沒車。」丹尼懶懶地說。就我對他的了解，他是把頭枕在櫃檯上睡，假裝聽東尼的叫罵已經假裝得煩了累了。

當然，我倒是很想知道東尼叫罵的內容是什麼。

「是我，丹尼。叫東尼來聽。」

「唷。」他說，什麼也驚不到他。「給你。」

「什麼？」東尼說。

「是我。」我說。「戴斯過。」

「他媽的你這個小怪胎，」東尼說。「我要宰了你。」

我只不過比東尼重了五十磅左右。「你有過機會了。」我聽見自己說。東尼還是會帶出我浪漫的一面。我們兩個到死都會是亨佛萊．鮑嘉。「只不過要是你當時扣了扳機，可能會把你自己的腳打出個洞來，或者是打中某個在遠處騎腳踏車的三歲小孩。」

「哦，我會當場更正錯誤的。」東尼說。「我真希望我在你身上打出了幾個洞。把我跟那個他媽的條子丟在那裡。」

「隨便你要怎麼記得那件事好了。現在我正在試著幫你。」

「這個笑話好笑。」

「吃我聖文森！」我把手機拿離我的臉，直到我確定這句痙攣已經結束了。「你有危險，東尼。此時此刻。」

「你又知道什麼了？」

我想說，要出城去嗎？檔案裡有什麼？你什麼時候開始喜歡辣根醬了？但我不能讓他知道我就在外面，讓他一頭衝出來衝進巨人的手掌心。「相信我。」我說。「我只希望你能相信我。」

「哦，我相信你——是小丑蠢蛋。」他說。「重點是，你有什麼值得我浪費時間聽的事情可以告訴我？」

「這樣講真傷人，東尼。」

「拜託！」現在他把話筒拿離嘴邊咒罵著。「我有一堆問題，大怪胎，而你是最大的一個。」

「如果我是你，我會比較擔心藤崎。」

「你知道什麼藤崎的事？」他嘶嘶地說。「你在哪裡？」

「我知道——脫衣服電話，印象深刻小丑——我知道一些事。」

「你最好躲起來。」他說。「你最好希望我不會逮到你。」

「哎，東尼。我們的處境是一樣的。」

「真好笑，只不過我沒有在笑。我要宰了你。」

「我們是一家人，東尼。敏納把我們聚在一起——」我發現自己差點引用起垃圾條子的話，建議再默哀片刻。

「你這根風箏的線放得太長了，大怪胎。我沒這個時間。」我還沒開口，他就掛了電話。

時間已過五點，麵包店的貨車開始出動了。不久後就會有一輛小貨車來把報紙送到吉奧的店裡，上面登著敏納的訃聞。

東尼走出L&L坐進龐帝克時，我正處於半昏迷狀態。我大腦有一部分擔任哨兵監視著店面，全身其他部分則睡著了，因此我發現太陽已經出來、伯根街上車水馬龍的時候吃了一驚。我瞥了瞥敏納的手錶：六點四十分。我全身冷透了，頭陣陣作痛，舌頭感覺好像是被打上了浸透辣根醬和可樂的石膏、整夜放在月亮上一樣。我搖搖頭，脖子喀啦作響。我一邊左右移動下顎讓臉部肌肉恢復運作，一邊仍試著盯住眼前的景象不放。東尼把龐帝克開進史密斯街的早晨車流裡。隔了片刻，巨人也把小車塞進車陣，但先讓兩輛車開到東尼後面。我轉動Tracer的鑰匙，引擎咳嗆著發動起來，然後我也跟隨在後，同樣保持一段安全距離。

東尼帶頭沿著史密斯街開，轉上大西洋大道朝港岸一帶前進，進入通勤者和送貨卡車的車流裡。我很快就在車流裡失去了東尼的蹤影，但繼續盯著巨人的漂亮小紅車。

東尼在大西洋大道底上了布魯克林—皇后區快速道路。巨人和我依序跟著他開上斜坡。綠角，這是我第一個猜測。我打了個冷顫想起麥金尼斯大街旁哈利．布雷能後面的那輛垃圾車，敏納就是在那裡完蛋的。巨人是怎麼把東尼引誘出來，引到那裡去的？

但我猜錯了。我們經過了綠角出口，朝北駛去。我們沿著快速道路的彎道朝機場和長島而去的時候，我看見了前方遠處的黑色龐帝克，但我繼續保持落後，至少跟紅色小車隔了兩輛車。我必須信任巨人跟蹤東尼的技術，又一項禪意平靜的練習。我們經過沿路的出口和立體道路交叉點，離開了布魯克林，穿過皇后區，朝機場出口而去。我們暫時轉向甘迺迪機場的時候我又有了個新理論：某個藤崎公司的人即將在日航的航站大樓下飛機，某個主管處決的人，或者是要送交一個定時炸彈包裹。敏納的死可能是一整波跨國處決的開始。而且要接機也能解釋東尼徹夜不眠的漫長緊張等待。就在我決定安於這個解釋的時候，我看見紅車偏離了往機場的路，開上標示著白石橋的北上坡道。我差一點就來不及橫過三條車道繼續跟住他們。

四個三明治，當然了。要不是我自己就常會一次買好幾個三明治，我或許能從這條線索裡多想到些什麼。四個三明治和半打啤酒。我們要出城去。幸好我確實完整複製了東尼的野餐，因此我也有充足的準備。不知巨人有沒有食物，除了那袋我看到他大口大口吃的櫻桃或橄欖之外。事實上，我們在高速公路上的這個小隊形讓我想到了三明治，前後各一個敏納幫夾著巨人——我們是打手夾心的孤兒，加了輪子。我們飛馳上白石橋的時候我又喝了兩大口可樂。得靠它代替早餐咖啡。我只需要解決相當尿急的問題。於是我匆匆喝完可樂，打算尿在瓶子裡。

半小時後我們經過了佩罕、懷特平原、齊斯科山等出口，還有其他幾個我與紐約市外緣聯想在一起的地名，然後開進康乃狄克州，先是開上赫金森河公路，然後開上一條叫做梅利特公路的路。我把紅車保持在視線範圍之內。車子夠多，足以掩護我。巨人不時會靠近東尼的龐帝克，於是我看到我們還是三個人，像秘密情人般緊密聯繫著穿過一哩又一哩與我們無關的交通。

在高速公路上開車具有最大的安撫效果。長時間保持一定的注意和心力集中、輕踩油門以及扭脖子檢查後視鏡與盲點，這些都徹底地包含了我的痙攣。我仍然有點迷糊、需要睡覺，但這場古怪的追逐帶有新奇感，而且我從來沒離紐約市這麼遠過，兩者加起來讓我保持了清醒。樹我當然是看過的——目前為止，康乃狄克沒有秀出什麼我在長島郊區甚或史塔登島沒見過的東西，但想到康乃狄克這一點還滿有趣的。

我們掠過一個叫做哈特福的小城市邊緣時交通擁擠起來，一時之間我們被困在五線道的車陣當中。這時將近九點，我們趕上了哈特福可愛縮小版的交通尖峰時段。東尼和巨人都在我前面視線所及之處，巨人在我右邊的車道，隨著我車輪一次轉一圈的緩慢前進，我已經快趕上他了。現在我看到了，那紅車是輛 Contour。我是跟著 Contour 的 Tracer[8]。這樣感覺好像我是拿著鉛筆，在

[8] 這兩個字分別為「輪廓、等高線」及「追蹤者」之意。

公路地圖上跟著巨人走的路畫線。我這車道緩緩前進，他那一道則動也不動，不久我就幾乎和他齊平了。他正在嚼著什麼，下顎和脖子鼓動著，一隻手這時又移到了嘴邊。我想要維持那麼大的個子，他是得吃個不停吧。車裡八成裝滿了零食——也許藤崎雇他去殺人的費用是直接以食物來支付的，這樣他就省得換錢了。不過他們應該弄輛大點的車才對。

我踩煞車以保持落在他後面。東尼的車道開始逐漸領先其他的車道，巨人沒打方向燈就插了進去，彷彿那輛Contour也散發著他粗蠻身體的權威。我很樂意跟他拉開點距離，沒多久哈特福的迷你塞車也減輕了。心食物手腳蹄狗辣根醬我的大腦在唱著這首聲音尖細的歌。巨人的咀嚼給了我提示，我窸窣翻動著乘客座上的那袋三明治。我摸索尋找那個大型三明治，想嚐嚐吉奧那濕濕脆脆的醃漬青椒與又辣又韌的義大利辣味香腸混合的味道。

大三明治吃到一半，我看到東尼的黑色龐帝克放慢速度開進休息區，巨人的Contour則輕快地疾駛而過。

這只可能表示一件事。巨人跟在東尼後面開到了這裡，已經不再需要跟蹤他了。他知道東尼要去哪裡，事實上他希望搶先一步抵達，這樣東尼到的時候他就已經等在那裡了。

不是波士頓。波士頓或許順路，但不是目的地。我終於把和平的人跟和平的地方拼湊起來了。我還沒有那麼遲鈍。

跟前一晚的盯梢及這個早上的追逐一樣，我與巨人之間的相對關係仍然等同於巨人與東尼之間的相對關係。我知道巨人要去哪裡——大怪胎追逐環境脈絡——我知道他們兩個要去哪裡。而且我有理由要最早到那裡。我仍然在尋找能佔巨人上風的優勢。也許我可以在他的壽司裡下毒。

我在下一個休息站停車加滿油，上個小號，買了幾罐薑汁汽水、一杯咖啡和一份新英格蘭地圖。果然，橫越康乃狄克的對角線穿過麻州和新罕布夏海岸邊的一小塊，指向緬因州收費高速公路的入口。我把那張「和平的地方」的傳單從外套裡掏出來，找到公路和傳單上粗略地圖的交會點，是一處海岸邊的村子，名叫穆斯康格斯角車站。這地名有種耐嚼、不熟悉的味道，逗引著我的病。我看到地圖上還有其他像這樣的地名。不管緬因州的荒野是否會比康乃狄克的郊區更讓我印象深刻，公路上的路標倒是能提供一些營養。

現在我只需要在這場秘密的州際賽車中領先就行了。我仰賴的是巨人自信過滿的態度——他太確信自己是追逐者了，從不曾停下來想想他是否可能也在被追逐。當然，我自己也沒有花很多時間回頭看看。我用幾下猛轉頭的抽搐把這個念頭轉掉，然後回到車上。

鈴響第二聲的時候她接起來，聲音有點睡意朦朧。

「金莫莉。」

「萊諾。」

「是斯洛。」

「你跑到哪裡去了？」

「我現在——我現在幾乎到麻州了。」

「你說幾乎是什麼意思？麻州指的是某種心理狀態之類的嗎？」

「不是，我是說真的快要到那裡了。我現在在高速公路上，金莫莉。我從來沒離紐約這麼遠過。」

她安靜了片刻。「你要跑的時候還跑得真遠。」

「不是，不是，妳別誤會。我有事必須離開。這是我在進行的調查。我在——調叉槍枝，康乃條子，調發麻州——」我用舌頭頂住我緊咬的牙關，試著阻擋字句流出來。

對著金莫莉痙攣對我來說特別可恨，因為我已經宣稱她是我的解藥了。

「你在什麼？」

「我在追蹤那個巨人。」我一個字一個字擠出來。「嗯，不是真的在追蹤他，但我知道他要去哪裡。」

「你還在找你那個巨人。」她若有所思地說。「因為你對那個被殺的、叫法蘭克的人感到難過，對不對？」

「不對。對。」

「你讓我覺得難過，萊諾。」

「為什麼？」

「你好像很，我不知道，很有罪惡感。」

「聽著，金莫莉。我打電話來是因為——想我貝里！——因為我想妳。我是說，我想念妳。」

「你這樣說聽起來真怪。呃，萊諾？」

「什麼事？」

「你是不是把我的鑰匙拿走了？」

「那是我調查行動的一部分。原諒我。」

「好吧，隨便，不過害我覺得很毛骨悚然。」

「我那麼做沒有任何毛骨悚然的含意。」

「你不能做這種事。這會嚇到別人的，你知道嗎？」

「真的很抱歉。我會把鑰匙還給妳的。」

她又安靜下來。我跟許多其他超速的車一起在快車道上疾駛前進，不時換到右側去好讓某個飆得特別瘋的人超過去。在高速公路上開車已經開始引發了妥瑞症的某種幻想，把這些車子的引擎蓋和擋泥板都看成我不能碰的肩膀和衣領。我必須保持相當的距離，才不會被引誘得想去擦撞那些閃閃發亮的代理身體。

我沒有看到東尼或巨人的蹤跡，但我有理由希望至少東尼已經比我落後了。巨人就算還沒停下來加油也快要了，到時候我就可以趕過他。

「我現在要去的地方妳或許知道。」我說。「吉井。一個避靜中心。」

「好主意。」她不甘願地說，好奇心勝過了怒氣。「我一直都想去那裡。師父說那裡真的很棒。」

「也許——」

「什麼？」

「也許改天我們可以一起去。」

「我該掛電話了，萊諾。」

這通電話讓我感到焦慮。我吃了第二個烤牛肉三明治。麻州看起來跟康乃狄克一樣。

我又打給她。

「妳說罪惡感是什麼意思？」我說。「我不懂。」

她嘆了口氣。「我不知道，萊諾。只是，我不太確定你說的這個什麼調查。看起來你只是到處亂跑，試著不要對那個叫法蘭克的人感到難過或罪惡感或什麼的。」

「我想要抓到殺他的兇手。」

「你聽聽你自己說的話？這像是O・J・辛普森會說的。一般人，如果他們有認識的人被殺了或是什麼的，他們不會到處想去抓兇手。他們會去參加葬禮。」

「我是個偵探，金莫莉。」我幾乎說，我是個電話。

「你一直這麼說，但我不知道。我就是不太能接受。」

「為什麼？」

「我想我是以為偵探應該比較，呃，不著痕跡。」

「也許妳想到的是電影或電視上的偵探。」我可還真是解釋這其中差異的最佳人選啊。「電視上他們全都是一個樣。真的偵探每個人都不同的，就像指紋或者雪花一樣。」

「真好笑。」

「我是想逗妳笑。」我說。「真高興妳注意到了。妳喜歡笑話嗎？」

「你知道公案是什麼嗎？那就像是禪的笑話，不過裡面其實沒有笑點關鍵句。」

「妳還在等什麼？我有一整天的時間。」事實上公路又多了幾條車道，不同的出口選擇和合併車道讓它變得更複雜。但我不可能在一切如此順利的時候打斷金莫莉的話，我這邊毫無痙攣，她那邊則充滿離題的話。

「哦，我從來都記不住，它們的內容太模糊了。很多和尚互相在頭上敲來敲去之類的。」

「聽起來好笑極了。最好的笑話通常都跟動物有關，我想。」

「這裡面多的是動物。像這個——」我聽見窸窣聲，是她把話筒夾在肩膀和下巴之間翻著書頁。我本來是想像她在那間空蕩大房間的中央——現在我調整了畫面，想像她拿著電話拉到床邊，也許腿上還坐著架子。「有兩個和尚為一隻貓爭吵，就有另外一個和尚把貓切成兩半[9]——

[9] 出自《碧巖錄》卷七之六十三，南泉斬貓。

哦，這有點殘忍。」

「妳快害我笑死了。我的肚皮都快笑破了。」

「閉嘴啦。哦，這裡有一則我喜歡的。是有關於死亡的。有一個年輕的和尚來拜訪老和尚，問到另外一個年紀比較大的、剛死的和尚。那個死掉的和尚叫天道。年輕和尚就問關於天道的事，老和尚卻說『你看那邊那隻狗』還有『要不要洗個澡？』——諸如此類不相干的東西。就這麼一直持續下去，直到年輕的和尚得到了啟示。」

「什麼啟示？」

「我猜重點就是，關於死亡我們沒有辦法真的說些什麼。」

「好，我懂了。這就像是《天使之翼》那部電影裡，卡萊．葛倫最好的朋友喬摔飛機死了，羅莎琳．羅素就問他：『那喬呢？』還有：『你不打算為喬做些什麼嗎？』結果卡萊．葛倫只說：『喬是誰？』」

「還說我看太多電視電影呢。」

「就是啊。」我喜歡現在這樣，路程一哩哩飛逝，毫無痙攣地，飛在金莫莉的聲音上，公路上的交通也逐漸稀疏。

不過就在我想到我們的交談和我的車程正進行順利的同時，我們陷入了片刻沉默。

「關於罪惡感師父說過一些話。」過了一下子她說。「他說那是自私的，只是一種避免照顧自己的方法。或者避免想到自己。這好像是兩件不同的事哦。我不記得了。」

「請不要在罪惡感這個主題上引用傑拉．敏納的話給我聽。」我說。「在目前的情況下，這讓我有點聽不下去。」

「你真的認為師父在某件事情上有罪？」

「我還需要多查出一些東西。」我承認。「我現在就是在這麼做。所以我才拿走了妳的鑰匙。」

「你現在去吉井也是這個原因？」

「是的。」

在接下來的短暫停頓中我察覺到了一種聲音，是金莫莉第一次相信我、相信我這案子的聲音。

「你要小心，萊諾。」

「當然。我向來都很小心。妳不要忘了答應過我的事就好，好嗎？」

「答應你的什麼事？」

「不要到禪堂去。」

「好。我想我現在要掛電話了，萊諾。」

「妳答應我哦？」

「當然，嗯，好。」

突然間我四周全是辦公大樓、車棚、頭頂上交錯的高速公路塞滿了車。我太晚醒悟到我大概應該繞過而非穿過波士頓。在速度被拖慢的這段時間裡我煎熬不已，喀啦喀啦咬著洋芋片，試著不要屏住呼吸，不久之後那城市的指掌就鬆開了，變成蔓延的郊區，變成毫無裝飾的沒完沒了的州際公路。我只希望我沒有讓東尼和巨人趕到我前面去，沒有失去我的領先地位和優勢。必須要有優勢。我開始過度執迷於邊緣[10]。車子邊緣，路的邊緣，視野邊緣和徘徊在那裡的、揮之不去又不具實質的東西。車子有著永遠不該去碰的身體、一碰就是災難，這一點開始感覺很奇怪。

不要在我的盲點晃來晃去，風彭！

我開始感覺我快要用這輛車的身體來痙攣了，需要去碰碰結構顯著的路肩或者我四周橫衝直撞的車體，除非我再度聽到她的聲音。

「金莫莉。」

「萊諾。」

「我又打電話給妳了。」

「從車上打這麼多電話不貴嗎？」

「付錢的不是我。」我咕嚕說。這一再發生的科技魔術令我快慰，手機跨越時空再度將我們連接起來。

「那是誰？」

「我昨天在一輛車上遇到的某個禪門塾。」

「門墊？」

「門房。」

「嘸。」她正在吃著什麼東西。「你打太多電話了。」

「我喜歡跟妳講話。開車很……無聊。」我淡化了我的苦惱，讓那一個詞代替許多其他的。

「是啊，嘸——但我現在不想要，你知道，任何瘋狂的事出現在我生活裡。」

「妳說瘋狂是什麼意思？」她聲調的轉變再度令我吃了一驚。不過我想就是這種閃避的奇怪舞蹈讓我的雙重大腦如此著迷。

「只是——有很多男人，你知道，他們告訴妳說他們了解要給妳空間什麼的，他們知道怎麼談也知道妳需要聽到這些話。但他們其實並不知道那是什麼意思。最近我經歷了很多事，萊諾。」

「我什麼時候說過關於給妳空間的事？」

「我只是說這麼短的一段時間你打了好多通電話而已。」

「金莫莉，聽著。我不像其他，嗯，妳認識的其他人。我的生活是以某些強迫行為為中心而進行的。但跟妳在一起不一樣，我感覺不一樣。」

「那很好，很棒——」

❿ edge通常指「邊緣」，亦有「優勢」之意。

「妳絕對想像不到。」

「——但我才剛從一段相當強烈的關係裡走出來。我是說，你一下子就把我迷倒了，萊諾。事實上，你有點令人難以招架，要是你還不知道的話。我是說，我也喜歡跟你講話，但連著打三通電話不是個好主意，你知道，尤其我們剛一起過夜。」

我沉默，不確定要如何解讀這段不尋常的話。

「我是說，我剛剛脫離的就是這種瘋狂，萊諾。」

「哪種？」

「就像這樣。」她用怯懦的聲音說。「像跟你。」

「妳是說奧利奧人也有妥瑞症？」我感到一股強烈怪異的嫉妒。她專門收集我們這些怪胎，現在我懂了。難怪她跟我們相處面不改色，難怪她可以減輕我們的症狀。原來我一點也不特別。也許我那像個拳頭的陰莖是我唯一的特點。

「奧利奧人是誰？」

「妳以前的男朋友。」

「哦。但你另外說那個東西是什麼？」

「算了。」

我們沉默了一陣子。我大腦想著：妥瑞症滑滴臭噴射機的祝福弗路普共同之招架不住的狂野吻底——

「我只是說，我現在還沒準備好要接受太強烈的東西。」金莫莉說。「我需要空間，想清楚我要什麼。我不能再像上次那樣完全招架不住又執迷不悟。」

「我想這一點我現在已經聽夠了。」

「好。」

「但是——」我振作起自己，一頭衝進對我來說遠比康乃狄克或麻州更陌生許多的領域。「我想我了解妳說空間是什麼意思。在事情與事情之間留些空間，以免太過執迷。」

「嗯哼。」

「或者這就是妳不想聽到的那種話？我想我是搞糊塗了。」

「不，沒關係。但這事我們可以以後再談。」

「嗯，好。」

「再見，萊諾。」

撥號和重撥坐在圍籬上。撥號掉下去了。還剩下誰？

鈴。

鈴。

鈴。

喀噠。「這裡是二一二，三〇四——」

「喂金莫莉我知道我不該打電話但我只是——」

喀啦。「萊諾？」

「是的。」

「不要打了。」

「呃——」

「總之你現在不要再打了。這實在太像某些以前發生在我身上的壞事了，你懂嗎？這並不浪漫。」

「是的。」

「好，再見，萊諾，這次是說真的了，好嗎？」

「好的。」

重撥。

「這裡是——」

「金莫莉？金莫莉？金莫莉？妳在嗎？金莫莉？」

我又被我的病耍了。我還以為我正在享受一個沒有妥瑞症的早晨，然而新的症狀出現時卻是藏在光天化日之下，偷來的痙攣。按著重撥鍵的同時我顯現出一種「打電話給金莫莉」的痙攣，其強迫性不亞於任何粗魯的字詞或揮手動作。

我想把門房的手機甩出窗外丟到分隔島的草皮上。但在自我厭惡感的籠罩之下，我改撥了另一個號碼，這個號碼牢牢刻在我腦海裡，儘管我已經有段時間沒打了。

「喂？」那聲音聽來疲倦、充滿歲月的負擔，跟我記得的一樣。

「艾斯洛？」我說。

「是的。」頓了一下。「這裡是艾斯洛家。我是莫瑞·艾斯洛。請問哪位？」

我遲了一下才回答：「吃我貝里。」

「哦，老天哪。」聲音從電話旁移開。「孩子的媽。孩子的媽，來這裡。我要妳聽聽這個。」

「艾斯洛貝里。」我說，幾乎是在耳語，但是打算被聽見。

背景傳來拖著腳走路的聲音。

「又是他，孩子的媽。」莫瑞·艾斯洛說。「是那個要命的貝里小鬼。他還在哪。都過了這麼多年了。」

我對他而言仍然是個小鬼，正如從我第一次打電話給他開始，他對我而言就一直是個老人。

「我不知道你幹嘛在乎這個。」傳來一個年紀更大的女人的聲音，每個字都是一聲嘆氣。

「貝里貝里。」我輕聲說。

「大聲點，小鬼，說你那套啊。」老人說。

我聽見電話換手，老女人的呼吸聲傳過來。

「艾斯洛，艾斯洛，艾斯洛。」我反覆唸誦著，像隻被困在牆裡的蟋蟀。

我非常緊繃。我是尊鬆了口的大砲[11]。兩者皆是——我是尊非常緊繃的鬆了口的大砲，又緊又鬆。我的整個人生就存在於緊和鬆這兩個字之間，但它們之間沒有任何空間——它們應該是一個字：緊鬆。我是儀表板上的安全氣囊，層層疊疊地收妥著，等待著我得以爆發的那一刻，劈頭蓋臉罩住你，填滿所有的空間。但跟安全氣囊不一樣的是，我一爆發完就又重新收妥，再度緊繃著準備要爆發——像某段安全測試的影片被剪接成一再循環，我所做的就只有壓縮和釋放，一而再再而三，永遠沒有拯救或滿足任何人，尤其是我自己。然而錄影帶繼續毫無意義地播放下去，偏執狂的安全氣囊一再爆發，而生命本身則在別處進行著，不在這些滑稽突梯的耗費範圍中。

在金莫莉小窩度過的前一天晚上，突然好像是很久很久以前、很遠很遠的事。電話交談——手機的電話交談，充滿靜電，匪夷所思，不用付錢——怎麼能改變真正身體的感受？鬼魂怎麼能碰到活人？

我試著不去想它。

我將手機丟在旁邊的座位上，落進吉奧那些三明治的殘骸間，那些沒打開的紙包，扯破的洋芋片包裝袋，散落的洋芋片，沾著油漬的揉皺餐巾紙在上午的陽光下變得透明。我吃得一片狼藉，沒有把任何事情完全弄對，而現在我知道這無所謂了，今天無所謂，以後也再也無所謂了。打斷了那一陣災難性的撥電話痙攣之後，我的情緒變得冷硬，注意力變得窄化。我在樸茨茅斯過橋進入緬因州，將我剩餘的一切心力集中在駕駛上，集中在拋開不必要的行為上，將筋疲力盡和苦澀的感覺拋到一旁，讓我自己變成一道人車一體的箭頭指向緬因州的穆斯康格斯角車站，指向在那裡等著我的答案。現在我聽到敏納的聲音取代了我那說個不停的妥瑞症，他說：油門踩到底，大怪胎。你有事得做，就趕快去做。你要講故事就邊開車邊講吧。

一號公路沿著緬因州的海岸走，經過一連串迎合觀光客的村子，有些有船，有些有海灘，全都有龍蝦和古董。村裡的旅館和餐廳有很多都關著門，掛出寫著**明年夏天見！**以及**祝你有個好年冬！**的牌子。我很難相信這其中有任何東西是真實的——那收費高速公路感覺起來像是概要圖、像是公路地圖，而坐在車裡的我則像是沿著一條路線畫下去的小圓點或筆尖。現在我感覺自己彷佛開車穿過月曆的一頁頁，或者是一套風景如畫的郵票。這些在我看來都毫無特別或具說服力之處。也許等我下了車就會有所不同。

穆斯康格斯角車站是有船的。它不是這些村鎮裡最小的一個，但也很接近了，像是海岸邊腫起的一個疙瘩，最大的特色是那一大片渡輪登船處，牌子上寫著**穆斯康格斯島渡輪**，一天來回兩

⓫ 原意指我行我素、不顧後果之人。

班。那個「和平的地方」並不難找。吉井——**緬因州唯一的泰式及壽司海鮮總匯**，招牌上這麼說——就在渡輪登船處和捕魚碼頭過去一點的小山丘上，是一組三棟整整齊齊的建築中最大的一棟，全部漆成棉花軟糖烤過的棕和貝殼的粉紅，如此搭配令人反胃，這樣沾沾自喜的謙卑大地色調大大違背了緬因州那種穀倉紅和房舍白的主題。這幅畫面可不會被用在月曆上。餐廳位於一處短崖，延伸出去用柱子撐著臨於水面之上，浪濤在下方澎湃；另兩棟建築想來就是避靜中心，四周包圍著一排大費周章、等距相隔的松樹，全都是同一年份的同一款。招牌最上方畫著吉井的模樣，一個微笑的禿頭男人拿著筷子，頭上散發出一波波喜樂或安詳，就像唐·馬丁漫畫裡表示臭味的線條。

我把Tracer停在餐廳的停車場，此處位在小山丘上俯視著下方的海面、捕魚碼頭以及渡輪登船處。停車場裡除了它，就只有員工停車位裡的兩輛小貨車。吉井的營業時間寫在門上：午餐從十二點半開始，離現在只有二十分鐘。我沒有看到東尼或巨人或任何其他人的蹤影，但我不想坐在停車場裡面呆等，像個背上畫著靶子的笨蛋。優勢，這是我要尋求的。

優斯洛，三十三歲，尋找優勢。

我下車。第一個意外：寒冷。風立刻就吹痛了我的耳朵。空氣聞起來像是風雨欲來，但天空中一片雲也沒有。我走到停車場角落，跨過圓木搭成的圍欄，手腳並用地爬下斜坡朝水面前進，在餐廳突出部分的陰影下。一走到從路上和建築物裡都看不到的地方，我就拉開拉鍊尿在岩石上，縱容自己強迫症式地把一整塊大石頭染成比較深的灰色，雖然只是暫時的。等我拉上拉鍊、轉過身去看到大海，那暈眩感才猛然襲來。這下我可是找到邊緣了。海浪，天空，樹木，艾斯洛——現在我出了書頁，遠離了摩天大樓和人行道的文法。我體驗到的正是語言的喪失，一股強大力量吸去了我周遭那些滿是字詞的牆壁，我需要它們圍繞著我，到哪裡都需要碰觸它們，靠在它們上面支撐自己，從它們抄襲來我痙攣出聲的內容。現在我了解了，那些語言之牆一直都在原地，讓我可以聽見，直到緬因州的天空以靜默的吶喊淹沒了它們的聲音。我一陣踉蹌，一手扶在岩石上穩住自己。我需要用某種新的語言回答，找出一種方式來確認自己，這個自己此刻變得貧乏無力、縮成了跌進海岸空無的一小片布魯克林：孤兒遇到大海。混蛋在鹽霧中蒸發。

「大怪胎！」我朝著洶湧的浪濤叫喊。不見了。

「貝里！」也消失了。

「吃我！雜毛！」

什麼也沒有。不然我想怎麼樣——期望法蘭克．敏納從海裡起身走來？

「艾斯洛！」我放聲大喊。我想到莫瑞．艾斯洛和他太太。他們是布魯克林的艾斯洛，跟我一樣。他們是否曾來到這邊緣與天空相遇？或者我是第一個在緬因州地殼上留下腳印的艾斯洛？

「我宣布這一大片海水為艾斯洛所有！」我大喊。

我是個大自然的怪胎。

回到停車場的陸地上，我拉直外套，環顧四周看看有沒有人聽見我的叫喊。距離最近的活動是在下方的捕魚碼頭邊，有一條小船開了進來，穿著黃色連身衣褲的渺小人形站在那裡把藍色的塑膠箱從船頭搬下來，放在碼頭上的運貨托盤上。我鎖上車門，信步走到停車場的另一頭，然後快步走下長著矮樹叢山丘朝那些人和船走去，我腳上專走人行道的皮鞋底讓我差不多是半走半滑下來的，寒風刺痛我的鼻子和下巴。我走到碼頭邊，餐廳和避靜中心被山丘隆起的部分遮住了。

「嘿！」

我引起了碼頭上其中一人的注意。他轉過身來把手中的箱子放在那一堆上，然後兩手撐臀站著等我走到他旁邊。我邊走近邊檢視那條船。藍色箱子是封住的，但船夫搬抬起來似乎裡面有什麼重物的樣子，而且他們小心的樣子也足以讓我知道裡面的東西是值錢的。甲板上的架子滿是潛水器材——潛水衣、蛙鞋、面罩，還有一堆在水底用的氧氣筒。

「哇，好冷啊。」我說，像球迷般地搓著手。「這種天氣出海很辛苦吧，嗯？」

那船夫的眉毛和兩天沒刮的鬍碴是鮮紅色的，但他那飽經日曬的皮膚更紅，看得到的每個部位都是如此：臉頰、鼻子，還有此刻他邊想該怎麼回答邊搓著下巴的那飽受侵蝕的指節。

我聽見也感覺到船身匡噹匡噹地隨波輕撞碼頭。我的思緒飄到水底，飄到在水裡沉默旋轉著的螺旋槳。要是我離水更近一點，我會想要伸出手去碰那螺旋槳，它對我的動覺執迷提供了如此強烈的刺激。「拉船！忘記船！」我痙攣著，扭過頭去讓這些音節被風吹走。

「你不是這裡人吧？」他謹慎地說。我本來以為他的聲音會像是優勝美地山姆或者大力水手卜派，粗糙又噴著口水。但他那新英格蘭的口音是如此穩健又世襲——您不是這裡人吧？——這下子我們兩個之中誰比較像卡通人物就毫無疑問了。

「對呀。」我裝出一副爽朗的樣子——請啟發我，先生，因為我對充滿異國風情的這一帶很陌生！接下來他是會把我從碼頭上推進水裡、或是乾脆轉身不理我，這兩者的可能性似乎都不低於繼續進行對話。我又整了整身上的西裝，摸摸自己的領子，以免被引誘去摸他那螢光色的頭罩，去把它那魔鬼氈的邊緣弄得像派皮邊緣一樣呈波浪狀。

他仔細地檢視我。「海膽的季節是十月到三月。這是冷天的差事。像今天這種天氣算是在公園裡散步。」

「海膽？」我說，說的同時感覺自己像是在痙攣，感覺這個詞本身就是個痙攣，它本身太充滿抽搐了。把它用來當作原先名為王子的藝人那個符號的發音會很合適。

「這島附近的海域產海膽。有人買，所以就有人撈。」

「是這樣啊。」我說。「嗯，那太好了。加油吧。你知不知道山坡上那地方的什麼事——吉井？」

「你應該去找佛伊伯先生談。」他朝捕魚碼頭那棟小屋點了點頭，小屋的煙囪冒出細細一縷煙。「跟那些日本人做生意的是他。我只是個討海人。」

「吃我討海人！——謝謝你。」我微笑著做出個點點想像中帽緣的動作，然後朝小屋走去。

他聳聳肩，接過船上遞來的又一箱。

「有何貴幹，先生？」

佛伊伯也是紅色的，不過是不同的紅法。他的臉頰和鼻子，甚至額頭，都滿布著蛛網般的紅色血管，看起來很難受。他發黃的眼白也有血絲。就像敏納以前對聖瑪麗教區神父的形容，佛伊伯有張口渴的臉。他在小屋裡坐在木頭櫃檯旁，櫃檯上放著的顯然就是那張臉所口渴的對象：一堆空的長頸啤酒瓶和兩個一夸脫裝的琴酒瓶，其中一瓶還剩大約一吋酒。電暖爐在櫃檯下方發著紅光，我進屋的時候他朝著電暖爐和門點點頭，表示我該關上門。小屋裡除了佛伊伯和電暖爐和酒瓶之外，還有一個滿是傷痕的木頭檔案櫃和幾個箱子，我猜在那一層層油膩底下箱子裡面可能是五金器材和漁具。穿著兩天沒換的西裝、滿臉鬍碴的我，新鮮程度遠超過這屋裡的任何東西。

我看得出來這需要最古老的調查技術：我打開皮夾掏出一張二十元。「要是有人能告訴我什麼關於那些日本人的事，我就請他喝一杯。」

「他們的什麼事？」他渾濁的眼睛與二十元鈔票進行一番親密接觸，然後再爬回來迎視我的眼睛。

「我對山坡上那間餐廳有興趣。特別是關於業主是誰。」

「為什麼？」

「要是我說我想把它買下來呢？」我眨眼咬牙忍住一個要吠叫的痙攣，把它砍成短促的一聲「——嚓！」

「小子，你永遠不可能從他們手裡弄到那地方的。要逛街買東西的話最好到別的地方去吧。」

「要是我做出他們無法拒絕的提議呢？」

佛伊伯瞇眼看著我，突然起了疑心。我想到瑟米諾警探是如何被敏納幫和我們那法院街的環境給嚇到。我不知道這種形象在離愚人村[12]這麼遠的地方是否還能引起同樣反應。

「我可以問你件事嗎？」佛伊伯說。

「說吧。」

「你該不會是那些山達基教徒[13]的人吧？」

「不是。」我意外地說。我想像中自己給他造成的印象可不是這一種。

他緊皺起臉，彷彿回想起了讓他開始借酒澆愁的心理創傷。「那就好。」他說。「可惡的科學論派的人買下了島上那座老旅館，把它變成了電影明星的遊樂屋。去他的，再怎麼樣我都比較願意跟日本人打交道。至少他們吃魚。」

「穆斯康格斯島？」我只是想體驗一下這詞終於從我嘴裡說出來的感覺。

「不然我還會說哪個島？」他再度朝我瞇起眼，然後伸出手來接那張二十元。「給我吧，小子。」

⑫ 紐約市別名。

⑬ Scientology，是一套信仰與修行活動的體系及宗教，由L・羅恩・賀伯特所創立。爭議極大，被德國、法國等國列為邪教。

我遞了過去。「這錢說你在這裡不夠看，小子。日本人一掏就是一捲，最小的票子是一百塊。去他的，在他們關掉海膽市場之前，這碼頭以前撒滿了銀行綁千元鈔用的繩子，都是日本人付給我那些船工買下一船貨的錢。」

「告訴我吧。」

「哼呼。」

「吃我。」

「嗯？你說什麼？」

「我說告訴我吧。把日本人的事解釋給一個不了解的人聽。」

「你知道烏尼⑭是什麼嗎？」

「原諒我的無知。」

「那是日本人的國家食品哪，小子。穆斯康格斯角現在也就只有這麼回事了，除非你把那些蹲在那間該死的旅館裡的山達基教徒算進去。每一家日本人每個星期至少要吃一次烏尼，才能維持得了自尊。就像你會想吃牛排，他們想吃的是一盤海膽卵。黃金週——在日本就像我們的聖誕節一樣——他們就只吃烏尼。只不過日本海裡的都被撈光了。了解嗎？」

「也許。」

「日本法律規定不可以再潛水下去撈海膽了。只能用挖的。這意思是說，手上拿根耙子，退潮的時候在石頭上站著。改天你也可以試試。挖上一整天，也挖不到一顆值半毛錢的海膽。」

再也沒有比佛伊伯更需要邊走邊講故事的人了。我克制住叫他快講的衝動。

「緬因州海岸的海膽是全世界第一流的，小子。一堆堆長在那座島底下，像葡萄似的。緬因人從來不喜歡吃那玩意兒，抓龍蝦的漁夫只覺得海膽討厭。那條日本法律讓這裡很多船工都發了大財，只要他們知道怎麼給人裝備潛水。拉可波那裡整個是一個經濟體哪。日本人在那裡設了加工廠，雇了女工整天整夜在那裡撬開海膽殼，隔天早上就空運到日本去。日本商人坐著大禮車到這裡來，等著船進港，競標船上的貨，用大把大把的現金付錢，就像我剛才說過的那樣——錢多得嚇死人。」

「後來怎麼了？」我嚥下痙攣。佛伊伯的故事開始引起了我的興趣。

「在拉可波？沒怎麼。現在還是那樣。如果你是指這裡，我們只有那麼兩條船。山坡上那些人把我的貨全買走，就這樣，不再有黑色車窗的車子開來，不再有日本流氓在碼頭上做買賣——我一點也不懷念那情形。我是獨家供應商，小子，你再也見不到像我這麼快樂的人了。」

佛伊伯的快樂在這小屋裡圍繞在我四周，看來並不怎麼令人著迷。我沒有提這一點。「山坡上那些人。」我說。「你是指藤崎。」我想他講故事講得正起勁，不會因為我塞給他這個名字而猶豫。

「沒錯，先生。他們那群人可有格調了。在島上有一堆房子，重新整修了一整間餐廳，弄來

⑭日文「海膽」的音譯。

了一個壽司師傅，讓他們可以愛吃什麼就吃什麼。我倒還真希望他們出了比山達基教徒那些人更多的錢，把那間老旅館給買下來。」

「可不是嘛。那麼藤崎——超傻教徒！客戶達基！藤崎都市！——藤崎是整年都住在穆斯康格斯角這裡嗎？」

「你說什麼？」

「藤在我們上面拍！」

「你有點妥瑞症的樣子哪，小子。」

「是的。」我大吃一驚。

「你要來一杯嗎？」

「不用，不用。那群有格調的人，他們全都住在這裡嗎？」

「沒有。他們一票人來、一票人去，總是成群結隊的，東京、紐約、倫敦。在島上有座直升機的機場，來來去去的。他們今天早上才坐了渡輪過來的。」

「啊。」在那陣爆發之後我瘋狂地眨著眼。「渡輪也是你在經營嗎？」

「沒有，我才不想插手管那個浴缸的事。只有兩條船，兩組人。我只管蹺腳坐著，專心在我的嗜好上。」

「你另一條船出去打魚了嗎？」

「沒有。潛水撈海膽得一大早去，小子。凌晨三、四點出海，十點以前一天的工作就結束了。」

「知道了，知道了。那麼那條船呢？」

「你這問得可真巧。一小時前讓兩個傢伙開出去了，說他們得到島上去，不能等渡輪。把我的船和船長都租去了。他們跟你很像，不過二十元鈔票倒才真讓我印象深刻。」

「其中一人是個大個子？」

「從沒見過那麼大的。」

我在波士頓耽擱的時間讓我在前往穆斯康格斯角的賽車中失去了領先地位。先前我居然還想像有領先的可能，現在看來顯得很愚蠢。我在渡輪登船處過去一點點的一小片停車場找到了紅色Contour和黑色龐帝克，那處前無去路的停車場遮蔽在樹木後，供一日往返的遊客使用，有一座投幣自動柵欄和一個設有呈某個角度伸縮尖刺的單向出口，牌子上警告著：**切勿倒車！輪胎將嚴重受損！**東尼和巨人都付錢在這裡停車，這點讓我感覺有某種尖刻之處，先從口袋裡掏出銅板，然後進行某一番怪異的爭鬥，使他們最後去雇了那艘海膽船。我走近去看，看到Contour鎖得好好的，龐帝克的鑰匙則還插在引擎點火開關上，車門也沒鎖。東尼的槍，就是前一天他指著我的那把，落在車底靠近油門的地方。我把它推到座位底下。也許東尼會需要它。我希望如此。想到巨人是如何用暴力迫使敏納去到隨便他要他去的任何地方，我為東尼感到難過。

走上山丘的時候我感覺到一種嗡嗡聲，好像有蜜蜂還是黃蜂困在我褲子裡。是敏納的呼叫器。先前在禪堂裡我把它設定成「震動」了。我掏出它來，上面顯示一支紐澤西的電話號碼。客戶們已經從布魯克林回到家了。

我回到停車場上了車，從已經快被太陽烤熟的包三明治的紙堆裡找出手機。我撥了那個號碼。

我非常疲倦。

「喂？」

「我是萊諾，馬崔卡迪先生。你打了我的呼叫器。」

「是的。萊諾。我們要的東西你弄到了嗎？」

「我正在努力。」

「努力是很好的，光榮的，值得欽佩的。結果——這我們更是珍惜。」

「不久我就會有東西給你們了。」

內壁整個鑲嵌著光潔的木板，與外牆的烤棉花軟糖顏色相配；貝殼粉紅則由地毯來提供。一進門我就遇到一個女孩，她穿著一襲精緻複雜的日本袍子，帶著困惑的表情。我伸出一隻手去撫平她領子兩側，她似乎還能接受，也許把這動作視為我對那絲料的讚賞。我朝俯視海面的大窗口點點頭，她帶我到一張小桌旁，然後鞠躬離開。我是午餐時間唯一的客人，或至少是第一個。我餓壞了。隔著寬廣、優雅的餐廳，一個壽司師傅朝我揮揮他那把寬刀，咧嘴一笑。他在斜面玻璃後的隔間工作，讓我想到史密斯街酒鋪的店員在防搶的塑膠玻璃小格子裡容身。我也朝他揮手，他點點頭，動作突然而類似痙攣，於是我也高興地回應。我們很是禮尚往來了一番，直到他停下來，開始以戲劇化的手法把一整塊紅紅的魚肉的皮給去掉。

廚房的門被推開，茱莉亞走了出來。她也穿著袍子，穿得非常好看。有點不協調的是她的髮型。她把一頭金色長髮剪成了軍人式的小平頭，露出了黑色的髮根。在小平頭下她的臉看來暴露而赤裸，沒有長髮遮掩的眼睛有點太過於狂野。她拿起一份菜單朝我這桌走來，走到一半時我看見她注意到了桌邊坐的人是誰。她大步向前的步伐只稍微有了一點點變化。

「萊諾。」

「屁斯潑。」我把姓補上。

「我不會問你在這裡幹什麼。」她說。「我根本不想知道。」她把菜單遞給我，菜單的封面毛扎扎的，是用竹子編成的。

「我跟蹤東尼來的。」我說著小心地把菜單放在一旁，不想被碎片戳到手。「還有那個巨人兇手。我們都來這裡參加一場法蘭克．敏納研討會。」

「不好笑。」她審視著我，嘴角下垂。「你看起來糟透了，萊諾。」

「我開了很久的車。我猜我應該搭飛機到波士頓，然後——妳用的是哪一招，租車嗎？還是搭巴士？妳常來這裡度假，我就知道這麼多而已。」

「真不錯，萊諾，你真聰明。現在快滾吧。」

「穆斯康嘎電話！敏納邦可波！」我咬牙忍住一大串跟緬因州地理有關的痙攣，不讓它們跟在這兩句後面衝出我的牙關。「我們真的應該談談，茱莉亞。」

「你怎麼不跟自己談談就好了？」

「這下子我們扯平了，因為這也不好笑。」

「東尼在哪裡？」

「他正在——拉船！鮪魚電話！——他正在搭船兜風。」聽起來這麼宜人，我不想說他是跟誰一起在兜風。從吉井這地勢高視野廣的窗口，我終於看到穆斯康格斯島了，在海平面上籠罩在一片霧裡。

「他應該到這裡來的。」茱莉亞說，不帶一絲情感。她說話的口氣像是在過去這一天左右裡想法已經有了很務實的轉變。「他叫我在這裡等他，但我不能再等太久了。他應該來的。」

「也許他試過要來。我想他是想要在別人找到他之前先找到藤崎。」我把這理論像魚餌般晃動，注視著她，留神她臉上是否有掠過任何退縮或發火的神色。

是退縮。她壓低了聲音。「別在這裡說那個名字，萊諾。別白癡了。」她環顧四周，但這裡只有那個女侍和那個壽司師傅。別說那個名字——遺孀繼承了死者的迷信。

「妳在怕誰，茱莉亞？真的是藤崎嗎？還是馬崔卡迪和拉可佛提？」

她看著我，我看見她喉嚨緊縮、鼻孔張大。

「躲那些義大利人的不是我。」她說。「該害怕的人不是我。」

「是誰在躲？」

這問題問得大大不該。她的憤怒現在都集中在我身上，只因為我人在這裡，而她想殺的那個人離得太遠太遠了，用遙控器在操縱著她。

「操你媽的，萊諾。你這他媽的怪胎。」

鴨子進了池塘，猴子上了樹，鳥進了籠，魚裝了桶，豬蓋了毯子：不管這場悲劇性的熱病之夢裡的演員該用哪種動物來比喻，我都準備就緒了。問題不在於追蹤各個關聯。我已經開了我的Tracer來做到了這一點。但現在，我必須畫出一條單一連貫的線，穿過那些猴子、鴨子、魚和豬，穿過和尚和老粗——一條能精確劃分出兩組敵對人馬的線。我可能快成功了。

「我要點菜了好嗎，茱莉亞？」

「你走好不好，萊諾？拜託。」話中同時混合了憐憫和苦澀、焦急。她想要讓我們兩個都逃過。我必須知道是要逃過什麼。

「我想來點烏尼試試。來點——孤兒大海冰淇淋！——來點海膽卵吧。看看它到底是有什麼值得大驚小怪的地方。」

「你不會喜歡的。」

「它可以做成某種三明治之類的嗎？比方說烏尼沙拉三明治？」

「它不是用來做三明治的。」

「好吧，嗯，那就拿一大碗跟一支湯匙來給我。我真的很餓，茱莉亞。」

她沒有在聽我的話。門打開了，蒼白的陽光照進房內橘色和粉紅相間的深處。女侍一鞠躬，然後帶著藤崎股份有限公司的人走到餐廳中央的一條長桌旁。

一切都在同一刻發生。他們有六個人，那景象令人心碎。我幾乎是高興敏納已經走了，這樣他就永遠不必面對這景象，看見藤崎的這六個中年日本男人是如何完美地符合敏納幫一直拚了命要達成、但從來沒能達成也永遠不會達成的形象，一身剪裁無瑕合身無比的黑西裝、窄領帶、旅人牌墨鏡、直挺挺的姿勢，還有乾脆俐落的鞋子、亮晶晶的戒指與手鍊、抿著嘴唇的冷硬微笑。他們正是我們所永遠不能達成的一切，不管敏納如何鞭策我們：絕對是一個團體，一個小組，他們的集體存在就像是一座魅力和勢力的浮島。他們像座浮島般朝壽司師傅和茱莉亞點點頭，甚至朝我點點頭，然後就座把墨鏡收到胸前的口袋裡脫下那些折痕完美的氈帽掛在衣架上然後我看見他們的禿頭在橘色光線裡發亮也看到了那個說到棉花軟糖和鬼魂和大便和野餐和報復的人於是我知道了，知道了一切，那一刻我一切都明白了也許只差不曉得貝里是誰，因此我當然大聲地痙攣了一下。

「我尖叫要海──膽！」

茱莉亞嚇了一跳轉過身來。先前她也跟我一樣都在盯著他們看，被藤崎的壯盛陣容給怔住了。如果我猜得沒錯，她以前從來沒見過他們，連他們扮成和尚的樣子都沒看過。

「你點的菜馬上就來，先生。」她說，很優雅地恢復了過來。我沒費事指出我其實還沒有點菜。她驚慌的眼睛說此時此刻她無法再應付任何戲謔說笑。她拿起竹編封面的菜單，我看見她的手在抖，努力克制住自己沒有伸手去握住她的手以安撫她和我自己的病。她再度轉回身朝廚房走去，經過藤崎那一桌時，她還勇敢地鞠了一小躬。藤崎公司的其中幾個人轉過來又瞥了我一眼，非常淡漠無所謂地。我微笑著向他們揮揮手，讓他們不好意思繼續打量我。他們轉回去繼續用日文交談，那聲音沿著地毯和打磨光滑的木板朝我這裡潺潺流過來，像是合唱團的低吟，像是貓在打呼嚕。

我盡可能地不亂動坐好，看著茱莉亞又走出來請他們點飲料同時把菜單分發給他們。其中一個穿西裝的不理她，向後靠在椅背上直接跟壽司師傅打交道，後者咕噥了幾聲表示了解。其他人打開那硬邦邦的菜單也開始咕噥，嘰哩呱啦地邊說笑邊用修過指甲的手指戳戳裡面那些護貝的魚照片。我想起禪堂的那些和尚，蒼白鬆垮的皮肉，稀疏的腋毛，現在都藏在那價值連城的剪裁底下。此刻坐在這裡想起來，禪堂似乎是一個遙遠又不可能的地方。茱莉亞推門走回廚房裡，然後端著一個冒著熱氣的大碗和一個上有斑斑點點鮮豔色彩的小三腳盤出來。她端著這些東西經過了藤崎，端到我桌上來。

「烏尼。」她說著朝那一小塊木板點點頭。上面有一團濃稠的綠色膏狀物，一堆從醃漬甜菜或蕪菁上削下來的粉紅色薄片，還有幾小坨水汪汪的橘色圓球——這就是海膽卵吧，我想。全部加起來還不夠吃上三口。她放在桌上的那個碗看來比較有希望一點。碗裡的湯是乳白色的，底下厚厚的蔬菜和雞肉塊讓表面起了波紋，上面還裝飾著幾片某種異國風情的荷蘭芹。

「我還拿了一樣你可能會真正喜歡吃的東西來。」她安靜地說，同時從袍子的囊袋裡掏出一小支瓷湯勺和一雙嵌花的筷子放在我面前。「這是泰式雞湯。吃完了就走，萊諾。拜託。」

太師雞什麼？我的大腦在說。呆師然後埃佛斯然後雞。

茱莉亞拿著點菜本回到藤崎公司那一桌，應付那群人吠叫出的相互抵觸的命令，他們那破碎的洋涇濱英文。我用湯勺舀起烏尼來嚐嚐——使筷子實非我所長。那凝膠狀的橘色圓球在我嘴裡像酸豆一樣散開，味道微鹹而猛烈，但倒也不是絕難喜歡。我試試把木板上那三種鮮明的顏色混在一起，弄一點綠色膏狀物和幾小片醃菜跟海膽一起吃。這組合就完全是另一回事了：一股刺激辛辣的味道像利爪般迅速從我喉頭升起，瀰漫整個鼻腔。這些元素顯然不是要混在一起的。我兩耳直豎，眼裡湧滿淚水，發出像貓要把毛球給咳出來的聲音。

我又吸引了藤崎的注意，這回連壽司師傅都注意到我了。我臉色通紅地揮揮手，他們點頭也揮揮手，頭使勁地上下顛動，繼續講他們的話。我舀起一勺湯，想著至少可以把那些毒藥從我敏感的舌頭表面給沖掉。又是一番意外：那湯美味極了，回應並駁斥了先前那爆炸性的毒素。它將暖意傳送到其他部位，一路沿著我的食道向下，也穿越抵達我的胸口和肩膀。一層層不同的滋味綻放開來，洋蔥、椰子、雞肉，還有一種我認不出來的辣味。我又舀起一勺湯，這次裡面有塊雞肉，然後讓那滋養的火焰再度流遍全身。一直到受到這碗湯的照料我才真正明白到我有多冷、多餓、多不舒服。感覺上這湯彷彿是不折不扣地擁抱著我的心。

第三勺出了問題。我挖得很深，舀起了一團無法辨識的蔬菜。我喝下了湯，然後咬著留在我嘴裡那一團味道辛烈的粗糙東西——只不過其中有些粗糙得超過我所喜歡的程度。有幾片堅韌鋒利的長葉片不為我咀嚼的牙齒所動，反而開始對我的牙肉和上顎發動奇襲。我咬著，等著它解體。它不肯解體。我用小指伸進嘴裡把它弄出來，這時茱莉亞出現了。

「我想菜單有一部分掉進湯裡了。」我說著把那片蘆葦吐在桌上。

「那是香茅。」茱莉亞說。「那不是要給你吃的。」

「不然它在湯裡做什麼？」

「調味。是給湯調味的。」

「這點我無法爭辯。妳說它叫什麼來著？」

「香茅。」她嘶嘶地說。她把一張紙丟在桌上我手邊。「這是你的帳單，萊諾。」

我伸手去拉她拿著那張紙的手，但她抽開了，像是某種小孩的遊戲，我只握到那張紙。

「西毛。」我壓低聲音說。

「什麼？」

「笑話嘎斯洛。」這句聲量稍大，但我沒有驚動到藤崎，還沒有。我無助地抬頭看著她。

「再見，萊諾。」她匆匆離開我桌旁。

那張帳單並不是真的帳單。茱莉亞潦草的字跡寫在下方：

這頓飯本餐廳請客。

兩點半到友誼岬燈塔跟我碰頭。

快滾出這裡！！！

我喝完湯，小心地把那不能吃的神秘香茅放在一旁。然後我站起身經過藤崎朝門口走，為了茱莉亞好我希望自己能夠隱形。但他們其中一人在我經過時轉過身來，拉住我的手肘。

「你喜歡這食物嗎？」

「棒極了。」我說。

是那個用木槳打我背部的和尚。他們灌了不少清酒，他的臉色發紅，眼睛水汪汪的很開心。

「你是傑瑞師父不乖的學生。」他說。

「我想是沒錯。」

「避靜中心是個好主意。」他說。「你需要長長的接心。你有說話的問題，我想。」

「我知道是這樣。」

他拍拍我肩膀，我拍回去，感覺到他西裝的墊肩和袖子緊緊的縫線。然後我掙脫他的臂膀打算走，但已經來不及了。這下我得輪番把他們每個人都摸一下。我沿著桌子走，拍拍每個人剪裁完美的肩膀。藤崎那群人似乎把這舉動當作是在鼓勵他們也對我又點又戳，一邊動手還一邊互相用日文說著笑話。「鴨，鴨，鵝。」我說，一開始很安靜。「花，花，說話。」

「花──鴨。」藤崎那群人其中一個說，揚起眉毛彷彿這是句很重要的糾正，然後手肘用力捅我一下。

「和尚，和尚，傀儡！」我說著在桌邊愈繞愈快，蹦蹦跳跳。「武器茅鴨毛！」

「你快走吧。」那個使木槳的人沉下臉說。

「吃我藤崎！」我大喊著衝出門外。

那第二條船已經回到碼頭了。我再次穿過吉井的停車場走下山丘去看個分明。佛伊伯的小屋仍然冒著煙；除此之外捕魚碼頭上完全是一片靜止。也許這條船的船長到小屋裡去跟佛伊伯喝一杯新開瓶的琴酒了，用我那張二十元買的。又或者他直接回家睡覺去了，經過從凌晨三點開始的一天工作。海膽日光節約時間。要是他回去睡覺了，我真羨慕他。我躡手躡腳經過小屋，走到碼頭另一邊。就我能看到的情況而言，渡輪登船處也是空的，船還在島那邊，售票口要到下午近傍晚那一班時才會開。現在海上開始起風，整個海岸景色看上去是一片陰霾荒涼，彷彿十一月的緬因州真的是屬於那些發出刺耳鳴聲、在飽經風吹日曬的碼頭上盤旋的海鷗，人類剛剛才得到這個消息而匆匆逃走。

在遠一點的地方、在那片被樹木掩蔽的停車場，我看到有東西在動，某種生命跡象。我靜悄悄地經過渡輪登船處到一個不在強烈對比明亮日照下的地方，好讓我能朝陰影處張望，看看那東西是什麼。答案是那個巨人。他站在他的車和東尼的車之間，瞇眼迎著風和斑駁的陽光，讀著或至少是盯著裝在牛皮紙袋裡的一疊紙，也許是從 L&L 檔案裡拿出來的。就在我看著他的時候，那疊紙讓他感到無聊或不滿意，於是他合上檔案一撕為二、二撕而四，然後走到停車場的邊緣，那裡的水泥地與海水之間隔著一大片長滿藤壺、丟滿啤酒罐的石頭。他把撕成四半的檔案朝岩石和海水的方向一扔，強風立刻就將它們吹回來掠過他，翻飛著散落在停車場的碎石地和樹木間。但他還沒完事。他手裡還有另一樣東西，黑黑小小亮亮的東西，一時之間我還以為他在打電話。然後我看到那是個皮夾。他翻翻裡面，將一疊錢收進自己的褲子口袋裡，然後也將皮夾扔出去，這次比那些紙張成功，皮夾劃出一道弧線飛越岩石，可能掉進了水裡——從我這角度看不出來，我想巨人也看不出來。他倒沒有顯得多擔心就是了。擔心不是他的天性。

然後他轉過頭來看見了我：哭笑不得，優勢盡失。

我轉身就跑，跑過渡輪登船處和捕魚碼頭，跑向山丘，上面有那間餐廳和我的車。

我自己筋疲力盡的喘氣聲，耳朵裡血液奔竄的聲音，海鷗的高聲嗚叫和下方浪潮的嘩啦聲——全部都被巨人車子輪胎的尖叫聲給蓋過了：我把車鑰匙插進引擎點火開關的時候他的Contour正刮地發出刺耳聲音開進餐廳的停車場。他的車朝我的車猛衝而來。我離懸崖邊相當近，他有可能把我推撞下去。我用力一打倒車檔把車猛然向後開離他正前方，他側轉打滑停住車，幾乎撞上了停在那裡的小貨車中最近的一輛。我狠踩油門搶在他前面衝出停車場，開上一號公路往南走。巨人緊追在我後面。我從後視鏡裡看見他衝上來，一手扶著方向盤，另一手握著一把槍。

敏納和東尼——我讓他們兩個都被溫和地帶走、安靜地殺死了。我的死法看來會比較吵一點。

我向左打方向盤，猛然脫離公路開向渡輪碼頭。巨人沒有被騙。他緊貼著我的保險桿，彷彿那輛小紅車跟他的身體一樣巨大，可以爬上或吞下我的Tracer。我忽左忽右，碰到通往碼頭那條路不平坦的邊緣，算是表示某種搖手指或趕人的動作，試著甩開緊追不捨的巨人，但他跟上了我每一個車體的手勢，現在是Contour盯住Tracer了。水泥路面變成碎石路面，我死命煞車朝右吱嘎嘎地滑行以避免直衝上碼頭、衝進水裡。我轉朝渡輪的停車場開去，東尼的龐帝克還在那裡，那把他沒用到的槍還在駕駛座底下等著。

必須拿到槍，我的大腦喊叫著，我的嘴唇也動著試圖跟上它的唸誦：必須拿到槍必須拿到槍。

槍、槍、槍、射！

我從來沒開過槍。

我衝進入口，把那不堪一擊的柵欄連柱子一起撞斷。巨人的車蹭著我的保險桿，金屬吱叫嘆息。我到底要怎麼找出足夠的時間離開我的車然後進東尼的車裡拿到那把槍我還不知道。我一個轉彎經過東尼的車朝左開，讓我和追兵之間拉開了剎那的距離，然後朝岩石邊界開去。檔案碎片仍在風裡四處翻飛。也許巨人會幫我一個忙，自己衝進海裡去。也許他還沒注意到它——反正這只是大西洋嘛，可能還不夠大到令他留下印象。

我轉向一旁避免自己掉下海去，這時他再度追了上來，跟我一起轉向沿著停車場內緣開。**切勿倒車！輪胎將嚴重受損！**出口的告示牌大喊著，警告你那些單向的尖刺是設來防止人停車不付錢的。嗯，不付錢這一關我是已經過了。巨人的車又蹭上來撞了我一下，兩輛車都朝左邊滑，駛向出口，離東尼的車愈來愈遠。

我突然靈機一動，朝出口猛衝。

一通過那些伸縮尖刺我就盡全力死命踩煞車，車子尖叫打滑著在離門口約一個車身的地方停下來。巨人的車衝撞上我車尾，把我的車又朝前推了一兩碼，讓我狠狠向後撞在椅背上。我感覺脖子喀啦一聲，嘴裡有血的味道。

第一聲砰是巨人的安全氣囊撐開了。我從後視鏡裡看見一團白色光滑的東西逐漸充塞住Contour的車內。

第二聲砰是巨人的槍響，他可能是出於驚慌、或是撞擊時的反射動作使手指扣下了扳機。他的擋風玻璃碎了。我不知道這一槍射到了哪裡，但它找到了我身體以外的靶子。我打倒車檔，把油門踩到底。

然後把巨人的車朝後推向那排尖刺。

我聽見他後輪啪地一聲，然後嘶嘶作響。巨人的車尾垮下去，輪胎插在尖刺上。

一時間我只聽見輪胎漏氣的嘶嘶聲，然後一隻海鷗叫了一聲，我也叫了一聲回應牠，那是一聲以鳥鳴形式發出的痛苦叫喊。

我搖搖頭，瞥瞥後視鏡。巨人的安全氣囊正在緩緩、靜靜地癟下去。也許子彈打穿了它。氣囊底下沒有任何動作的跡象。

我打到一檔，向前、向左扭轉，然後再次朝巨人的車倒車過去，壓扁了駕駛座那側車門的金屬，扭曲了Contour的輪廓，讓它像錫箔紙一樣皺起來，聽見它吱叫呻吟著被改變形狀。

那時候我就可以停手了。我相信安全氣囊下的巨人失去了意識。至少他沒出聲也沒動彈，沒有開槍，沒有掙扎著要逃出車外。

但我感覺到對稱的強烈需要：他的車應該兩邊都被擠扁。我需要把Contour的兩邊肩膀都狠狠擠壓一番。我往前開一點就位，然後倒車再次撞上他的車壓扁了乘客那一側，就像先前對付駕駛座那側一樣。

妥瑞症就是這樣——你不會了解的。

我把地圖和手機拿到東尼的龐帝克上。車鑰匙還插在引擎點火開關裡。我穿過被撞壞的入口把它開出來，然後駛過空蕩的渡輪登船處，開上一號公路。顯然沒人聽到靠海那片停車場上的撞擊或槍聲。佛伊伯連從小屋裡探出頭來都沒有。

友誼岬在穆斯康格斯角車站以北十二哩，突出在海岸上。燈塔漆成紅白相間，不像餐廳那俗斃了的佛教大地色調。我相信山達基教徒的人也還沒有對它下手。我盡可能把龐帝克停得靠近海，坐在那裡兩眼直視了前方一會兒，感覺我先前咬到舌頭的地方逐漸不再流血，並檢查我脖子受到的損傷。脖子能自由動作對我的妥瑞症人生是極其重要的。在這方面我就像是個運動員。但脖子感覺起來只是像挨了一鞭，沒有更嚴重的不適。我又冷又累，那碗香茅湯補充體力的效果早就消退了，我後腦那個二十四小時又一百萬年前被巨人打了一下的地方仍然在陣陣作痛。但我還活著，而在逐漸西斜的日光下海水看來也相當美麗。距離我和茱莉亞的約會還有半小時。

我打電話給當地警局，告訴他們在穆斯康格斯角島渡輪那裡可以找到那個睡巨人。

「他可能受了重傷，但我想他還活著。」我告訴他們。「你們大概需要『救命鉗⑮』才能把他拖出來。」

「可以告訴我們你的名字嗎，先生？」

「不，我真的不能。」我說。他們永遠也不會知道這句話有多真。「我叫什麼名字不重要。你們會在渡輪附近的海水裡找到被他殺死的那個人的皮夾。屍體比較可能會被沖到島上。」

罪惡感是妥瑞症的一種嗎？也許。我想它具有一種碰觸的性質，一點汗濕手指的意味。罪惡感想要跑過每一壘，同時出現在每個地方，伸手探進過去以便扭轉、整理、修復事情。罪惡感跟妥瑞症的話語一樣無用、不優雅地流出來，從一個無助的人流向另一個人，毫不理睬邊界，一說出來就注定會被誤解或拒絕。

罪惡感就像妥瑞症，重複嘗試，毫不學乖。

而帶著罪惡感的靈魂就像妥瑞症的靈魂一樣，有一張小丑的臉——史莫基・羅賓森的那種，底下有著淚痕⑯。

我打那支紐澤西的號碼。

「東尼死了。」我告訴他們。

「這真是太可怕了——」馬崔卡迪開口說。

「是啦是啦，很可怕。」我打斷他。我沒有那個情緒。真的一點也沒有。聽見馬崔卡迪聲音的那一刻，我就變成了某種低劣於人或者不算是人的東西，不只是悲傷或憤怒或痙攣或孤單，當然一點也沒有鬧情緒，而是充滿了目標。我是一支要刺穿多年時光的箭頭。「現在仔細聽著，」我說。「法蘭克和東尼都不在了。」

「是的。」馬崔卡迪說，似乎已經開始了解了。

「我手上有一樣你們要的東西，然後一切就結束了。」

「是的。」

⑮ Jaw of Life，一種救災工具，用來撐開變形車體以救出困在裡面的車禍傷患。

⑯ 史莫基・羅賓森有首歌名即為〈我的淚痕〉，歌詞大意為主角失戀後在人前強顏歡笑，但人後則傷心落淚。

「一切就結束了，我們再也跟你們沒有關聯了。」

「我們是誰？你這說的是誰？」

「L&L。」

「法蘭克走了，現在東尼也走了，再說L&L還有意義嗎？L&L還剩下什麼？」

「那是我們的事。」

「你手上那樣我們要的東西是什麼？」

「傑拉．敏納住在東八十四街的一間禪堂裡。用的是另外一個名字。是他害死法蘭克的。」

「禪堂？」

「就是日本教堂。」

一陣很長的沉默。

「這不是我們原先預期你交出的東西，萊諾。」

我沒說話。

「但你想得沒錯，我們對這有興趣。」

我沒說話。

「我們會尊重你的意願的。」

罪惡感我略有所知。報復就完全是另外一回事了。

我會需要花點時間想想報復。

原先名為

從前有個來自南塔克的女孩。

不，真的，她就是從那裡來的。

她父母是嬉皮，所以她是個小嬉皮。她父親並非總是在南塔克跟家人在一起。他在的時候也待不久，逐漸地，他來訪的時間愈來愈短、次數也愈來愈少。

女孩常聽她父親留下來的錄音帶，「艾倫．瓦茲演講系列」，用一系列東拉西扯的幽默獨白來把東方思想介紹給美國人。女孩的父親完全不再來了之後，她總是把她對父親的記憶跟錄音帶上那個迷人男子的聲音混淆在一起。

女孩長大之後把這點搞清楚了，但那時候她已經聽過了幾百遍的艾倫．瓦茲。

女孩十八歲的時候到波士頓去上大學，念的是一所附屬於博物館的藝術學校。她討厭那所學校和學校裡其他的學生，討厭假裝自己是個藝術家，兩年後她就輟學了。

一開始她回南塔克去待了一陣子，但女孩的母親跟一個女孩不喜歡的男人同居了，而且南塔克畢竟是個島。所以她回到波士頓。然後她在一家三流學生酒館找到一份當女侍的爛工作，在那裡她得招架顧客和同事對她沒完沒了的追求糾纏。晚上她在當地YWCA的地下室裡學瑜伽、參加修禪聚會，在那裡她得招架老師和其他學生對她沒完沒了的追求糾纏。女孩決定她不只討厭學校，更討厭波士頓。

差不多一年後，她造訪了一處位於緬因州海岸的避靜中心。那地方美得驚人，而且，除了在混亂不堪的夏天旺季會變成波士頓和紐約有錢人的度假勝地之外，其他時間都遺世獨立。這地方讓她想到南塔克，想到那裡讓她懷念的東西。她很快做好了安排在那中心全天上課，而為了養活自己，她在隔壁的海鮮餐廳當女侍，當時那是一家傳統的緬因州龍蝦館子。

女孩就是在那裡認識那兩兄弟的。

先是哥哥，他跟朋友一連去避靜中心短暫造訪了好幾次。朋友對佛教有些經驗，哥哥沒有，但他們兩人在寧靜的緬因州都是令人驚慌的存在——充滿了不耐和一種帶點敵意的都市幽默，但對於禪他們則是謙卑又誠心的初學者。他們被介紹認識時，哥哥對女孩很熱中殷勤。她從來沒遇過像他那麼會說話的人，也許除了艾倫．瓦茲的演講錄音帶之外，而那錄音帶仍然強烈地影響著她的渴望——但哥哥可不是瓦茲。他的故事是關於布魯克林族裔，關於黑道小角色和具有喜劇色彩的騙局，其中有一些是以暴力收場。他的言談讓這個實際上離她很遙遠的世界顯得如此接近而真實。在某個方面，她從來沒去過的布魯克林變成了一種浪漫的理想，比她在波士頓驚鴻一瞥的都市生活更真實更細膩。

不久後女孩和哥哥成了情侶。

哥哥來訪的時間愈來愈短、次數也愈來愈少。

然後有一天哥哥回來了，開著一輛飛羚，車上載滿了塞著他衣服的購物紙袋，還載著他弟弟。兩人捐了一筆可觀的數目給修禪中心的零用基金，之後就住進了中心裡的房間，從海岸公路看不到的房間。第二天哥哥把飛羚開走，開回來一輛掛著緬因州車牌的小貨車。

現在，女孩不管什麼時候去哥哥的房裡找他，都會被拒絕。如此持續了幾個星期，她終於開始接受了這個改變。從此他們不會再做愛、不會再談布魯克林了。直到這時候，女孩的眼裡才有了弟弟。

弟弟不是學禪的人。而且在來緬因州之前他從沒離開過紐約市，這目的地對他來說既神秘又荒謬，就像他對她來說也既神秘又荒謬一樣。在女孩看來，弟弟彷彿是哥哥說過的那些故事、那些使她入迷的布魯克林故事的具體化身。他也很愛說話，但他講的故事是無根而混亂的。他的話完全沒有哥哥講起故事來那種帶著距離笑看的姿態，那種禪意觀點的光彩。雖然他們在緬因的海灘上坐在一起、縮在一起，他卻似乎仍然處在他所描述的那些街道上。

哥哥讀克里希那穆提❶和阿倫．瓦茲和仲巴仁波切❷，弟弟讀的則是米奇．史匹連和錢德勒和羅斯．麥唐諾❸，常常還唸給女孩聽，而特別是在麥唐諾的書中女孩聽到了一些東西教她認識到自己的另一部分，那是南塔克或禪宗或她在大學裡學的東西都沒包括到的。

不久後女孩和弟弟成了情侶。

而且弟弟做了一件哥哥永遠不會做的事：他向女孩解釋了兩兄弟之所以被迫離開布魯克林、來這裡躲在修禪中心的原因。之前兩兄弟一直是兩個布魯克林黑道老頭和一群威徹斯特和紐澤西郊區盜匪之間的聯絡人，那群盜匪專門在通往紐約市的小公路上劫持卡車。黑道老頭做的生意是把卡車海盜搶來的貨物重新分配，所有跟這生意有關的人都有錢可賺。不過兩兄弟賺的錢比他們應得的多。他們弄了個倉庫存放貨物的其中一部分，也找了個銷贓的人替他們脫手那些貨。黑道老頭發現了他們的背叛，決定殺掉兩兄弟。

於是兩人來到緬因。

弟弟還做了一件哥哥可能永遠不會做的事：他愛上了這個來自南塔克的奇怪又憤怒的女孩。有一天在滿腔愛意的驅使下，他向她解釋了他偉大的夢想：他要開一家徵信社。

與此同時，哥哥與他們兩人愈來愈疏遠，更深入更誠心地學禪。跟過去和現在許多追求性靈修行的人一樣，他似乎退離了物欲的世界，變得容忍而諷刺，但對於他所拋下的那些人事物也抱持著有些冷漠的看法。

弟弟和女孩遠離避靜中心的時候，會把哥哥叫做「拉嘛喇嘛叮噹」。沒過多久他們甚至當著他的面也這麼叫他。

有一天弟弟試著打電話給他母親，發現她被送到醫院去了。他跟哥哥商量；女孩無意間聽到了他們那苦澀、充滿畏懼的對話的一些片段。哥哥深信母親被安排住院是一個圈套，用來把他們引誘回布魯克林去接受懲罰。弟弟不同意。第二天他買了一輛車，把自己的東西裝上車，宣布他

❶ 1895-1986，生於印度的通靈玄學者。
❷ 1940-1987，將藏傳佛教引介到西方的重要人物，但其「入世」而「西化」的作風也引發毀譽參半的兩極反應。
❸ 知名偵探小說家。

要回紐約。他邀女孩與他同行，但也警告她可能會有危險。

她想想自己在避靜中心的生活已經變得像一座島一樣狹小又可預測，再想想弟弟和布魯克林，他的布魯克林，想到可能跟他一起生活在那裡。她同意離開緬因。

他們半路上在奧巴尼結了婚，證婚的是當地的治安法官。弟弟想給他母親一個驚喜，或許也希望能為他長期失蹤找個藉口。他先帶女孩在曼哈頓逛街買衣服，再越過那座著名的大橋進入布魯克林，然後他又冒出了個想法，帶她到蒙塔古街上的一家美容院去把她深色的頭髮染成白金色。好像在這裡該偽裝的是她一樣。

母親的病不是圈套。弟弟和新婚妻子到達醫院時她已經死於中風了。但黑道確實也掌握了那一帶發生的所有事情，嚴密地監視著醫院。弟弟在那裡被發現，沒多久就被帶去為他和他哥哥犯的錯負責。

他求他們饒命。他解釋說他才剛剛結婚。

他也把他們兩人犯下的罪怪到哥哥頭上。他宣稱自己已經完全跟哥哥失去了聯絡。

他最後承諾一輩子都會當他們的跑腿小弟。

基於這項條件，黑道老頭接受了他的道歉。他們准他活下去，儘管他們再度誓言絕對要殺死哥哥，並且要弟弟承諾要是哥哥又出現了，一定要把他招出來。

弟弟和新婚妻子搬進他母親的舊公寓，來自南塔克的女人開始適應布魯克林的生活。她遭遇到的事物一開始令人迷醉又害怕，然後是令人幻滅。她丈夫是個小角色，而他所謂的「偵探」，只是一票雜七雜八的、連高中都沒念完的孤兒。他安排她在一個朋友的律師辦公室裡做了一陣子秘書，她在那裡負責當公證人，法院街上的人都可以透過櫥窗看見她，令她感覺羞辱。她抗議，於是他讓她退回公寓裡的私人空間。反正他們夫婦的房租是黑道老頭在付，弟弟的偵探業務也大多是替他們做的。來自南塔克的女人不喜歡布魯克林所謂的偵探業務。她希望他是真的在開車行。他們的婚姻生活冷淡又疏遠，充滿了未解釋的缺席和省略，沒有海灘上的漫步。她逐漸開始明白他還有其他的女人，高中時代的舊日女友和遠親，她們從來沒離開過這一帶，也從來沒離他的床太遠。

來自南塔克的女人活了下來，自己也不時找個情人，大部分時間都待在法院街和亨利街的電影院裡、在布魯克林高地逛街購物、在那裡的旅館大廳裡喝酒，然後在人行步道上慢慢散步，在那裡招架大學男生和午休的已婚男人沒完沒了的追求糾纏，用任何方法過日子，就是不要去想她拋下的那緬因州的平靜鄉居生活，在她認識兩兄弟並被帶到布魯克林之前那些淡淡的、沒有爭議的滿足感。

有一天弟弟告訴了妻子一個天大的秘密，她必須確保不洩漏給布魯克林的任何人知道，以防傳進黑道老頭的耳朵裡：哥哥回紐約市來了。他自稱是教人修禪的老師，在曼哈頓上東城的約克維爾開了一間禪堂。約克維爾禪堂受到一個很有勢力的日本商人團體資助，他是在緬因認識那些日本人的，他們接手並徹底重新整修了那簡樸的修禪中心和隔壁的龍蝦館子：藤崎股份有限公司。

藤崎的人非常重視性靈修行，但在自己國內卻名聲不佳，因為在日本只有某些受尊敬家族的傳人才能當和尚，而且資本主義的巧取豪奪也被視為跟性靈追求相互抵觸。金錢和權勢似乎也無法替藤崎公司的成員買到他們在家鄉渴望的那種尊敬。在這裡，首先是在緬因州，現在是在紐約市，他們要讓自己成為可信的悔罪者和教師，是智慧和平的人。在這個過程中，就如哥哥對弟弟解釋、弟弟又對他妻子解釋的，藤崎公司的人和哥哥希望能做一點「生意」。紐約市：充滿機會之地，對和尚、騙子及老粗皆然。

我們站在燈塔靠海那面的欄杆旁，看向遠方。風勢仍然很強，但現在我已經習慣了。我豎起領子，就像法蘭克．敏納的習慣。島嶼彼端的天空陰霾無趣，但海天交接處有細細的一道光線，我可以用眼睛去撫弄那邊緣，就像用手指搓弄縫線。海鳥侵襲著下方的波濤，也許是在找海膽，或者是被人丟在岩石間的熱狗尾端。

東尼的槍在我外套裡，從這裡居高望遠，可以往兩頭看到一號公路好幾哩的地方，要是有人接近我們能發現。我有股強烈的衝動要保護茱莉亞，要抱住她或用我的存在包覆她，好讓我感覺除了自己之外我還幫助了別人安全脫身。但我想藤崎股份有限公司大概並不直接在乎我或茱莉亞。她和我分別都曾是傑拉．敏納的問題的一部分，而不是藤崎的問題。而且茱莉亞對我保護她的衝動絲毫不表興趣。

「我知道接下來發生了什麼事。」我告訴她。「最後兩兄弟又開始A錢了。法蘭克參與了一個騙局，要污走藤崎的管理公司的錢。」傑拉告訴我的這一部分不是謊言，現在我了解了，只是對事實做了一番很巧妙的扭曲。傑拉把自己給撇清了，扮演無辜的修禪人，事實上他卻是輪子的輪軸。「加上一個管帳的人，叫做——呆身體，全是錢，贍養費——啊，一個叫奧爾曼的傢伙。」

「是的。」茱莉亞說。

先前她講話時陷入一種出神狀態，只需我偶爾問上一句。故事說到愈接近現在的地方，她的眼神就愈清醒，視線也不再那麼牢牢釘在遠處的島上，聲音裡愈來愈充滿憎恨。我感覺苦澀快要把她完全從我身邊奪走了，我想把她拉回來。保護她不受自己傷害，如果沒有其他威脅的話。

「所以法蘭克把他哥哥的存在瞞著客戶們。」我說。「同時他們兩個在對傑拉的日本伙伴們動手腳。然後事情——香茅，酸球，操它的！」我沒辦法講下去，直到我迎風發出了一聲類似放屁的摩擦音——所謂的「吹破一個木莓」——以滿足這個噴發的痙攣。唾沫星子被吹散回沾到我臉上。「然後藤崎想通了有人在偷他們的錢。」我終於說，用袖子擦擦臉。

她嫌惡地看著我。我把她拉回來了，從某個角度來說。「是的。」她說。

「然後傑拉就指——指電話先生！酸茅草舅舅！——傑拉就指出了法蘭克和奧爾曼以便自保。」

「東尼就是這麼想的。」她說，再度變得遙遠。

「藤崎一定是叫傑拉來料理這件事，以顯示他沒有貳心。因此傑拉雇了那個殺手。」

我這個無辜的傀儡也就是在這裡進入這個故事。兩天前法蘭克．敏納安排我和吉伯特去禪堂外面盯著，因為他察覺有些不對勁，不信任傑拉，希望街上有些人接應。活跳跳的人。要是出了什麼差錯，他可以很快地把我和吉伯特帶進來，讓我們也在騙局裡參一腳，至少他一定是這麼想過。而如果事情順利，就最好還是把我們留在原地，我們向來都是也注定就要是這樣的——毫不知情。

「你知道的比我多。」茱莉亞說。現在她變得激動起來，講故事的白日夢狀態消散了，話鋒轉到雇用殺手和隨之而來一切不言自明的東西。我自己現在也得轉開身子，模仿她深思著望向海平面的動作，儘管我的手指在燈塔欄杆上白癡地跳著舞，數著一、二、三、四、五，一、二、三、四、五。我對她那新剪的短髮比較習慣了，但她那雙眼睛透過長髮簾幕炯炯發亮太久了，現在沒了那簾幕顯得太過光亮刺眼。我同時既受吸引又感到反感，在模稜兩可之間扮著小丑。現在我明白到當法蘭克把她帶給我們看的時候，她只比高中快畢業的我們大了五、六歲，儘管看起來他好像是從某張逐漸褪色的電影海報上摘下來了一個女人。南塔克和佛教怎麼會讓她變得這麼蒼老激烈，我想不出來。我想法蘭克自己也急匆匆讓她變老了，以他存心的方式，包括褲襪和漂染金髮和諷刺——還有他沒有存心的方式。

「讓我來拼出接下來的那部分。」我說。我感覺彷彿自己正在試著完全不痙攣地講完一個笑話，但我看不出有任何笑點關鍵句即將到來。「除掉法蘭克和奧爾曼之後，傑拉必須確定消滅掉所有他和法蘭克．敏納之間的連結。也就是妳和東尼。」

我猜測，傑拉驚慌起來，怕藤崎也怕客戶們。他雇人殺死弟弟，由此損傷了一個精細的控制系統，這個系統保持他安全了超過十年，沒有落入馬崔卡迪和拉可佛提的手裡。而藤崎又宣布要到紐約來視察他們的產業，進行一點第一手的管理（儘管是偽裝成和尚的樣子），就在傑拉正急忙試著清理掉這一團亂的時候。也許他們也是想要看著傑拉清理掉那一團亂，想弄得他有點緊張不安。

傑拉正確地推論出，如果法蘭克曾對任何人透露過秘密，那一定就是他妻子和他的得力助手，那個他的欽定繼承人。也就是東尼。這最後一部分仍然讓我有點難接受。若說東尼因為是法蘭克的親信而付出了生命代價，這藉口太爛了不足以安慰人。

「是傑拉打電話來說法蘭克死了，」我推測。「不是醫院。」

她轉過身來咬著牙看著我，眼淚在她臉上留下了亮晶晶的淚痕。「很好，萊諾。」她低聲說。我伸出手去想用袖子吸去她的眼淚，但她立刻退開，對我的照顧不感興趣。

「但妳不信任他，所以妳跑了。」

「別白癡了，萊諾。」她說，聲音中震顫著恨意。「要是我在躲傑拉，我怎麼會到這裡來？」

「白癡穿叉子！字母調音怪胎！」我一甩僵硬的脖子把這痙攣給清掉。「我不明白。」我告訴她。

「他安排我用這裡作為安全的棲身之處。他說那些殺了法蘭克的人正在找我們。我信了他。」

我開始明白了。拉秀斯．瑟米諾說過茱莉亞的紀錄顯示她常到波士頓去。「妳生法蘭克的氣的時候就躲到這裡來。」我推測。「讓妳逃避到過去。」

「我沒有在躲。」

「法蘭克知道妳和傑拉有聯絡嗎？」

「他不在乎。」

「妳和傑拉當時仍然是情人嗎？」

「只有當他的……性靈路徑允許的時候。」她啐出這幾個字。她臉上的淚已經乾了。

「妳什麼時候搞清楚真相的？」

「我打電話給東尼。我們把自己知道的事對照了一下。傑拉低估了東尼知情的程度。」

東尼知情的是最不重要的部分，我想。東尼打算接收法蘭克．敏納在藤崎騙局裡的份，卻不知道已經沒有東西可接收了。他要那個，還要更多。我總是渴望要當個有道德的偵探，東尼卻渴望要當個腐敗的偵探，或者甚至當個徹頭徹尾的道上兄弟。從他知道法蘭克．敏納衣櫥裡那雙最黑暗的鞋子的存在起，他就開始試穿它們，也許是在我們搬下那些吉他和擴音器、被介紹給馬崔卡迪和拉可佛提的那一天，也許甚至比那更早，始於某樁只有他和東尼知道的骯髒差事。他那天特別欣喜是因為他的黑手黨幻想被確認了，同時也是因為第一次看見法蘭克．敏納的罩門。那個事件告訴他，如果法蘭克的運勢可以有高有低，那麼權力就是會流動的，因此東尼或許有一天自己也能佔上一份。法蘭克一死，東尼就設想自己在兩個舞台上都扮演東尼，在布魯克林為客戶們做事，還有在約克維爾替傑拉和藤崎股份有限公司做事，只不過他演得會更有效率也更殘暴，沒有法蘭克．敏納那些傻頭傻腦的地方，那些心軟之處讓他收集像我這種怪胎、或者最後終於讓他誤入歧途。

傑拉描繪出的東尼，是那個曲裡拐彎的深夜故事中另一個不完全是謊言的部分。我想傑拉要是不能一眼就看穿東尼那樣的人心裡在想什麼，那他也不會是他所是的那一切了。

「妳和東尼不只是比對自己知道的事情而已，茱莉亞。」這話一出口我就後悔了。

「我是操了他。」她從皮包裡拿出一支菸和打火機。「我操過很多人，萊諾。我操過東尼和丹尼，甚至操過吉伯特一次。除了你之外的每個人。沒什麼大不了的。」她把菸放進唇間，雙手弓起擋住風。

「也許對東尼來說就有。」我說，這下後悔得更厲害。

她只是聳聳肩，徒勞無功地一次又一次點著打火機。底下的公路上有車輛呼嘯經過，但沒人在燈塔停下來。我們在我們的折磨和羞恥中獨處，而且對彼此毫無用處。

或許對茱莉亞來說，操了敏納幫或者其實該說是敏納男孩確實沒什麼大不了的，而或許對東尼來說也沒什麼大不了的，但我懷疑這一點——妳是原初的女人，我想告訴她。敏納把妳帶回家來給我們看的時候，我們試著了解法蘭克結婚這件事是什麼意義，我們研究妳以便了解敏納女人可能是什麼樣子的，而我們只看到憤怒——現在我了解那憤怒是掩藏了失望和恐懼，汪洋般無邊無際的恐懼。我們看過許多女人和信件從我們身旁呼嘯而過，但妳是第一個寄送給我們的，我們試著了解妳。我們愛妳。

現在我需要拯救茱莉亞，將她抽離這座燈塔和緬因州天空下她赤裸裸的故事。我需要她明瞭我們是一樣的，都是愛過法蘭克．敏納而失望的人，是被拋棄的孩子。

「我們年紀差不多，茱莉亞。」我乏力地說。「我是說，妳和我，我們的青少年時期差不多是同一個時候。」

她面無表情地看著我。

「我認識了一個女人，茱莉亞。因為這件案子。她有些地方跟妳有點像。她學禪，就像妳認識法蘭克那時候一樣。」

「沒有女人會要你的，萊諾。」

「要我貝里！」

這是最經典的痙攣，誠實又乾淨。緬因州或茱莉亞或我無比的疲憊都擋不住一聲明白乾淨、衝喉而出的痙攣。我那具有無上智慧的造物主提供了我這一點。

我試著不去聽茱莉亞在說什麼，試著專心在遠處海鷗的叫聲和浪潮拍岸的聲音上。

「其實也不是這樣。」她繼續說。「她們可能會要你。我自己就曾經有一點想要你。但她們永遠不會公平對你的，萊諾。因為你實在是個大怪胎。」

「這個人不一樣。」我說。「她跟我遇過的所有人都不一樣。」但這下我就失去了重點。要是我向茱莉亞、向我自己明白指出茱莉亞和金莫莉的不同之處——她不像妳這麼殘忍，永遠也不會這麼殘忍——只會讓我後悔自己開了口。

「嗯，我敢說你對她而言也很不一樣。我相信你們一定會幸福快樂的。」幸福快樂這幾個字從她嘴裡說出來變得歪扭而嚴酷。

包袱緊勒。

欺負忘了。

這時候我想打電話給金莫莉，好想好想，我的手指在外套口袋裡開始摸弄起手機。

「東尼為什麼來緬因？」我問，又躲回我們一起編織出的那套情節裡，那情節突然間似乎跟我們悲哀的命運、跟我們暴露在此處風中的悲哀人生毫無或絕少有關係。「妳為什麼不乾脆離開這裡就好了？妳也知道傑拉可能殺死你們。」

「我聽說藤崎今天要飛到這裡來。」她再度把打火機湊上她的香菸，彷彿這樣就能像燧石敲岩石一樣打出火花來。現在她要對抗的不只是風而已。她的手在抖，叼在唇間的香菸也在抖。「東尼和我要告訴他們傑拉的事。他要帶些證據來。然後你就跑出來礙事。」

「害東尼沒辦法赴約的不是我。」口袋裡的手機讓我分心，想到可能聽見金莫莉令人平靜的聲音，就算只是她答錄機上的答話。「傑拉派他的巨人去對付東尼。」我繼續說。「他跟蹤東尼到這裡來，也許是想用他那大手指一次捏死兩隻鳥。」

「傑拉不想殺我。」她靜靜地說。她的雙手落到了身側。「他要我回到他身邊。」她試著藉由說出這句話使事情真的變成如此，但字句本身幾乎被風吹得無影無蹤。茱莉亞又快要退回到遠方了，這次我知道我不會費力去試著把她拉回來。

「他派人殺死他弟弟就是這個原因嗎？嫉妒？」

「一定要有一個原因嗎？他大概知道不是他死就是法蘭克死。」香菸還懸在她嘴邊。「藤崎要求犧牲祭禮。他們很相信那一套的。」

「妳剛剛有跟藤崎談嗎？」

「那樣的男人不會跟女侍談交易的，萊諾。」

「兇手在東尼找到藤崎之前先找到他實在很不幸。」我說。「但這也救不了傑拉。我確定。」

我不想講詳情。

「你是這麼說的。」她從欄杆旁走開，把打火機握得那麼緊，我想她會把它捏碎了。

「這話是什麼意思？」

「只是我不認識你一直在說的那個巨人兇手。你確定你不是在幻想嗎？」她轉過身來把打火機遞給我，拿下嘴裡的香菸伸出來。「替我點菸好嗎，萊諾？」我聽見她聲音裡有奇怪的震顫，彷彿她又快要哭了，但這次沒有憤怒，也許終於開始哀悼起敏納來。我接過她手中的東西，把菸塞進自己嘴裡，轉過身背對風。

我把菸點好時，她已經從皮包裡掏出槍來。

我本能地舉起雙手丟下打火機，做出投降也是自保的動作，彷彿我可以用法蘭克的手錶擋住子彈，就像女超人那神奇的錶帶一樣。茱莉亞輕鬆地握著槍，槍口對著我肚臍，此刻她的眼睛跟緬因州海平面最遠處一樣灰、一樣難以解讀。

我感覺胃底冒出一股股酸液火焰。我尋思不知我是否能有習慣面對槍口的一天，然後又尋思這似乎不是一件值得期望的事。我想不顧一切地痙攣出聲，但此時此刻我想不出任何話。

「我剛想起法蘭克有一次說過的關於你的話，萊諾。」

「什麼話？」我慢慢放下一隻手，把點著的菸伸出去給她，但她搖搖頭。我把菸丟在燈塔露天平台上，用鞋底踩滅。

「他說你對他來說很有用，是因為你瘋癲，所以每個人就以為你很笨。」

「這理論我很熟。」

「我想我犯了同樣的錯誤。」她說。「東尼也是，還有之前的法蘭克。不管你到哪裡，某個傑拉想殺死的人就死了。我不想當下一個。」

「妳認為是我殺了法蘭克？」

「你說我們年紀差不多，萊諾。你有沒有看過《芝麻街》？」她說。

「當然有。」

「你記得那個斯先生嗎？」

「大鳥的朋友。」

「對，只不過除了大鳥之外沒人看得見他。我想那個巨人就是你的斯先生，萊諾。」

「酥險生！操很多生！是真的有那個巨人，茱莉亞。把槍收起來。」

「我不這麼認為。退後，萊諾。」

我後退，但同時也掏出了東尼的槍。我把槍舉起時看見茱莉亞的手指緊了緊，但她沒有開槍，我也沒有。

我們在燈塔欄杆邊面對彼此，無垠的天空一片黯淡，對我們毫無用處，深深的大海也毫無用處。兩把槍讓我們拉近在一起，使其餘的一切都變得毫不重要——我們也可能是在一間髒兮兮的汽車旅館房間裡，電視上播放著緬因州的景色。我的重要時刻終於來了。我手上握著一把槍。槍口瞄的不是傑拉或巨人或東尼或某個門房，而是那個來自南塔克的女孩，她變成了法蘭克．敏納眼眶紅腫的遺孀，削去長髮試著退回當女侍的過去，卻被那段過去給困住無路可去——我試著不讓這一點擾亂我。我錯了，茱莉亞和我沒有任何共通之處。我們只是兩個此時恰巧拿槍指著對方的人。而東尼的槍也有它獨特的物體特性，不是叉子或牙刷，而是一種更沉重更誘人許多的東西。我用大拇指扳開保險栓。

「我了解妳的誤會，茱莉亞，但我不是兇手。」

她雙手握住槍，槍沒有搖擺。「我為什麼要信任你？」

「相信我貝里！」我需要朝天空大喊。我轉過頭去，跟我的妥瑞症討價還價說，我把那句話喊出來就好了。我放聲大喊，嚐到了鹹鹹的空氣。

「別嚇我，萊諾。我可能會開槍打你。」

「我們兩個都有這個問題，茱莉亞。」事實上我的病才剛發現到槍的無限可能，使我開始執迷地想扣扳機。我猜想要是我像對天大喊那樣對天開一槍，我可能就活不了了。但我不想開槍打茱莉亞。我把保險栓扣回去，希望她沒注意。

「這下子我們下一步怎麼走？」她說。

「我們回家去，茱莉亞。」我說。「法蘭克和東尼的事我很難過，但故事已經結束了。妳和我，我們活到了尾聲。」

這只有一點點誇張。故事要到接下來幾小時或幾天內才會結束，當某樣東西找到了傑拉．敏納，某個找了他將近二十年的子彈或刀鋒。

與此同時，我來來回回地扳動著保險栓，身不由己，邊扳邊數。數到五的時候我停了下來，暫時得到滿足。這樣保險栓是開著的，槍隨時能開火。我的手指對扳機感到無法忍受的好奇，想感受它的抗拒力和重量。

「你的家在那裡，萊諾？L&L樓上？」

「聖報復貝里之家。」我痙攣。

「你們都是這樣叫它的嗎？」茱莉亞說。

在我手指來得及以它渴望的方式扣動扳機之前，我使盡我那上得太緊的手錶彈簧身體的所有力量，將槍甩出去甩向大海。它飛越過岩石，但落海時的微弱撲通聲消失在風中和浪潮拍岸的背景聲響中。

一，我數道。

茱莉亞還來不及研判我的行動代表什麼，我就衝過去好像衝向一個閃躲的肩膀，一把握住她的槍管，然後一扭手把它從她手裡奪過來，用盡我雙腿的力量把它拋出去，像向外退到靠近全壘打牆邊的內野手拚命要把飛得又高又遠的球給接殺下來。茱莉亞的槍飛得比東尼的遠，飛到即將拍向岩石的浪潮剛成形的地方，海面翻捲著發現了自己的形狀。

這下是二。

「別傷害我，萊諾。」她向後退，豎立的短髮像光圈般襯托著她震驚的眼睛，嘴因畏懼和憤怒扭曲著。

「都結束了，茱莉亞。沒有人會傷害妳的。」我無法完全集中精神在她身上。需要再找到東西往海裡丟。我從口袋裡掏出敏納的呼叫器。這是客戶們的工具，證明了他們對法蘭克的控制，活該跟那些槍一起埋葬。我把它盡可能丟遠，但它的份量不夠，被風吹擋了下來，於是直直落進兩塊潮濕生苔的大岩石間。

三。

接下來我拿出了手機。它一進到我手裡，金莫莉的號碼就在求我撥它。我把這股衝動推開，代之以將它拋下燈塔的滿足感，同時想像著那輛租車裡的那些門房。它飛得比呼叫器好，落進了水裡。

四。

「給我一樣可以丟的東西。」我告訴茱莉亞。

「什麼？」

「我還需要一樣東西。」

「你瘋了。」

我考慮法蘭克的手錶。我對那支手錶有感情。它沒有沾上門房或客戶們的污漬。

「給我一樣東西。」我又說。「在妳的皮包裡找找。」

「去死吧，萊諾。」

茱莉亞始終是我們當中最冷硬的一個，現在我想到了。我們這些布魯克林人，我們這些來自哪裡也不是的混蛋——或者至少法蘭克和傑拉是有出處的。我們跟那個來自南塔克的女孩根本不能比，我想我或許終於明白原因了。她最冷硬是因為她最不快樂。她或許是我遇過最不快樂的人。

我想，失去法蘭克雖然很難受，但對我們這些真正擁有過他、真正感覺到他的愛的人來說還算是比較容易。茱莉亞失去的東西是她從一開始從未擁有過的。

但她的痛苦已經不再是我所關心的了。

各人選擇各人要打的仗，法蘭克．敏納以前常說，儘管這話對他而言並不新鮮。也要與殘酷保持距離，如果你還有點大腦的話。我正開始有一點。

我脫下右腳的鞋，摸著那為我效過不少力的擦亮的皮面、那細細的縫線和磨損的鞋帶，我親了鞋舌上端一下跟它吻別，然後把它又高又遠地丟出去，看著它無聲地落進浪潮裡。

五，我想著。

但誰在數來著？

「再見，茱莉亞。」我說。

「操你媽的，你這個神經病。」她跪下來撿起打火機，這次第一下就點著了菸。

「巴納貝里操茱莉亞敏納。」

這是我對這個話題的最後一句話。

就這樣，我開車回到布魯克林，踩油門和煞車的腳只穿著襪子。

好三明治

然後某地、某時，有個電路關閉了。那是我所不知的秘密，但我知道這秘密是存在的。一個男人——兩個男人？——找到了另一個男人。舉起一樣工具，槍，刀？就說槍好了。做了個差事。處理了個差事。收了一筆人命債。這是兩兄弟間某種事物的結束，某種兄弟之愛之恨的往來，某種黑暗、不穩的旋律響起。那旋律的音符是其他人，變成敏納幫的男孩，黑道，和尚，門房。還有女人，特別是某一個女人。我們全都是那旋律裡的音符，但歌曲的重點是那對兄弟，以及算帳報復，那最後一個敲響的音符——一聲尖叫？一聲血淋淋的拍子？一聲赤裸被打斷的呻吟？——或者也許連一聲呻吟都沒有。在我的罪惡感中我希望這樣想。就讓事情在沉默中結束吧。那麼，就讓我們說拉嘛喇嘛叮噹是死在睡夢中吧。

凌晨兩點我們一起坐在L&L店面裡，在櫃檯上打撲克，聽著「大人小孩雙拍檔」的歌，承蒙丹尼出借。現在法蘭克和東尼不在了，丹尼可以放他喜歡的那種音樂。這是許多變化當中的一個。

「一張牌。」吉伯特說。我是莊家，因此我把他不要的那張牌朝我滑來，讓他從整副牌最上面新抽一張。

「老天，阿吉。」前垃圾條子說。他現在是司機之一，新L&L的一部分。「你老是一張牌或者不要牌——為什麼我就只拿得到狗屎大爛牌？」

「因為你還是負責管垃圾的，盧米斯。」吉伯特快樂地說。「就算你辭職了也沒差。總得有人處理嘛。」

「處理垃圾狗屎！」我邊宣布邊給自己新發了三張牌。

吉伯特在牢裡待了五個晚上，兩個星期以前被放出來，因為沒有證據證明他殺了奧爾曼。瑟米諾警探打過電話來向我們道歉，在我聽來語氣非常膽怯，彷彿他還有點害怕似的。吉伯特的個子和態度讓他安然熬過了那一段，儘管放出來時他少了支手錶，而且在牢裡的時間也非自願地戒了菸，因為他身上的每根菸都被弄走了。現在他猛抽菸補償，還有猛喝啤酒咖啡猛吃雪球和白城堡和吉奧的醃燻牛肉大型三明治，但再怎麼大吃大喝也塞不住他的嘴，他不停抱怨我們拋下他不管。幸好今天晚上他手氣很順。

丹尼坐的位置沒跟我們三個在一起，眉頭微揚，下面是握著牌的手，上面是他那頂新的軟呢帽。每天晚上他都坐得更遠一點、穿得更時髦一點，至少我感覺是這樣。L&L的領導人地位像籃板球一樣輕易地落到他手裡，他根本連跳都不用跳就拿到了，其他的球員還在球場上錯誤的位置又擠又撞搞得滿頭大汗。關於傑拉和藤崎的事丹尼知道或不知道多少，他從來沒說。他聽我敘述緬因州的來龍去脈，點了點頭，然後我們就再也沒談過那件事。原來就這麼簡單。想當新的法蘭克．敏納？那就穿上合適的服裝，閉上嘴，慢慢等。法院街看到你的時候會認識你，吉奧會把帳掛在你的名字上。吉伯特和盧米斯和我就算想爭論也沒得爭。我們是「帥氣男與傀儡們」，任誰都看得出來。

L&L是徵信社，有史以來第一次是乾淨的徵信社。乾淨到我們沒有任何客戶。因此我們也是車行，現在是真的車行了，除非我們真的沒車否則不會回絕叫車的電話。丹尼甚至正在找人印傳單，還有新名片，宣傳我們省錢又快速的車程，開往這幾區內任何地方。敏納在其中失血而死的那輛林肯現在也弄乾淨了，和其他車組成我們的一小批車隊，規律地穿梭在亨利街上的圓石丘療養院和蒙塔古街底的「步道餐廳」之間、貝倫丘客棧和前景公園西大道與裘拉勒蒙街那裡的時髦公寓建築之間。

事實上，貝倫丘客棧今晚剛打烊，帶著黑眼圈的夕歐蓓此刻正站在門邊，在黏成一團的調情人群中擠來擠去了半天讓她看來快累垮了。吉伯特舉起一根手指表示他來負責開車載她回家，但首先要把手上的牌攤在桌上——看來這手牌讓他特別驕傲。看見他最近這麼熱心要護送夕歐蓓，我疑心吉伯特開始有點迷上了她，或者他早就迷她了，只是到現在才能表現出來，現在沒有法蘭克不停地拿話刺他，說她是另一隊的人馬。

「快點啊你們這些豬頭，我在叫牌。」吉伯特說。

「不跟。」盧米斯邊說邊凸著眼睛用力瞪著手上的牌，想讓它們感到羞愧。「一堆爛牌。」

丹尼只皺了皺眉，搖搖頭，把牌放在桌上。他現在不需要打贏撲克了，他有更好的東西。誰知道，他或許扣著好牌不打，只為了讓吉伯特光彩一下。

「叉子和湯匙。」我說著把手上的牌一攤，露出牌面。

「老J和兩點？」吉伯特檢視我的牌。「沒用啦，大怪胎。」他攤開愛司和八點。「看著它們大叫吧，你這個神經病。」

斷言對我來說是家常便飯，對偵探來說也是家常便飯。（「加州的房子你唯一不能伸腳踏進去的地方大概就是前門」——菲力普．馬羅，《大眠》）而且在偵探小說裡事情永遠是永遠的，偵探精疲力盡、刻薄譏誚的眼神投射在一切事物的恆久腐敗上，用他那些兇蠻得可愛的、以偏概全的話讓你感到刺激。這個或那個總是這樣或就是這樣，是不變的、典型的。哦，當然嘍。以前就都看過了，以後還會再看到。相信我。

當然，斷言和以偏概全的話也都是妥瑞症的一個版本。是一種觸摸世界、擺弄它、用肯定語言來覆蓋它的方式。

這裡還有一句。就像某個偉人曾經說過的，愈是萬變，就愈難變回其宗。

傑拉失蹤後，幾天內約克維爾禪堂大部分的學生都逐漸散去。上東城離那裡二十個街區以南的地方有一間真正的禪堂，有很多約克維爾的逃兵到那裡尋找更真實的質素（雖然，如同金莫莉指出的，任何教禪的人都是禪的老師）。那些茫然的門房原來都真的是傑拉的學生，是需要指引的尋覓者、可塑的泥土。他們將傑拉那充滿魅力的教誨照單全收，因此供他利用，先是在公園大道那棟建築裡工作，然後又在傑拉需要更多人壯大波蘭巨人的聲勢的時候充當蹩腳的駕駛兼打手。法蘭克・敏納有敏納幫，而傑拉只有信徒、只有禪的傀儡，或許就是這一點差別決定了案子的走向和結局。那或許就是我的小小優勢。至少這麼想讓我滿高興的。

不過約克維爾禪堂並沒有關門大吉。那個堅忍的打坐者華勒斯接管了留下來的人，儘管他不願自封師父這個稱號。他要人家叫他先生[1]，這個詞比較沒那麼大，有種見習教師的意思。就這樣，這兩個敏納的組織，法蘭克和傑拉的，都在其中最安靜的門徒掌舵之下輕輕地、優雅地駛過了腐敗的淺灘。當然，藤崎和客戶們這些巨大的陰影都安然無傷地悄悄退去，連根毫毛都沒被動到。要讓他們受到長遠的影響，非敏納兄弟或萊諾・艾斯洛能力所及。

約克維爾禪堂的命運我是從金莫莉那裡聽來的，是在我從緬因州回來兩星期後唯一見到她的那次。我在她的答錄機上留了好幾次言，但她直到那時候才回我電話。我們約了在七十二街一家咖啡店碰面，電話裡的交談斷續而尷尬。我出門赴約前竭盡所能洗了個最徹底的澡，換了十幾次衣服，在鏡子裡跟自己玩遊戲，試著看見某樣不存在的東西，試著不看見那個存在的抽搐大個子艾斯洛。我猜我是還模糊地想著我們可能在一起吧。

我們談禪堂談了一陣子，她才說到一句顯示她起碼還記得我們一起度過一夜的話，而那句話是：「你把我的鑰匙帶來了嗎？」

---

[1] 即日文裡一般所指的老師，也可用來尊稱醫生、律師等。

我迎視她的眼睛，看見了她對我的畏懼。我試著不要逼近她或猛然動作，儘管對街就有一間木瓜沙皇的連鎖店。我渴望吃他們的熱狗，很難保持自己不轉過頭去。

「哦，當然。」我說。我把鑰匙放在桌上，很高興我沒選擇把它們甩進大西洋。我一直在口袋裡摩挲著它們，就像我很久以前曾摩挲客戶們的那根叉子，這兩者都是我再也不能造訪的某個世界的護身符。現在我向那些鑰匙告別。

「我有件事得告訴你，萊諾。」她說著露出那個飄忽的微笑，是我這兩個星期大部分時間都試著想在腦海裡變出來的。

「告訴我貝里。」我低聲說。

「我要搬回去跟史蒂芬住了。」她說。「所以我們之間發生的那件事，那只是，你知道——一件事。」

那麼奧利奧人畢竟還是個牛仔了，現在從夕陽的背景中又大步踏了回來。

我張開嘴，發不出聲音。

「你了解嗎，萊諾？」

「啊。」了解我，貝里。

「好嗎？」

「好。」我說。她不需要知道這只是一句痙攣，只是模仿言語症讓我說出來的而已。我伸手越過桌面，朝她瘦小雙肩的方向撫平她左右領尖。「好好好好好。」我壓低聲音說。

我夢見了敏納。我們坐在車裡。他在開車。

「我是屁囊團裡的人嗎？」我問他。

他對我微笑，喜歡別人引用他的話，但沒有回答。

「我猜每個人都需要有些傀儡吧。」我說，不是想讓他不高興。

「我不知道我會不會完全把你列為屁囊團。」他說。「你有點太奇怪了。」

「那我又是什麼？」我問。

「我不知道，小鬼。我猜我會叫你拖船大王吧。」

我一定是大笑或至少微笑了。

「這沒什麼好驕傲的，你這個小紅蘿蔔雕花。」

那麼報復呢？

我曾經給過它五或十分鐘的時間。就報復而言這是很長的時間了，有如一輩子。我本來想要認為報復不是我的作風，一點也不妥瑞式或艾斯洛式。就像地下鐵一樣，比方說。

然後我搭了V列車❷。我用一支手機和一個紐澤西的電話號碼上路，最後站上了緬因州的一

❷英文「報復」的第一個字母即為V。

座燈塔旁。我帶著幾個名字和字詞上路，串成比痙攣有效的話語做下了它。那就是我，萊諾，衝過那些地底隧道，走訪那座分布在世界底下的迷宮，每個人都假裝它不存在。

如果你想回過頭去繼續假裝，盡可以這麼做。我知道我會這麼做，儘管敏納兄弟如今是我的一部分，深深融入我的肌理，比行為本身更深，甚至比悔憾更深，法蘭克是因為他給了我我的生命，而傑拉是因為，雖然我幾乎不認識他，但我卻取走了他的生命。

我會假裝我從來沒搭過那列車，但我搭過。

那天晚上接下來的一通電話，是要我們到霍伊街去載客然後送到甘迺迪機場。接電話的是盧米斯，他向我們三人傳達時做了個誇張的怪表情，知道根據 L&L 裡的傳說，要出車到甘迺迪機場是件討厭的事。我舉手說我去，只是要讓他無法就這一點加以發揮。

另外還有個原因。有一種點心是我很渴望的。在甘迺迪機場的國際航站，在樓上以色列航空機門的旁邊，有一個猶太教食物的攤子叫穆西，是一家以色列人經營的，潑灑著調味醬的金屬罐子裝滿了熱氣騰騰的蕎麥片、醬汁和手工製的猶太餡餅，完全不像航站裡其他那些連鎖餐廳。不管白天晚上，每次我載客人到機場，都會停車上樓到穆西的攤子去吃點東西。他們的雞肉沙威瑪從烤桿上現削下來，塞進圓麵餅裡再加上大量烤青椒、洋蔥和西式芝麻醬，是紐約最棒的秘密三明治之一，救贖了整個沒有靈魂的機場。如果你經過那一帶，請容我向你推薦它。

金莫莉和香茅沒有毀掉我對更精緻事物的品味。

我為之感到最難過的鬼魂不是那些已死的人。我本以為法蘭克和東尼是我要保護的，但我錯了。現在我知道了。

我無法擺脫的是茱莉亞，儘管她並不比別人更屬於我，儘管她幾乎不認知我作為人的存在。但是，我罪惡感的痙攣仍然以她為形體，在風裡站在燈塔的欄杆旁，在一片子彈、鞋子、鹹鹹空氣和我唾沫的霧氣中站著一動也不動，就像她第一眼被看見時讓人感覺相像的黑白電影海報上那受了詛咒的偶像，或者也許是像修禪沉思的一個對象、畫卷上用筆墨畫出的一個痕跡。但我沒有試圖去找茱莉亞——雖然會是易事一樁，但我沒那麼笨。我只是讓我執迷的本能開始描畫起那個人形，等著它變得抽象然後消失。它遲早會的。

這樣還剩下誰？只剩下奧爾曼。我知道他陰魂不散地纏著這個故事，但他從來沒出現，不是嗎？這個世界（我的大腦）已經充滿太多乏味的人，已死的人，奧爾曼們。有些鬼魂根本不會進到你的屋子裡，他們只忙著在窗邊嚎叫。或者就像敏納會說的，各人選擇各人要打的仗——真的是這樣，不管你同不同意這個觀點，真的就是這樣。我沒辦法為每一個人都感到罪惡感。奧爾曼？從沒見過這傢伙。就像貝里一樣。他們只是兩個我恰巧始終都沒見過的傢伙。我要對他們兩人和對你說：鞋子裡放顆蛋，滾吧。十年樹木，百年走人。邊走邊講你的故事吧。

致謝

我深深感激：勞倫斯・咸伯、內山興正、奧立佛・薩克斯等人的著作、圖立・庫佛伯的話，還有與布雷克・列瑟、卡拉・歐康諾、大衛・包曼、艾略特・杜漢、馬修・柏克哈特、史考特・麥克羅辛、珍奈・法瑞爾、黛安・馬岱、愛麗絲・雷斯納，以及莫琳・林克暨林克一家人的對話。

另外也感謝理查・帕克斯、比爾・湯瑪斯、華特・唐納修、卓依・蘿森菲、土利小屋、Zentrum fur Kunst und Medientechnologies（ZKM）以及Yaddo股份有限公司。

Storytella 89

布魯克林孤兒

Motherless Brooklyn

布魯克林孤兒 / 強納森.列瑟作；嚴韻譯. -- 初版. -- 臺北市：春天出版國際，2019.10
面；　公分. -- (Storytella；89)
譯自：Motherless Brooklyn
ISBN 978-957-741-234-8(平裝)

874.57　　108014926

版權所有・翻印必究
本書如有缺頁破損，敬請寄回更換，謝謝。
ISBN 978-957-741-234-8
Printed in Taiwan

This edition published by arrangement with William Morris Endeavor Entertainment, LLC.
through Andrew Nurnberg Assocates International Limited.
All rights reserved.

作　者　強納森・列瑟
譯　者　嚴韻
總編輯　莊宜勳
主　編　鍾靈

出版者　春天出版國際文化有限公司
地　址　台北市信義路四段458號3樓
電　話　02-7718-0898
傳　真　02-7718-2388
E－mail　frank.spring@msa.hinet.net
網　址　http://www.bookspring.com.tw
部落格　http://blog.pixnet.net/bookspring
郵政帳號　19705538
戶　名　春天出版國際文化有限公司
法律顧問　蕭顯忠律師事務所
出版日期　二〇一九年十月初版
二〇一九年十一月初版十二刷

定　價　399元

總經銷　楨德圖書事業有限公司
地　址　新北市新店區寶興路45巷6弄6號5樓
電　話　02-8919-3186
傳　真　02-8914-5524
香港總代理　一代匯集
地　址　九龍旺角塘尾道64號 龍駒企業大廈10 B&D室
電　話　852-2783-8102
傳　真　852-2396-0050